Josef Poestion

Isländische Märchen

I0592456

Verone

Josef Poestion

Isländische Märchen

1st Edition | ISBN: 978-9-92500-007-4

Place of Publication: Nikosia, Cyprus

Erscheinungsjahr: 2015

TP Verone Publishing House Ltd.

Isländische Märchen, Nachdruck des Originals von 1897.

Isländische Märchen.

Aus den Originalquellen übertragen

von

Jos. Cal. Poestion.

Inhalt.

Isländische Märchen.

I. Fertram und Jsol, die lichte.

Es ereignete sich nichts Merkwürdiges, was man hören
oder erzählen könnte, wenn man sich nicht auf's Lügen oder
Stehlen verlegen will; und ich möchte nicht, daß dies bei meiner
Erzählung der Fall sei. Doch würde ich, wenn es darauf ankommen
sollte, solches nicht sparen, aber ich kann nicht lügen, denn die Lüge
kam erst sieben Jahre später, als dieses sich ereignete. — Hinaus
aus dem Hofe und südlich vom Hofe, und so ist es auch in
unserer Zeit und selten lügt derjenige, welcher erzählt.

Es herrschte einmal ein König über ein Land; wie er aber
hieß, und welches Land dies war, wird nicht berichtet. Er war
verheirathet und hatte eine Tochter Namens Jsol, welche sehr
schön war.

In demselben Reiche war ein Herzog, welcher einen Sohn
besaß, der Fertram hieß; dieser wurde am Hofe des Königs
auferzogen und spielte oft mit der Königstochter, als sie beide
jung waren, und sie liebten einander sehr. Als sie aber älter
wurden, verlobten sie sich mit Willen ihrer Eltern.

Da trat nun ein Ereigniß ein, welches Allen ein großes
Unglück dünkte. Die Königin wurde krank und starb; der König
trauerte sehr über den Tod der Königin und saß lange auf
ihrem Grabhügel. Endlich gingen seine Minister zu ihm und
stellten ihm vor, daß ihm dies nichts helfe, und daß er die
Regierung des Reiches nicht vernachlässigen dürfe, da sonst der
ganze Staat in Unordnung gerathe; sie erboten sich zugleich
außer Landes zu fahren und eine Frau für ihn zu suchen, die
seiner würdig wäre. Durch ihre Vorstellungen brachten sie ihn

auch endlich dahin, daß er seine Einwilligung dazu gab, und sie
bat, Schiffe für die Reise auszurüsten und so viele Leute mitzu=
nehmen, als sie wünschten. Dies thaten sie denn auch so
schnell sie konnten.

Sie segelten ab und .hatten am ersten Tage günstigen
Fahrwind. Später aber bekamen sie starken Nebel; sie ver=
loren die Richtung und irrten nun während des ganzen Sommers
auf dem Meere umher. Endlich erblickten sie vor dem Steven
etwas Dunkles. Sie steuerten darauf los und fanden Land.
Sie verließen die Schiffe und durchwanderten das Land nach
allen Richtungen, bis sie entdeckten, daß dasselbe eine Insel sei.

Endlich fanden sie auch ein schönes Haus. Ein Mann
stand in der Thüre desselben und spaltete Holz. Zwei Weiber
saßen in der Nähe auf Stühlen; die eine von ihnen war schon
bejahrter, die andere dagegen noch ganz jugendlich. Die ältere
war eben damit beschäftigt, sich mit einem goldenen Kamme zu
kämmen, und das Haar hatte dieselbe Farbe wie der Kamm.
Sie strich sich die Haare aus dem Gesichte, als sie die Leute
kommen hörte; diese grüßten sie freundlich und fragten, wie so
es komme, daß nur so wenig Leute auf der Insel seien. Das
ältere Weib antwortete ihnen ebenfalls sehr freundlich und fragte
sie, was sie hieher führte. Die Abgesandten des Königs er=
zählten ihr nun Alles, was sich zugetragen hatte.

„Aehnlich ist es auch uns ergangen", sagte das Weib,
„denn ich habe neulich meinen König verloren; es kamen Vikinger
in's Land und die erschlugen ihn; ich aber flüchtete hieher mit
meiner Tochter und diesem Knecht, den Ihr hier seht! Die Leute
des Königs baten dieselbe, mit ihnen zu ziehen und die Königin
ihres Königs zu werden. Sie lehnte jedoch diesen Antrag mit
großem Danke ab; „denn er ist ja nur ein ganz kleiner König",
meinte sie; „der aber, welchen ich hatte, war König über zwanzig
gekrönte Könige; ich würde es für eine Schande für mich halten,
sein Weib zu sein".

Die Abgesandten des Königs drangen nur noch mehr in
sie, daß sie mit ihnen ziehe, und so ließ sie sich endlich doch dazu
bewegen; sie schenkte dem Knechte das Haus mit Allem, was
sich darin befand, und segelte sammt ihrer Tochter mit den Leuten
des Königs ab. Sie bekamen guten Wind und die Fahrt dauerte
nur wenige Tage.

Als der König die Schiffe von der Ferne erblickte, ließ er
sich in einem goldenen Wagen zum Strande hinab fahren. Die
Königin mußte sich neben ihn in den Wagen setzen, und er
fühlte sogleich große Liebe zu ihr. Sie fuhren in die Stadt und
es wurde ein großartiges Hochzeitsfest veranstaltet, zu welchem alle
Großen in den benachbarten Ländern und Reichen eingeladen
worden waren. Es wurde viel getrunken und die Gäste erhielten
kostbare Geschenke, so daß diejenigen, die ganz arm gekommen
waren, als Reiche von dannen gingen. Sie kehrten nun alle wieder
nach Hause zurück, die Königin aber trat in alle Würden und
Rechte ein, welche ihr gebührten.

Die Tochter der Königin hieß Isol, wie die Königstochter;
den Leuten schien dieselbe nicht so schön zu sein wie diese, und
sie unterschieden daher die beiden, indem sie jene Isol die schwarze,
diese Isol die lichte nannten.

Die Königstochter wohnte in einem Thurme und hatte
viele Dienerinnen; es werden jedoch nur zwei mit Namen ge=
nannt: Eya und Meya, welche zunächst hinter der Königs=
tochter gingen und sie immer begleiteten, wenn sie ausging, um
sich durch einen Spaziergang in einem Obstgarten zu erlustigen.

Bald nach der Hochzeit sagte die Königin zu dem Könige,
es dünke ihr gut, daß er ein wenig seine Länder bereise. Der
König hatte nichts dagegen einzuwenden, rüstete sogleich eine
große Flotte aus und segelte fort. Er nahm auch Fertram auf
diese Reise mit und es gab da einen schmerzlichen Abschied
zwischen ihm und seiner Braut Isol.

Als die Flotte abgesegelt war, kam eines Tages die Königin
zur Königstochter und fragte dieselbe mit großer Freundlichkeit,
ob sie nicht mit ihr in den Wald hinausgehen wolle, um sich
zu erlustigen. Isol war gern dazu bereit und folgte auch sogleich
mit ihren beiden Dienerinnen Eva und Meya der Königin. Auch
Isol, die schwarze, schloß sich ihnen an. Sie gingen nun scherzend
und fröhlich in den Wald und lustwandelten in demselben. Da
kamen sie zu einer großen und tiefen Grube, vor welcher sie
stehen blieben. Ehe sich's aber die Königstochter und ihre beiden
Dienerinnen versahen, stießen die Königin und ihre Tochter die
drei Mädchen in die Grube und lachten darüber ganz unmäßig.
Die Königin sagte dabei: „Das ist nun so gut gekommen. Statt
daß Du, Isol, Du lichte, Fertram zum Manne bekommst, wird
ihn nun Isol die schwarze bekommen."

Mutter und Tochter deckten die Grube zu, kehrten, erfreut
über ihre That, in die Stadt zurück und legten heimlich Feuer
an den Thurm, in welchem die Königstochter gewohnt hatte, so
daß derselbe niederbrannte.

Die Königin ließ nun ihre Tochter die Kleider der Königstochter anlegen und alle Leute glaubten, sie sei Isol, die lichte.
Wenige aber sprachen davon, daß die Tochter der Königin nicht
mehr gesehen wurde; denn es gab nicht viele, welche glaubten,
daß viel Gutes an ihr gewesen sei. Von den Mädchen in der
Grube aber ist zu erzählen, daß Eva und Meya Hungers
starben. Isol jedoch hatte von ihrer Mutter am Todtenbette eine
goldene Scheere sowie einen Gürtel erhalten, welcher jeden, der
ihn trug, vor dem Hungertode bewahrte. Da die Mutter ihr
gesagt hatte, daß sie sich nie von diesen Dingen trennen dürfe,
hatte sie dieselben auch jetzt bei sich und starb daher nicht. Mit
der Scheere aber machte sie sich Stufen und gelangte so endlich
aus der Grube. Sie kam an eine offene Stelle im Walde und
überlegte nun hier, wohin sie sich begeben solle. Endlich entschloß
sie sich in die Stadt zurückzukehren und sich so zu verkleiden,

daß sie nicht erkannt werde. Sie verfertigte sich ein Kleid aus
Baumblättern, legte dasselbe an und begab sich in die Stadt.
Sie ging in die Küche der Königsburg, nannte sich Näfrakolla,
und bat die Kochfrau um einen Bissen Speise, da sie sehr hungrig
war; zugleich erbot sie sich, derselben Kleider auszubessern und
neue anzufertigen. Die Frau war damit einverstanden. Näfra=
kolla aber war so geschickt im Nähen, daß die Leute sich nicht
erinnern konnten, jemals so hübsche Handarbeit gesehen zu
haben.

Es kam nun der König von seiner Reise zurück und mit
ihm auch Fertram. Die Königin und ihre Tochter gingen ihnen
bis zum Strande entgegen, und sie fuhren hierauf alle in
goldenen Wagen in die Stadt. Fertram und der König fragten
erstaunt, wo denn Jsol geblieben sei. Die Königin erzählte,
daß bald nach ihrer Abfahrt der Thurm, in welchem Jsol
wohnte, sammt dieser verbrannt sei, und daß das Feuer wohl
durch unvorsichtiges Gebahren ihrer Dienerinnen mit Feuer oder
Licht entstanden sei. Diese Nachricht erfüllte Fertram mit größter
Traurigkeit. Die Königin reichte ihm jedoch einen Trank und
bat ihn zu trinken, und als er getrunken hatte, geschah ihm
das Wunderbare, daß er sich gar nicht mehr an Jsol, seine
Braut, erinnerte. Nun suchte ihn die Königin zu bestimmen, daß
er ihre Tochter zum Weibe nehme, und endlich versprach er es
ihr auch und es wurde der Tag der Hochzeit bestimmt. Die
Braut sollte nun die Hochzeitskleider für sich und den Bräutigam
verfertigen. Da kam sie aber in große Verlegenheit, denn sie war
nicht im Stande ein Kleid zu nähen. An Stoff und Zugehör
hätte es ihr nicht gefehlt, allein sie war mehr gewöhnt, sich mit
Knechten abzugeben, als weibliche Handarbeiten zu lernen.

In ihrer Verlegenheit ging sie zur Kochfrau und bat die=
selbe, ihr einen Rath zu geben. Diese erzählte, daß sich ein Weib,
Namens Näfrakolla, bei ihr aufhalte, welches vortrefflich Kleider

zu verfertigen verstehe. Die Tochter der Königin war darüber
sehr erfreut, holte den Stoff und das Zugehör für die Kleider
und begab sich sogleich zu Näfrakolla und bat sie, daß sie ihr
die Kleider verfertigen möge. Näfrakolla willigte auch ein und
machte alle Kleider.

An dem Morgen als die Hochzeit stattfinden sollte, kam
die Tochter der Königin zu ihrer Mutter und sagte ihr, daß sie
in eine üble Lage gerathen sei, denn es sei nun die Stunde ge=
kommen, das Kind zu gebären, mit dem sie schwanger [gehe,
und dessen Vater Kolur, ihr alter Knecht, sei.

„Ich kann Dir aus dieser Verlegenheit helfen", sagte die
Königin; „in der Küche hält sich ein Mädchen, Namens Näfra=
kolla, auf; geh zu ihr und bitte sie, daß sie sich statt Deiner auf
die Brautbank setze".

„Glaubst Du nicht, daß sie schwatzhaft sein wird?" fragte
Isol.

Die Königin entgegnete, sie werde schon Sorge tragen, daß
dieselbe nicht mehr spreche, als sie, die Königin, wolle.

Isol begab sich nun in die Küche und bat Näfrakolla,
daß sie an ihrer statt bei der Hochzeitsfeier erscheinen möge, da
sie selbst daran verhindert sei. Näfrakolla willigte ein und begab
sich zur Königin. Diese begann alsbald ihr die Brautkleider
anzulegen. Als sie ihr aber die Reitärmel anzog, sagte Näfrakolla:

„Gut passen die Aermel
Der Eignerin Arme."

Die Königin sagte, Alle wüßten ja, daß sie dieselben genäht
habe. Hierauf wurden ihr die Handschuhe gegeben; da sagte sie:

„Ich weiß es gar wohl,
Welche Finger sie nähten."

Die Königin sagte dasselbe wie früher, und bat Näfrakolla,
nicht so über Alles zu schwatzen.

Man ritt nun in den Wald hinaus, um sich zu unterhalten. Als sie an den Ruinen des niedergebrannten Thurmes
vorüberkamen, sagte Näfrakolla:

> „Früher warst du schön und rein,
> Jetzt bist du schwarz mein Kämmerlein!"

Fertram fragte sie, was sie gesagt habe; sie aber gab keine
Antwort. Als sie dann zu einem Bache kamen, sagte Näfrakolla:

> „Nun bin ich gekommen zum Lindenbaum,
> Wo sich Fertram und Isol, die lichte,
> Treue geschworen für alle Zeit,
> Und er wird sie wohl halten auch heut!"

Fertram fragte sie wieder, was sie gesagt habe. Sie aber
schwieg. Sie ritten nun weiter, bis sie zu der tiefen Grube
kamen. Da sagte Näfrakolla wieder, indem sie in die Grube
blickte:

> „Hier liegen Eya und Meya,
> Meine beiden Kammermädchen;
> Ich entkam durch die Goldscheere meiner Mutter."

Abermals fragte sie Fertram, was sie gesprochen habe; sie
aber wollte keine Antwort geben.

Nun kehrte man wieder nach Hause zurück. Da ging das
Pferd der vermeintlichen Braut durch; diese sagte dabei:

> „Springe nur, springe nur, Skurbein!
> Allein wirst du schlafen heut' Nacht,
> Und ein junger König wird dann werden."

Wiederum fragte sie Fertram, was sie gesprochen habe;
aber Näfrakolla schwieg auch jetzt.

Hierauf kamen sie in die Stadt zurück. Isol war bereits
wieder nach Hause gekommen. Sie und Näfrakolla wechselten
die Kleider und kein Mensch wußte davon, als die Königin
selbst. Diese fragte ihre Tochter, was sie mit dem Kinde
gethan habe.

„Ich habe es gegessen, liebe Mutter!" sagte sie.

„Das war recht, liebe Tochter", entgegnete die Königin.

Als es nun Abend geworden war, begaben sich die Leute zur Ruhe. Der Bräutigam hatte sich bereits in's Bett gelegt, und die Braut war eben damit beschäftigt, sich rasch zu entkleiden. Als sie aber zu dem Bräutigam in's Bett steigen wollte, sagte dieser:

„Warte noch ein wenig; Du kommst mir nicht früher in das Bett, bevor Du mir nicht sagst, was Du gesprochen hast, als Dir die Aermel angezogen wurden".

„Ich glaube nicht, daß ich etwas Besonderes gesagt habe; ich erinnere mich nicht mehr daran", antwortete Isol; „aber ich kann die Königin fragen, was es gewesen ist".

Sie ging nun zu ihrer Mutter und fragte, was das abscheuliche Mädchen gesagt habe, als ihr die Aermel angezogen wurden, bevor sie fortritt.

Die Königin sagte ihr, sie habe gesagt:

„Gut passen die Aermel
Der Eignerin Arme."

Sie begab sich mit dieser Antwort hinein zu ihrem Bräutigam und theilte sie ihm mit. Hierauf sagte sie:

„Jetzt will ich aber hinauf zu Dir".

Der Bräutigam entgegnete jedoch:

„Nein, Du wartest noch; was sagtest Du, als Du die Handschuhe anzogst?"

„Daran erinnere ich mich nicht mehr; es wird wohl nichts Merkwürdiges gewesen sein", erwiderte sie.

„Du wirst es mir aber sagen", entgegnete er, „sonst kommst Du mir nicht herauf in's Bett."

Sie ging nun wieder zu ihrer Mutter und fragte sie, was das Mädchen gesagt habe, als es die Handschuhe anzog.

Die Königin sagte es ihr:

„Ich weiß es gar wohl,
Welche Finger sie nähten."

Hierauf begab sie sich mit dieser Antwort zu dem Bräutigam und sagte sie ihm. Zugleich wollte sie wieder in das Bett hinauf; er aber wehrte es ihr und fragte sie:

„Was hast du gesagt, als wir an den Ruinen des nieder= gebrannten Thurmes vorbeiritten?"

„Daran erinnere ich mich nicht mehr; es wird wohl nichts Besonderes gewesen sein", sagte sie.

„Du wirst es mir aber sagen", entgegnete Fertram, „sonst kommst du mir nicht in's Bett."

Sie ging nun abermals zu ihrer Mutter, und fragte sie, was das Mädchen gesagt habe, als sie an den Ruinen des niedergebrannten Thurmes vorbeiritten.

Die Königin sagte es ihr:

„Früher warst du schön und rein,
Jetzt bist du schwarz, mein Kämmerlein."

Mit dieser Antwort ging sie wieder zum Bräutigam hinein und sagte sie ihm. Hierauf wollte sie durchaus zu ihm in's Bett, denn es war ihr schon sehr kalt geworden. Fertram aber sagte:

„Nicht früher, bevor Du mir sagst, was Du sprachest, als wir zur Linde und zur Grube kamen und bei der anderen Gelegenheit, als Dir das Pferd nach Hause durchging."

„Daran erinnere ich mich nicht mehr", sagte sie, „ich denke aber, es wird nichts Besonderes gewesen sein."

„Du wirst es mir doch sagen", sprach er.

Sie lief nun abermals zu ihrer Mutter und fragte darnach.

Die Königin sagte es ihr; als sie zur Linde kamen, sprach Näfrakolla:

„Nun bin ich gekommen zum Lindenbaum,
Wo sich Fertram und Isol, die lichte,
Treue geschworen für alle Zeit,
Und er wird sie wohl halten auch heut."

Als sie zur Grube kamen, sprach sie:

„Hier liegen Eya und Meya,
Meine beiden Kammermädchen;
Ich entkam durch die Goldscheere meiner Mutter."

Als aber das Pferd mit ihr durchging, sagte sie:

„Springe nur, springe nur, Skurbein,
Allein wirst du schlafen heut' Nacht,
Und ein junger König wird dann werden."

Sie kam mit dieser Antwort ·zurück und erzählte dem
Bräutigam Alles und wollte nun zu ihm hinauf in's Bett.

In Fertram aber begannen gar viele und schlimme
Ahnungen aufzusteigen und es kam ihm wieder die Erinnerung
an seine rechte Braut zurück. Da nahm er das Schwert, das
oben an der Bettstatt hing, und durchbohrte damit die falsche
Braut, indem er sagte, es solle sich nun erfüllen, daß er diese
Nacht allein schlafe. In diesem Augenblicke kam die Königin
und sah was da vorging. Da wurde sie zu einer Unholdin.
Rasch durchbohrte Fertram auch sie mit dem Schwerte und sie
starb daran. Es wurde nun sogleich nach Näfrakolla gesandt und
sie mußte Alles erzählen, was sich zugetragen hatte. Da freute
sich der König sehr, daß er von dieser Unholdin befreit war,
und das Festmahl wurde auf's Neue begonnen;

Da gab's auf den Tischen
Gepfefferte Pfauen,
Gesalzne Seefische,
Mimjam und Cimjam
Und multum salve.
Da ward getrunken
Primet und Klaret
Und Wein Garganus.
Goldkisten man zog auf den Boden,
Die Gäste erhielten Geschenke;
Reich zogen jene von dannen,
Die ganz arm waren gekommen.
Fertram ward König, als jener starb;
Sie hatten Kinder und Kindeskinder,
Gruben Wurzeln und Kräuter,
Und nun weiß ich die Geschichte nicht mehr weiter.

II. Kohlensteiß auf dem Steckenpferd.

Es lebte einmal ein alter Mann mit seinem alten Weibe in einer schlechten Hütte. Sie hatten drei Töchter; die älteste hieß Signy, die zweite Asa und die dritte Helga. Die beiden ältesten Schwestern, Signy und Asa, hatten glückliche Tage im Vergleich zu Helga; denn die Eltern liebten sie sehr und erfüllten ihnen alle ihre Wünsche. Helga hingegen hatte sich nur geringer Liebe von ihren Eltern zu erfreuen und mußte alle die Geschäfte verrichten, welche am unangenehmsten und beschwerlichsten waren, und die auch die alte Mutter nicht verrichten wollte. Sie mußte alle grobe Arbeit thun, in der Küche sein, mit der Mutter das Essen bereiten und Alles putzen und reinigen, was in der Hütte der Reinigung bedurfte. Die älteren Schwestern hielten sich von all' dem ferne; im Winter saßen sie wie zwei Prinzessinen im Zimmer auf einer Bank; im Sommer aber sonnten sie sich im Freien, gingen in schönen Kleidern spazieren und dachten an nichts Anderes als an ihren Putz.

Gleichwohl beneideten sie Helga; denn obschon sie nur in Lumpen gehüllt war, die gröbsten Arbeiten verrichten mußte und keine andere Ruhestätte hatte als den Aschenhaufen draußen in der Küche, so erschien sie doch Allen als die schönste der Schwestern und dies ärgerte die beiden anderen sehr.

Da kam einmal ein wohlgekleideter und hübscher Mann und freite um Signy. Sowohl den Eltern wie auch Signy selbst gefiel der Mann, und da sie fanden, daß dies eine ansehnliche Partie sei, gaben sie ihr Jawort dazu. Der Mann zog hierauf sogleich mit Signy fort; sie waren aber noch nicht weit von der Hütte entfernt, als er seine Gestalt wechselte und zu einem Riesen mit drei Köpfen wurde. Er fragte nun Signy: „Wünschest Du, daß ich Dich trage oder daß ich Dich ziehe?"

Signy wählte, was das Angenehmere war, und sagte, sie wünsche daß er sie trage. Er ließ sie sich nun auf einen seiner Köpfe setzen und trug sie so hinein in seine Höhle. Hier führte er sie in einen Keller, band ihr die Hände auf den Rücken, schlang ihre Haare um eine Stuhllehne und ging hierauf fort und sperrte den Keller zu.

Kurze Zeit nachher kam wieder ein Mann zu dem Alten und seinem Weibe und freite um Asa; er war vornehm gekleidet und hatte, nach der Meinung der Eltern, das Aussehen eines wohlhabenden Mannes; außerdem gefiel er auch Asa. Es wurde daher beschlossen, daß der Mann sie zum Weibe bekommen solle und derselbe zog mit ihr fort vom väterlichen Hause.

Sie waren noch nicht weit von der Hütte entfernt, als dieser Mann zu einem schrecklich großen Riesen mit drei Köpfen wurde; er stellte dieselbe Frage an Asa, welche er auch an ihre Schwester Signy gerichtet hatte, und es geschah genau dasselbe, was schon früher von ihrer Schwester und ihm erzählt worden ist.

Es kam nun zum dritten Male ein Mann in die Hütte der alten Leute und hielt um die Hand ihrer Tochter an. Es war dies ein stolzer und ansehnlicher Mann. Die alten Leute aber baten ihn, er möge doch mit solchen Reden aufhören, „denn wir haben nun keine Tochter mehr zu vergeben, wir haben schon alle verheirathet, die wir hatten.“ Der Mann bestand jedoch nur noch eifriger auf seiner Werbung; sie hätten gleich= wohl noch eine Tochter, die nicht verheirathet sei, meinte er.

Die alten Leute gaben endlich zu, daß sie allerdings noch eine Tochter besäßen; aber es falle ihnen nicht ein, zu glauben, daß irgend ein Mensch Liebe zu derselben fassen könne, denn sie sei ein häßliches Ding und dabei das nichtswürdigste Geschöpf der Welt. Der Mann aber bestand nur um so mehr auf seiner Werbung und bat, daß er das Mädchen sehen dürfe.

Helga wurde aus der Küche herbeigerufen und dem Fremden gezeigt; dieser drang in die alten Leute, ihm ihre

Tochter nicht länger zu verweigern. Wenn er sie schon durchaus haben wolle, so hätten schließlich auch sie nichts dagegen, meinte endlich der Vater; um Helga's eigene Meinung aber wurde nicht gefragt.

So zog denn der Mann mit Helga fort und als sie ein kurzes Stück Weges zurückgelegt hatten, verwandelte er sich, wie früher, zu einem Riesen und ließ Helga dieselbe Wahl wie ihren Schwestern; sie entschied sich dafür, gezogen zu werden, und es wird nichts Weiteres von ihnen gemeldet, bis sie in der Höhle des Riesen ankamen.

Da sagte der Riese zu Helga:

„Nun sollst Du alle häuslichen Arbeiten hier verrichten, die Höhle fegen und reinigen, mein Essen bereiten, mir in Allem an die Hand gehen und mein Bett machen."

So verging einige Zeit. Während des Tages besorgte Helga alle häuslichen Arbeiten in der Höhle, des Abends und Morgens aber bediente sie den Riesen. Dieser brachte regel=mäßig den Tag mit Jagen und Fischen zu; des Abends trug er seinen Fang heim, der entweder aus Fischen oder Vögeln bestand, und ging sodann an seine Mahlzeit, bei der er nicht gerade die feinsten Manieren an den Tag legte.

Bevor er des Morgens vom Hause fortging, gab er Helga jedesmal, was sie brauchte. Sie bemerkte jedoch, daß der Riese immer selbst zu seinen Behältern und Verschlägen ging und sie nie dabei zusehen ließ; auch nahm er jedesmal, wenn er die Höhle verließ, seine Schlüssel mit sich. Das einzige lebende Ge=schöpf, von dem Helga wußte, daß es sich außer ihr noch in der Höhle aufhalte, war ein winzig kleiner Hund, welcher ihr gehörte und an dem sie viel Vergnügen hatte. Sie bemerkte aber, daß er immer, wenn sie mit ihrer Arbeit beschäftigt war, oder sich nicht mit ihm abgab, davon lief, jedoch wieder zurückkam wenn sie ihn rief, wenngleich nicht augenblicklich. Sie schloß daraus, daß er sehr weit von der Höhle fortlaufe.

Eines Tages begann Helga die Höhle zu unterſuchen und
ſtieß dabei auf eine verſperrte Thüre, vor welcher der Hund
lag. Sie ſchaute durch das Schlüſſelloch, und es ſchien ihr, daß
ſie zwei Mädchen ſehe, welche je auf einem Stuhle ſaßen, und es
kam ihr der Gedanke, ob dies nicht ihre beiden Schweſtern ſein
könnten. Da wurde ſie ſehr betrübt über das harte Loos, welches
dieſelben hier erleiden mußten, obſchon ja die Schweſtern ſelbſt
ſie in früherer Zeit nicht beſſer behandelt hatten.

Als der Rieſe des Abends heimkam, war Helga ſehr
munter und geſprächig und trieb allerlei Scherze mit ihm,
während er bei ſeiner Mahlzeit ſaß. Sie fragte ihn unter
Anderem auch, wie er mit ihrer Arbeit und Wirthſchaft in der
Höhle zufrieden ſei. Er ſei damit ganz zufrieden, ſagte er, und
ſie ſprachen lange zuſammen, bis ſie ihn endlich fragte, wie ſie
ſelbſt ihm gefalle. Der Rieſe ſagte, ſie gefalle ihm ſehr gut; er
habe ſie ja auch deshalb geholt, weil er wußte, was für ein
hübſches Weib ſie ſei. Da ſagte Helga:

„Wenn Du etwas Beſſeres mit mir beabſichtigt hätteſt,
als daß ich Deine Magd ſei, würdeſt Du nicht ſo mißtrauiſch
gegen mich geweſen ſein und mir gewiß erlaubt haben, in
Deiner Höhle überall und zu allen Verſchlägen und Behältniſſen
herumzugehen, und dann hätte ich mich auch an Deinem Reich=
thum erfreuen können; aber Du hältſt Alles vor mir verſchloſſen,
haſt mir ſelbſt Alles vorgegeben, was ich brauchte, und mir
niemals erlaubt von Deinem Eigenthum freien Gebrauch zu
machen.‟

Es ſei richtig, was ſie da ſage, meinte der Rieſe; er hätte
ihr niemals ſeine Schlüſſel gegeben; „aber dies that ich, weil
ich Dich auf die Probe ſtellen wollte. Nun will ich Dir nicht
länger verbergen, daß ich bald unſere Hochzeit zu feiern gedenke,
und deshalb ſollſt Du nun auch die Schlüſſel zu allen meinen
Behältern und Verſchlägen in Empfang nehmen, und über Alles
verfügen können, was mir gehört. Nur einen Verſchlag ſollſt Du

nicht auffperren, wenn auch einer von den Schlüffeln im Bunde
zum Schloffe paßt, und ich rathe Dir, daß Du Dich wohl in
Acht nehmeft, dies zu thun."

Helga nahm den Schlüffelbund in Empfang und fagte:

„Nun haft Du brav gehandelt; nicht nur weil Du mich
nicht betrügen willft, fondern auch weil Du mir erlaubft mit
Deinem Eigenthum frei zu fchalten und zu walten Aber
nun naht ja auch die Zeit, wo es fich für mich geziemt, mit der
Einrichtung in Deinem Haufe etwas näher bekannt zu werden,
als dies bis jetzt der Fall war. Da Du, wie Du fagft, im Sinne
haft, recht bald die Hochzeit mit mir zu halten, glaube ich, daß
es nicht fchaden wird, die Höhle gründlich zu reinigen und das
Eine oder Andere an einen paffenderen Platz zu geben; und ich
will gleich morgen an diefe Arbeit gehen."

Sie begaben fich hierauf zur Ruhe und fchliefen die Nacht
hindurch.

Am nächften Tage ging der Riefe wieder wie gewöhnlich
fort; Helga aber begann nun in feinen Verfchlägen und Behältern nachzufehen. Nachdem fie dies fonft überall gethan, ging
fie auch zu der Thüre, vor welcher der Hund oft lag, und ver-
fuchte den einzigen Schlüffel, den fie noch nicht gebraucht hatte,
und den zu benützen der Riefe ihr verboten hatte. Die Thür
öffnete fich fogleich und als Helga in diefen Raum eintrat,
fand fie ihre beiden Schweftern, welche halb verhungert, aus-
gezehrt und verkommen waren. Sie löfte diefelben von ihren
Banden los und erfrifchte fie, fo gut es ihr möglich war.

Nun erzählten fie Helga ihr Leben bei dem Riefen; er habe
fie, fagten fie, zur Ehe zwingen wollen; da fie fich aber dazu
nicht willig zeigten, habe er fie in diefe abgelegene Höhle ge-
fperrt und ihnen nur fo viel Nahrung vergönnt, als fie brauchten,
um kümmerlich ihr Leben friften zu können. Als Helga dies
gehört hatte, fagte fie:

„Da gilt es unverſäumt Rath zu ſchaffen und ich habe
im Sinne Euch von hier fort zu bringen, wie es auch mir ſelbſt
ſpäter ergehen möge. Ich habe mir ausgedacht, Euch durch den
Rieſen zu Vater und Mutter nach Hauſe tragen zu laſſen und
zwar in einem Sacke, den ich mit alten Fiſchhäuten und den
Mahlzeitüberreſten des Rieſen ausfüllen will.“

Hierauf nahm ſie einen großen Sack, ließ die Schweſtern
in denſelben hineinſteigen und füllte ihn dann rings herum mit
den Speiſeüberreſten des Rieſen aus. Nachdem ſie damit fertig
war, ſtellte ſie den Sack hinten an die Wand der Höhle.

Als der Rieſe des Abends nach Hauſe kam, ſtellte ſich
Helga, als ob ſie ſehr traurig und betrübt wäre, und er drang
daher in ſie, um zu erfahren, was ihr fehle. Sie aber ſagte,
ihre Traurigkeit komme daher, daß ſie von ihrem Tagewerke
ermüdet ſei, ſowie auch daher, daß ſie wiſſe, wie ihre Eltern
kaum einen Biſſen Nahrung im Hauſe hätten, während ſie hier
im Ueberfluſſe lebe. Dem Rieſen gingen dieſe Klagen zu Herzen
und er ſagte, daß er da leicht Hilfe ſchaffen könne. Darauf entgegnete Helga:

„Ich habe heute ſchon darüber nachgedacht, wie Du mit
dem geringſten Schaden für Dich ſelbſt der Noth meiner Eltern
abhelfen könnteſt, und ich glaube nämlich, daß Du wohl kaum
die Ueberreſte vermiſſen wirſt, welche immer von Deinem Früh-
ſtück und Deinem Nachtmahl zurückbleiben, und die bisher unter
dem übrigen Kram in der Höhle herumgelegen ſind; ich habe
ſie zuſammengeſucht und Einiges davon in dieſen Sack da
gegeben, der, wenn er auf eine leichte Art zu meinen Eltern gebracht werden könnte, für dieſelben eine leichte Verſorgung ſein
würde. Aber nun iſt der Sack ſo ſchwer geworden, daß ich ihn
nicht heben kann; und dennoch enthält er nicht die Hälfte von
dieſen Ueberreſten. Da hoffe ich, daß Du mir den Gefallen
erweiſen und dieſen Sack morgen zu meinen Eltern bringen
wirſt; auf dieſe Weiſe hilfſt Du nicht nur ihnen in ihrer Noth,

sondern befreist mich auch von der Mühe und Arbeit, welche
Deine Speiseüberreste mir tagtäglich verursachen. Aber ich ver=
biete Dir auf das Strengste, daß Du etwas im Sacke berührst
oder darin umwühlst; und Du sollst ja nicht glauben, daß ich
es nicht sehen oder wissen würde; denn ich sehe durch Wälder
Höhen und meine Höhle. Auch kannst Du sicher sein, daß es
aus der Heirath mit mir nichts werden wird, wenn Du meinem
Befehle nicht gehorchst."

Der Riese versprach, ihr in Allem zu gehorchen und jeden
ihrer Wünsche zu erfüllen, und sagte hierauf:

„Nun sollst Du Alles fertig machen für unsere Hochzeit,
welche morgen stattfinden wird."

Sodann bezeichnete er ihr all' die Dinge, welche für das
Hochzeitsmahl nothwendig seien, und sie fand, daß es nicht wenige
waren. Er kam auch mit einem Bündel herbei, das er aufband
und aus dem er dann ein Brautkleid hervorzog; er bat Helga,
dasselbe anzuziehen, sobald sie mit den Vorbereitungen zu dem
Mahle fertig sei; denn es müsse schon Alles bereit sein, wenn
die Hochzeitsgäste ankämen, sagte er. Wenn er ihren Eltern den
Sack bringe, werde er auch gleich die Gäste einladen. Helga
antwortete ihm, er könne ganz ruhig sein, es werde schon Alles
bereit sein, wenn die Gäste kämen, und sie that, als ob ihr
sehr daran gelegen sei, daß die Hochzeit so bald als möglich
stattfinde. Hierauf sprachen sie nicht weiter zusammen und legten
sich schlafen.

Am nächsten Morgen stand der Riese zeitlich auf, nahm
den Sack auf den Rücken und trabte damit fort zu der Hütte
der Eltern seiner Braut. Als er ein gut Stück Weges von der
Höhle weg zurückgelegt hatte, ward ihm der Sack so schwer,
daß er denselben von der Schulter nahm, um sich auszuruhen. Er
hatte kaum sein Bürde abgelegt, als die eine der Schwestern sagte:

„Ich sehe durch Wälder, Höhen und meine Höhle!"

Da meinte der Riese, daß Helga ihn sehe, und er sagte:

„Nein, nicht will in den Sack ich sehen
Und sollt' auch brechen mir der Rücken;
Ein scharfes Auge hat meine Helga,
Sie kann durch Wälder, Höhen und ihre Höhle blicken."

Aber er wurde bald zum zweiten Male müde und fand den
Sack ungewöhnlich schwer; er setzte ihn deshalb wieder auf die
Erde nieder; als er nun abermals sprechen hörte: „Ich sehe
durch Wälder, Höhen und meine Höhle", wiederholte er seine
früheren Worte und setzte die Wanderung fort. Dasselbe ge=
schah, als er zum dritten Male ausruhte; er hörte und ent=
gegnete dasselbe, wie das erste Mal. Hierauf kam er ohne
weiteren Zwischenfall zu der Hütte und überlieferte den alten
Leuten den Sack.

Nun müssen wir erzählen, daß Helga daran ging die
Höhle zu reinigen und die Vorbereitungen für das Hochzeitsmahl
zu treffen, wie der Riese ihr anbefohlen hatte. Sie beeilte sich, so
sehr sie konnte, und deckte den Tisch. Als sie mit Allem fertig
war, was sie zu thun hatte, nahm sie einen Knüttel, den sie
in der Höhle fand, legte demselben ihren Brautanzug an, und
stellte ihn dahin, wo sie glaubte, daß ihr eigener Platz beim
Mahle sein würde. Hierauf schwärzte sie ihr Gesicht mit Ruß,
wälzte sich mit ihren Kleidern in Kohle und Asche, nahm den
Schürhaken, setzte sich rittlings auf denselben und verließ sodann
in der Richtung, welcher derjenigen, in der die Hütte ihrer Eltern lag,
entgegengesetzt war, die Höhle. Sie war noch nicht weit gekommen,
als sie auch schon dem Riesen begegnete, der mit einer großen
Menge von Hochzeitsgästen daher kam. Es waren sowohl Riesen
wie Berggeister in seinem Gefolge und er selbst ging Allen voraus.
Er sprach Helga an und fragte sie, wie sie heiße. Sie ant=
wortete, daß sie „Kohlensteiß auf dem Steckenpferde" heiße. Da
sprach er zu ihr:

> „Kamſt Du zum Mehlberg,
> Kohlſchwarze Heye?"

Sie antwortete:

> „Ich komme von dort;
> Bedeckt ſind die Bänke,
> Die Braut ſitzt bei Tiſche,
> Voll ſind die Krüge,
> Sie fließen über."

Da ſagte der Rieſe:

„Oho! reiten wir ſchnell, die Braut wartet!"

Und alle Gäſte wiederholten ſeine Worte und riefen:

„Oho! reiten wir ſchnell, Burſche!"

Nachdem Helga ſie verlaſſen hatte, begegnete ihr eine andere Schaar von Gäſten, welche nur aus Rieſinnen und Heyen beſtand. Die fragten ſie ebenſo wie der Rieſe:

> „Kamſt Du zum Mehlberg,
> Kohlſchwarze Heye?"

Sie antwortete:

> „Ich komme von dort;
> Bedeckt ſind die Bänke,
> Die Braut ſitzt bei Tiſche,
> Voll ſind die Krüge,
> Sie fließen über."

Da riefen die Weiber:

„Oho! reiten wir ſchnell, Dirnen!"

Hierauf ritten die Heyen weiter zur Höhle am Mehlberge. Als aber Helga von jenen durch einen Hügel getrennt war, kehrte ſie um und eilte heim nach der Hütte, wo ſie ihren Eltern und Geſchwiſtern erzählte, welchen Verlauf die Dinge nun genommen hätten. Sie blieb aber nur kurze Zeit zu Hauſe; dann ging ſie wieder fort, um zu ſehen, was ſich nun auf dem Mehlberg zutrage.

Wir kommen wieder zurück zu dem Rieſen und ſeinen Gäſten.

Als ſie zur Höhle kamen, ſahen ſie den Tiſch gedeckt und die Bänke aufgeſtellt, kurz: Alles zu Luſt und Vergnügen vor=

bereitet. Hierauf erblickten sie die Braut, welche bereits auf ihrem Platze saß; sie traten näher an sie heran und grüßten sie; aber sie würdigte sie nicht einmal eines Blickes, was Allen ein ganz lächerliches Benehmen erschien und nicht zum Wenigsten dem Bräutigam. Als sie sich aber dieselbe etwas genauer ansahen, entdeckten sie, wie diese Braut beschaffen war. Der Riese fand nun, daß er in schlimmer Weise zum Besten gehalten worden war, und einige von den Gästen, welche dies einsahen, beklagten ihn wegen dieser Verhöhnung, die anderen Gäste jedoch glaubten, daß sie selbst vom Riesen zum Besten gehalten worden seien, da er sie zur Hochzeit eingeladen habe, nun aber durch einen Knüttel täuschen wollte. Es entstand alsbald eine Schlägerei zwischen dem Riesen und seinen Freunden einerseits und Denjenigen, die sich von ihm zum Besten gehalten glaubten, andererseits, und sie schlugen einander schließlich alle todt. Kurz und gut, es blieb keine lebende Seele zurück; Helga aber stand dabei und sah zu, auf welch' häßliche Weise sie um's Leben kamen. Als alle Unholde gefallen waren, lief Helga eiligst heim in die Hütte und holte ihre ganze Familie. Hierauf zogen sie die todten Leiber aus der Höhle, trugen Holz zusammen, zündeten einen großen Scheiter-haufen an und verbrannten die ganze häßliche Brut zu schwarzer Kohle. Sodann nahmen sie Alles, was sie in der Höhle an Geldeswerth fanden und schafften es heim in die Hütte.

Helga ließ eine Menge Zimmerleute kommen, kaufte Bau-holz und ließ ein großes, schönes Haus erbauen, in welchem sie dann wohnte. Ihre Schwestern heiratheten niemals; denn sie hatten nicht viel Verstand im Kopf, waren an nichts gewöhnt und konnten nichts, was nützlich war. Helga aber heirathete einen braven Mann und sie lebten lange und glücklich zusammen,

> Hatten Kinder und Kindeskinder,
> Gruben Wurzeln und Kräuter;
> Es schwamm der Fisch
> Im Fett am Tisch;

Dies fei befchieden Jedermann,
Der hören kann;
Doch brenn' im Kopfe eine Bohn',
Dem, der nicht zahlt Erzählerlohn,
Lieber heute als morgen.
Die Katze draußen im Moor
Streckte den Schwanz empor,
Und — aus ist das Märchen!

III. Sigurd, der Königsfohn.

Es waren einmal ein König und eine Königin, die herrfchten
über ein Reich. Sie hatten vier Töchter, welche alle fehr fchön
waren; doch liebte der König am meiften feine jüngfte Tochter.
Eines Tages nun ritt der König mit feinen Leuten auf die Jagd.
Man ftieß auf eine Hirfchkuh und verfolgte diefelbe. Damit
verging ein großer Theil des Tages, und da der König das
fchnellfte Pferd hatte, ließ er allmählich alle feine Leute zurück.
Er verfolgte das Thier ganz allein, bis er tief in den Wald
hineingekommen war; plötzlich aber verlor er daffelbe aus den
Augen und ftreifte irren Weges im Walde herum. Als es
Abend geworden war, kam er endlich zu einem Haufe, deffen
Thüre halb offen ftand. Der König trat in daffelbe ein und
fah hier ein Zimmer, in dem fich ein Tifch mit Licht, Speife und
Wein befand. Auch ein gemachtes Bett war darin, aber von
einem Menfchen keine Spur. Hingegen lag ein rothbrauner
Hund auf dem Boden. Der König ging wieder hinaus und
fand jetzt auch einen offenen Pferdeftall für ein Pferd und genug
Futter für daffelbe. Er führte fein Pferd in den Stall hinein
und ging hierauf wieder in das Zimmer zurück in der Erwartung,

daß der Eigenthümer des Hauses bald kommen werde. Als es
aber schon auf Mitternacht ging, und noch immer Niemand kam,
machte der König sich's bequem, als ob er zu Hause wäre,
nahm ein Abendmahl zu sich und legte sich schlafen. Er schlief
sogleich ein und erwachte nicht früher, als bis es schon lichter Tag
war. Er stand auf und sah abermals keinen Menschen; wohl
aber war wieder reichlich Speise und Wein auf dem Tische,
und der rothbraune Hund lag auf dem Boden. Der König
ging sodann hinaus und sah nach seinem Pferde; auch dieses hatte
genug Futter. Hierauf kehrte er wieder in das Haus zurück,
nahm ein Frühstück zu sich, holte sodann sein Pferd und ritt
davon.

Als er eine Strecke weit geritten war, gelangte er zu einem
kleinen Hügel; hier kam ihm der rothbraune Hund nachgelaufen,
holte ihn ein und sah recht böse aus. Der Hund sagte, daß der
König sehr undankbar sei; er habe ihn in der Noth beherbergt,
ihm Speise, Wein und ein Bett zum Schlafen, sowie auch seinem
Pferde Futter gegeben; der König aber sei fortgeritten, ohne ihm
auch nur dafür zu danken; er werde ihn nun auf der Stelle
zerreißen, sagte er, es sei denn, daß er verspreche, ihm das Erste
zu geben, was ihm auf dem Heimwege begegne. Der König
versprach dies auch, um sein Leben zu retten, und der Braune
sagte darauf, er werde nach Verlauf von drei Tagen kommen,
um den Gegenstand in Empfang zu nehmen. Hierauf ritt der
König heim.

Nun ist zu berichten, daß in der Halle des Königs Alle
sehr besorgt wurden, als der König des Abends nicht nach Hause
zurückkehrte, am meisten aber seine jüngste Tochter. Sie bestieg
des Morgens einen Thurm in der Stadt und spähte von da
nach allen Seiten aus, ob sie ihren Vater nicht kommen sehe.
Als sie ihn endlich heranreiten sah, lief sie ihm entgegen, um
ihn zärtlich willkommen zu heißen. Der König aber wurde sehr
betrübt, als ihm seine Tochter entgegen kam. Sie gingen so

dann zuſammen nach der Halle, wo Alles über des Königs An=
kunft erfreut war. Als der König ſich zu Tiſche geſetzt hatte,
erzählte er ſeine Erlebniſſe und welches Verſprechen er gegeben
habe; doch fügte er hinzu, er werde ſich niemals bewegen laſſen,
ſich von ſeiner Tochter zu trennen.

Als drei Tage um waren, wurde an die Thüre der Halle
geklopft. Es wurde ein Mann zur Thüre geſchickt, und als
derſelbe wieder zurückkam, meldete er, er habe Niemand vor der
Thüre geſehen als einen rothbraunen Hund. Nun wußte man,
was dies zu bedeuten habe; die Tochter wollte ſchon gehen,
aber der König ſagte, daß dies niemals geſchehen ſolle. Da
wurde eine Magd zur Thüre geſchickt. Als ſie dahin kam,
fragte der Hund:

„Biſt Du zu mir geſchickt?"

Die Magd ſchwieg; der Hund aber hieß ſie auf ſeinen
Rücken ſteigen und lief mit ihr davon in den Wald. Bei einem
Hügel blieb er ſtehen und ließ ſie nieder ſteigen. Dann fragte er:

„Wie ſpät mag es nun wohl ſein?" Die Magd ſagte,
das wiſſe ſie nicht, aber es dürfte ungefähr die Zeit ſein, wo ſie
die Halle des Königs auszukehren pflegte.

„Biſt Du alſo nicht die Königstochter?" fragte er.

„Nein" entgegnete das Mädchen.

Da zerriß der Hund ſie in Stücke.

Am folgenden Tage wurde abermals an die Thüre der
Halle geklopft und ein Mann ging hinaus um zu ſehen, wer
draußen ſei. Als er zurückkam, ſagte er, der rothbraune Hund
ſtehe draußen und ſcheine ſehr zornig zu ſein. Da wußten die
Leute, was dies zu bedeuten habe, und die Königstochter wollte
zum Hunde hinaus gehen, aber der König wehrte es ihr.

Es wurde abermals eine Dienerin hinausgeſchickt. Als
ſie zu dem Hunde kam, fragte ſie dieſer, ob ſie zu ihm geſchickt
ſei; ſie aber ſchwieg.

Da hieß der Braune sie auf seinen Rücken steigen und lief
mit ihr davon. Als er aber zu dem Hügel kam, schüttelte er
sie ab und fragte sie, wie spät es jetzt wohl sein könne.

Die Magd antwortete, daß es wohl beiläufig die Zeit sein
dürfte, wo sie des Königs Tisch zu decken pflegte.

„So bist Du also nicht des Königs Tochter?" fragte der
Hund.

Sie antwortete: „Nein".

Da zerriß der Hund sie in Stücke.

Am nächsten Tage wurde wiederum an die Thüre der
Halle geklopft, und ein Mann wurde hinausgeschickt. Derselbe
kam sogleich wieder zurück und meldete, daß der rothbraune
Hund wieder draußen stehe, und grauenhafter aussehe, als je zuvor.
Da ließ sich die Königstochter nicht mehr zurückhalten, obschon
der König es um keinen Preis gestatten wollte. Sie sagte, daß
sie keinen sehnlicheren Wunsch hege, als sein Leben zu retten, und
ging hinaus.

Als sie vor die Thüre der Halle kam, wo der Hund stand,
fragte dieser:

„Bist Du zu mir geschickt?"

Sie antwortete: „Ja."

Er hieß sie auf seinen Rücken steigen, und lief mit ihr
davon. Als er in den Wald hinaus zu dem Hügel kam, der
früher erwähnt wurde, schüttelte er sie ab, und fragte:

„Wie spät mag es jetzt wohl sein?"

Sie antwortete, daß es jetzt wohl die Zeit sein dürfte, wo
sie zu ihrem Vater zu gehen pflegte.

„So bist Du also die Königstochter?" sagte er.

„Ja" entgegnete sie. Hierauf hieß er sie wieder auf seinen
Rücken steigen, und trug sie noch ein Stück Weges weiter, bis
sie zu einem Hause kamen. In dasselbe trat der Hund mit der
Königstochter ein und sagte, daß sie jetzt hier wohnen werde.
Es befand sich darin ein Tisch, ein Bett und ein Stuhl, und es

war Alles vorhanden, dessen sie bedurfte und was ihr Vergnügen bereiten konnte. Ueber all dies sollte sie allein verfügen.

So verging einige Zeit. Sie erblickte niemals einen Menschen; in der Nacht jedoch schlief jedesmal ein Mann bei ihr im Bette. Der braune Hund hielt sich stets des Morgens und Abends im Hause auf; während des Tages aber war er oft fort.

Nun wurde die Königstochter schwanger. Da sagte einmal der Braune zu ihr, daß wohl bald die Stunde nahe, wo sie ein Kind zur Welt bringen werde, und daß man ihr dieses Kind weg= nehmen werde. Er bat sie auch, sich vom Schmerze nicht über= wältigen lassen und keine Thränen zu vergießen, denn es sei dies für sie von großer Wichtigkeit; sollte sie sich jedoch nicht enthalten können zu weinen, dann möge sie die Thränen in das Tuch fließen lassen, welches er ihr hiermit gebe. Hierauf ging er fort.

Die Königstochter gebar ein sehr schönes Mädchen, welches sie wusch, einwickelte und hierauf zu sich in's Bett legte. Während sie noch über das Kind gebeugt war, zog ein Schatten an dem Fenster des Hauses vorüber, und in demselben Augen= blicke kam ein Geier in das Zimmer geflogen, nahm das Kind in seine Klauen und flog damit fort.

Dieser Verlust ging der Königstochter wohl sehr zu Herzen, allein sie weinte nicht. Da kam der Braune zu ihr hinein und war sehr freundlich. Er gab ihr einen goldenen Kamm, und sagte, daß sie denselben als Belohnung für ihre Standhaftig= keit haben soll.

Nun verstrich wieder einige Zeit. Da erzählte ihr der Braune einmal, daß jetzt ein Königssohn zu ihrem Vater ge= kommen sei und um ihre älteste Schwester angehalten habe, und daß die Hochzeit derselben nahe bevorstehe. Er fragte sie auch, ob sie der Hochzeit ihrer Schwester beiwohnen möchte, und sie antwortete, daß sie das gern wolle. Er trug sie daher bis zu

dem Hügel, der früher erwähnt worden ist, und zeigte ihr den
Weg zu der Halle ihres Vaters. Zugleich gab er ihr zwei
schöne Frauenkleider mit; das eine sollte sie ihrer Schwester geben,
damit sie es an ihrem Hochzeitstage trage, das andere aber sollte
ihr selbst gehören. Beim Abschiede bat er sie noch, nichts von
ihrem Schicksale und ihren Lebensverhältnissen zu erzählen, nicht
länger als drei Tage auszubleiben und nach Verlauf dieser Zeit
wieder zu demselben Hügel zurückzukommen.

Die Königstochter kam heim und wurde mit großer
Freude empfangen. Sie wohnte der Hochzeit ihrer Schwester
bei, nachdem sie dieser früher das schöne Kleid gegeben hatte,
welches allgemeine Bewunderung erregte. Von ihrem Schicksale
aber wollte sie durchaus nichts erzählen, so sehr sie auch darüber
befragt wurde. Sie sagte nur, daß es ihr gut gehe. Am
dritten Tage kehrte sie wieder nach ihrem Heim zurück, und als
sie zu dem Hügel kam, stand schon der Braune dort und er=
wartete sie. Hierauf brachte er sie wieder zurück in ihr Haus.

Es verging abermals einige Zeit und die Königstochter
wurde zum zweiten Male schwanger. Da sagte der Braune aber=
mals zu ihr, daß sie jetzt bald ein Kind zur Welt bringen werde,
welches ihr ebenso, wie das erste, weggenommen werden würde. Er
bat sie, sich so standhaft zu verhalten, als sie nur könne, und nicht
zu weinen, denn es sei von großer Wichtigkeit für sie. Doch
möge sie das Tuch bereit halten; denn diesmal werde sie sich
den Verlust des Kindes viel mehr zu Herzen nehmen. Hierauf
ging er fort.

Die Königstochter gebar auch dieses Mal ein schönes
Mädchen. Sie wusch es, wickelte es ein, legte es vor sich in das
Bett und beugte sich mit zärtlicher Mutterliebe über dasselbe. In
demselben Augenblicke sah sie, daß ein Schatten an dem Fenster
vorbeiglitt, und sie konnte sich schon denken, woher er kam. Sie
kehrte ihr Gesicht der Wand zu, denn sie getraute sich nicht
zuzusehen, wie das Kind ihr genommen wurde. Der Geier kam

in das Zimmer, ergriff das Kind mit seinen Klauen und flog mit demselben davon. Auch dieses Mal weinte die Königstochter nicht.

Als der Braune kam, war er wieder sehr freundlich und brachte der Königstochter eine goldene, mit Edelsteinen besetzte Halskette und sagte, daß dieselbe ihr gehöre, weil sie sich so standhaft gehalten habe.

Es verging nun wieder einige Zeit. Da erzählte ihr der Braune, daß ein anderer Königssohn zu ihrem Vater ge-kommen sei, welcher ihre zweite Schwester zur Frau nehmen wolle, und daß sie zur Hochzeit derselben gehen könne, wenn sie Lust habe. Sie dankte für die Erlaubniß und der Hund gab ihr wieder ein prächtiges Kleid für ihre Schwester und ein anderes für sie selbst, begleitete sie sodann bis zu dem Hügel und bat sie, nicht länger als drei Tage auszubleiben und nichts von ihrem Schicksale und ihren Verhältnissen zu erzählen.

Die Königstochter begab sich nach Hause und wurde, wie das erste Mal, mit Jubel und Freude empfangen. Sie wohnte der Hochzeit ihrer Schwester bei, nachdem sie ihr früher das prächtige Kleid gegeben hatte, erzählte aber von ihrem Schicksale nichts anderes, als daß es ihr gut gehe, und kehrte nach Verlauf von drei Tagen wieder zu dem Hügel zurück. Der Braune, welcher bereits dort saß und sie erwartete, empfing sie mit großer Freude, und trug sie heim nach ihrem Hause.

Hierauf verstrich wiederum einige Zeit. Da wurde die Königstochter zum dritten Male schwanger, und als ihre Nieder=kunft nahe bevorstand, sagte ihr der Braune, daß sie nun ein Kind zur Welt bringen werde, welches ihr abermals weggenommen werden würde. Er bat sie auch, wie die beiden anderen Male, standhaft zu sein und nicht zu verzweifeln; denn dieses Mal, sagte er, würde es ihr am meisten zu Herzen gehen und sie müsse genau darauf sehen, daß sie, wenn sie weinen sollte, die Thränen

in das Tuch fließen laffe; denn es fei dies von großer Wichtig=
keit für fie. Hierauf ging er fort.

Die Königstochter gebar einen wunderfchönen Knaben.
Sie wufch denfelben, wickelte ihn ein, legte ihn zu fich in's Bett
und bezeigte ihm große Liebe. Da fah fie, daß ein Schatten
an dem Fenfter vorüberzog, und fie wandte fich von dem Kinde
ab und hielt das Tuch vor ihr Geficht. In demfelben Augen=
blicke kam der Geier, nahm das Kind in feine Klauen und flog
mit demfelben davon. Da floß eine Thräne aus dem Auge der
Königstochter und diefelbe rann nieder auf einen Zipfel des
Tuches, welchen fie zu einem Knoten fchlang. Hierauf kam der
Braune zu ihr hinein und war zwar freundlich, wie die früheren
Male, aber doch weniger erfreut als fonft. Er fagte, daß es
nicht fo glücklich abgelaufen fei, wie er gewünfcht habe. Er
fchenkte ihr fodann einen Spiegel in goldenem Rahmen, und
bemerkte, daß dies eine Belohnung für ihre Ausdauer fei.

Einige Zeit darauf erzählte der Hund der Königstochter, daß
nun ein Königsfohn ihre dritte Schwefter heirathen wolle und
daß fie ebenfalls ihrer Hochzeit beiwohnen dürfe; er gab ihr
abermals zwei prächtige Frauenkleider mit, das eine für ihre
Schwefter, das andere für fie felbft. Hierauf begleitete er fie
bis zu dem Hügel, und bat fie, nicht zu vergeffen, daß fie von
ihrem Schickfale nichts erzählen dürfe und nach Verlauf von
drei Tagen wieder zurückkehren müffe.

Sie begab fich wieder in das väterliche Heim und wurde
mit Freuden aufgenommen. Hierauf fchenkte fie ihrer Schwefter
das koftbare Kleid, damit fie es an ihrem Hochzeitstage trage,
während fie felbft das andere anlegte. Sie hielt fich dort drei
Tage lang auf, erzählte jedoch nichts von ihrem Schickfale,
fondern fagte nur, daß es ihr gut ergehe.

Als fie wieder fortging, begleitete fie ihre Mutter, die
Königin, ein Stück Weges und drang nun in fie, daß fie ihr doch
fagen möge, in welchen Verhältniffen fie denn eigentlich lebe.

Die Tochter erzählte ihr nichts anderes, als daß in jeder
Nacht ein Mann, den sie bisher nie gesehen habe, bei ihr
schlafe. Da gab ihr die Königin einen Stein und sagte, sie
solle denselben, wenn der Mann, der bei ihr liege, eingeschlafen
sei, an' dessen Gesicht vorübergleiten lassen, dann werde sie ihn
sehen können.

Hierauf nahmen sie Abschied von einander und die Königs=
tochter kam zu dem Hügel, wo bereits der Braune stand und
wartete, um sie wieder nach Hause zu bringen. Als in der
folgenden Nacht der Mann, welcher bei ihr im Bette lag, ein=
geschlafen war, ließ sie den Stein über ihn hingleiten und sah
nun, daß er jung und schön war. In demselben Augenblicke
aber erwachte derselbe und war darüber sehr betrübt. Es sei
dies ein großes Unglück, sagte er, und es werde lange dauern,
bis sie von den schlimmen Folgen desselben wieder befreit sein
würden, denn sie müßten jetzt von einander scheiden und würden
sich wahrscheinlich nie mehr wieder sehen.

Er erzählte ihr hierauf, daß er ein Königssohn sei und
Sigurd heiße; seine Mutter sei gestorben und sein Vater habe
lange um sie getrauert. Einmal sei er mit seinem Vater, um
ihm ein Vergnügen zu machen, in den Wald hinausgegangen; da
sahen sie ein seidenes Zelt, in welchem zwei Weiber saßen, das
eine schon ziemlich alt, das andere jung, und die ältere schien
sehr viel Kummer zu haben. Beide waren sehr schön. Sein
Vater fragte sie über ihre Verhältnisse aus, und die Aeltere er=
zählte nun, sie sei das Weib eines Königs und das Mädchen
ihre Tochter. Feinde hätten das Reich ihres Mannes verheert,
dieser selbst sei in einer großen Schlacht gefallen, sie aber habe
sich mit ihrer Tochter geflüchtet, und so seien sie hieher ge=
kommen. Sein Vater, so erzählte er weiter, habe Mitleid mit
ihnen gehabt und sie eingeladen, in seine Halle zu kommen.
Bald darauf habe der Vater auch mit dem älteren Weibe
Hochzeit gehalten. Er selbst habe jedoch immer einen Widerwillen

gegen seine Stiefmutter empfunden und ihr nie eine Zuneigung entgegenbringen können; sie aber sei fortwährend in ihn gedrungen um ihn zu bewegen, daß er ihre Tochter heirathen möge.

Zu eben dieser Zeit nun, fuhr der Königsohn fort sei sein Vater fortgezogen, um in seinen anderen Ländern die Schatzung zu erheben; da wäre denn seine Stiefmutter zu ihm gekommen, und hätte mit allem Nachdruck von ihm verlangt, daß er ihre Tochter zur Frau nehme. Er aber habe sich entschieden dagegen geweigert. Darüber sei sie in großen Zorn gerathen und habe ihn verzaubert, so daß er in den Wald hinaus verschwinden, und jeden Tag zu einem rothbraunen Hunde werden mußte, in der Nacht jedoch seine wahre Gestalt behalten durfte; und diese Verzauberung sollte zehn Jahre lang währen. Nach Ablauf dieser Zeit solle er gezwungen sein, wieder heim zu kommen und ihre Tochter zu heirathen, falls es ihm auf diese Weise besser gefalle, als sie freiwillig zur Frau zu nehmen, — es sei denn, daß er eine der schönsten Königstöchter der Welt dahin bringe, bei ihm zu bleiben, und drei Kinder von ihr bekomme, ohne daß dieselbe ihn jemals sehe oder ihm zu entlaufen versuche. Alle ihre Kinder jedoch sollten ihr gleich nach der Geburt weggenommen werden, und wenn sie darüber eine Thräne vergieße, solle dieselbe im Auge ihres Kindes zum Staar werden, der nur durch die Thränen, welche sie selbst weine, wieder behoben werden könne. So sei es denn geschehen, erzählte er, daß er in dieses Haus kam; es hätte nur noch einen Monat gedauert, bis er von dieser schweren Verzauberung befreit worden wäre; nun aber müsse er sie verlassen und wieder in die Stadt seines Vaters heimkehren, und, was das Schlimmste sei, seine Stiefschwester heirathen. So gerne sie es auch thun möchte, sagte er zur Königstochter, könne sie ihn doch auf keine Weise aus dieser unglücklichen Lage befreien. Doch besitze er drei Oheime von väterlicher Seite, welche alle seinethalber Heim, Reichthum und Würde geopfert hätten, und von denen zwei hieher in seine

Nähe gezogen wären und in ärmlichen Hütten wohnten. Sie
hätten dies gethan, um seiner Stiefmutter zu entkommen, und
ihm Beistand zu leisten; sie hätten ihm auch Alles gegeben,
was er zu seinem Unterhalte und seinem Vergnügen brauchte,
so lange diese Verzauberung dauerte. Derjenige von seinen
Oheimen, welcher am nächsten von ihm wohne, sagte er, sei
es eben gewesen, welcher die Gestalt einer Hindin angenommen
und ihren Vater in den Wald hinaus und zu ihm gelockt habe. Seine
Oheime würden nun auch die ersten sein, welche im Stande wären,
ihr aus dieser Noth herauszuhelfen. Sie möge deshalb das
Haus verlassen und längs des Baches, welcher in der Nähe fließe,
dahingehen; sie werde da zu der einen der Hütten seiner Oheime
kommen. Er bat sie noch, das Tuch, in welches sie die Thräne
fallen ließ, sorgfältig zu hüten, und niemals abhanden kommen
zu lassen; auch solle sie, wenn sie in sehr große Bedrängniß
komme, sich nicht von den Kleinodien trennen, welche er ihr
gegeben habe. Hierauf übergab er ihr einen großen Sack voll
Goldmünzen und bat sie, dieselben freigebig mit seinen Oheimen
zu theilen, wenn sie dieselben treffe, denn sie seien nun sehr arm,
sagte er. Sodann verschwand er; sie aber blieb allein im Hause
zurück, voll Kummer und Betrübniß.

Alsbald jedoch traf sie Vorbereitungen um fortzuziehen; sie
ging längs des Baches, wie es ihr beschrieben hatte, dahin, und
kam gegen Abend zu der einen Hütte. Ein ärmlich gekleideter alter
Mann, mit einem tiefliegenden Hute auf dem Kopfe, stand vor
der Thür. Sie grüßte denselben; der Mann aber erwiederte ihren
Gruß mit betrübter, kummervoller Miene. Sie bat ihn um Nacht=
herberge, er antwortete aber, daß er nicht gerne Gäste habe;
auch würde ihr Kommen kaum viel Glück bringen. Sie bat ihn
jedoch um so inständiger, und gab ihm viel Geld aus ihrem
Sacke; da heiterte sich seine Stirne auf, er gewährte ihr Obdach
und so blieb nun die Königstochter dort über Nacht. Sie erzählte
dem Alten Alles, was sich mit ihr zugetragen hatte und bat

ihn, ihr behilflich zu sein, daß sie den Königsfohn wieder bekomme. Er sagte jedoch, es sei dies sehr schwer, und er vermöge es nicht; wahrscheinlich aber sei sein Bruder es im Stande, der ziemlich weit von hier, unten an demselben Bergabhange wohne, und er erbot sich, ihr den Weg dahin zu zeigen.

Am nächsten Morgen verließ sie die Hütte und ging längs des Bergabhanges hin, bis sie des Abends zu einer anderen Hütte kam; sie klopfte an die Thüre; ein alter Mann mit strengen Mienen und häßlichem Gesicht öffnete dieselbe. Er trug einen schwarzen Mantel und hatte einen breitkrämpigen Hut auf dem Kopfe. Die Königstochter bat ihn, daß sie hier über Nacht bleiben dürfe. Er aber antwortete, daß es dem Manne wohl wenig Nutzen bringen würde, der ihr Obdach gewähre; denn sie sei gewiß nicht vom Glücke begleitet. Sie bat ihn jedoch auf das Inständigste, daß er sie nur diese Nacht beherbergen möge, und schenkte ihm eine sehr große Summe Geldes aus ihrem Sacke. Da wurde der Alte freundlicher und er führte sie hinein in die Hütte.

Drinnen saß ein Weib auf einer Bank, welches ein Wickelkind in seinem Schooß hatte, während zwei andere Kinder am Boden spielten. Dasselbe nahm die Königstochter sehr freundlich auf, hieß sie sich niedersetzen und war sehr gesprächig. Sie sprachen von den Kindern, welche die Königstochter ungewöhnlich schön fand.

Das Weib erzählte voll Kummer, daß der Knabe, welchen es ihm Schooße halte, auf dem einen Auge den Staar habe; ob aber da durch etwas geholfen werden könne, wisse sie nicht. Die Königstochter meinte, es sei dies ein großer Schaden für ein so hübsches Kind. Hierauf sprachen sie nicht weiter über diesen Gegenstand und das Weib bat die Königstochter, den Knaben zu warten, während es hinausgehe, um etwas Anderes im Hause zu besorgen. Hierauf ging es fort, um für den Gast ein Nachtmahl zu bereiten.

Als die Königstochter allein war und mit dem Knaben
im Schooße dasaß, kam ihr der Gedanke, ob nicht vielleicht ihre
Thräne, die sich in dem Tuche befinde, die Eigenschaft habe, daß
selbe auch von anderen Kindern als ihren eigenen den Staar aus
den Augen nehmen könne. Sie löste den Knoten auf, strich den
Zipfel des Tuches über das Auge des Kindes und sogleich war
der Staar verschwunden.

Als das Weib wieder zurückkam und sah, was sich
ereignet hatte, wurde es sehr erfreut und dankte der Königs=
tochter für ihr gutes Werk. Hierauf brachte es ihr Speise.

Die Königstochter blieb hier über Nacht und erzählte dem
Alten ihre ganze Leidensgeschichte bis auf den letzten Tag. Da
wurde derselbe sanft in seinem Gespräche mit ihr und sagte, daß
ihre Sorgen ihm sehr zu Herzen gehen, daß es aber schwer sein
würde, denselben abzuhelfen; denn es sei nun die Zeit zu kurz, da
der Königssohn morgen mit der Tochter seiner Stiefmutter Hoch=
zeit halten werde; der Weg dahin aber sei lang und führe um
ein großes Gebirge; würde sie diesen Weg gehen, so käme sie
zu spät. Es gebe zwar einen kürzeren Weg über das Gebirge,
auf welchem man an einem Tage dahinkommen könne; allein
derselbe sei beinahe nicht gangbar wegen der Zauberei der
Königin, welche ihre Ankunft zu verzögern trachten werde. Er
wolle es aber doch versuchen, ihr zu helfen, damit sie auf dem
kürzesten Wege über das Gebirge käme.

Bevor sie sich auf den Weg machte, gab er ihr einen
Stock, der am unteren Ende mit einer Eisenspitze versehen war,
damit sie sicher den steilen Weg hinanschreiten konnte, der außer=
dem so glatt wie ein Spiegel war. Er wickelte auch ein Tuch um
ihren Kopf, damit sie von den Wundern, welche ihr in Folge
der Zauberei begegnen würden, nichts hören und nicht verwirrt
werden könne. Er sagte ihr überdies, daß sie niemals zurücksehen
dürfe. Auf der anderen Seite des Gebirges wohne ein Freund
von ihm, fügte er weiters hinzu, bei welchem sie einkehren und

bitten möge, daß man sie zur Königsburg begleite; er selbst aber wolle dafür Sorge tragen, daß die Königin sie nicht erkenne.

Die Königstochter nahm nun Abschied von dem Alten und ging über das Gebirge, wie er ihr gesagt hatte; sie blickte nie= mals auf dem Wege zurück, und ließ sich von den Wundern und dem schrecklichen Geheul, das sie hörte, nicht erschrecken. Dabei leistete ihr auch das Tuch, welches sie um den Kopf gewickelt trug, die besten Dienste. Abends kam sie zu der Hütte, in welcher der Freund des Alten wohnte; es war dies ein hübsches, kleines Häuschen, und sie wurde dort freundlich aufgenommen und die Nacht über beherbergt. Sie bat den Mann, daß er sie nach der Halle des Königs begleiten möge. Das sei eine ganz leichte Sache, meinte er, denn er gehe selbst dahin, um der Hochzeit des Königs= sohnes beizuwohnen.

Als sie in die Halle des Königs kamen, gab es hier viel Pracht und Herrlichkeit aus Anlaß der Hochzeit des Königs= sohnes. Die Königstochter ging zur Thüre der Halle und sah hier den König und die Königin auf dem einen, den Königsohn mit der Tochter seiner Stiefmutter auf dem anderen Ehrenplatze sitzen. Alle zeigten fröhliche Mienen, nur nicht der Königsohn, auf dessen Gesicht man den Kummer lesen konnte.

Niemand erkannte die Königstochter, nicht einmal der Königsohn selbst. Sie stand dort den ganzen Tag und sah den Festlichkeiten zu, bis das Brautpaar in die Schlafkammer geführt wurde. Da bemächtigte sich ihrer großer Kummer und sie wollte schon verzweifeln, als ihr der Gedanke kam, daß sie vielleicht niemals von ihren Kleinodien besseren Gebrauch machen könne, als gerade jetzt. Es war ein heller Mondscheinabend und sie begab sich zu dem Fenster der Schlafkammer des Brautpaares und begann sich hier mit dem goldenen Kamme das Haar zu kämen.

Die Augen der Braut fielen alsbald auf das Fenster, wo Jene stand, und als sie den goldenen Kamm erblickte, bat sie die

Königstochter, denselben gegen den ihrigen umzutauschen; denn sie
sah, daß der andere viel werthvoller war als der ihrige. Die
Königstochter aber verweigerte es.

Da bat sie die Braut, ihr denselben zu verkaufen; er passe ja
besser für sie als für eine Betteldirne, meinte sie. Die Königstochter
sagte, sie wolle ihn auch nicht verkaufen. Nun fragte die Braut,
ob er ihr denn für gar keinen Preis feil sei. Die Andere ent=
gegnete, daß er ihr nur dann feil sei, wenn sie in dieser Nacht
bei dem Bräutigam schlafen dürfe, und dieser Handel wurde
dann auch abgeschlossen.

Die Braut gab dem Königssohn einen Schlaftrunk und
ließ hierauf die Königstochter zu ihm hinein kommen. Sie blieb
die ganze Nacht hindurch bei ihm, war aber nicht im Stande,
ihn aus dem Schlafe zu wecken. Er rührte sich nicht in seinem
Bette, so sehr sie auch flehte und klagte, und als der Morgen
kam, trat die Braut ein und forderte sie auf, sich zu entfernen.
Hierauf weckte dieselbe den Bräutigam.

Die Königstochter war nun den ganzen Tag hindurch noch
viel bekümmerter als früher, hielt sich aber doch häufig in der
Halle auf ohne erkannt zu werden. Als das Brautpaar an diesem
Abende wieder in seine Schlafkammer ging, machte sie einen
Versuch, die Braut mit ihrem Halsband zu verlocken, und der
Handel wurde zwischen ihnen auf dieselbe Weise abgeschlossen
wie das vorige Mal.

Nun hatte sich die Königstochter bereits von zweien ihrer
Kleinodien getrennt, konnte aber doch den Königssohn in der
Nacht nicht vom Schlafe erwecken. Der Kummer lastete schwer
auf ihrem Herzen und sie stieß bittere Klagen aus über ihr Miß=
geschick; am Morgen mußte sie den Königssohn unverrichteter
Dinge wieder verlassen. Die Braut trat zu demselben ein und
hierauf gingen sie wieder zusammen in die Halle. An diesem
Tage war es eine große Qual für die Königstochter, Alles mit
anzusehen, was vorging.

Im Laufe des Tages kam der dritte Oheim des Königssohnes, um mit diesem allein zu sprechen. Er wohnte in derselben
Stadt und zwar oben bei der Königsburg und hatte sein Schlafzimmer dicht neben dem des Brautpaares. Er fragte seinen Neffen,
wer das Weib sei, das die Nacht über bei ihm wache und so
laute Klagen ausstoße; es sei etwas Ungewöhnliches an der
ganzen Sache, sagte er.

Der Königssohn antwortete, er wisse von keinem anderen
Weibe als seiner Frau. Der Oheim fragte ihn sodann, warum
sie so sehr klage. Der Königssohn antwortete, daß er davon nichts
wisse, denn er schlafe die ganze Nacht hindurch. Der Andere
fragte ihn, woher es denn wohl kommen möge, daß er so fest
schlafe, wenn nicht seine Frau ihm Abends einen Trunk gäbe.
Der Königssohn entgegnete, daß dies der Fall sei. Dann solle er
Abends den Trunk in seine Kleider nieder fließen lassen, meinte der
Oheim, und sich stellen, als ob er schlafe und acht geben, ob er
dann nicht etwas mehr zu wissen bekomme.

Der Tag neigte sich zu Ende und es wurde Abend. Die
Königstochter war niedergebeugt von ihrem Kummer, obschon sie
denselben verbarg, und als das Brautpaar des Abends wieder
in seiner Schlafkammer war, stand sie wieder vor dem Fenster,
und hielt ihren Spiegel in der Hand; es geschah wieder wie die
beiden anderen Male; die Braut hatte große Begierde nach dem
Spiegel, und sie wurden endlich handeleins unter der Bedingung,
daß die Königstochter auch in dieser Nacht wieder beim Königssohn schlafen dürfe und dafür der Braut den Spiegel überlasse.
Diese reichte dem Königssohn wieder den Schlaftrunk; allein
er that nur so, als ob er denselben trinke, während er ihn in
Wirklichkeit verschüttete, und stellte sich hierauf, als ob er eingeschlafen wäre. Die Königstochter stieg zu ihm in's Bett und
versuchte ihn zu wecken; aber er stellte sich noch immer, als ob
er schlafe. Da zählte sie ihm alle ihre Leiden auf und klagte
bitterlich; sie bat ihn, er möge sich doch an ihr Zusammenleben

erinnern und fie erhören, die ihn nun fo kummervoll anflehe.
Sie habe fchon alle ihre Kleinodien weggegeben, fagte fie, um
mit ihm zufammenzukommen.

In Folge der Zauberei feiner Stiefmutter war es dem
Königsfohn, als ob er von all diefen Begebenheiten nur träumte;
endlich aber erkannte er doch die Königstochter und die Freude
der beiden war nun unbefchreiblich. Er tröftete fie fo gut er's
konnte und fagte, daß ihre Leiden nun bald ein Ende nehmen
würden; fie möge nur, wenn die Braut des Morgens wieder
komme, nach dem Haufe feines Oheims gehen, welches fich in
der Nähe befinde; er felbft aber werde fich ftellen, als ob er
fchlafe, fagte er.

Als nun die Braut des Morgens in die Kammer kam,
jagte fie die Königstochter fort, weckte hierauf den Bräutigam
und fie gingen fodann zufammen in die Halle.

Als Freude und Munterkeit an diefem Tage den Höhepunkt
erreicht hatten, und Alles zu Tifche faß und trank, der König und
die Königin auf dem einen Ehrenplatze, und das Brautpaar
auf dem anderen, kamen drei Männer in die Halle. Dies waren
die drei Brüder des Königs. Der eine von ihnen trug zwei
kleine Mädchen auf dem einen Arm und führte mit der anderen
Hand ein Weib, welches ebenfalls ein kleines Kind auf dem Arme
hatte; die beiden anderen Brüder aber hielten jeder einen Holz-
ftock in der Hand. Sie ftellten fich vor dem Platze des Königsfohnes auf und derjenige, welcher das Weib an der Hand
führte, fragte den Königsfohn, ob er diefes Weib und die drei
Kinder nicht kenne.

Diefer antwortete: „Ja.“

Da wechfelten Mutter und Tochter die Farbe und fie
wurden plötzlich ungeheuer groß; fie wollten etwas fprechen, aber
die beiden Brüder des Königs, welche die Stöcke in der Hand
hatten, ftießen diefelben den beiden Weibern in den Schlund,
während fich im felben Augenblicke fechzehn Männer, die unter

den Tischen verborgen gehalten worden waren, hervorsprangen,
sich zu je acht auf jede der beiden stürzten und sie ·fesselten.

Der König war Anfangs über all' dies auf's Höchste
erzürnt; als er nun aber sah, von welchem Geschlechte Mutter
und Tochter waren, erfüllte ihn dies Alles mit großer Zufrieden=
heit und er schloß seinen Sohn und die Königstochter freudig in
seine Arme. Hierauf wurde sogleich nach den Eltern der neuen
Braut, dem König und der Königin geschickt, und sodann unter
Freuden und Becherklang die Hochzeit des Königsohns mit der
Königstochter gefeiert.

Kurz darauf starb der Vater des Königsohnes und es wurde
nun dieser zum König über das ganze Land erwählt. Er regierte
gut und lange mit seiner Königin, und sie lebten in großer Liebe
zusammen. Seine Oheime machte er alle zu Jarle in seinem
Reiche; sie waren regierungstüchtige und gute Häuptlinge, ver=
mehrten die Macht des Königreiches und waren treue Freunde
des Königs, so lange sie lebten.

IV. Die Kuh Bukolla.

Es lebte einmal ein alter Mann mit seinem alten Weibe
in einer schlechten Hütte. Sie hatten einen Sohn, der aber wenig
Gutes von sich erwarten ließ. Es waren nicht mehr Leute
in der Hütte als diese drei.

Die beiden alten Leute hatten eine Kuh, und dieselbe war
auch Alles, was sie an Vieh besaßen. Diese Kuh hieß Bukolla.

Einmal nun bekam die Kuh ein Kalb, und das Weib selbst
leistete ihr Beistand. Als dies vorüber war, begab sich das
Weib in die Hütte; etwas später kam sie wieder heraus, um

nachzusehen, wie es der Kuh gehe, da war dieselbe verschwunden. Es machten sich nun Beide, der Mann und das Weib, auf, um die Kuh zu suchen; aber so lange sie auch suchten, so konnten sie dieselbe doch nicht finden. Da wurden sie sehr betrübt und befahlen ihrem Sohn das Haus zu verlassen und sich nicht früher wieder daheim blicken zu lassen, bevor er nicht mit der Kuh käme.

Sie rüsteten den Jungen mit Reisekost und neuen Schuhen aus, und derselbe machte sich auf den Weg. Er ging ohne Ziel in's Blaue hinein und als er lange, lange gegangen war, setzte er sich nieder und begann zu essen. Hierauf rief er:

„Brülle nun, liebe Bukolla, wenn du irgendwo am Leben bist!"

Da hörte er die Kuh aus weiter, weiter Ferne brüllen. Der Sohn des armen Häuslers ging wieder lange, lange. Hierauf setzte er sich abermals nieder um zu essen und rief:

„Brülle nun, liebe Bukolla, wenn du irgendwo am Leben bist!"

Da hörte er Bukolla zum zweiten Male brüllen und zwar dieses Mal ein wenig näher als früher. Und abermals ging der Häuslerssohn lange, lange, bis er auf einen ungeheuer hohen Felsen kam. Dort setzte er sich nieder um zu essen und rief zugleich:

„Brülle nun, liebe Bukolla, wenn du irgendwo am Leben bist!"

Da hörte er die Kuh unter seinen Füßen brüllen. Er kletterte den Felsen hinab, und entdeckte in demselben eine sehr große Höhle. Er ging in die Höhle hinein und fand hier die Bukolla angebunden. Ohne sich lange zu bedenken, machte er dieselbe frei und führte sie hinter sich her aus der Höhle und der Hütte seiner Eltern zu. Er war jedoch nicht weit gekommen, als er eine erschrecklich große Riesin ihm nacheilen sah, welche von einer andren, kleineren begleitet war; zugleich bemerkte er, daß die große Riesin so gewaltige Schritte machte, daß sie ihn bald einholen mußte. Da sagte er zur Kuh:

„Was haben wir nun zu thun, liebe Bukolla?"

Die Kuh antworte:

„Reiß' ein Haar aus meinem Schwanze und lege dasselbe auf die Erde!"

Dies that er auch. Da sagte die Kuh zu dem Haare:

„Ich bestimme und wirke den Zauber, daß du zu einem so großen Flusse werdest, daß Niemand darüber kommen kann, als ein fliegender Vogel!

Und in demselben Augenblicke wurde das Haar zu einem ungeheuer großen Flusse. Als aber die Riesin zu dem Flusse kam, sagte sie:

„Das soll Dir nicht helfen, Schurke! — Eile heim, Dirne", sagte sie zur kleinen Riesin gewendet, „und hole mir den großen Ochsen meines Vaters."

Die Dirne ging und kam alsbald mit einem ungeheuer großen Ochsen wieder zurück. Dieser Ochs trank den ganzen Fluß aus. Da merkte der Sohn des Häuslers, daß ihn die Riesin wieder bald einholen werde, weil sie so gewaltig große Schritte machte. Er sagte deshalb zur Kuh:

„Was haben wir nun zu thun, liebe Bukolla?"

„Reiß ein Haar aus meinem Schwanz und lege dasselbe auf die Erde!" antwortete die Kuh.

Er that dies. Da sagte Bukolla zu dem Haar:

„Ich bestimme und wirke den Zauber, daß du zu einem so großen brennenden Scheiterhaufen werdest, daß niemand darüber kommen kann, als ein fliegender Vogel."

Und in demselben Augenblicke wurde das Haar zu einem brennenden Scheiterhaufen. Als aber die Riesin zu dem Scheiter-haufen kam, sagte sie:

„Das soll Dir nicht helfen, Schurke! — Eile heim und hole mir den großen Ochsen meines Vaters, Dirne!" sagte sie zur kleineren Riesin.

Dieselbe ging und kam zurück mit dem Ochsen. Der Ochse aber gab nun alles Wasser von sich, welches er aus dem Flusse getrunken hatte, und löschte so den brennenden Scheiterhaufen aus.

Nun bemerkte der Sohn des Häuslers, daß die Riesin ihn sogleich eingeholt haben werde, da sie so gewaltig große Schritte machte. Er sagte deshalb zur Kuh:

„Was haben wir nun zu thun, liebe Bukolla?"

„Reiß ein Haar aus meinem Schwanz, und lege dasselbe auf die Erde!" sagte die Kuh.

Dies that er auch. Da sagte die Kuh zu dem Haare:

„Ich bestimme und wirke den Zauber, daß du zu einem so großen Berge werdest, daß Niemand darüber kommen kann, als ein fliegender Vogel."

Da wurde das Haar zu einem so hohen Berge, daß der Sohn des Häuslers dessen Gipfel nicht sehen konnte: Als aber die Riesin zu dem Berge kam, sagte sie:

„Das soll Dir nicht helfen, Schurke! — Hole mir das große Bohreisen meines Vaters, Dirne!" sagte sie zur kleineren Riesin:

Die Dirne ging und kam zurück mit dem Bohreisen. Da bohrte die Riesin ein Loch durch den Felsen; als sie durch dasselbe sehen konnte, kroch sie ohne Zaudern in das Loch; aber dasselbe war zu eng; sie blieb darin stecken und wurde endlich im Loche zu Stein. Und dort ist sie auch noch heute.

Der Häuslerssohn aber kam mit seiner Bukolla nach Hause und der Alte und sein Weib waren darüber sehr erfreut und glücklich.

V. „Das Weib möcht' Etwas haben für den Knopf".

Es lebte einmal ein alter Mann mit seinem alten Weibe in einer schlechten Hütte; sie waren so arm, daß sie kein Ding von Werth zu eigen hatten außer einem goldenen Knopf, der sich auf der Spindel des Weibes befand.

Es war die Gewohnheit des Mannes, jeden Tag entweder zu jagen oder zu fischen, um den nöthigen Lebensunterhalt für sie beide zu verschaffen.

Nicht weit von der Hütte befand sich ein großer Hügel, von dem die Leute glaubten, daß sich darin ein Elb aufhalte, den man Kidhus nannte, und vor dem man sich gut in Acht nehmen müsse.

Einmal ging der Mann, wie gewöhnlich, auf die Jagd, das Weib aber saß ihrer Gewohnheit gemäß daheim. Da an diesem Tage schönes Wetter war, setzte sie sich mit ihrer Spindel in's Freie und spann eine Zeit lang an derselben. Da geschah es, daß der goldene Knopf von der Spindel fiel und so weit fort rollte, daß das Weib ihn aus den Augen verlor. Sie war darüber sehr unglücklich und suchte überall; aber es war Alles umsonst; sie konnte den Knopf nirgends finden.

Als der Mann heim kam, erzählte sie ihm ihr Unglück; derselbe meinte, daß wohl Kidhus den Knopf genommen habe; es sehe ihm dies ganz ähnlich. Der Mann machte sich wieder auf, um fortzugehen, und sagte zu seinem Weibe, daß er zu Kidhus gehen und den Knopf zurückverlangen oder etwas Anderes dafür begehren wolle. Das Weib machte große Augen, als es dies hörte.

Der Mann aber gieng nun fort und geraden Weges zum Hügel, in welchem Kidhus wohnte; er klopfte lange und stark mit einem dicken Stock an den Hügel. Endlich sagte Kidhus:

„Wer klopft an mein Haus?"

Der Alte antwortete:

> „Der alte Mann ist's, der arme Tropf,
> Mein Weib möcht' Etwas haben für den Knopf".

Kidhus fragte, was er für den Knopf haben wolle. Der Mann bat ihn um eine Kuh, welche zehn Maß Milch auf Ein Mal gebe, und diese Bitte erfüllte ihm auch Kidhus. Hierauf brachte er die Kuh zu seinem Weibe.

Tags darauf, als das Weib die Kuh des Morgens und Abends gemolken und alle ihre Kübel mit Milch angefüllt hatte, bekam sie Lust, einen Brei zu bereiten; da erinnerte sie sich aber, daß sie kein Mehl zum Brei habe. Sie ging zu ihrem Manne und sagte ihm, er möge wieder zu Kidhus gehen und ihn um Mehl bitten. Der Mann begab sich nun abermals zu Khidus und klopfte wie früher mit dem Stocke an den Hügel. Da sagte Kidhus:

> „Wer klopft an mein Haus?"

Der Alte antwortete:

> „Der alte Mann ist's, der arme Tropf,
> Mein Weib möcht' Etwas haben für den Knopf."

Kidhus fragte ihn, was er haben wolle. Der Mann bat ihn, er möge ihm etwas Mehl in den Topf geben, da sein Weib gerne ein wenig Brei kochen wolle. Kidhus gab dem Manne eine Tonne voll Mehl, welche derselbe nach Hause brachte, und sein Weib bereitete den Brei.

Als der Brei gekocht war, setzten sie sich dazu, der Mann und das Weib, und aßen von demselben. Als sie sich satt gegessen hatten, war noch eine Menge übrig in der Schüssel. Da begannen sie nachzudenken, was sie mit dem Uebriggebliebenen anfangen sollten. Es schien ihnen am Besten, dasselbe der heiligen Jungfrau Maria zu bringen. Aber sie sahen bald ein, daß es keine leichte Sache sei, da hinauf zu laufen, wo sie war. Sie beschlossen daher, Kidhus um eine Leiter zu bitten, welche bis in den Himmel reiche, und meinten, daß dies nicht zu viel verlangt sei für den Knopf.

Der Alte ging nun wieder fort und klopfte bei Kidhus an den Hügel. Kidhus fragte wie früher:

„Wer klopft an mein Haus?"

Der Mann antwortete wieder:

> „Der alte Mann ist's, der arme Tropf,
> Mein Weib möcht' Etwas haben für den Knopf."

Nun wurde Kidhus aufgebracht und sagte:

„Ist denn der mistige Knopf noch immer nicht bezahlt?"

Der Mann aber bat ihn nur um so dringender und sagte, daß er seiner heiligen Maria die Ueberreste des Breies bringen wolle.

Kidhus ließ sich endlich bewegen, gab ihm die Leiter und richtete sie für ihn auf. Der Mann war darüber sehr erfreu und kehrte mit dem Bescheide heim zu seinem Weibe.

Sie machten sich nun schnell reisefertig und nahmen di Breischüsseln mit. Als sie aber ein gutes Stück auf der Leiter emporgestiegen waren, wurden sie vom Schwindel erfaßt. Si verloren das Gleichgewicht, so daß sie von der Leiter herabfielen und sich im Sturze die Köpfe zerschlugen.

Das Gehirn und der Brei flogen in die ganze Welt hinaus, wo aber die Gehirntheile der beiden Leute auf die Steine nieder fielen, bekamen diese weiße Flecken, und wo die Breiklümpchen auf dieselben fielen, entstanden gelbe Flecken. Noch heutzutage kann man diese zwei Arten von Flecken auf den Steinen sehen.

VI. Asmund und Signy.

Es herrschte einmal ein König in einem Reiche; er war verheirathet und hatte mit seinem Weibe zwei Kinder, einen Sohn und eine Tochter. Der Sohn hieß Asmund, die Tochter aber Signy. Sie waren die hoffnungsvollsten Königskinder, die man zu jener Zeit kannte, und wurden in allen Künsten unterrichtet, welche zu lernen sich für die Kinder eines Königs geziemt. Sie wuchsen daheim bei ihrem Vater auf und es wurde ihnen jeder ihrer Wünsche erfüllt.

Der König schenkte seinem Sohne zwei Eichen, welche draußen im Walde standen, und es machte Asmund Vergnügen dieselben auszuhöhlen und in ihren Stämmen verschiedene Zimmerchen einzurichten. Signy begleitete ihn oft in den Wald hinaus und bewunderte die Eichen, und sie bekam Lust, dieselben mit ihm zu besitzen. Asmund erfüllte ihren Wunsch und sie trug nun allerlei Edelsteine und Kleinodien, welche sie von ihrer Mutter zum Geschenk erhalten hatte, dahin und verbarg sie in den Bäumen.

Da geschah es einmal, daß ihr Vater in den Krieg zog; während seiner Abwesenheit wurde aber die Königin krank und starb. Die Geschwister begaben sich hinaus in den Wald und setzten sich in die Eichen, nachdem sie sich mit Nahrungsmitteln für ein Jahr versehen hatten.

Nun ist zu melden, daß in einem anderen Lande ein König herrschte, welcher einen Sohn besaß, der Ring hieß. Ring hatte von der großen Schönheit der Signy erzählen hören und beschloß um sie zu freien. Er erhielt von seinem Vater ein Schiff zur Reise, bekam guten Fahrwind und landete in dem Reiche, wo Signy daheim war.

Als er zur königlichen Halle hinauf gehen wollte, begegnete
er auf dem Wege dahin einem Weibe von solcher Schönheit, daß
er früher nie ein ähnliches gesehen zu haben glaubte.

Er fragte dasselbe, wer sie sei.

„Signy, die Königstochter", erhielt er zur Antwort.

Er fragte sie weiter, warum sie so einsam hier wandere.

Sie entgegnete ihm, es geschehe dies aus Kummer über
den Tod ihrer Mutter und weil auch ihr Vater nicht zu Hause sei.

Der Prinz erzählte ihr nun, daß er gerade um ihretwillen
hierhergekommen sei und daß er um sie freien wolle, was er
hiermit auch thue. Sie nahm seine Werbung freundlich auf, bat
ihn jedoch sich auf sein Schiff zu begeben, da sie weiter in den
Wald hinein gehen wolle.

Sie ging nun zu den beiden Eichen, riß dieselben mit den
Wurzeln aus, nahm die eine auf den Rücken, die andere auf
die Brust und trug sie so zur See und watete mit ihnen
hinaus bis zum Schiffe. Hier nahm sie wieder ihre frühere
schöne Gestalt an und erzählte dem Königssohne, daß nun ihr
Reisegut an Bord gekommen sei; anderes Gut besitze sie nicht,
sagte sie.

Hierauf segelte der Prinz wieder in seine Heimat zurück,
wo er von seinen Eltern und seiner Schwester mit großer Freude
empfangen wurde. Er gab Signy eine schöne Wohnung und
ließ die beiden Eichen vor ihren Fenstern in die Erde einsetzen.

Nach Verlauf eines halben Monats kam der Prinz zu
Signy mit der Botschaft, daß er in vierzehn Tagen die Hochzeit mit ihr feiern wolle; er gab ihr zugleich einen kostbaren
Stoff, aus dem sie für sich und für ihn die Brautkleider anfertigen sollte.

Der Prinz war aber kaum von ihr fortgegangen, als sie den
Kleiderstoff auf den Boden schleuderte, mit Ungestüm herumfuhr
und eine ganz andere Gestalt annahm, so daß sie zum schlimmsten
Riesenweibe verwandelt erschien.

Sie wisse nicht, was sie mit solchem Putz anfangen solle, sagte sie, sie, die sich früher nie auf etwas Anderes verstanden habe, als Menschenfleisch zu essen und Pferdeknochen zu zerbrechen.

Sie jammerte und lärmte noch weiter und schrie, daß sie vor Hunger umkommen müsse, da ihr Bruder Eisenkopf nicht mit den Kisten komme, wie er versprochen habe.

In diesem Augenblicke öffneten sich drei Bretter im Fuß= boden des Zimmers und demselben entstieg ein Riese mit einer ungeheuer großen Kiste in den Armen. Sie begannen hierauf beide die Kiste zu erbrechen und dieselbe war angefüllt mit Men= schenrümpfen. Sie fingen nun alle beide an, mit großer Gefräßig= keit zu essen und hierauf verschwand der Riese wieder auf die= selbe Weise in dem Boden, ohne die geringste Spur darauf zurückzulassen. Als aber das Weib sich gesetzt hatte, machte es einen noch größeren Lärm als früher, zerrte an dem Stoffe und wollte denselben in Stücke reißen.

Von den Königskindern aber ist zu melden, daß sie sich in den Eichen befanden, von denen aus sie Alles sehen konnten, was vor= ging. Da bat Asmund seine Schwester Signy, sie möge aus der Eiche gehen und sich des Kleiderstoffes zu bemächtigen suchen, damit sie nicht Tag und Nacht dieses wilde Treiben ansehen müßten.

Signy erfüllte das Verlangen ihres Bruders; sie verfertigte die Kleider, so gut sie es konnte, in sechs Tagen, ging hierauf aus dem Baum und warf dieselben auf den Tisch, worüber das Riesenweib sehr erfreut war. Als dann der Königssohn kam und die Kleider aus ihrer Hand in Empfang nahm, bewunderte er ihre Geschicklichkeit, und sie schieden sehr freundlich von einander.

Die Riesin benahm sich nun wieder auf dieselbe Weise, wie früher, bis Eisenkopf kam. Als Asmund neuerdings dieses ganze wilde Treiben sah, ging er zum Königssohn und forderte ihn auf mit ihm zu kommen und einem Spiele zuzusehen, welches

in der Wohnung der **neu angekommenen** Königstochter aufge=
führt werde.

Der Königsjohn **war nicht wenig** erstaunt, als er Solches
von seiner Braut erfuhr. Sie gingen nun beide dahin und
verbargen sich hinter dem **Getäfel,** von wo aus sie durch eine
kleine Oeffnung in das **Zimmer der Braut** sehen konnten. Diese
raste wie früher, und sagte zu **Eisenkopf,** als er kam:

„Wenn ich einmal **mit dem Königssohne** verheirathet sein
werde, wird es mir **wohl besser ergehen** als jetzt; ich werde
dann das ganze **Pack da drinnen** in der Halle erschlagen und
mit meinem Geschlechte **kommen;** dann werden sich, denke ich,
die Riesen wohl freuen **über mich** und meinen Mann.“

Als der Königssohn dies vernahm, wurde er von solchem
Zorne erfüllt, daß er **Feuer an die Wohnung** legte und dieselbe
mit Allem, was sich darin **befand** einäscherte.

Asmund erzählte **ihm nun von** den Eichbäumen, und er
war nicht nur erstaunt **über die Schönheit der Signy,** sondern
auch über Alles, was sich in den Bäumen befand. Er freite
sodann um Asmund's **Schwester Signy;** Asmund aber warb um
Ring's Schwester und **bald wurde auch** die Hochzeit beider Paare
gefeiert. Asmund zog **hierauf heim** zu seinem Vater; später
aber erbten die beiden **Schwäger** die Reiche ihrer Väter und sie
herrschten dort bis in **ihr hohes Alter.** Und hiermit ist diese Ge=
schichte zu Ende.

VII. Hlini, der Königsfohn.

Es waren einmal ein König und eine Königin in ihrem Reiche. Der König hieß Ring; wie aber seine Königin geheißen hat, weiß man nicht. Sie hatten einen Sohn Namens Hlini, welcher schon frühzeitig vielversprechende Anlagen zeigte und für den wackersten Kämpen angesehen wurde.

Eines Tages begab sich der Königsfohn mit den Hofleuten seines Vaters auf die Jagd. Als sie einige Thiere und Vögel erlegt hatten und sich auf den Heimweg machen wollten, fiel plötzlich ein so dichter Nebel ein, daß die Hofleute den Königs= sohn aus den Augen verloren. Sie suchten lange nach ihm, konnten ihn aber nicht finden und kehrten endlich ohne ihn nach Hause zurück.

Als sie in die Halle des Königs kamen, erzählten sie, daß sie Hlini aus den Augen verloren und nicht wieder hätten finden können. Der König war über diese Nachricht sehr be= trübt und schickte am nächsten Tage viele Leute aus, um nach seinem Sohne zu suchen. Dieselben suchten den ganzen Tag hin= durch bis zum Abend, fanden ihn aber nicht; und so geschah es drei Tage hindurch, immer vergebens; Hlini konnte nicht gefunden werden. Darüber wurde der König von solchem Kummer er= griffen, daß er sich in's Bett legte, wie ein kranker Mensch. Er ließ auch verkündigen, daß derjenige, welcher seinen Sohn finden und ihn zurückbringen würde, die Hälfte seines Reiches er= halten solle.

Es wohnte auch ein alter Mann mit seinem alten Weibe in einer schlechten Hütte; diese hatten eine Tochter, welche Signy hieß.

Signy hörte von dem Verschwinden des Königsfohnes und von der Belohnung, die sein Vater demjenigen versprochen habe, der Hlini finden würde. Da ging sie zu ihren Eltern und bat sie um Reisekost und neue Schuhe; dann machte sie sich auf den Weg um den Königssohn zu suchen.

Von der Wanderung der Signy ist nur zu berichten, daß sie nach mehrtägigem Marsche gegen Abend zu einer Höhle kam; sie ging in dieselbe hinein und sah darin zwei Betten; über das eine war eine silberdurchwobene, über das andere eine gold= durchwobene Decke gebreitet. Sie sah sich nun besser darin um und entdeckte, daß der Königssohn in dem Bette lag, über welches die golddurchwobene Decke gebreitet war. Sie wollte ihn wecken, aber es gelang ihr nicht. Da bemerkte sie, daß einige Runen in das Bettgestell eingeritzt waren, konnte dieselben aber nicht deuten. Sie ging hierauf zum Eingang der Höhle zurück und verbarg sich hinter der Thüre.

Sie war kaum in dieses Versteck gekommen, als sie draußen ein starkes Gedröhne hörte und gleich darauf zwei ungeschlachte Riesinnen in die Höhle treten sah. Beim Eintritte sagte die eine von ihnen:

„Pfui der Teufel! es riecht nach Menschen in unserer Höhle.“

Die andere aber meinte, der Geruch komme von Hlini, dem Königssohne. Hierauf gingen sie zu dem Bette, in welchem der Königssohn schlief, riefen zwei Schwäne, die Signy früher nicht bemerkt hatte, herbei und sagten zu denselben:

„Singet, singet, meine Schwäne,
Daß Hlini erwache!“

Da sangen die Schwäne, und Hlini erwachte. Die jüngere Riesin fragte ihn sogleich, ob er nicht etwas speisen wolle. Er sagte: nein. Da fragte sie ihn, ob er sie nicht zum Weibe haben wolle. Er verblieb hartnäckig bei seinem Nein. Da schrie sie auf und sagte zu den Schwänen:

„Singet, singet meine Schwäne,
Daß Hlini einschlafe!“

Die Schwäne sangen und er schlief ein. Hierauf legten sich die beiden Riesinnen selbst in das Bett, über welches die silberdurch= wobene Decke gebreitet war, und schliefen die Nacht hindurch.

Als sie des Morgens erwachten, weckten sie Hlini und boten ihm Speise an; er aber wollte nicht davon essen. Sodann fragte ihn die Jüngere wieder, ob er sie nicht zum Weibe haben wolle. Er verneinte es jedoch, wie früher. Hierauf schläferten sie ihn wieder auf dieselbe Weise ein, wie zuvor, und verließen die Höhle.

Als sie schon eine Weile fort waren, kam Signy aus ihrem Versteck hervor und weckte den Königssohn, indem sie dasselbe sagte, wie die Riesinnen. Sie begrüßte ihn und er nahm ihren Gruß freundlich auf und fragte sie, was es Neues gebe.

Signy erzählte ihm nun Alles der Wahrheit gemäß, und auch von dem großen Kummer, welchen sein Vater über sein Verschwinden empfinde. Hierauf fragte sie ihn, was sich mit ihm zugetragen habe. Er erzählte ihr, daß er kurz nach seiner Trennung von den Hofleuten seines Vaters zwei Riesinnen be= gegnet habe und von diesen in ihre Höhle mitgenommen worden sei. Die eine von ihnen habe ihn zwingen wollen, sie zu hei= raten, wie sie ja selbst gehört hätte, er aber habe niemals ein= willigen wollen.

„Nun sollst Du", sagte Signy, „wenn die Riesin Dich heute Abends wieder frägt, ob Du sie zum Weibe haben willst, Deine Einwilligung dazu geben unter der Bedingung, daß sie Dir sage, was auf den Betten geschrieben stehe und was sie den Tag über treiben."

Dies schien dem Königssohne ein vorzüglicher Rath zu sein. Er brachte hierauf ein Spielbrett herbei und lud das Mädchen ein, mit ihm zu spielen; sie saßen dann bis Abends beim Brett= spiel. Als es jedoch anfing dunkel zu werden, schläferte Signy den Königssohn wieder ein und begab sich in ihr Versteck.

Bald hörte sie die Riesinnen herbeikommen und in die Höhle traben. Sie zündeten Feuer an und die ältere begann die Vögel zuzubereiten, welche sie mitgebracht hatten, während die jüngere zu dem Bette ging, Hlini weckte und ihn fragte, ob er nicht Speise zu sich nehmen wolle.

Er antwortete diesmal mit Ja.

Als er mit seiner Mahlzeit fertig war, fragte sie ihn, ob er sie nicht heiraten wolle.

Er entgegnete, daß er es thun wolle, wenn sie ihm sagen würde, was die Runen bedeuten, die auf den Betten eingeritzt seien.

Sie sagte, es stehe auf den Betten geschrieben:

> „Renne, renne Bettchen mein,
> Renne wohin man will!"

Er zeigte sich über diese Mittheilung sehr erfreut, sagte aber doch, daß sie noch mehr thun und ihm sagen müsse, was sie den Tag über draußen im Walde treiben. Die Riesin erzählte ihm, daß sie Thiere und Vögel jagen, wenn sie aber dazwischen eine kleine Frist haben, sich unter einer Eiche niedersetzen und einander ihr Lebensei zuwerfen.

Er fragte, ob sie dabei vorsichtig umgehen müßten.

Die Riesin sagte, daß das Ei nicht zerbrechen dürfe, denn sonst müßten sie beide sterben.

Der Königssohn sagte, daß sie gut gethan habe, ihm alles dies mitzutheilen; aber er wolle doch noch bis Morgen ruhen; sie antwortete darauf, er möge seinen Willen haben, und schläferte ihn sodann ein.

Des Morgens weckte sie ihn und bot ihm Speise an, die er auch dankbar annahm. Dann fragte ihn die Riesin, ob er nicht heute mit ihnen in den Wald hinauskommen wolle, er antwortete aber, daß er lieber zu Hause bleibe. Hierauf nahm die Riesin von ihm Abschied, und nachdem sie ihn eingeschläfert, verließen die beiden Weiber die Höhle.

Als sie schon eine Weile fort waren, trat wieder Signy zu dem Bette und weckte den Königssohn.

Sie bat ihn aufzustehen, „und wir werden jetzt“, sagte sie, „in den Wald hinausgehen, dahin wo die Riesinnen sind. Nimm Deinen Speer mit Dir, und sowie sie anfangen, einander ihr Lebensei zuzuwerfen, schleudere ihn auf das Ei; aber es gilt Dein Leben, wenn Du nicht triffst.“

Dem Königssohn schien dies ein vorzüglicher Rath zu sein, und sie stiegen nun beide in das Bett hinein und sagten die Worte:

„Renne, renne Bettchen mein
Hinaus in den Wald!“

Da rannte das Bett mit beiden fort und blieb erst stehen als sie draußen im Walde in die Nähe einer Eiche kamen. Sie hörten hier ein lautes Lachen. Signy bat nun den Königssohn, auf die Eiche hinauf zu klettern, und dies that er auch. Er sah die beiden Riesinnen unter dem Baume sitzen; die eine von ihnen hatte ein goldenes Ei in der Hand und warf es der anderen zu. In dem-selben Augenblicke schleuderte der Königssohn den Spieß ab und derselbe traf das Ei, so daß es zerbrach. Gleichzeitig sanken auch die Riesinnen todt zu Boden und Geifer trat aus ihrem Munde.

Der Königssohn stieg nun sogleich von der Eiche herab und fuhr mit Signy im Bette auf dieselbe Weise in die Höhle zurück, wie sie gekommen waren. Sie nahmen hierauf alle Kost-barkeiten, welche sich in der Höhle befanden, und füllten damit die beiden Betten. Sodann bestiegen sie jedes ein Bett und sprachen die Bettrunen, worauf die Betten mit ihnen und allen Kostbarkeiten zur Hütte der alten Leute rannten. Der alte Mann und das alte Weib empfingen sie mit Freuden und baten sie, bei ihnen zu bleiben. Sie nahmen auch die Einladung an und blieben hier die Nacht über.

Zeitlich Morgens ging sodann Signy zum König, trat vor ihn hin und begrüßte ihn. Der König fragte sie, wer sie sei. Sie sagte, daß sie die Tochter des alten Mannes von der kleinen

Hütte sei, und fragte, welche Belohnung er ihr geben würde, wenn sie seinen Sohn wohlbehalten zurückbringen könne.

Der König sagte, daß er darauf wohl nicht zu antworten brauche, da sie ihn gewiß nicht finden werde, nachdem dies keinem von seinen Leuten gelungen sei.

Signy fragte weiter, ob er ihr nicht dieselbe Belohnung geben wolle, die er Anderen versprochen habe, falls sie ihn doch fände.

Der König sagte, daß sie dieselbe Belohnung erhalten würde.

Signy kehrte hierauf in die Hütte zurück und bat den Königssohn, ihr nach der Halle des Königs zu folgen; dies geschah denn auch und sie führte ihn hinein zum Könige.

Der König empfing seinen Sohn mit Freuden und hieß ihn sich zu seiner Rechten setzen und alle seine Erlebnisse erzählen von dem Tage an, wo ihn die Hofleute auf der Jagd verloren hätten.

Der Königssohn setzte sich auf den Hochsitz neben seinen Vater und lud Signy ein, sich auf seine andere Seite zu setzen; hierauf erzählte er die Geschichte, wie sie sich ereignet hatte, und daß dieses Mädchen ihm das Leben gerettet habe, da sie ihn aus den Händen der Riesinnen befreite.

Sodann stand Hlini auf, trat vor seinen Vater hin und bat ihn, zu erlauben, daß er dieses Mädchen zu seinem Weibe nehme. Der König gab mit Freuden seine Einwilligung dazu und ließ sogleich ein großes Hochzeitsfest veranstalten, zu welchem er alle Häuptlinge seines Reiches einlud. Die Hochzeit dauerte eine ganze Woche; nachdem dieselbe vorüber war, kehrten alle Gäste wieder nach Hause zurück, und alle priesen den König wegen seiner Gastfreundschaft, denn er hatte alle mit kostbaren Gaben beschenkt.

Der Königssohn und Signy aber lebten lange zusammen und liebten einander sehr. Damit ist diese Geschichte zu Ende.

VIII. Der Häuslersfohn, Litill, Tritill und die Vögel.

Es waren einmal ein König und eine Königin in ihrem Reiche und ein alter Mann und ein altes Weib in ihrer schlechten Hütte. Der König hatte eine einzige Tochter, welche er über Alles liebte; es sollte ihm nun aber der Kummer widerfahren, daß dieselbe verschwand und nirgends zu finden war, so eifrig man auch nach ihr suchte. Da machte der König das Gelübde, daß Derjenige sie zum Weibe erhalten solle, welcher sie finden und ihm zuführen würde. Aber obgleich sich gar Viele Mühe gaben, um eine so gute Partie zu machen, so wurde doch die Königstochter nicht gefunden und alle, welche ausgegangen waren, sie zu suchen, kamen unverrichteter Dinge wieder zurück.

Von dem alten Manne ist zu melden, daß er drei Söhne hatte; die beiden ältesten liebte er über alle Maßen; der jüngste aber ward sowohl von den Eltern als auch von den Brüdern zurückgesetzt. Als sie aufgewachsen waren, die Söhne des alten Mannes, sagte einmal der älteste Bruder, daß er nun in die Welt gehen wolle, um sich Vermögen und Ruhm zu erwerben.

Die Eltern gaben ihre Einwilligung dazu und so zog er denn alsbald mit Reisekost und neuen Schuhen von dannen und ging nun lange, lange. Endlich kam er zu einem Hügel. Er setzte sich hier nieder um auszuruhen, holte seine Reisekost hervor und begann zu essen.

Kommt da ein winzig kleines Männchen zu ihm und bittet ihn, er möge ihm einen Bissen geben. Der Sohn des Häuslers verweigerte es ihm aber, jagte ihn davon und ließ ihn so von dannen gehen.

Hierauf geht er wieder lange, lange des Weges fort bis er zu einem zweiten Hügel kommt. Hier setzt er sich abermals nieder und beginnt zu essen. Während er damit beschäftigt ist, kommt ein überaus kleines und putziges altes Männchen zu ihm, welches ihn bittet, er möge ihm einen Bissen geben. Der Sohn des Häuslers schlägt ihm jedoch die Bitte ab und jagt ihn unter Schimpfworten davon.

Hierauf ging er abermals lange, lange des Weges fort, bis er zu einem offenen Platze im Walde kam. Hier setzte er sich nieder, um zu essen. Während er hier saß, kam eine Schaar Vögel herbeigeflogen, welche sich in seiner Nähe niederließ. Er ärgerte sich über die Vögel und jagte sie davon.

Der Häuslersohn setzt nun abermals seinen Weg fort und geht so lange bis er zu einer großen Höhle kommt. Er tritt in die Höhle ein, gewahrt darin aber kein lebendes Geschöpf. Er beschließt zu warten, bis der Bewohner dieser Höhle komme. Gegen Abend kommt ein schrecklich großes Riesenweib in die Höhle. Er bittet sie um die Erlaubniß, hier bleiben zu dürfen. Sie gestattet ihm dies unter der Bedingung, daß er ihr am nächsten Tage die Arbeit verrichte, die sie von ihm verlangen werde. Er ist damit einverstanden und bleibt nun über Nacht in der Höhle. Des Morgens befiehlt ihm die Riesin den Mist aus der Höhle zu schaufeln und damit bis zum Abend fertig zu sein; denn sonst würde sie ihm das Leben nehmen, sagte sie. Hierauf ging sie fort.

Der Sohn des Häuslers nahm die Schaufel, um den Boden zu reinigen; sowie er aber damit niederstach, blieb dieselbe im Boden stecken, so daß er sie nicht mehr von der Stelle bringen konnte. Des Abends, als die Riesin heim kam, war die Höhle, wie man sich leicht denken kann, nicht gereinigt. Sie bedachte sich da nicht lange, sondern nahm den Sohn des Häuslers und erschlug ihn, und derselbe kommt in der Geschichte nicht weiter vor.

Nun wendet sich die Geschichte wieder zurück in die schlechte Hütte zu dem alten Manne und seinem alten Weibe. Der mittlere Sohn bat ebenfalls um die Erlaubniß fortzuziehen, um sich Reichthum und Ruhm zu erwerben. Er sagte, daß es ihn nicht länger mehr daheim freue, nachdem sein älterer Bruder ohne Zweifel irgend ein großer Mann bei irgend einem Könige geworden sei. Die Eltern erlaubten ihm, fortzuziehen und rüsteten ihn mit Reisekost und neuen Schuhen aus. Es ist nichts Anderes über ihn zu berichten, als daß es ihm genau so erging, wie seinem ältesten Bruder.

Nun war noch der jüngste der Söhne übrig; obgleich er aber allein zu Hause war, hatte er es doch nicht besser bei seinen Eltern. Er bat sie darum ebenfalls, daß sie ihm die Erlaubniß geben möchten, fortzuziehen.

„Ich habe nicht im Sinn, mir Reichthum und Ruhm zu erwerben" sagte er; „ich will nur versuchen, mir auf die eine oder andere ehrliche Weise meinen Lebensunterhalt zu verschaffen, damit ich Euch nicht länger zur Last falle, wie es bisher der Fall war". Der alte Mann und das alte Weib willigten ein und gaben ihm die nöthige Reisekost und Schuhe, wenn auch nicht Alles so reichlich und gut, wie es seine Brüder bekommen hatten. Der Sohn des Häuslers zog nun fort und der Zufall wollte es, daß er denselben Weg einschlug, welchen auch seine Brüder genommen hatten. Er kam zum ersten Hügel; da sagte er:

„Hier haben meine Brüder ausgeruht; ich will dasselbe thun."

Er setzte sich nieder und begann zu essen. Kommt da ein kleines Männchen zu ihm und bittet ihn um einen Bissen. Der Sohn des alten Mannes ist recht freundlich mit ihm und fordert es ,auf, sich an seiner Seite niederzulassen und mit ihm zu essen, so viel es Lust habe. Als sie genug gegessen hatten, sagte das Männchen:

„Rufe mich, wenn Du einmal eine kleine Hilfe brauchen solltest. Ich heiße Tritill."

Hierauf trippelte das Männchen fort und verschwand.

Der Häuslerssohn setzte seinen Weg fort, bis er zum zweiten Hügel kam. Da sagte er:

„Hier haben meine Brüder ausgeruht; ich will dasselbe thun."

Er begann nun wieder zu essen. Während er damit be= schäftigt ist, kommt ein winzig kleines Männchen zu ihm und bittet ihn um einen Bissen. Der Häuslersfohn ist recht freundlich mit ihm und fordert es auf, sich an seiner Seite niederzulassen und mit ihm zu essen, so viel es Lust habe. Als sie genug ge= gessen hatten, sagte das Männchen:

„Rufe mich, wenn Du einmal einen kleinen Dienst von mir brauchen solltest; ich heiße Litill."

Hierauf trippelte das Männchen fort und verschwand.

Der Sohn des Häuslers setzte seinen Weg fort und kam zu dem offenen Platze im Walde, von dem früher die Rede war. Da sagte er:

„Hier haben meine Brüder ausgeruht; ich will dasselbe thun."

Er setzte sich nieder und begann zu essen. Da kam eine erschrecklich große Schaar von Vögeln zu ihm herbeigeflogen. Sie geberdeten sich, als ob sie sehr hungrig wären. Er zerkrü= melte etwas Brod zwischen seinen Fingern und warf die Krüm= chen den Vögeln zu; diese pickten dieselben auf und aßen sie. Als sie alle Krümchen aufgegessen hatten, sagte einer der Vögel:

„Rufe uns, wenn Du einmal einen kleinen Dienst von uns brauchen solltest, und nenne uns deine Vögel."

Hierauf flogen sie davon und verschwanden.

Der Sohn des Häuslers setzte abermals seinen Weg fort, bis er endlich zu der Höhle kam, wie dies auch bei seinen Brüdern der Fall gewesen. Er ging in dieselbe hinein, sah aber kein lebendes Wesen darin; wohl aber fand er die Leichen seiner Brüder, welche nahe beim Eingange von der Decke der Höhle niederhingen. Obschon ihn dieser Anblick Schlimmes befürchten ließ, beschloß er doch auf die Heimkunft des Bewohners dieser Höhle zu warten. Es währte auch nicht lange, bis das früher

erwähnte Riesenweib, welchem die Höhle gehörte, herbeikam.
Der Häuslerssohn bat dasselbe, es möge ihm erlauben hier zu
bleiben. Das Weib gestattete ihm dies auch unter der Bedingung, daß er dasjenige thue, was sie ihm sagen werde. Er
ging darauf ein und blieb nun über Nacht in der Höhle. Am
folgenden Morgen befahl ihm die Riesin, den Mist aus der
Höhle zu schaufeln. Wenn er aber bis zum Abend, wann sie
heimkomme, mit seiner Arbeit nicht fertig sei, würde sie ihm,
sagte sie, das Leben nehmen. Hierauf ging sie fort.

Der Sohn des Häuslers nahm nun die Schaufel um den
Boden zu reinigen; sowie er aber mit der Schaufel nieder sticht,
bleibt dieselbe im Boden stecken, so daß er sie nicht mehr von
der Stelle bringen kann. Da merkt der Häuslersohn, daß es
schlimm mit ihm stehe, und er ruft in seiner Angst aus:

„Lieber Tritill, komm' her!"

In demselben Augenblicke erschien auch Tritill und fragte
ihn, was er wolle. Der Häuslerssohn erzählte ihm, in was für
einer Lage er sich befinde. Da sagte Tritill:

„Stich, du Spaten, und schaufle, du Schaufel!"

Da begann der Spaten zu stechen und die Schaufel zu
schaufeln und in kurzer Zeit war die Höhle vom Unrath gesäu-
bert und vollkommen gereinigt. Hierauf ging Tritill wieder
seiner Wege.

Als nun Abends die Riesin heim kam und sah, was geschehen war, sagte sie zu dem Häuslerssohn;

„Das hast Du nicht allein zu Stande gebracht, Mann,
Mann! Ich will es jedoch dabei bewenden lassen."

Nun schliefen sie die Nacht über; des Morgens aber trug
ihm die Riesin auf, ihr Bettgewand zu lüften, alle Federn aus
den Kissen herauszunehmen, sie in die Sonne zu legen und dann
wieder einzufüllen. Wenn aber Abends nur eine einzige Feder
fehle, so würde sie ihm, sagte sie, das Leben nehmen. Hierauf
ging sie fort.

Der Häuslerssohn breitete das Bettgewand aus. Es waren drei Kissen im Bette der Riesin, und da es ganz wind-still war und die Sonne schien, trennte er dieselben auf und legte die Federn in die Sonne. Da erhob sich plötzlich ein so starker Wirbelwind, daß alle Federn in die Luft empor wirbelten und auch nicht eine einzige zurückblieb. Das ließ den Häuslers-sohn großes Unheil voraussehen. In dieser seiner Noth ruft er: „Lieber Tritill, lieber Litill und alle meine Vögel, kommt her."

Da kamen Tritill und Litill und die ganze Vögelschaar und brachten alle Federn mit. Tritill und Litill halfen nun dem Häuslerssohne die Federn wieder in die Kissen füllen und diese zunähen. Aus jedem Kissen aber nahmen sie je eine Feder, banden dieselben zusammen und sagten zu dem Häuslerssohne, er solle sie, wenn die Riesin sie vermisse, ihr in die Nase stecken. Hierauf verschwanden sie wieder alle: Tritill, Litill und die Vögel.

Als nun die Riesin des Abends heim kam, warf sie sich mit aller Gewalt in das Bett, so daß es in der ganzen Höhle krachte. Hierauf befühlte sie jedes Kissen und sagte zum Häuslers-sohne, daß sie ihm jetzt das Leben nehmen werde, denn es fehle in jedem Kissen eine Feder. Da zog er die Federn aus seiner Tasche hervor, steckte sie dem Weibe in die Nase und sagte, sie solle da ihre Federn nehmen. Die Riesin that dies auch und sprach:

„Das hast Du nicht allein zu Stande gebracht, Mann, Mann! Ich will es jedoch dabei bewenden lassen."

Es verging auch diese Nacht und der Häuslerssohn ver-brachte dieselbe in der Höhle bei der Riesin. Am Morgen sagte das Weib zu dem Häuslerssohn, daß er an diesem Tage einen ihrer Ochsen schlachten, das Eingeweide kochen, die Haut scheeren, aus den Hörnern Löffel bereiten und mit Allem bis Abends fertig sein müsse. Sie besitze fünfzig Ochsen, sagte sie; einen von diesen wolle sie schlachten lassen; er müsse aber selbst er-rathen, welchen sie meine. „Wenn Du bis zum Abend mit Allem fertig wirst", fuhr die Alte fort, „dann kannst Du morgen wieder weiterziehen, wohin Du willst und Dir außerdem drei Dinge als Belohnung auswählen, welche Du nämlich von dem, was mir gehört, am Liebsten haben möchtest. Wirst Du aber nicht mit Allem fertig oder schlachtest Du nicht den richtigen Ochsen, dann kostet es Dir das Leben." Hierauf ging die Riesin wieder fort wie gewöhnlich.

Der Häuslerssohn stand völlig rathlos da. Er rief: „Lieber Tritill, lieber Litill, kommt nun alle Beide!"

Alsbald sah er auch beide herbeikommen und in ihrer Mitte einen ungeheuer großen Ochsen führen. Sie schlachteten denselben auch sogleich. Als dies geschehen war, machte sich der Häuslers= sohn daran, die Eingeweide zu kochen, Tritill setzte sich nieder und schor die Haut, Litill aber begann aus den Hörnern Löffel zu verfertigen. Die Arbeit ging hurtig von statten und Alles war zur rechten Zeit fertig. Der Häuslersson erzählte den beiden alten Männchen, was die Riesin ihm versprochen habe, wenn er mit seiner Arbeit bis zum Abend fertig würde. Da sagten dieselben, daß er dasjenige, was oberhalb ihres Bettes sei, dann das Kästchen, welches vor ihrem Bette stehe, endlich dasjenige, was sich ganz hinten an der Wand der Höhle befinde, aus= wählen solle. Der Häuslerssohn versprach ihnen auch dies zu thun, und sie verließen denselben, nachdem er auf das freund= lichste von ihnen Abschied genommen hatte.

Als die Riesin Abends nach Hause kam und sah, daß der Häuslerssohn Alles fertig gebracht hatte, was ihm aufgetragen worden war, sagte sie:

„Das hast Du nicht allein zu Stande gebracht, Mann, Mann! Ich will es jedoch dabei bewenden lassen."

Hierauf schliefen sie die Nacht hindurch.

Am nächsten Morgen forderte die Riesin den Häuslerssohn auf, sich den Lohn zu wählen, wie sie ihn ihm versprochen habe; denn nun stehe es ihm frei, weiter zu ziehen, wohin er wolle.

„Dann wähle ich", sagte der Häuslersfohn, „dasjenige,
was oberhalb Deines Bettes ist, dann das Kästchen, welches vor
Deinem Bette steht, endlich dasjenige, was sich ganz hinten an
der Wand der Höhle befindet."

„Das hast Du nicht allein gewählt, Mann, Mann! sagte
die Alte. Ich will es jedoch dabei bewenden lassen."

Hierauf gab sie ihm seinen Lohn. Dasjenige aber, was
sich oberhalb des Bettes der Riesin befand, war die verschwun=
dene Königstochter; das Kästchen vor dem Bette war eine un=
geheuer große Kiste, voll von Geld und Kostbarkeiten; das=
jenige aber, was ganz hinten an der Wand der Höhle stand,
war ein großes Meerschiff mit Raaen und Segeln, welches die
Eigenschaft hatte, daß es von selbst dahin segelte, wohin man
wollte. Nachdem die Riesin dem Häuslersfohne seinen Lohn gegeben
hatte, verabschiedete sie sich von ihm und sagte, daß er der glück=
lichste Mann werden werde. Hierauf ging sie fort wie gewöhnlich.

Der Häuslersfohn brachte die Kiste an Bord des Schiffes
und bestieg dasselbe hierauf selbst mit der Königstochter.
Sodann zog er die Segel auf und fuhr heim nach dem Reiche,
in welchem der Vater der schönen Jungfrau König war. Er
brachte dem Könige die verschwundene Tochter und erzählte ihm
alle seine Erlebnisse. Der König verwunderte sich sehr über das
Abenteuer des Häuslersfohnes und war, wie leicht begreiflich,
erfreut, daß er seine Tochter wieder bekommen hatte. Er ließ für
seine Tochter und ihren Erlöser ein großes Freudenmahl bereiten,
welches mit der Hochzeit der Königstochter und des Häuslers=
fohnes endete.

Der Häuslersfohn wurde zuerst des Königs Landes be=
schützer und Minister; nach dem Tode seines Schwiegervaters
erbte er dessen ganzes Königreich und regierte dasselbe lange
und gut bis an sein Lebensende. Und hier ist die Geschichte aus.

IX. Königin Mjadveig.

Es wird erzählt, daß in alter Zeit ein König Namens Mani in seinem Reiche herrschte; derselbe hatte mit seiner Königin eine Tochter, die Mjadveig hieß und bereits frühzeitig mit weiblichen Vollkommenheiten geschmückt war. Der König ließ ihr ein prächtiges Frauenhaus erbauen und gab ihr eine Menge Mädchen zur Bedienung.

Da trat das traurige Ereigniß ein, daß die Königin, Mjadveig's Mutter, eine Krankheit bekam und daran starb. Nach dem Tode derselben wurde der König so betrübt, daß er nahe daran war, sich selbst zu Bette zu legen, und für nichts mehr Theilnahme hatte. Den Ministern des Königs schien dies bedenklich zu werden und sie gaben ihm daher den Rath, sich um eine andere Frau, die seiner würdig wäre, umzusehen.

Der König entschloß sich denn auch, zwei seiner angesehensten Minister mit einem prächtigen Gefolge auf Werbung auszuschicken, und dieselben segelten sogleich ab. Sie verirrten sich jedoch auf dem Meere und wußten nicht, wo sie waren oder welche Richtung sie nehmen sollten. Endlich erblickten sie Land. Sie steuerten mit ihren Schiffen darauf los und obwohl ihnen dasselbe unbekannt war, verließen sie doch die Schiffe.

Sie hatten hier zunächst eine Haidestrecke vor sich und wanderten auf derselben dahin, um Menschenwohnungen zu suchen; doch konnten sie nirgends solche finden. Da vernahmen sie plötzlich so schönes Harfenspiel, wie sie solches früher niemals gehört zu haben glaubten, und sie gingen dem Laute nach, bis sie ein kleines seidenes Zelt entdeckten, auf welches sie nun rasch zuschritten. In dem Zelte sahen sie ein Weib mit einer Harfe auf einem Stuhle sitzen und ihr schönes Spiel war es, welches sie herbeigelockt hatte. Bei ihr war auch ein kleines Mädchen.

Als das Weib die Männerschaar erblickte, erschrak sie so
sehr, daß ihr die Harfe entglitt und sie selbst beinahe in Ohnmacht fiel. Nachdem sie sich von ihrer Bestürzung etwas erholt
hatte, fragte sie die Männer, wohin sie gehen wollten, oder was
sie hierher geführt habe. Dieselben erzählten nun, daß sie sich auf
dem Meere verirrt hätten und Abgesandte des Königs Mani
wären, der seine Königin verloren habe und deshalb von großer
Traurigkeit erfüllt sei. Aus diesem Grunde, sagten sie, wünschten
sie von ihr zu erfahren, in welchen Verhältnissen sie sich befinde;
denn sie hätten einen guten Eindruck von ihr bekommen.

Das Weib erfüllte ihren Wunsch und erzählte, sie sei die
Königin eines mächtigen Königs in diesem Lande gewesen; ein
unzähliges Heer habe aber das Land verödet und den König
erschlagen, und der Anführer des Heeres habe die Absicht gehabt,
sich das Reich zu unterwerfen und sie selbst zum Weibe zu
nehmen; sie habe aber nicht einwilligen wollen und sei darum
mit ihrer Tochter hierher in diese Wüste geflüchtet, um sich hier
verborgen zu halten.

Die Minister waren von dieser Auskunft vollkommen
befriedigt; sie fanden, daß diese Frau eine passende Gemalin für
König Mani sein würde, und trugen daher im Namen des
Königs ihre Werbung vor. Die Frau aber zeigte sich anfangs
wenig geneigt, die Werbung anzunehmen, und sagte, sie habe
nicht im Sinne gehabt, eine neue Ehe einzugehen. Endlich ließ
sie sich aber doch überreden. Sie bestiegen nun mit der Frau und
deren Tochter die Schiffe und hatten günstigen Wind, bis sie
heim kamen in König Mani's Reich.

Als man aber die Schiffe vom Lande aus sehen konnte,
setzte sich der König in einen Wagen und fuhr zum Strande
hinab, und sowie er seine Braut erblickte, war mit einem Male
all seine Traurigkeit verschwunden. Er fuhr hierauf zurück in die
Stadt und ließ ein großes Hochzeitsfest veranstalten, welches einen
halben Monat lang dauerte. Als dasselbe vorüber war, begab

ſich der König auf Reiſen, um in ſeinen Landen die Schatzung
zu erheben.

Nun wendet ſich die Geſchichte zurück zu Mjadveig, der
Königstochter.

Als dieſelbe einmal in ihrem Frauenhauſe ſaß, kam ihre
Stiefmutter zu ihr und ſagte, daß ſie ſich daheim in ihrer Ein-
ſamkeit langweile. Sie möchte daher zu ihrer Zerſtreuung einen
Spaziergang vor die Stadt hinaus unternehmen und bitte
Mjadveig, ſie zu begleiten. Dieſe willigte gern ein. Die Königin
nahm auch das Mädchen, welches ſie ihre Tochter nannte, mit,
und ſo gingen alle drei vor die Stadt hinaus ſpazieren und die
Königin war ſehr freundlich gegen ihre Stieftochter.

Als ſie ziemlich weit von der Stadt entfernt waren, bat
die Königin Mjadveig, ſie möge geſtatten, daß ihre Tochter die
Kleider mit ihr vertauſche, und Mjadveig erlaubte auch dem
Mädchen ihren Rock anzuziehen, während ſie ſelbſt die Kleider
des Mädchens anlegte. Da ſagte die Königin:

„Nun beſtimme und zaubere ich, daß meine Tochter ganz
das Geſicht und Aeußere Mjadveig's erhalte, ſo daß Niemand
ſie für eine andere halten ſoll.‟

Mutter und Tochter banden nun Mjadveig die Hände und
Füße und ließen ſie ſo zurück; ſie ſelbſt aber gingen zurück in
die Stadt und die Königin ſetzte ihre Tochter in das Frauenhaus
Mjadveig's. Alle glaubten, ſie ſei dieſe ſelbſt; doch fanden die
Mägde, daß ſie ſeit dieſem Spaziergange mit der Königin ihre
Sinnesart auffallend geändert habe. Sie ahnten nichts und
wußten auch nichts von dem fremden Mädchen, welches früher
mit der Königin dahin gekommen war, und gaben ſich auch keine
Mühe, etwas über daſſelbe zu erfahren.

Von Mjadveig, der Königstochter, iſt jedoch zu melden,
daß ſie ſo übel behandelt, wie früher erzählt wurde, dalag, bis
ſie vor Schmerz und Verzweiflung in Schlummer fiel. Da träumte
ſie, daß ihre ſelige Mutter zu ihr kam, mitleidige Worte zu ihr

ſprach, ſie ihrer Bande entledigte, ihr ein Tuch gab, in welchem ſich Speiſen befanden, und dabei ſagte, daß ſie daſſelbe nie ganz leeren, Niemanden zeigen, ſich ſelbſt aber vor ihrer Stief= mutter und deren Tochter gut in Acht nehmen ſolle.

Als Mjadveig erwachte, war Alles ſo, wie ſie geträumt hatte.

In der Königin ſtiegen aber bald Befürchtungen auf, daß Mjadveig noch am Leben ſein könne. Sie ſchickte deshalb heimlich ihre Tochter in den Wald hinaus, um zu erforſchen, wie es mit ihr ſtehe. Dieſelbe fand auch Mjadveig und ſah, daß in ihrer Lage eine Veränderung vorgegangen ſei. Sie wandte ihre ganze heuchleriſche Freundlichkeit an, um dahinter zu kommen, was dieſe Veränderung hervorgebracht habe, und ſagte zu Mjadveig, daß ihre Mutter ſchlimm an ihr gehandelt habe, indem ſie ſie auf ſolche Weiſe betrog, und daß ſie ſelber nun die Verbannung mit ihr theilen wolle; wenn der König zurück komme, würde ſie ſchon wieder zu ihrem Rechte kommen; bis dahin aber ſolle ſie das gleiche Schickſal vereinigen.

Obwohl dieſe Worte des Mädchens Mjadveig's Mißtrauen erregten, mußte ſie ſich doch darein finden, daß daſſelbe bei ihr blieb. Nach einiger Zeit legte das Mädchen ſich nieder und ſtellte ſich, als ob es ſchlafe. Als Mjadveig glaubte, daß daſſelbe eingeſchlafen ſei, holte ſie ihr Tuch hervor und begann zu eſſen; aber nun hatte die Tochter der Königin ihre Abſicht erreicht; ſie ſprang plötzlich auf, entriß Mjadveig das Tuch und kehrte nach Hauſe zurück, indem ſie ſagte, daß dieſe Speiſe Mjadveig nie= mals frommen ſolle.

Mjadveig befand ſich jetzt in derſelben ſchlimmen Lage wie früher, und ſie wanderte von einem Orte zum andern, bis ſie endlich vor Müdigkeit und Kummer einſchlief. Da träumte ſie, daß ihre Mutter ein zweites Mal zu ihr kam und ihr ſagte, daß ſie ſehr unvorſichtig gehandelt habe; da es ſich nun aber ſo verhalte, ſolle ſie den geraden Weg zur See hinab gehen; dort werde ſie eine Landzunge ſehen, welche ſich in's Meer hinaus erſtrecke

und einen schmalen Fußsteig, der zu derselben hinausführe; auf
diesem Steige solle sie hingehen, bis sie ein kleines Haus finden
werde, welches zwar verschlossen sei, zu dem aber der Schlüssel
in der Thür stecke. Sodann solle sie dreimal mit der Sonne und
dreimal gegen die Sonne um das Haus herumgehen und jedes
Mal den Schlüssel anfassen; dann würde das Haus sich öffnen;
in demselben solle sie sich zunächst aufhalten. Sie werde sich darin
jedoch nicht langweilen, „denn“, so sagte sie:

> „Dort singen Gauche,
> Dort sprießen Lauche,
> Und dort fahren Widder aus ihrem Felle.“

Da erwachte Mjadveig und sie ging nun den Weg, welcher
ihr im Traume angezeigt worden war. Es traf Alles so ein,
wie es ihr vorausgesagt war, und es verstrich ein Tag nach dem
andern in gleicher Lustbarkeit für Mjadveig.

Eines Tages jedoch, als sie zu ihrer Unterhaltung an’s
Land hinaufgegangen war, sah sie in nicht großer Entfernung
eine Flotte von Schiffen heran segeln. Bei diesem Anblicke
erschrak sie sehr und lief, so schnell sie konnte, zurück nach ihrem
Hause; dabei löste sich jedoch einer ihrer Schuhe, die aus Gold
waren, los und sie verlor denselben im Laufen.

Der Anführer der Flotte war ein Königssohn, welcher in
keiner anderen Absicht kam, als um die Tochter des Königs
Mani, Mjadveig, zu freien. Als er an’s Land stieg, um in die
Stadt zu gehen, fand er einen Frauenschuh aus Gold, der so
zierlich geformt war, daß er gelobte, dasjenige Mädchen zu
heirathen, dem dieser Schuh gehöre.

Er kam in die Stadt und freite um Mjadveig, die Königstochter, fügte aber gleichzeitig hinzu, daß er gelobt habe, nur
diejenige zu heirathen, deren Schuh er auf dem Wege zur Stadt
gefunden habe. Die Königin wünschte den Schuh zu sehen und
der Königssohn reichte ihr denselben hin. Sie kenne diesen Schuh
sehr gut, sagte sie hierauf; den habe einmal ihre Tochter

Mjadveig verloren, als sie zu ihrer Unterhaltung einen Spaziergang gemacht; das sei ja schon so die Art der Jugend.

Hierauf ging sie zu ihrer Tochter und erzählte ihr, wie
die Dinge jetzt ständen, und begab sich mit ihr in ein abgelegenes
Gemach, um ihr den goldenen Schuh anzulegen; allein sie brachte
nicht einmal den halben Fuß ihrer Tochter hinein. Da hieb die
Königin die Zehen und die Ferse vom Fuße und es gelang ihr,
denselben in den Schuh zu stecken. Das Mädchen fand, daß die
Mutter wohl gar schlimm mit ihr verfahre, aber die Königin
sagte, daß man etwas thun müsse, um einen Königssohn zum
Manne zu bekommen. Hierauf zog sie ihr ihre schönsten Kleider
an, führte sie an der Hand in die Halle und zeigte dem Königssohn, daß der Schuh zu diesem Fuße passe, was demselben
auch so zu sein schien. Da hielt er auf's Neue um die Hand
der Königstochter Mjadveig an und seine Werbung wurde auch
angenommen. Der Königssohn sagte, daß er jetzt mit seiner
Braut heimsegeln wolle in sein Reich, später aber wieder kommen
werde, um die Eltern zur Hochzeitsfeier einzuladen, und so zog
er auch fort mit der Tochter der Königin.

Als er aber an der Stelle vorbeisegelte, wo das Haus der
Mjadveig lag, hörte er ein so lautes Gezwitscher von Vögeln,
daß er demselben eine größere Aufmerksamkeit schenken mußte;
er verstand sich auf die Sprache der Vögel und es schien ihm,
daß sie sagten:

> „Im Steven sitzt die Absatzgehackte,
> Voll ist der Schuh vom Blute;
> Hier am Lande ist Mjadveig,
> Mani's Tochter,
> Eine viel besser
> Zur Braut Beruf'ne.

Kehre um, Königssohn!"

Anfangs wollte er diesem Vögelgeplauder keinen Glauben
schenken; als er sich endlich doch entschloß genauer nachzusehen,
fand er, daß sich bezüglich des Mädchens Alles so verhielt, wie

die Vögel verkündet hatten. Da nahm er einen Zauberstab und
legte ihn ihr über die Schultern. Da wurde sie mit Einem Male
zu einem großen und häßlichen Riesenweibe und mußte nun
Alles von sich und ihrer Mutter, der Königin, erzählen. Hierauf
erschlug er sie und salzte sie ein; ihr Fleisch aber, welches zwölf
Tonnen füllte, ließ der Königssohn an Bord eines Schiffes
bringen, welches vorher mit einer großen Menge Pulver beladen
worden war.

Sodann ließ er von seinem Schiffe ein Boot aussetzen,
ruderte an's Land und fand das Haus. Nach Anweisung der
Vögel gelang es ihm auch, dasselbe zu öffnen und er sah hier
ein wunderschönes Mädchen. Er fragte dasselbe um seinen
Namen, worauf er erfuhr, daß sie Mjadveig heiße, König Mani's
Tochter sei und daß sie sich hier im Verborgnen aufhalten müsse
wegen der Bosheit ihrer Stiefmutter. Der Königssohn erzählte
ihr sodann, wie die Dinge sich gewendet hätten, zeigte ihr den
goldenen Schuh, welchen er nun selbst an ihren Fuß legte, und
er sah dabei, daß sie den dazu gehörigen Schuh an dem anderen
fuße hatte.

Der Königssohn war also überzeugt, daß dieses Mädchen
seine rechte Braut sei, obschon man ihm die Wahrheit verborgen
hatte. Mit ihrem Willen brachte er sie hierauf auf sein Schiff
und segelte sodann mit seiner Flotte in eine verborgne Bucht, in
der er sich eine Zeit lang aufhielt. Dann ließ er alle Schiffe
wieder in den Hafen der Stadt segeln und er ging nach der
Halle des Königs und lud den König und die Königin zur Hochzeit ein.

Der König war gleich bereit zu kommen, die Königin jedoch
nicht; sie sei nicht gewöhnt an Seereisen, sagte sie, sie wolle
daher lieber zu Hause bleiben als eine so lange Fahrt unternehmen.
Der Königssohn stellte ihr vor, daß ihre Tochter sehr betrübt
sein würde, wenn sie dieser Einladung nicht nachkäme, und er
setzte seine Ueberredungskunst so lange fort, bis sie sich endlich

doch bewegen ließ. Nun wurden sie alle in Wagen nach dem
Strande hinab geführt und gingen sodann an Bord, worauf die
Schiffe in die See stachen.

Unterwegs wurde jedoch die Königin so betrübt und
kummervoll, daß sie für keinen Menschen Gedanken hatte. Der
Königssohn bat sie nun unter vier Augen, ihm zu erzählen, was
ihr denn solchen Kummer verursache. Sie that dies sehr ungern,
ließ sich aber endlich doch überreden und erzählte, es sei mit
ihrer Gesundheit auf dieser Reise so beschaffen, daß sie kaum Lust
habe zu speisen, wenn Andere speisen, und daß dies gewiß daher
komme, weil sie seekrank sei. Sie bat den Königssohn, diesem
Umstande abzuhelfen; er aber antwortete ihr, daß er dies nicht
im Stande sei, da er keine Speise kenne, die ihr dienlich sein
könnte; er habe nur etwas eingesalzenes Fleisch auf einem seiner
Schiffe, dasselbe sei aber roh, sagte er, und könne ihr deshalb
wenig nützen. Sie antwortete jedoch, daß sie sich dasselbe selbst
kochen könne, und bekam nun wieder ein strahlendes Angesicht;
sie bat aber den Königssohn, über diese unbedeutenden Dinge
Schweigen zu bewahren.

Wie erzählt wird, verspeiste die Königin jeden Tag eine
Tonne Fleisch und war, so lange sie ihre Mahlzeit genoß, immer
in das häßlichste Riesenweib verwandelt, wenn sie aber damit zu
Ende war, nahm sie wieder ihre menschliche Gestalt an. So vergingen nun eilf Tage; am zwölften aber rief der Königssohn den
König Mani gerade in dem Augenblick herbei, als sie daran ging,
die zwölfte Tonne Fleisch zu verspeisen, zeigte ihm ihr Beginnen
und erzählte ihm, wie oft sie dies schon während dieser Reise
gethan habe. Der König war auf's Höchste bestürzt, als er
nun sah, was für ein Ungeheuer ihn in's Garn gelockt hatte.
Sie entzündeten das Pulver auf dem erwähnten Schiffe, welches
sogleich in die Luft flog, und die Königin, oder richtiger gesagt
das Riesenweib, erlitt einen raschen Tod.

König Mani bat nun den Königssohn, er möchte ihm er=
zählen, wie diese entseglichen Geschichten zusammenhängen. Das
that derselbe auch, und er führte den König sodann zu Mjadveig,
welche ihm ganz genau von dem Benehmen und dem Betrug
der Mutter und Tochter berichtete; der König aber war höchlich
erstaunt über diese Zeitungen.

Nun segelten sie heim nach dem Reiche des Königssohnes,
wo ein lustiges Hochzeitsfest abgehalten wurde, das einen ganzen
Monat dauerte, und bei dem viel getrunken wurde. Als das=
selbe zu Ende war, wurde der König reichlich beschenkt und
segelte wieder heim in sein Reich, wo er bis zu seinem hohen
Alter herrschte, und er kommt in der Erzählung nicht weiter vor.

Von dem Königssohne aber ist zu melden, daß er nach
dem Tode seines Vaters König wurde. Es verging ein Jahr,
ohne daß sich etwas anderes ereignete, als daß die Königin
Mjadveig ein wunderschönes Knäblein gebar. Nach der Geburt
des Kindes ging sie eines Tages mit einer ihrer Dienerinnen
in's Bad; als sie aber dahin gekommen war, hatte sie keine
Seife, und sie schickte daher die Dienerin heim, um solche zu
holen; sie selbst aber blieb allein an dem Badeorte zurück.

Da kam ein Weib zu ihr und grüßte sie sittig und die
Königin erwiederte ihren Gruß. Das Weib bat sie, daß es die
Kleider mit ihr vertauschen dürfe und Mjadveig gewährte ihr
auch diese Bitte. Da sprach das Weib einen Spruch und wirkte
den Zauber, daß es selbst das ganze Aussehen der Königin er=
hielt, Mjadveig aber zu dem Bruder des Weibes ziehen mußte;
und zur selbigen Stunde verschwand auch die rechte Königin.
Niemand wußte etwas von der Verwechselung der Königin,
aber von diesem Tage an wollte die Königin den Leuten gar
nicht mehr gefallen, was ja auch nicht zu verwundern ist.

Es wird erzählt, daß der König, als er Mjadveig von
der Landzunge holte, das Häuschen, in welchem sie dort wohnte,
so schön und lieblich gefunden hatte, daß er dasselbe durch seine

Zauberkünste in die Stadt verſetzte, wo es ſeither neben der
Wohnung der Königin ſtand und ganz dieſelben Eigenſchaften
hatte, wie früher, als Alles gut ging:

> „Dort ſproßten Lauche,
> Dort ſangen Gauche,
> Und fuhr der Widder aus ſeinem Felle.“

Aber nun veränderte es ſich ſo, daß:

> „Nicht mehr ſingen Gauche
> Nicht mehr ſprießen Lauche,
> Und nicht mehr fährt der Widder aus ſeinem Felle —
> Und niemals ſchweigt der junge Knab',
> Der in der Wiege liegt,“

und Alles im Reiche in Verwirrung zu kommen ſcheint.

Da geſchah es eines Tages, daß ein Hirt des Königs
zur See hinab wanderte. Derſelbe ſah hier, daß unter einigen
ſteilen Klippen eine Glashalle aus dem Meere emportauchte,
worin ein Weib ſaß, welches der Königin Mjadveig ſo ähnlich ſah,
daß er die beiden nicht von einander zu unterſcheiden vermochte;
um die Halle aber war eine eiſerne Kette geſchlungen, welche
von einem häßlichen Rieſen gehalten wurde, der die Halle wieder
in den Meeresgrund hinabzog.

Der Mann war ganz verblüfft über dieſes Geſicht und
blieb bei einem Bache ſtehen. Aber während er ſo in Gedanken
verſunken daſtand, ſah er ein Kind aus dem Bache Waſſer
ſchöpfen. Er ſchenkte dem Kinde einen Fingerring aus Gold;
dieſes war auf das Höchſte über dieſe Gabe erfreut und ver-
ſchwand hierauf in einem Stein, welcher ſich in der Nähe befand.
Gleich darauf kam ein Zwerg aus dem Steine heraus, grüßte
den Mann, dankte ihm für das Geſchenk, das er dem Kinde
gegeben und fragte ihn, was er als Entgelt dafür haben wolle.
Der Hirt wünſchte jedoch nur zu wiſſen, was es mit dem Ge-
ſichte, das er zwiſchen den Klippen ſah, für eine Bewandtniß habe.

Der Zwerg erzählte ihm, daß es die Königin Mjadveig
ſei, welche in der Glashalle wohne; daß ſie von böſen Geiſtern

verzaubert sei, während ein Riesenweib, welches eine Schwester des Riesen sei, den er die Kette halten sah, nun ihre Stelle eingenommen habe. Weiters erzählte ihm der Zwerg, daß der Riese der Bitte Mjadveigs nachgegeben und ihr erlaubt habe, viermal auf jene Weise, die er selbst gesehen, ans Land zu kommen; sie solle auch von ihrer Verzauberung erlöst werden, wenn Jemand so glücklich sein würde, sie zu dieser Zeit aus seinen Klauen befreien zu können; aber nun sei sie schon dreimal, auf dem Lande gewesen, und wenn sie das nächste Mal wieder herauf komme, sei es das vierte Mal.

Der Hirt bat den Zwerg, ihm einen Rath zu geben, wie er die Königin aus der Verzauberung erlösen könne. Der Zwerg gab ihm eine Axt und hieß ihn damit auf die Kette hauen, wenn die Halle den nächsten Tag wieder heraufkomme.

Der Hirte wartete im Steine bei dem Zwerge die Nacht über; des Morgens aber begab er sich dahin, wo die Halle auf-zutauchen pflegte. Es dauerte auch nicht lange, so kam die Halle herauf zu den Klippen und der Hirte überlegte nun nicht lange, sondern hieb die Kette los und hatte Glück dabei. Aber jetzt kam der Riese herauf und wollte denjenigen erschlagen, der auf die Kette hieb. Da eilte der Zwerg herbei mit einem kleinen Sacke, dessen Inhalt er auf den Riesen warf, der davon augenblicklich erblindete, so daß er von den Klippen stürzte und sogleich sein Leben verlor.

Sie brachten hierauf Mjadveig in den Stein, wo sie vor-läufig verblieb. Die Anderen aber gingen in die Stadt und legten einen Zauberstab an die vermeintliche Königin; in demselben Augenblicke verwandelte sich diese zu einem häßlichen Riesenweibe und sie zwangen sie nun, ihnen ihre Geschichte zu erzählen.

Da erzählte sie, wie sie Mjadveig behandelt habe, und wo sich die Wohnung ihres Bruders befinde. Desgleichen erzählte sie ihnen, daß König Mani's zweite Gemalin ihre Schwester ge-wesen sei; sie habe dies gethan, um sich an Königin Mjadveig zu rächen, sagte sie. Der König wurde vom größten Zorne erfüllt und ließ dieses Ungeheuer den schmählichsten Tod erleiden.

Der Hirt fragte den König, welchen Lohn er dem Manne geben wolle, der die Königin aus ihrer Verzauberung befreien könne. Der König antwortete, daß er denjenigen durch große Geldgeschenke ehren, ihm den Fürstentitel verleihen und Länder zum Beherrschen geben wolle. Der Hirt zögerte nicht lange, holte die Königin und brachte sie dem Könige.

Da gab es ein so freudenvolles Wiedersehen, daß es sich nicht beschreiben läßt. Als die Königin wieder zu ihrem Glücke kam:

> „Da sangen Gauche,
> Da sproßten Lauche,
> Da fuhr der Widder aus seinem Felle,
> Da schwieg der junge Knab',
> Der in der Wiege lag."

Von dieser Zeit an lebte die Königin in Glück und Freude bis in ihr hohes Alter, und nun ist die Geschichte von Mjadveig, der Tochter Mani's, zu Ende.

X. Jonides und Hildur.

Es waren einmal ein König und eine Königin in ihrem Reiche; die hatten eine Tochter, welche Hildur hieß. Dieselbe war eben geboren, als diese Geschichte sich ereignete.

Der König ritt oft zu seinem Vergnügen auf die Jagd. Da geschah es nun einmal, daß derselbe, sowie er in den Wald hinausgekommen war, einen großen Drachen fliegen sah, welcher ein Kind in den Klauen hatte. Der König schoß nach dem Drachen und war so glücklich denselben mitten ins Herz zu treffen, so daß er todt zur Erde niederfiel; das Kind aber bekam er

noch lebend in die Hände. Es war dies ein sehr hübscher Knabe,
der beiläufig ein Jahr alt sein mochte. Der König nahm den
Knaben mit sich nach Hause und gab ihm den Namen Jonides.
Er ließ ihn mit seiner Tochter Hildur auferziehen und bezeigte
ihm stets große Liebe.

Die Kinder wuchsen zusammen auf und als sie älter wurden,
faßten sie Liebe zu einander. Hildur's Großmutter war sehr zauberkundig und unterrichtete auch das Mädchen in diesen Künsten;
Hildur lernte dies so leicht, daß sie schon in der Jugend in vielen
Dingen sehr erfahren war. Die Großmutter merkte bald, daß
Hildur und Jonides einander liebten; da sie aber um keinen
Preis wollte, daß Jonides das Mädchen zur Frau erhalte, beschloß sie, denselben mittelst Gift aus dem Wege zu schaffen. Sie
kam deshalb eines Tages mit einem Gerichte zu ihnen hinein
und forderte sie auf zu essen; Hildur aber sah, daß die Speise
vergiftet war und warnte darum Jonides, davon zu kosten. Da
machte sie einen anderen Versuch, indem sie dieselben im Bette
ermorden wollte; aber Hildur hatte dies vorausgesehen und
Holzklötze in die Betten gelegt. Das alte Weib hieb in dieselben;
das Schwert blieb jedoch in den Klötzen stecken; zugleich hafteten
ihre Hände an dem Schwerte fest und sie mußte nun so sitzen, bis
es Morgen wurde.

Hildur sah nun, daß sie in der Hauptstadt ihres Vaters
nicht mehr länger vor den Nachstellungen der Großmutter sicher
seien und sie verließen deshalb die Stadt und gingen hinaus zu
einem Bache, welcher in der Nähe floß. Hier verwandelte sie
sich und ihn in Forellen und sie sprangen sodann beide in
den Bach.

Die Großmutter erhielt hiervon Kunde, kam zu dem
Bache und wandte alle ihre Kunst an, um die beiden Forellen
zu fangen; es gelang ihr aber nicht. In der Nacht darauf
nahmen dieselben wieder ihre eigene Gestalt an und Hildur
sagte nun, daß es auf diese Weise nicht weiter gehen könne;

denn die Großmutter sitze jetzt daheim und sei mit der Bereitung eines Netzes beschäftigt, um sie darin zu fangen; sie sollten deshalb lieber in den Wald gehen.

Die Großmutter bekam auch hiervon Kunde und sandte zwei Knechte in den Wald mit dem Auftrage, daß sie alles Lebende, was sie sehen würden, tödten sollten.

Dieselben begaben sich hinaus in den Wald, sahen aber kein Thier. Erst gegen Abend erblickten sie zwei Hunde, welche so schön waren, daß sie früher niemals solche gesehen zu haben glaubten. Die Hunde waren sehr zutraulich zu den Knechten, ließen sich aber doch nicht fangen. Diese kehrten deshalb nach Hause zurück und erzählten, wie es ihnen ergangen sei. Das alte Weib sagte, daß dies Hildur und Jonides gewesen seien, und daß die Knechte nicht gehandelt hätten, wie sie sollten, und ließ dieselben erschlagen.

Hildur sah nun, daß es auch auf diese Weise nicht gehen werde; sie nahm deshalb ein grünes Tuch, forderte Jonides auf, mit ihr darauf zu steigen, und erhob sich auf demselben in die Luft.

Sie schwebten so einen großen Theil des Tages hindurch dahin, bis Hildur das Tuch wieder auf die Erde niedersinken ließ. Sie landeten auf einer wunderschönen Ebene und es war hier die herrlichste Gegend.

„Das nun ist Dein Vaterland", sagte Hildur, „und Du bist der Sohn des Königs, welcher hier herrschte; aber er ist nun schon mehrere Jahre todt. Als Du ein Jahr alt warst, ging Deine Mutter mit Dir in einen Obstgarten; da kam ein Drache an sie heran geflogen, und entriß Dich ihrem Busen. Dies bereitete Deinem Vater große Sorgen, denn er hatte kein anderes Kind; er starb endlich aus Kummer. Das Reich ist jetzt ohne Herrscher, denn deine Mutter liegt krank vor Gram und Schmerz darnieder. Du sollst daher in die Stadt gehen und deiner Mutter alles erzählen, was sich mit Dir zugetragen hat; sie wird Dich dann wieder

erkennen und Dir die Herrschaft über das Reich übergeben. Ich
selbst will vorläufig hier in einer kleinen Hütte verbleiben; aber
ich bitte Dich, vergiß meiner nicht."

Jonides antwortete, daß dies nie geschehen werde, denn
er liebe sie wie sich selbst. Hildur aber sagte, sie fürchte dennoch,
daß es so kommen könne. Hierauf schmierte sie ihn mit einer
Salbe aus einer Büchse und nahm weinend von ihm Abschied.

Jonides machte sich auf den Weg nach der Stadt; als
er aber den halben Weg dahin zurückgelegt hatte, kam eine
Hündin zu ihm heran und leckte die ganze Salbe von ihm ab;
in diesem Augenblicke vergaß er Hildur und erinnerte sich gar
nicht weiter mehr an sie.

Als er in die Stadt kam, bat er, daß er die Königin
sprechen dürfe, und dies wurde ihm auch gestattet. Er erzählte
derselben nun seine ganze Lebensgeschichte und daß er ihr Sohn
sei. Die Königin erkannte sogleich, daß seine Erzählung wahr
sei, und sagte, daß sie ihn auch an seiner Aehnlichkeit mit seinem
verstorbenen Vater erkennen könne. Er wurde sodann König in
dem Reiche und es ging nun Alles gut, dünkte es den Leuten.

Kurze Zeit nachdem Jonides König geworden war, erschien
ein schönes Mädchen in der Stadt. Niemand wußte, woher sie
gekommen war, aber Niemand konnte sich auch erinnern, jemals
ein so wunderschönes Mädchen gesehen zu haben. Der König
sah mit Liebesaugen auf sie und nahm sie zum Weibe. Die Leute
fanden aber nicht, daß sie auch so gut war als schön.

Einmal nun trug es sich zu, daß einer von den Knechten
des königlichen Schweinehirten sich im Walde verirrte und zu
einer kleinen Hütte kam. In derselben hausten ein alter Mann
und ein altes Weib, sowie Hildur, welche sie ihre Tochter nannten.
Der Knecht bat, daß er in der Hütte übernachten dürfe und dies
wurde ihm auch gestattet.

Als aber die Leute schlafen gingen, sagte der alte Mann
zu dem Knechte, daß er kein Bett für ihn habe, es sei denn daß

er bei Hildur, seiner Tochter, schlafen wolle. Der Knecht antwortete, daß er darin etwas so Schlimmes nicht finde, denn es
scheine ihm, daß er niemals ein schöneres Mädchen gesehen habe.

Er legte sich nun in Hildur's Bett; sie sagte jedoch, daß
sie noch hinaus müsse, weil sie auf dem Herde das Feuer noch
nicht geborgen habe. Der Knecht erbot sich, dies für sie zu thun
und bat sie, sich inzwischen in's Bett zu legen.

Er ging denn auch hinaus, um das Feuer zu bergen;
aber da blieben seine Hände an den Steinen des Herdes haften,
und er stand nun hier und mühte sich ab, dieselben frei zu
machen. Aber erst des Morgens gelang es ihm, sich loszulösen;
er ging nun rasch von dannen.

Als der Knecht nach Hause kam, fragte ihn der Schweinehirt, wo er die Nacht zugebracht habe. Der Knecht sagte es ihm
und fügte hinzu, daß er bei der Tochter des alten Mannes
geschlafen habe.

Da erwachte auch in dem Schweinehirten das Verlangen,
dahin zu gehen und die Nacht dort zuzubringen. Er machte sich
auf den Weg, kam des Abends zu der Hütte und bat um
Nachtherberge. Der alte Mann gewährte ihm dieselbe und lud
ihn ein, in die Hütte zu kommen.

Der Schweinehirt fand großen Gefallen an der Tochter
des alten Mannes und freute sich bereits auf die Nacht. Als
man sich anschickte zu Bette zu gehen, sagte der alte Mann, daß
er nirgends eine Schlafstelle für ihn habe, es sei denn, daß er
bei seiner Tochter schlafen wolle. Der Schweinehirt dachte bei
sich, daß man ja noch ein schlechteres Lager bekommen könne,
und ging zu Bette. Als aber nun Hildur sich schlafen legen wollte,
sagte sie:

„Ah, da habe ich jetzt vergessen, die Hausthüre zu schließen!"
und wollte hinausgehen.

Der Schweinehirt sagte jedoch:

„Nein, das soll nicht geschehen, daß Du hinausgehst; ich werde gehen und die Thüre zuschließen."

Er ging sodann hinaus und schob den Riegel vor, aber er blieb an dem Riegel hängen und konnte sich nicht früher frei machen, als bis es Morgen war; da eilte er beschämt von dannen.

Einige Zeit später traf es sich, daß der König auf der Jagd war und plötzlich ein so starker Nebel einfiel, daß er sich verirrte und von seinen Leuten getrennt wurde, so daß er ganz allein war. Er irrte lange umher, bis er endlich zu derselben Hütte kam. Er klopfte an die Thüre. Der alte Mann kam heraus und lud ihn ein, in die Hütte zu kommen. Da erkannte er den König und bat ihn mit der geringen Wohnung, die er ihm bieten könne, fürlieb zu nehmen. Er bewirthete auch den König, so weit er es mit seinen ärmlichen Mitteln im Stande war; als sich aber der alte Mann anschickte zu Bette zu gehen, sagte er zu dem Könige, daß er ihm kein Lager anbieten könne, es sei denn, daß er bei seiner Tochter schlafen wolle.

Der König entgegnete, daß er damit ganz zufrieden sei; denn das Mädchen gefiel ihm sehr. Er legte sich auch in ihr Bett; als nun aber Hildur sich schlafen legen wollte, sagte sie:

„Ah, da habe ich jetzt vergessen, die Kälber in den Stall zu geben."

„Ich werde hinab laufen und sie in den Stall treiben" sagte der König und lief hinaus.

Er begann nun den Kälbern nachzujagen, welche sich sehr wild geberdeten. Endlich gelang es ihm, ein Kalb beim Schwanze zu erfassen, aber da blieb seine Hand an demselben haften und er hing nun an dem Schwanze des Kalbes bis Hildur des Morgens hinaus kam. Sie lachte da laut auf, und sagte:

„Das ist nicht königlich, sich an den Steiß eines Kalbes zu hängen."

Der König bat sie ganz demüthig, daß sie ihn frei machen möge, und dies that sie auch. Nun fragte sie den König, ob er sie nicht erkenne. Er verneinte es. Hierauf fragte sie ihn weiter, ob er sich auch nicht an Hildur, die Königstochter, erinnere, welche ihn in sein Reich gebracht habe. Auch daran erinnere er sich nicht, sagte er.

Da holte nun Hildur die Büchse mit der Salbe und bestrich ihn damit und augenblicklich erinnerte er sich nun an Hildur, kannte sie und schloß sie in seine Arme.

Hildur erzählte ihm dann, daß die Königin, welche er nun habe, ihre alte Großmutter sei, welche die Gestalt eines Mäd- chens angenommen habe und ihm das Leben nehmen wolle; sie habe dies aber, sagte Hildur, bis auf den heutigen Tag ver- hindert. Sie bat nun den König, nicht länger das Leben der Großmutter zu schonen, sowie er wieder nach Hause gekommen sei.

Sie nahmen hierauf in großer Liebe von einander Ab- schied. König Jonides begab sich wieder heim in sein Reich und ließ sogleich nach seiner Ankunft daselbst seine Königin ergreifen, in einen Sack stecken und ertränken. Hierauf sandte er ein schönes Gefolge zu Hildur, um sie abzuholen, und feierte seine Hochzeit mit ihr. Sie lebten hierauf noch lange, hatten Kinder und Kindeskinder und starben in hohem Alter.

XI. Der Häuslerssohn und seine Katze.

Es lebte einmal ein alter Mann mit seinem alten Weibe in einer schlechten Hütte und ein König und eine Königin in ihrem Reiche. Wir wollen zuerst von dem alten Manne und dem alten Weibe erzählen.

Der Mann war so geizig, daß er ungeheuer viel Geld zusammen gescharrt hatte, und die Leute hatten das Sprichwort dafür, daß er immer zwei Geldstücke für eines bekäme. Aber einmal wurde er doch krank und mußte sich zu Bette legen und er starb auch an dieser Krankheit.

Der alte Mann und das alte Weib hatten nur einen einzigen Sohn. In der ersten Nacht nach dem Tode des alten Mannes träumte nun dieser, daß ein unbekannter Mann zu ihm kam und sagte:

„Hier liegst Du, Mann; Dein Vater ist nun todt und sein ganzer Reichthum gehört jetzt Dir, denn Deine Mutter wird bald sterben. Die Hälfte dieses Reichthumes ist aber auf unrechtmäßige Weise erworben; deshalb sollst Du Dein halbes Vermögen den Armen geben, die andere Hälfte aber sollst Du in das Meer werfen; wenn jedoch etwas im Meere schwimmt, nachdem das Uebrige versunken ist, sei es nun ein Stück Papier oder etwas Anderes, so sollst Du es auffischen und gut aufbewahren."

Hierauf verschwand der Mann, der Bursche aber erwachte.

Nun wird er ganz bekümmert über diesen Traum und denkt viel darüber nach, was er thun solle; denn es scheint ihm keine so leichte Sache zu sein, ohne Weiteres sein Vermögen fahren zu lassen. Endlich faßt er doch den Entschluß, die eine Hälfte den Armen zu geben, die andere aber ins Meer zu werfen. Da geschah es, wie der Mann ihm im Traume gesagt

hatte; er fieht etwas auf der Oberfläche des Meeres fchwimmen.
Er begibt fich dahin, nimmt den Gegenftand zu fich und fieht,
daß es ein Stück zufammengelegtes Papier ift. Er entfaltet dasfelbe und findet fechs Schillinge, welche darin eingewickelt waren.

Da denkt er bei fich felbft: „Was foll ich mit diefen fechs
Schillingen anfangen, nachdem ich ein fo großes Vermögen
vernichtet habe?" Gleichwohl fteckt er diefelben in feine Tafche.

Er wurde nun von Sorgen und fchweren Gedanken er-
füllt, daß er fein Vermögen verloren habe, und legte fich zu Bette,
ftand aber doch bald wieder auf.

Nachdem er auch feine Mutter zu Grabe geleitet hatte,
zog er fchweren Sinnes fort. Er ging hinaus in den Wald und
wanderte lange umher, bis er zu einer ärmlichen Hütte kam.
Hier klopfte er an die Thüre; ein altes Weib öffnete diefelbe.
Er bat um die Erlaubniß, hier bleiben zu dürfen, und fagte
gleichzeitig, daß er für die Nachtherberge nichts zahlen könne.

Das Weib antwortete, daß ihm deshalb das Haus nicht
verfchloffen bleiben folle. Er trat in daffelbe ein und man brachte
ihm allfogleich Speife. Er bemerkte keine anderen Menfchen
im Haufe als zwei Weiber und drei Männer. Diefelben fprachen
nicht viel zufammen und es waren wohl ruhige Menfchen, dünkte
es ihm.

Unter Anderem fah er darin ein Thier von grauer Farbe,
welches aber nicht fehr groß war. Ein folches Wefen hatte er
früher niemals gefehen. Er fragte, wie man diefes Thier heiße,
und erhielt zur Antwort, es heiße „Katze."

Hierauf fragte er, ob die Katze feil fei und was fie kofte.
Für fechs Schillinge könne er fie haben, erhielt er zur Antwort, und er kaufte fie denn auch für feine Schillinge und brachte
hierauf die Nacht fchlafend zu. Am nächften Morgen nahm er
Abfchied von den Leuten, fteckte die Katze in feinen Mantel hinein
und ging feiner Wege.

Er wanderte nun den ganzen Tag durch Wälder und Wüsten, bis er Abends zu einem Hofe kam. Hier klopfte er an die Thüre; es trat ein alter Mann heraus, welcher sagte, daß er der Hausherr sei. Der Bursche bat um Nachtherberge, fügte aber gleichzeitig hinzu, daß er nichts habe, womit er ihn be=zahlen könne. „Man muß Dir dann umsonst ein Nachtlager geben", sagte der Mann, und führt ihn in die Wohnstube. Hier sah er zwei Weiber und zwei Männer. Das eine der Weiber war die Frau des Hausherrn, das andere deren Tochter. Er ließ hierauf die Katze unter seinem Mantel hervorspringen und alle waren ganz verwundert; denn keines von ihnen hatte früher ein solches Thier gesehen. Er blieb nun hier über Nacht.

Am nächsten Morgen rieth man ihm, zur Halle des Königs hinaufzugehen, die sich nicht weit von hier befinde. Der König sei ein guter Mensch, der ihm ohne Zweifel irgend eine Freund=lichkeit erweisen werde. Hierauf machte sich der Bursche wieder auf den Weg und ging so lange, bis er zu der Halle des Königs kam.

Er schickte dem König die Botschaft, daß er ihn gerne sehen möchte, und der König läßt ihm sagen, es sei ihm erlaubt, in die Halle einzutreten und zu ihm zu kommen. Dies thut der Bursche auch.

Als er in die Halle hinein kam, saßen gerade die Leute bei Tische. Er begrüßte den König und seine Hofleute, war aber auf das Höchste erstaunt, als er eine ungeheure Menge kleiner Thiere in der Halle herumlaufen sah, welche so nahe an den König und seine Hofleute herankamen, daß sie auf den Tisch und den Teller des Königs sprangen und ihm die Lecker=bissen wegfraßen, ja ihn sogar in die Hände bissen, so daß er keine Ruhe vor ihnen hatte. Die Hände des Königs und ver=schiedener Hofleute waren ganz blutig, und so sehr man sich auch dieser Thiere und ihrer Angriffe zu erwehren suchte, so war doch alles vergebens.

Der Bursche fragte, was dieses Ungemach zu bedeuten habe und was für Thiere dies seien.

Der König gab ihm zur Antwort, daß man dieselben Ratten heiße und daß sie ihn schon viele Jahre heimsuchten; er kenne aber kein Mittel, um sie auszurotten.

In diesem Augenblicke springt die Katze unter dem Mantel des Burschen hervor und auf die Ratten los. Sie beißt eine Anzahl derselben todt und jagt die übrigen aus der Halle.

Der König und seine Hofleute waren hierüber sehr verwundert und der König fragte, was für ein Thier dies sei. Der Bursche gab zur Antwort, daß man es Katze heiße und daß er dasselbe für sechs Schillinge gekauft habe.

Da sagte der König:

„Weil Du hiehergekommen bist und wegen des Glückes, welches mir durch Dich geworden ist, soll es Dir erlaubt sein, von mir zu wählen, was Du lieber hast: ob Du mein erster Minister sein oder meine Tochter heirathen und das Reich nach mir erhalten willst.“

Der Bursche antwortete, er entscheide sich, da der König schon so gütig sei, ihn wählen zu lassen, lieber für seine Tochter und das Reich.

Es wurde nun die Hochzeit gehalten und als Alles vorüber war, sandte der Bursche Boten zu den Bauern, welche ihn beherbergt hatten, und er machte sie zu seinen Ministern, als er nach dem Tode des Königs selbst die Regierung angetreten hatte.

XII. Lineik und Laufey.

In alter Zeit regierte ein König mit seiner Königin über ein großes, gewaltiges Reich. Wie sie hießen, wird nicht erwähnt; sie hatten zwei Kinder, einen Sohn und eine Tochter, welche zur Zeit dieser Erzählung beide schon erwachsen waren. Der Sohn hieß Sigurd und die Tochter Lineik; sie waren beide durch Geist und körperliche Geschicklichkeit ausgezeichnet, so daß man kaum ihres Gleichen finden konnte, so weit man auch darnach suchen mochte. Sie liebten einander so innig, daß das Eine nicht ohne das Andere sein konnte, und darum ließ der König ihnen ein großes und prächtiges Haus erbauen und gab ihnen so viele Diener und Dienerinnen, als sie nöthig hatten.

So verging die Zeit, ohne daß sich etwas Besonderes zu-trug, bis die Königin einmal schwer krank wurde. Da ließ die-selbe den König zu sich rufen und sagte zu ihm, sie glaube, daß sie an dieser Krankheit sterben werde.

„Um zwei Dinge", sagte die Königin, „will ich Dich bitten, bevor ich sterbe, und ich hoffe, daß Du dieselben beherzigen wirst; erstens, daß Du Dir, falls Du Dich wieder verheirathen willst, Deine Gemalin nicht an kleinen Orten oder auf abgelegenen In-seln suchest, sondern in großen Städten oder volkreichen Ländern; es wird Dir dies Glück bringen; zweitens, daß Du Dein ganzes Sinnen darauf legest, auf unsere Kinder Acht zu haben; sie werden Dir, denke ich, von allen Menschen am meisten Freude bereiten auf dieser Welt."

Nachdem die Königin dies gesprochen hatte, starb sie. Dem Könige ging ihr Tod so sehr zu Herzen, daß er alle seine Re-gierungsgeschäfte vernachlässigte. Nach Verlauf einiger Zeit trat eines Tages der erste Minister vor den König und erklärte ihm, daß es dem Lande von Schaden sei, wenn er sich noch länger

nicht um die Regierung bekümmere und fortwährend um die
Königin trauere, und „es ist königlicher", sagte der Minister, „sich
aufzuraffen und seinen Kummer zu unterdrücken; seht Euch um
eine andere Partie um, welche Eurer würdig ist."

„Das ist eine schwierige Sache", antwortete der König;
„da aber Du es bist, der mir diesen Rath gibt, so ist es am
Besten, daß auch Du die Ehre und Mühe auf Dich nimmst;
ich überlasse es daher Dir, mir ein Weib zu suchen, das meiner
würdig ist; nur die eine Bedingung stelle ich, daß Du sie nicht
von kleinen Ortschaften oder abgelegenen Inseln holest."

Hierauf wurde Alles für die Reise vorbereitet; der König
gab seinem Minister die beste Ausrüstung und ein prächtiges
Reisegefolge mit und derselbe segelte nun alsbald mit seiner
Begleitung ab.

Als sie eine Strecke weit den beabsichtigten Curs einge-
halten hatten, erhob sich ein so dichter Nebel, daß sie nicht mehr
wußten, wo sie waren. Einen ganzen Monat lang irrten sie
so auf dem Meere umher, bis sie endlich ein Land vor sich
liegen sahen, welches sie nicht kannten. Sie fanden hier einen
guten Hafen, verließen das Schiff und schlugen Zelte auf. Da
aber kein Mensch zu sehen war, glaubten sie, daß es eine öde
Insel sei.

Während die Leute sich ausruhten, begab sich der Minister
allein landeinwärts; er war nicht weit gegangen, als er ein so
schönes Saitenspiel vernahm, wie er ein solches früher nie gehört
hatte. Er ging dem Laute nach, bis er zu einem offenen Platze
im Walde kam; hier sah er auf einem Stuhl ein Weib sitzen,
welches so reizend und vornehm aussah, daß er glaubte, früher
niemals eine solche Schönheit gesehen zu haben; sie spielte so
schön auf einer Harfe, daß es eine Wonne war, ihr zuzuhören;
zu ihren Füßen aber saß ein liebliches junges Mädchen, welches
zu dem Spiele sang. Der Minister grüßte das Weib sehr höflich
und dieses erhob sich und erwiederte den Gruß mit großer Freund-

lichkeit. Sie fragte den Minister um das Ziel und den Zweck seiner Reise und dieser erzählte ihr hierauf Alles was sich zugetragen hatte.

„Auch mir ist es so ergangen wie Eurem Könige", sagte das Weib; „ich war verheirathet mit einem angesehenen Könige, der über dieses Land herrschte; aber Vikinger kamen und erschlugen ihn und unterwarfen sich das Land; ich aber entfloh heimlich mit diesem Mädchen, welches meine Tochter ist."

Als das Mädchen diese Worte hörte, sagte es:

„Sprichst Du jetzt die Wahrheit?"

Da gab das Weib dem Mädchen einen Schlag in's Gesicht und sagte:

„Vergiß nicht, was Du versprochen hast."

Der Minister fragte das Weib, wie es heiße. Sie heiße Blauvör, erhielt er zur Antwort, ihre Tochter aber, sagte sie, heiße Laufey.

Der Minister sprach nun eine Zeitlang mit dem Weibe und er merkte bald, daß dasselbe sehr verständig und gebildet sei. Da dachte er bei sich selbst, daß er wohl kaum öfter eine so gute Gelegenheit finden würde, seinem Könige eine Gemalin zu verschaffen, als jetzt, und hielt deshalb im Namen des Königs um Blauvör's Hand an. Seine Werbung wurde auch ohne Weiteres angenommen und Blauvör sagte, daß sie sogleich bereit sei, mit ihm zu reisen; „denn ich habe alle meine Kostbarkeiten bei mir", sagte sie, „und ich brauche kein anderes Gefolge mit auf die Reise als Laufey, meine Tochter."

Blauvör und Laufey begaben sich alsbald mit dem Minister nach dem Strande; die Zelte wurden abgebrochen, man bestieg die Schiffe, spannte die Segel auf und fuhr von dannen.

Nun war der Nebel verschwunden und es zeigte sich, daß das Land nur eine öde, mit vielen Klippen umgebene Scheere war; aber Niemand achtete weiter darauf. Sie bekamen guten, starken Fahrwind, und als sie sechs Tage lang gesegelt waren, sahen sie Land vor sich und konnten auch bald die Hauptstadt ihres Königs erkennen. Sie warfen sogleich die Anker aus und gingen an's Land.

Der Minister sandte einen Boten in die Stadt, um dem König seine Ankunft zu melden; dieser war darüber sehr erfreut, zog seine besten Staatskleider an und begab sich mit einem prächtigen Gefolge nach dem Strande, um seine Braut zu empfangen.

Auf dem halben Wege zu den Schiffen kam ihm schon der Minister entgegen, der an jeder Hand ein Weib führte — beide schön gekleidet und auf das Prächtigste geschmückt. Als der König diese Pracht und diesen Glanz sah, war er ganz außer sich vor Freude, und als er erfuhr, daß die Aeltere seine Braut sei, dünkte er sich in den Himmel versetzt, denn diese war die Schönere.

Er begrüßte den Minister, wie Mutter und Tochter auf das freundlichste und vergaß in seiner Freude ganz zu fragen, aus welchem Lande die Braut sei. Er führte die beiden Weiber in die Stadt und ließ prächtige Wohnräume für sie herstellen. Hierauf wurde ein großartiges Hochzeitsfest veranstaltet, zu welchem die vornehmsten Männer des Reiches Einladungen erhielten; ob aber auch die beiden Kinder des Königs, Sigurd und Lineik eingeladen wurden, davon wird nichts berichtet; sie hatten auch Blauvör noch gar nicht kennen gelernt, denn der König hatte ganz auf sie vergessen; er dachte an nichts Anderes, als bei seiner zukünftigen Königin zu sitzen und mit ihr zu plaudern.

Die Hochzeit wurde in Lust und Herrlichkeit gefeiert und als das Fest vorüber war, wurden Alle reichlich beschenkt in ihre Heimat entlassen; der König aber oblag nun mit aller Muße den Regierungsgeschäften in seinem Reiche.

So verging einige Zeit, ohne daß sich etwas Bemerkenswerthes ereignete. Die Königin half dem Könige bei seinen Regierungsgeschäften; doch dauerte es nicht lange, so wollten die Leute wissen, daß es dabei nicht ganz richtig zugehe. Die Königin wollte ihren Willen haben und sich in alle Angelegenheiten mischen und der König sah nun bald ein, daß er mit dieser Heirath keine so gute Partie gemacht habe, als er anfangs glaubte. Um die beiden Geschwister Sigurd und Lineik kümmerte sich die Königin gar nicht; sie kamen auch nie zu ihr, sondern blieben lieber Tag und Nacht in ihrem eigenen Hause.

Nicht lange nachdem die Königin mit ihrem Gemal sich in die Regierung des Reiches getheilt hatte, fiel es auf, daß von den Hofleuten einer nach dem andern verschwand, ohne daß Jemand begreifen konnte, was aus denselben geworden sei. Der König machte sich jedoch keine Gedanken darüber, sondern nahm sich an Stelle der verschwundenen Hofleute neue auf; und so blieb es einige Zeit hindurch.

Eines Tages aber sagte die Königin zum Könige, daß es nun wohl an der Zeit sei, im Reiche herumzureisen und die Schatzung zu erheben. „Ich werde schon für die Regierung Sorge tragen, während Du fort bist", sagte sie.

Der König hatte keine große Lust zu dieser Reise, da er aber fast gar keinen eigenen Willen besaß, mußte er seiner Königin gehorchen; sie war es, welche das Commando führte, und ging nicht Alles nach ihrem Kopfe, so war sie unausstehlich.

Der König rüstete also einige Schiffe für seine Reise aus, war aber sehr traurig. Als Alles für die Abreise vorbereitet war, begab er sich in das Haus seiner Kinder. Da gab es gar freudige Begrüßung zwischen Vater und Kindern; nach einer Weile aber seufzte der König und sagte:

„Wenn ich von dieser Reise nicht mehr zurückkehren sollte, so fürchte ich, daß Ihr hier nicht länger sicher sein werdet; ich rathe Euch daher heimlich zu entfliehen, sobald Ihr die Hoffnung auf meine Rückkehr verloren habt. Geht in der Richtung gegen Osten; Ihr werdet dann bald zu einem hohen und steilen Berge kommen; wenn Ihr über denselben gestiegen seid, werdet

Ihr auf eine lange Bucht stoßen. Am Ende dieser Bucht stehen zwei Bäume; der eine von ihnen ist grün, der andere roth. Sie sind im Innern hohl und so eingerichtet, daß man sie verschließen kann, ohne daß es von außen bemerkbar ist. Geht jedes in einen dieser Bäume hinein, dann kann Euch nichts geschehen."

Der König nahm hierauf Abschied von seinen Kindern und ging mit schwerem Sinne fort. Er bestieg sein Schiff, ließ die Segel aufspannen und fuhr fort. Nachdem er eine kurze Strecke weit gesegelt war, entstand ein solches Unwetter, daß Alle den Muth verloren; zugleich mit dem Sturme rasten Blitz und Donner so fürchterlich, daß Niemand sich erinnerte, je solche Schrecken erlebt zu haben. Es braucht nicht erst erzählt zu werden, daß sämmtliche Schiffe zu Grunde gingen und der König mit allen seinen Leuten umkam.

In derselben Nacht, in welcher der König umkam, träumte Prinz Sigurd, daß sein Vater in triefend nassen Kleidern in's Haus kam, die Krone vom Haupte nahm und dieselbe zu seinen Füßen niederlegte, worauf er wieder schweigend das Haus verließ.

Er erzählte Lineik seinen Traum und sie ahnten sogleich, was derselbe zu bedeuten habe; sie machten sich zur Reise bereit, rafften ihre Kleinode und Kleider zusammen und verließen heimlich und ohne Begleiter die Stadt, wie ihr Vater ihnen gerathen hatte.

Als sie bei dem Berge angelangt waren, blickten sie zurück; da sahen sie, wie die Stiefmutter ihnen folgte; dieselbe hatte ein so schreckliches Aussehen, daß es ihnen schien, als gleiche sie eher einer Riesin als einem Menschenweibe. Am unteren Abhang des Berges lag ein großer Wald, den sie bereits durchschritten hatten; sie kamen daher auf den Gedanken, denselben in Brand zu stecken; bald stand er auch in hellen Flammen, so daß Blauör nicht vorwärts kommen konnte.

Mit großer Beschwerde kamen sie endlich über den Berg und fanden die Bucht mit den Bäumen, von denen ihr Vater gesprochen hatte. Sie krochen jedes in einen der beiden Bäume und es traf sich so gut, daß sie zu einander hinüber sehen und sich die Zeit mit Plaudern vertreiben konnten.

Nun wendet sich die Geschichte anderen Begebenheiten zu.

Zu dieser Zeit regierte in Griechenland ein mächtiger und berühmter König, dessen Name nicht mehr bekannt ist; derselbe hatte mit seiner Königin zwei Kinder, einen Sohn und eine Tochter, deren Namen ebenfalls nicht überliefert sind. Diese beiden Kinder waren so reich mit körperlichen und geistigen Vorzügen begabt, daß sich zu jener Zeit nur Wenige fanden, die man mit ihnen hätte vergleichen können.

Als der Königssohn in die männlichen Jahre gekommen war, unternahm er Kriegszüge, um sich Ruhm und Vermögen zu erwerben; er brachte auf diese Art mehrere Sommer in der Fremde zu; während des Winters aber blieb er daheim in Griechenland.

Auf seinen Kriegszügen hatte er oft erzählen hören, wie sich Prinzessin Lineik durch ihre Schönheit und ihre sonstigen Eigenschaften vor allen übrigen Weibern auszeichne; er beschloß deshalb, dieselbe aufzusuchen und um ihre Hand anzuhalten.

Als er sich dem Lande näherte, wußte die zauberkundige Blauvör bereits von seinem Kommen und seiner Absicht; sie und ihre Tochter legten daher ihre prächtigsten Kleider an und gingen hinab zum Strande um den Prinzen zu empfangen.

Dieser begrüßte sie höflich und fragte sie, was sich im Lande Merkwürdiges zugetragen habe.

Da erzählte ihm die Königin weinend und jammernd, daß ihr Mann mit allen seinen Begleitern auf dem Meere umgekommen sei, als er fort segelte, um in seinen Ländern die Schatzung einzuheben. Sie könne sich von dem Kummer über diesen Verlust nicht erholen.

Aber nun fragte der Prinz, wo Lineik sei.

Ja, das sei das junge Mädchen, welches sie da an der Hand führe, antwortete die Königin.

Der Prinz schien über diesen Bescheid nicht übermäßig erfreut zu sein; er hätte sich dieselbe schöner vorgestellt, bemerkte er.

Man brauche sich nicht zu verwundern, wenn sie den Kopf hängen lasse und etwas bleiche Wangen habe, meinte die Königin; sei sie doch von dem doppelten Kummer betroffen worden, Vater und Bruder auf Ein Mal zu verlieren.

Darin habe die Königin Recht, fand der Prinz, und so trug er denn seine Werbung vor.

Es kann sich wohl Jeder leicht denken, daß er kein „Nein" erhielt.

Er traf sogleich Vorbereitungen zur Abreise mit dem Mädchen, das er ja für Lineik hielt. Die Königin wollte ebenfalls mit ihnen fahren, aber der Prinz gab dies auf keine Weise zu und so mußte sie denn zurückbleiben.

Er war nicht weit in's Meer hinausgekommen, als er in Nebel gerieth und den Curs verlor, und ehe er es selbst wußte, war er in eine lange Bucht hineingekommen. Er ließ sich in einem Boote an's Land rudern; am Ende der Bucht sah er zwei wunderschöne Bäume stehen, wie er solche in seinem Leben nie gesehen hatte. Er ließ dieselben umhauen und auf sein Schiff bringen. In demselben Augenblicke zerstreute sich auch der Nebel; die Segel wurden aufgespannt und nun ging's in lustiger Fahrt heim nach Griechenland.

Hier angelangt führte der Prinz seine Braut in die Stadt und ließ ihr alle geziemenden Ehren zu Theil werden; er gab ihr sein eigenes Schlafzimmer zum Aufenthaltsorte während des Tages; die Nacht jedoch mußte sie im Frauenhause seiner Schwester zubringen. Die beiden schönen Bäume aber waren dem Prinzen so werth, daß er sie in sein Schlafzimmer bringen und darin

aufstellen ließ, den einen am Kopfende, den anderen am Fuß=
ende seines Bettes.

Nun sollte Alles für die Hochzeit vorbereitet werden. Der
Prinz brachte Lineik (die in Wirklichkeit Laufey war) Stoff zu
drei Kleidern für ihn, einen blauen, einen rothen und einen
grünen; diese mußte sie fertig genäht haben, bis die Hochzeit
stattfinden konnte. Zuerst sollte sie das blaue Kleid in Angriff
nehmen, sodann das rothe und zuletzt das grüne; dieses aber
sollte auch das prächtigste von allen sein, „und ich will das=
selbe an unserem Hochzeitstage tragen", sagte der Prinz.

Laufey übernahm den Stoff und der Prinz ging seiner
Wege. Kaum war derselbe aber fort, als Laufey in heftiges
Weinen ausbrach; denn Blauvör, diese Hexe, hatte sie nie eine
Handarbeit gelehrt; sie hatte ihre Lebtage nie eine Nadel in
der Hand gehabt und natürlich am allerwenigsten gelernt mit
so kostbaren Stoffen, wie diese waren, umzugehen. Sie konnte
sich leicht denken, daß, wenn sie die Kleider nicht zu Stande
bringen könne, der Prinz sie mit Spott und Schande zur Thüre
hinausjagen, ja vielleicht sogar todtschlagen werde, und so war
sie denn sehr betrübt und traurig.

In den Bäumen saßen, wie schon früher erzählt, die beiden
Geschwister Sigurd und Lineik; sie konnten von denselben aus
Alles sehen, was im Schlafzimmer des Prinzen vorging und
hörten auch Laufey's Seufzen und Klagen. Davon wurde Prinz
Sigurd so gerührt, daß er zu seiner Schwester sagte:

> „Lineik, Schwester,
> Laufey weinet,
> Hilf ihr nähen,
> Hab' Erbarmen!"

Lineik antwortete:

> „Hast Du vergessen
> Den hohen Felsen,
> Den steilen Abhang
> Und unten das Feuer?"

Aber endlich ließ sie sich doch von Sigurd überreden; sie kroch aus dem Baume, setzte sich zu Laufey und half ihr nähen. Das erste Kleid war bald fertig und Laufey zeigte sich nicht wenig erfreut darüber, wie gut ihnen dasselbe von der Hand gegangen war. Lineik ging wieder in ihren Baum hinein, Laufey aber brachte dem Prinzen das Kleid. Er besichtigte dasselbe und sagte:

„Ich habe noch niemals ein so hübsch verfertigtes Kleid gesehen, wie dieses ist; nimm nun das rothe in Angriff und laß es um so viel schöner werden, als auch der Stoff dazu kostbarer ist, als zu jenem Kleide."

Laufey kehrte in das Schlafzimmer zurück, setzte sich nieder und begann zu weinen. Da sprach Prinz Sigurd zu seiner Schwester wie das vorige Mal:

„Lineik, Schwester,
Laufey weinet,
Hilf' ihr nähen,
Hab' Erbarmen!"

Sie aber antwortete:

„Hast Du vergessen
Den hohen Felsen,
Den steilen Abhang
Und unten das Feuer?"

Da geschah es wieder wie früher. Lineik verließ endlich doch den Baum, setzte sich hin und nähte. Sie wendete noch mehr Kunstfertigkeit an dieses Kleid, als an das erste; dasselbe war überall mit Goldsäumen und Edelsteinen eingefaßt und als es fertig war, gab sie es Laufey, damit sie es dem Prinzen bringe; sie selbst schlüpfte wieder in ihren Baum hinein. Als der Prinz das Kleid erhielt, betrachtete er dasselbe und sagte:

„Es ist zu gut gearbeitet, um anzunehmen, daß Du allein dieses Kleid verfertigt habest. Ich hege den Verdacht, daß mehr Hände als diese damit beschäftigt gewesen sind. Geh' nun hin und verfertige den dritten Anzug; ich gebe Dir drei Tage Zeit zu dieser Arbeit; aber wie das Gold kostbarer ist als das Kupfer, so soll auch dieses Kleid die anderen an Schönheit und Kostbarkeit übertreffen; und ich will dasselbe an unserem Hochzeitstage tragen."

Laufey ging in das Schlafzimmer zurück, setzte sich nieder und weinte. Da wurde Prinz Sigurd wieder so gerührt von ihrem Seufzen und Weinen, daß er abermals zu seiner Schwester sagte:

> „Lineik, Schwester,
> Laufey weinet,
> Hilf ihr nähen,
> Hab' Erbarmen!"

Sie antworte wie früher:

> „Hast Du vergessen
> Den hohen Felsen,
> Den steilen Abhang
> Und unten das Feuer?

Aber sie ließ sich doch zum dritten Male überreden, schlüpfte aus dem Baume und setzte sich zu Laufey, um mit ihr zu nähen. Sie wendete diesmal eine noch größere Sorgfalt und Kunstfertigkeit an, so daß man von dem Stoffe selbst kaum etwas sehen konnte vor lauter Goldborten und theuren Steinen. Am dritten Tage aber, als Lineik und Laufey ahnungslos zusammen arbeiteten, trat plötzlich der Prinz in das Zimmer. Lineik erschrak auf das Heftigste und wollte eilig wieder in ihren Baum schlüpfen; es gelang jedoch dem Prinzen, sie an einem Zipfel ihres Kleides festzuhalten. Er zwang sie, sich an seiner Seite niederzusetzen, und sagte:

„Ich habe längst Verdacht geschöpft, daß es hier nicht mit rechten Dingen zugehe; sag' mir nun, wie Du heißt!"

Lineik nannte ihren Namen und erzählte, von welcher Herkunft sie sei. Da warf der Prinz Laufey einen zornigen Blick zu und sagte, sie habe für all' ihre Betrügereien und Lügen den schmählichsten Tod verdient.

Das Mädchen fiel dem Prinzen zu Füßen und bat ihn um Schonung. „Ich habe Dich mit nichts Anderem betrogen als mit den Kleidern", sagte sie; „Lineik hat mir verboten zu sagen, wer sie verfertigt habe. Und Du wirst Dich wohl erinnern, daß ich selbst niemals behauptet habe, ich sei Prinzessin Lineik; das war vielmehr meine Mutter — wie sie sich nennt — die diesen Betrug an Dir verübt hat."

Als sie so im besten Gespräche waren, kam auch Prinz Sigurd aus dem Baume heraus. Da gab es große Freude bei diesem Zusammentreffen und der Prinz säumte nicht lange und freite auf's Neue um die richtige Lineik. Diese aber antwortete, daß sie ihm nicht eher ihre Hand reichen wolle, bevor nicht ihre Stiefmutter aus der Welt geschafft sei.

Da erzählte nun Laufey eine lange Geschichte, wie Blauvör das schlimmste Riesenweib sei, und daß sie über die Insel herrsche, auf welcher der Minister sie angetroffen hatte. Dort habe sie in einer großen Höhle gewohnt mit noch viel anderem Riesenvolk. „Ich selbst bin eine Königstochter aus einem der Insel benachbarten Reiche; Blauvör raubte mich heimlich von dort und drohte mir, mich zu tödten, wenn ich ihr nicht in Allem Gehorsam leiste; sie nannte mich Tochter, denn auf diese Weise wollte sie es wahrscheinlich machen, daß sie selbst von königlichem Geschlechte sei. Sie war es auch, welche Eures Vaters Tod verursacht hat, und sie hat alle Hofleute Eures Vaters verschwinden machen, denn sie aß dieselben während der Nacht, wie dies ja alte Sitte der Riesen ist. Es ist ihre Absicht, nach und nach alle Eure Landsleute zu vertilgen, um später das Land mit ihrem Riesengesindel zu bevölkern."

Prinz Sigurd und der andere Prinz sammelten nun eiligst ein großes Heer und zogen mit demselben von dannen. Von ihrem Zuge wird früher nichts berichtet, als bis sie vor der Hauptstadt ankamen, in welcher Blauvör residirte. Niemand hatte ihre Ankunft bemerkt und es waren auch nur wenig

Menschen in der Stadt; denn die meisten hatte Blauvör getödtet und andere waren aus der Stadt entflohen, um dem bösen
Riesenweibe zu entkommen. Es war daher keine Rede von einer
Gegenwehr und Blauvör wurde gefangen genommen. Sie geberdete sich zwar ganz toll, erhielt aber doch keine Gnade,
sondern wurde mit großen Steinen todtgeschlagen und hierauf
auf einem Scheiterhaufen verbrannt.

Hierauf kehrten die beiden Prinzen wieder nach Griechenland zurück und es wurde hier Hochzeit gefeiert, zu der
viele Anstalten getroffen und alle Großen des Reiches einge-
geladen wurden. Während des Festmahles freite Prinz Sigurd
um die griechische Prinzessin und da diese sogleich einwilligte,
wurde auch die Hochzeit dieser Beiden zur selben Zeit gefeiert.
Als das Fest vorüber war, begaben sich die Gäste, reichlich beschenkt, wieder nach Hause.

Prinz Sigurd wurde König in Griechenland, während
Lineik mit ihrem Manne in die Heimat zurückkehrte, wo dieser
hierauf König wurde. Da gab es große Freude im Lande, daß
das Reich nun wieder unter das frühere Königsgeschlecht kam.

Laufey hatte Lineik begleitet und diese und ihr Gemal
verschafften ihr einen guten Mann, mit dem sie dann ihr väter-
liches Erbe antrat; denn ihr Vater war aus Kummer um sie
gestorben. Alle diese Könige regierten viele Jahre in ihren
Reichen und lebten lange in Glück und Frieden, und nun ist die
Geschichte zu Ende.

XIII. Brjam.

Es herrschten einmal ein König und eine Königin in ihrem Reiche; sie waren reich und mächtig und kannten nicht die Größe ihres Vermögens; sie hatten eine Tochter und dieselbe wuchs auf wie die meisten übrigen Königskinder. Es trug sich während dieser Zeit nichts Bemerkenswerthes zu, man müßte denn eine Lüge sagen.

Es lebte auch ein alter Mann mit seinem alten Weibe in einer schlechten Hütte; sie hatten sieben Söhne und eine einzige Kuh, von der sie Alle leben mußten. Diese Kuh war so trefflich, daß man sie dreimal des Tages melken konnte, und sie kam von selbst zur Mittagszeit heim von der Weide. Da geschah es einmal, daß der König mit seinen Leuten auf die Jagd ritt; sie kamen an der Viehherde des Königs vorüber, und unter derselben befand sich auch die Kuh des armen Mannes.

Da sagte der König zu seiner Begleitung:

„Eine schöne Kuh habe ich da."

„Diese Kuh gehört Euch nicht, Herr", sagten die Leute, „sie gehört dem alten Manne in der schlechten Hütte."

Der König entgegnete:

„Sie soll mir gehören."

Als der König heimgekehrt war und sich zu Tische gesetzt hatte, fiel ihm wieder die Kuh ein und er wollte Leute zu dem alten Manne senden, um ihm die Kuh gegen eine andere abzuhandeln. Die Königin bat ihn, dies nicht zu thun, da der Mann mit seiner Familie nichts Anderes zum Leben habe; er hörte nicht auf diese Bitte, sondern schickte drei Männer ab, welche dem Alten die Kuh abkaufen sollten. Dieselben trafen den Mann mit allen seinen Kindern im Freien an und erklärten ihm, daß sie vom Könige geschickt seien, **um ihm die Kuh gegen eine andere** abzukaufen.

Der Alte aber sagte:

„Mir ist die Kuh des **Königs** nicht mehr werth als die meinige."

Die Leute drangen heftiger in ihn; als er aber nicht nachgab, schlugen sie ihn todt. Da fingen die Kinder alle zu weinen an, mit Ausnahme des ältesten Sohnes, der Brjam hieß. Die Leute fragten sie, wo sie wegen des Todes ihres Vaters Schmerz empfänden. Da schlugen sie Alle an die Brust mit Ausnahme des Brjam, welcher auf seinen Hinteren deutete und dabei wie ein Blöder lächelte.

Hierauf tödteten die Männer alle Kinder, welche an die Brust schlugen; von Brjam aber sagten sie, es sei gleichgiltig, wenn auch dieses Vieh lebe, da es ihm an Verstand fehle.

Die Leute des Königs gingen heim und führten die Kuh mit sich; Brjam aber begab sich zu seiner Mutter und erzählte ihr, was sich zugetragen hatte. Die Mutter wurde von dieser Nachricht auf das Schmerzlichste ergriffen; der Sohn aber bat sie, nicht zu weinen, da ihnen dies ja nicht helfen könne; er werde schon trachten zu thun, was er im Stande sei.

Da geschah es einmal, daß der König für seine Tochter ein Frauenhaus erbauen ließ; er hatte dem Baumeister Gold gegeben, damit er dasselbe von Innen und Außen vergolde. Brjam kam hinzu in seiner tölpelhaften Weise.

Da fragten ihn die Leute des Königs:

„Was für einen Rath willst Du geben, Brjam?"

Er antwortete:

„Ein großer Theil schwinde, meine Burschen."

Brjam ging hierauf fort. Das Gold aber, welches sie erhalten hatten, um damit das Haus zu vergolden, schwand, so daß nur die Hälfte davon verwendet werden konnte.

Die Leute erzählten dies dem Könige. Der glaubte, daß sie das Gold gestohlen hätten und ließ sie hängen. — Als Brjam nach Hause kam, erzählte er den Vorfall seiner Mutter

„Das hättest Du nicht sagen sollen, mein Sohn", sagte diese.

Brjam fragte:

„Was hätte ich denn sagen sollen, liebe Mutter?"

Die Mutter antwortete:

„Es möge wachsen um drei Drittel, hättest Du sagen sollen."

„Ich will das morgen sagen, liebe Mutter!" entgegnete Brjam.

Am folgenden Tage begegnete Brjam Leuten, welche eine Leiche zu Grabe trugen. Dieselben fragten ihn:

„Was für einen Rath willst Du geben, Brjam?"

„Sie möge wachsen um drei Drittel, meine Burschen", sagte er.

Da wuchs die Leiche so stark und wurde so schwer, daß die Leute sie fallen ließen.

Als Brjam nach Hause kam, erzählte er seiner Mutter den Vorfall. Sie sagte:

„Das hättest Du nicht sagen sollen, mein Sohn!"

Brjam fragte:

„Was hätte ich denn sagen sollen, liebe Mutter?"

„Gott schenke Deiner Seele den Frieden, Todter, hättest Du sagen sollen", antwortete die Mutter.

„Ich will das morgen sagen, liebe Mutter", sagte er darauf.

Am nächsten Morgen kam er zum Königspalaste und sah zu, wie der Henker gerade einen Dieb hängte.

Der Büttel sagte zu ihm:

„Was für einen Rath willst Du geben, Brjam?"

Er antwortete:

„Gott schenke Deiner Seele den Frieden, Todter!"

Der Büttel lachte dazu; Brjam aber lief heim zu seiner Mutter und erzählte ihr wieder, was sich ereignet, und was er gesagt habe. Sie sagte:

„Das hätteſt Du nicht sagen sollen.“

„Was hätte ich denn sagen sollen?“ fragte er.

Sie antwortete:

„Iſt dies etwa der Dieb des Königs, den Du da in der Arbeit haſt? hätteſt Du sagen sollen.“

„Ich will das morgen sagen, liebe Mutter“, sagte er.

Am Morgen darauf ging er wieder fort und sah die Königin um die Burg herum spazieren fahren. Brjam trat zu dem Gefolge heran.

„Was für einen Rath willſt Du geben?“ fragten die Hofleute.

„Iſt dies etwa der Dieb des Königs, den Ihr da führt, meine Burschen?“

Diese schalten ihn. Die Königin verbot ihnen dies und sagte, daß sie den Worten des Burschen kein Gewicht beilegen sollten. Er lief heim zu seiner Mutter und erzählte ihr, was sich zugetragen hatte.

„Das hätteſt Du nicht sagen sollen, mein Sohn“, sagte sie.

„Wie hätte ich den sagen sollen?“ fragte er.

„Iſt dies nicht die Liebſte des Königs, welche Ihr da führt? hätteſt Du sagen sollen.“

„Ich will das morgen sagen, liebe Mutter“, entgegnete er.

Des Morgens ging er wieder vom Hause fort und sah diesmal zwei Männer, welche eine alte Mähre abdeckten; er trat zu ihnen hinzu.

„Was für einen Rath willſt Du geben, Brjam?“ fragten sie.

„Iſt dies etwa die Liebſte des Königs, die Ihr da in der Arbeit habt, meine Burschen?“ fragte er.

Die Männer verlachten ihn. Er aber lief heim zu seiner Mutter und erzählte ihr den Vorfall. Die Mutter sagte:

„Geh' Du nicht öfter mehr dahin, denn ich bin immer in Furcht, daß sie Dich erschlagen."

„Sie werden mich nicht erschlagen", sagte er.

Da trug es sich einmal zu, daß der König seine Leute ausschickte, um zu fischen, und dieselben machten dazu zwei Schiffe zurecht. Brjam kam zu ihnen und bat sie, ihn mitzunehmen; sie aber trieben zuerst ihren Spott mit ihm und jagten ihn dann fort; doch fragten sie ihn, was er wohl glaube, wie an diesem Tage das Wetter sein werde?

Er schaute in die Luft hinauf und sagte:

„Wind und nicht Wind, Wind und nicht Wind, Wind und nicht Wind *)."

Die Männer aber verlachten ihn. Sie ruderten hierauf weit in's Meer hinaus und beluden die beiden Schiffe mit Fischen. Als sie jedoch an's Land fahren wollten, entstand ein gewaltiger Sturm und beide Schiffe gingen zu Grunde.

Es trug sich nun weiter nichts Besonderes zu, bis der König einmal allen seinen Freunden und Vornehmen ein Gast= gebot gab. Brjam bat die Mutter, daß sie ihm erlauben möge, fortzugehen, um zu erfahren, was bei dem Gastgebote sich zutrage.

Als Alle sich gesetzt hatten, ging Brjam hinaus in die Zimmermannswerkstätte und begann hier kleine Holzpflöcke zu schnitzen. Leute, welche dazu kamen, fragten ihn, was er denn mit diesen Pflöcken beginnen wolle?

Er gab zur Antwort:

„Den Papa rächen, nicht den Papa rächen **)."

Die Leute sagten zu ihm:

„Du siehst uns ganz darnach aus."

*) Isländisch: „vind og ei vindi, vind og ei vindi, vind og ei vindi"; aber ei = nicht und ae = immer, lauten fast gleich. Brjam meinte das Letztere, sprach es aber wie ei aus.

**) Auch hier scheint ein Wortspiel vorzuliegen; pápi heißt islän= disch sowohl „Papst" (papa), als auch (in der Kindersprache) „Vater", „Papa."

Sie gingen hierauf fort. Brjam beschlug die Pflöcke an der Spitze mit Stahl, schlich sich hierauf in den Saal hinein, nagelte all' die Leute, welche an den Tischen saßen und bereits sämmtlich betrunken waren, mit ihren Gewändern an den Bänken fest und entfernte sich sodann.

Als die Leute des Abends sich erheben wollten, wurden sie gewahr, daß sie an die Bänke befestigt waren; der Eine beschuldigte den Anderen dieses Unfuges und sie geriethen deshalb in Streit und erschlugen einander, so daß keiner von ihnen übrig blieb.

Auch der König fiel in dem allgemeinen Kampfe. Als die Königin die Nachricht von diesen Ereignissen erhielt, wurde sie sehr traurig und ließ die Todten begraben. Brjam aber verließ am nächsten Morgen wieder die Hütte der Eltern und bot sich der Königin zum Dienste an; sie nahm ihn mit Freuden auf, denn sie hatte nicht viele Leute mehr zur Verfügung. Dies war für Brjam von größtem Nutzen; er heirathete bald darauf die Königstochter, wurde später sogar König und übernahm die Regierung des Reiches. Er legte seine Maulaffenart ganz ab, und nun ist das Märchen zu Ende.

XIV. Das Märchen von den drei Königssöhnen.

In alter Zeit lebte ein mächtiger und guter König; derselbe herrschte über ein großes, gewaltiges Reich; doch wird nicht berichtet, wo dasselbe lag oder welches der Name des Königs war. Er hatte mit seiner Königin drei Söhne, welche alle hoffnungsvolle junge Männer waren und von dem Könige sehr geliebt wurden.

Der König hatte eine Königstochter aus dem Nachbarreiche zur Erziehung angenommen und zog dieselbe mit seinen Söhnen auf. Sie stand ungefähr im selben Alter wie diese und war das schönste und sittsamste Mädchen, welches man in der damaligen Zeit gesehen hatte; der König liebte sie denn auch nicht weniger als seine Söhne.

Als die Königstochter in die heirathsfähigen Jahre gekommen war, verliebten sich alle drei Königssöhne in dieselbe und zwar so ernstlich, daß sie alle drei um ihre Hand anhielten. Da der eigene Vater des Mädchens gestorben war, hatte der König über ihre Verheirathung zu bestimmen; da er aber alle seine Söhne gleich lieb hatte, gab er ihnen zur Antwort, daß die Königstochter selbst sich denjenigen zum Bräutigam wählen möge, welchen sie am liebsten habe.

Er ließ deshalb an einem bestimmten Tage die Königstochter zu sich rufen und theilte ihr mit, es sei sein Wille, daß sie sich einen seiner Söhne zum Manne auserwähle.

Die Königstochter sagte:

„Es ist meine Pflicht zu thun, was du gebietest; wenn ich aber einen Deiner Söhne erwählen soll, so gerathe ich in keine geringe Verlegenheit, denn ich muß gestehen, daß sie mir alle gleich theuer sind und daß ich keinen dem Anderen vorziehen kann".

Als der König diese Antwort erhielt, schien es ihm, daß die Schwierigkeiten noch größer geworden, und er grübelte lange nach, um einen Ausweg zu finden, mit dem alle zufrieden sein könnten. Er traf endlich die Entscheidung, daß jeder der Söhne im Verlauf eines Jahres sich ein Kleinod verschaffen und derjenige die Königstochter erhalten solle, welcher das kostbarste aufzuweisen habe.

Die Königssöhne waren mit dieser Entscheidung zufrieden und kamen überein, daß sie nach Ablauf eines Jahres alle drei in einem Lustschlosse auf dem Lande zusammentreffen und sich von hier aus gemeinschaftlich in die Stadt begeben wollten, um ihre Kleinode zu zeigen. Die Königssöhne wurden nun auf das Beste für die Reise ausgestattet.

Es wird zuerst von dem Aeltesten berichtet, daß er von Land zu Land und von Stadt zu Stadt zog, ohne jedoch ein Kleinod zu finden, welches ihm werthvoll genug erschien. Endlich hörte er von einer Königstochter erzählen, welche ein Fernglas besitze, das für das größte Kleinod gehalten werde. Durch dieses Fernglas konnte man, so hieß es, über die ganze Welt hin, jeden Ort, jeden Menschen und jedes Thier und ebenso auch, was jedes lebende Geschöpf verrichte, sehen. Der Königssohn dachte, daß man wohl nie einen kostbareren Gegenstand erhalten könne als dieses Fernglas, und machte sich daher auf den Weg zur Königstochter, um ihr dasselbe abzuhandeln. Allein die Königstochter wollte sich zuerst um keinen Preis von ihrem Kleinod trennen; als jedoch der Königssohn nicht abließ, sie darum zu bitten, und ihr erzählte wie die ganze Sache sich verhalte, ließ sie sich endlich doch herbei, ihm das Fernglas zu verkaufen. Er bezahlte dafür eine sehr große Summe und zog nun wieder heim, ganz vergnügt über seinen guten Fang und voll Hoffnung, daß er die Königstochter erhalten werde.

Dem zweiten Königssohn erging es ganz gleich wie seinem älteren Bruder; auch er fand nirgends einen Gegenstand, der ihm werthvoll genug erschien, und reiste lange umher ohne irgendwie Hoffnung zu erhalten, daß er seinen Wunsch werde in Erfüllung gehen sehen.

Einmal kam er wieder in eine große und starkbevölkerte Stadt und suchte, wie an den anderen Orten, nach werthvollen Gegenständen; er fand aber nichts, was ihm gefiel. Da hörte er, daß ganz nahe der Stadt ein Zwerg wohne, der an Klug- heit und Geschicklichkeit ein zweiter Völund (der berühmte Schmied Wieland der deutschen Heldensage) sei. Es kam ihm nun der Gedanke, diesen Zwerg zu besuchen und ihn dahin zu bringen, daß er ihm irgend einen sehr kostbaren Gegenstand verfertige. Er ließ sich zu dem Zwerge führen, traf diesen zu Hause an und sagte ihm sein Begehren.

Der Zwerg antwortete, daß er die Schmiedekunst beinahe ganz aufgegeben habe und daher den Wunsch des Königssohnes nicht erfüllen könne. Doch besitze er ein Kleid, sagte er, welches er in seinen jüngeren Jahren verfertigt habe; er wolle sich aber nur ungern von demselben trennen.

Der Königssohn fragte ihn, was für eine Eigenschaft das Kleid besitze und was für einen Nutzen man von demselben haben könne.

Der Zwerg entgegnete, daß man auf diesem Kleide die ganze Erde durchwandern könne, sowohl in der Luft wie auf dem Meere; „aber es sind Runen in das Kleid eingeschnitten, welche Derjenige verstehen muß, der es lenken will".

Der Königssohn dachte nun, daß man wohl kaum einen kostbareren Gegenstand finden könne und bat deshalb den Zwerg, daß er ihm um jeden Preis das Kleid verkaufen möge. So wenig dieser auch dazu geneigt war, so ließ er sich endlich doch bewegen, als er hörte, wie wichtig es für den Königssohn sei, dasselbe zu erhalten, und verkaufte ihm das Kleid für eine un- geheure Summe Geldes. Der Königssohn sah, daß das Kleid, ein herrliches Kleinod, überall mit Gold durchwirkt und mit

Edelſteinen beſetzt war. Hierauf zog er wieder heimwärts, voll
Hoffnung, daß er bei der Freierei den Sieg davontragen werde.

Der jüngſte Königsſohn zog am ſpäteſten fort und wanderte
zuerſt im Lande ſelbſt von einem Orte zum anderen. Wo er
auf ſeinem Wege einen Kaufmann antraf oder anderwärts, wo
er Kleinode zu finden hoffte, erkundigte er ſich eifrig nach ſolchen;
aber alle ſeine Anſtrengungen blieben fruchtlos und der größte
Theil des Jahres ging dahin, ohne daß er zu ſeinem Ziele ge=
langte. Er begann deshalb ſchon an dem guten Ausgang ſeiner
Sache zu verzweifeln.

Endlich kam er auch in eine dichtbevölkerte Stadt, wo eben
ein großer Markt abgehalten wurde und unzählige Menſchen
aus allen Gegenden der Welt beiſammen waren. Er durch=
wanderte die Stadt von einem Kaufmann zum andern, bis er
auch auf einen Mann ſtieß, der mit Aepfeln handelte. Dieſer Kauf=
mann ſagte, er beſitze einen Apfel, welcher die Eigenſchaft habe,
daß er einem Menſchen, der ſchon ganz dem Tode verfallen iſt,
in die rechte Hand gelegt, dieſen ſogleich von ſeiner Krankheit
heile und ihn wieder zum Leben erwecke. Dieſen Apfel hätten
ſchon ſeine Ahnen beſeſſen, ſagte er, und er habe ſtets als
Heilmittel gedient. Als der Königsſohn dies hörte, wünſchte
er um jeden Preis in den Beſitz dieſes Apfels zu gelangen;
denn er meinte, daß er kaum einen anderen Gegenſtand finden
würde, welcher mehr nach dem Geſchmacke der Königstochter
wäre. Er bat deshalb den Kaufmann, ihm den Apfel zu ver=
kaufen, erzählte ihm ſeine ganze Geſchichte und wie all ſein
zeitliches Wohl daran hänge, hinter ſeinen Brüdern in der Be=
ſchaffung koſtbarer Kleinode nicht zurückzuſtehen.

Als der Kaufmann die Geſchichte des Königsſohnes an=
gehört hatte, wurde er von ſolchem Mitleid für ihn erfaßt, daß
er ihm den Apfel verkaufte, und froh und glücklich machte ſich
der Königsſohn auf den Heimweg.

Es verlautet früher nichts Weiteres von den Brüdern, als bis sie alle drei an dem verabredeten Orte zusammentrafen, wo sie sich sogleich die merkwürdigsten Begebenheiten ihrer Reise erzählten. Der älteste Bruder gedachte sich jetzt ein Vergnügen damit zu machen, daß er der erste sein werde, welcher die Königstochter sehen und erfahren werde, wie es ihr ergehe; er nahm deshalb sein Fernrohr und richtete dasselbe gegen die Stadt.

Was sieht er aber?

Weiß wie der Schnee liegt die Königstochter in ihrem Bette. Sein Vater, der König, und die vornehmsten Hofleute umstehen in schwarzen Trauerkleidern und mit kummervollen Gesichtern ihr Lager und erwarten den letzten Athemzug der schönen Königstochter.

Als sich dem Königssohn dieser schmerzliche Anblick darbot, wurde er ganz überwältigt von Kummer; auch seine Brüder, denen er mittheilte, was er sah, wurden von großer Traurigkeit erfüllt. Gerne würden sie ihre ganze Habe dafür hingegeben haben, sagten sie, wenn sie diese Reise nicht unternommen hätten, denn sie hätten dann der schönen Königstochter wenigstens den letzten Dienst erweisen können.

Während sie so in lauten Klagen jammerten, fiel dem mittleren Bruder sein Kleid ein, das ihn ja augenblicklich in die Stadt bringen konnte. Er erzählte dies seinen Brüdern und sie waren nun sehr erfreut über diese unerwartete Hilfe. Sie breiteten das Kleid auf die Erde aus und stiegen darauf. Augenblicklich erhob sich dasselbe mit ihnen in die Luft und in einigen Minuten schon hatten sie die Stadt erreicht.

Sie begaben sich, so schnell sie konnten, in die Kammer der Königstochter, wo sie alle Anwesenden in tiefem Kummer fanden. Man erzählte ihnen, daß jeder Athemzug der letzte sein könne. Da dachte der jüngste Bruder an seinen Apfel; niemals konnte es ihm nützlicher sein, die Kraft desselben zu versuchen, als gerade jetzt, das schien ihm gewiß zu sein. Er trat daher unverweilt an das Bett der Königstochter und legte den Apfel in ihre rechte Hand. In diesem Augenblicke war es, als ob ein neues Leben durch ihren ganzen Körper ströme, ihre Augen öffneten sich und nach Verlauf weniger Minuten begann sie auch schon mit den Umstehenden zu sprechen. Wie Jedermann begreift, gab es nun eine unbeschreibliche Freude am Hofe des Königs über die Heimkunft der Brüder und die Wiederbelebung der Königstochter.

Als die Königstocher ihre volle Gesundheit wieder erlangt hatte, wurde ein großes Thing (Versammlung) einberufen, vor welchem die Brüder ihre Kleinode zeigen sollten.

Zuerst trat der älteste Bruder vor mit seinem Fernrohr; er zeigte dasselbe herum, indem er erklärte, was für ein köstlicher Schatz dies sei, da man nur diesem es zu verdanken habe, daß die schöne Königstochter vom Tode gerettet wurde, denn durch dieses Fernrohr habe er gesehen, wie es in der Stadt stehe. Er habe deshalb gewiß berechtigten Anspruch darauf, daß er die Königstochter erhalte.

Hierauf trat der mittlere Bruder vor, zeigte sein Kleid und erklärte, wozu es nütze. Was hätte es ohne das Kleid geholfen, wenn auch sein Bruder zuerst gesehen habe, daß die Königs=tochter krank sei? „denn auf demselben kamen wir noch rechtzeitig genug in die Stadt, um ihr das Leben zu retten; ich meine deshalb, man habe es wohl am meisten der Macht des Kleides zu verdanken, daß die Königstochter nicht todt ist", meinte er.

Nun kam der jüngste Bruder mit dem Apfel und sagte: „Wenig würden das Fernrohr und das Kleid genützt haben, hätten wir nicht meinen Apfel gehabt, um der Königstochter das Leben zu retten. Denn was hätten wir Brüder davon gehabt, Augenzeugen ihres Todes zu sein? Dies hätte in uns nur Kummer und Schmerz erweckt. Dem Apfel allein ist es zuzuschreiben, daß die Königstochter noch am Leben ist, und ich glaube deshalb, daß ich am Würdigsten bin, sie zu erhalten"

Es wurde nun im Thing besprochen und berathen, welches Kleinod wohl das werthvollste sei, bis sich die Leute endlich dahin einigten, daß alle drei Kleinode in gleichem Maße dazu beigetragen hätten, der Königstochter das Leben zu retten; denn hätte eines davon gefehlt, so würden die anderen wenig genützt haben. Das Urtheil lautete denn dahin, daß alle Kleinode gleich gut seien und daher noch nicht entgiltig entschieden werden könne, welcher von den Brüdern die Königstochter erhalten solle.

Da kam der König auf den Gedanken, alle drei Brüder um die Wette schießen zu lassen; derjenige von ihnen, welcher sich als der beste Schütze erweisen würde, sollte die Königstochter zum Weibe bekommen. Es wurde ein Ziel bestimmt, und der älteste Bruder trat zuerst vor mit Bogen und Köcher.

Er schoß; allein der Pfeil fiel weit vor dem Ziele zur Erde nieder.

Hierauf trat der zweite Bruder vor, und sein Pfeil kam dem Ziele ganz nahe.

Endlich kam der dritte und jüngste Bruder, und es schien, als ob sein Pfeil am Weitesten geflogen wäre; aber unglücklicher Weise konnte man denselben nicht finden, obgleich man mehrere Tage hindurch gesucht hatte. Der König fällte daher die Entscheidung, daß der mittlere Bruder die Königstochter erhalten solle. Sie wurden denn auch getraut, und da der König, der Vater der Braut, wie erzählt, vor einiger Zeit gestorben war, zogen sie in dessen Reich und der Königssohn übernahm die Regierung desselben. Beide kommen in dem Märchen nicht mehr vor.

Der älteste Bruder verließ ebenfalls die Heimat; er verblieb im Auslande und kommt ebenfalls in dieser Geschichte nicht weiter mehr vor.

Der jüngste Bruder jedoch blieb daheim bei seinem Vater und war sehr unzufrieden über den Ausgang, den die Sache genommen hatte. Jeden Tag irrte er an den Orten herum, wo er glaubte, daß der Pfeil liegen müsse. Endlich fand er denselben auch und sah nun, daß er weit über das Ziel hinausgeflogen und in einer Eiche im Walde stecken geblieben war. Er führte Zeugen dahin, wo der Pfeil gefunden worden war, und hoffte, daß seine Sache neuerdings aufgenommen werden würde; allein davon war nicht die Rede, denn der König sagte, er könne die Entscheidung, die er einmal gefällt, nicht mehr abändern.

War der Königssohn schon früher mit seinem Schicksale unzufrieden, so wurde er es jetzt noch mehr, und es war ihm bald nicht mehr möglich, mit Anderen Umgang zu pflegen. Er faßte deshalb eines Tages den Entschluß, aus dem Lande fortzuziehen, und machte das Gelübde, niemals wieder seinen Fuß in dieses Reich zu setzen. Er nahm alle seine Kleinodien mit sich, doch wußte Niemand etwas von seinem Entschlusse, nicht einmal sein Vater, der König.

Er wanderte hinaus in einen großen Wald und irrte viele Tage umher, ohne zu wissen, wohin er kam. Er wurde bald hungrig und müde und es kam endlich soweit mit ihm, daß er sich nicht mehr getraute, weiter zu gehen. Da setzte er sich neben einem großen Steine nieder und meinte, daß er nun hier sein elendes, sorgenvolles Leben beschließen werde; als er aber eine Weile dort gesessen und hingebrütet hatte, sah er plötzlich zehn wohlbewaffnete und feingekleidete Männer herankommen. Sie waren alle zu Pferde und ritten direct auf den Stein zu, wo er saß.

Sowie sie bei ihm anlangten, stiegen sie von ihren Pferden und begrüßten ihn. Sie luden ihn ein, ihnen auf dem ledigen, prächtig aufgesattelten Pferde zu folgen, welches sie mitgebracht hatten. Er danke ihnen für ihr Anerbieten und bestieg das Pferd. Sie ritten hierauf des Weges dahin, bis sie zu einer großen und prächtigen Stadt kamen. Die Reiter stiegen von ihren Pferden und führten den Königssohn hinein in die Stadt.

In dieser Stadt regierte eine junge und überaus schöne königliche Jungfrau. Die Reiter führten den Königssohn zu ihr, und sie empfing denselben mit der größten Freundlichkeit. Sie erzählte ihm, daß sie von all' den Leiden seines Lebens gehört und auch erfahren habe, daß er seinem Vater entlaufen sei. „Da entflammte in meiner Brust die heißeste Liebe zu Dir und es erfüllte mich sehnsüchtiges Verlangen, Dir in Deinem Unglücke beizustehen. Wisse, daß ich die zehn Reiter aussandte, um Dich aufzusuchen und hierher zu bringen. Nun lade ich Dich ein, hier zu bleiben und über mein ganzes Reich zu herrschen; ich will, soweit es in meiner Macht steht, versuchen, Deinem Kummer ein Ende zu machen.

Obgleich der Königssohn sehr verstimmt und voll Kummer war, blieb ihm doch nichts Anderes übrig, als dieses Anerbieten anzunehmen und um die königliche Maid zu freien. Man traf hierauf Vorbereitungen zu einem großen Festmahle, und die Beiden wurden nach der Sitte dieses Landes getraut. Der junge König trat sogleich die Regierung des ganzen Reiches an und Alles nahm einen guten Fortgang.

So verstrich einige Zeit.

Wir kehren wieder zurück zu dem alten Könige.

Nach dem Verschwinden des Sohnes wurde er des Lebens überdrüssig, da er ja auch bereits hoch an Jahren war und vor nicht langer Zeit seine Königin verloren hatte. Da geschah es eines Tages, daß ein umherwanderndes Weib in des Königs Halle kam. Sie war sehr erfahren in vielen Dingen und wußte viel zu erzählen. Es war für den alten König ein großes Vergnügen, ihre Geschichten anzuhören, und sie erwarb sich recht bald sein Wohlwollen.

So dauerte es eine Weile, bis der König endlich große Liebe zu diesem Weibe faßte, und das Ende vom Liede war, daß er dasselbe zu seiner Königin machte, obschon der ganze Hof dagegen war. Es währte nicht lange, so mischte die neue

Königin sich stark in alle Regierungsgeschäfte, und wo sie nur konnte, machte sie Schlimmes noch schlimmer — so schien es den Leuten. Einmal sagte sie zum König:

„Es kommt mir ganz merkwürdig vor, daß Du Deinem fortgelaufenen Sohne nicht auf die Spur zu kommen suchst; man straft doch oft ein geringeres Verbrechen, so viel ich weiß. Du hast doch wohl gehört, daß er König über eines der benachbarten Reiche geworden ist, und alle Leute sagen, er werde Dich, sowie er sich dazu im Stande sieht, mit seinem Heere angreifen, um sich für das Unrecht zu rächen, welches er bei der Freierei um die Königstochter erlitten zu haben glaubt. Ich will deshalb, daß Du ihm zuvorkommst und diese Gefahr von Dir abwendest." Der König ging jedoch nicht weiter auf die Sache ein und kümmerte sich wenig um dieses Geschwätz; allein die Königin fuhr fort, ihm so lange vorzureden, bis er endlich ihren Worten doch Glauben schenkte. Er bat sie um ihren Rath, wie er es anfangen solle, damit Alles so heimlich als möglich geschehen könne.

Die Königin antwortete:

„Schicke Leute mit großen Geschenken zu ihm und lasse ihn bitten, daß er zu Dir komme und mit Dir spreche, damit Ihr Euch über die Regierung des Reiches nach Deinem Tode berathen und die Freundschaft und die verwandtschaftlichen Beziehungen zwischen Euch befestigen könnt. Ich werde Dir dann schon sagen, was noch weiter zu thun sein wird."

Dem König gefiel dieser Rath und er schickte Boten ab mit guten Geschenken. Dieselben traten damit vor den jungen König und brachten klare Beweise vor, daß sein Vater ihn so schnell als möglich zu sehen und zu sprechen wünsche.

Der König ging willig darauf ein, und traf sogleich Vorbereitungen zu seiner Abreise. Als jedoch die Königin dies sah, wollte ihr sein Vorhaben durchaus nicht gefallen, und sie sagte, daß er diese Reise gewiß noch bereuen werde. Nichtsdestoweniger zog der König fort, und es wird von seiner Reise früher nichts berichtet, als bis er heim kam in die Stadt seines Vaters.

Der alte König empfing ihn ziemlich kalt, worüber der Sohn nicht wenig verwundert war. Nachdem er kurze Zeit dort geweilt, rief der Vater ihn zu sich und tadelte ihn mit strengen Worten, daß er ihm entlaufen sei. Er sagte, daß er ihm dadurch Geringschätzung bezeigt und Kummer verursacht habe, der ihn leicht hätte in's Grab bringen können. „Du würdest deshalb dem Tode verfallen sein nach dem Gesetze der Gerechtigkeit; da Du Dich aber selbst in meine Gewalt begeben hast und außerdem mein Sohn bist, so kann ich es nicht über das Herz bringen, Dich tödten zu lassen; aber drei schwierige Arbeiten will ich Dir auferlegen, die Du nach Ablauf eines Jahres ausgeführt haben mußt, sonst gilt es Dein Leben. Das erste besteht darin, daß Du mir ein Zelt bringst, in welchem hundert Menschen Platz haben, das man aber doch in einer Hand verbergen kann; die zweite darin, daß Du mir das Wasser bringst, welches alle Krankheiten heilt; die dritte aber besteht in nichts Geringerem, als daß Du mir einen Mann bringst und zeigst, der allen übrigen Menschen in der Welt unähnlich ist."

„Wohin weisest Du mich, um diese Arbeiten auszuführen?" fragte der junge König.

„Das ist Deine Sache", entgegnete der Vater. Der alte König ging sodann fort, der junge König aber machte sich sogleich wieder auf den Heimweg, und es gab keinen freundlichen Abschied. Er kam ohne weitere Ereignisse heim in sein Reich.

Als er nun aber sehr in sich gekehrt und schwermüthig war, drang seine Königin in ihn, und bat ihn, daß er ihr doch sagen möge, worüber er nachgrüble. Er antwortete ihr, dies gehe sie nichts an. Die Königin sagte:

„Ich weiß, daß man Dir einige beschwerliche Arbeiten auferlegt hat, welche nicht leicht auszuführen sein werden; aber was nützt es Dir, deshalb so bekümmert zu sein? Ermanne Dich

und verfuche, ob fich diefe Unternehmungen nicht doch ausführen
laffen. Es wäre ja auch nicht unmöglich, daß ich Dir dabei ein
wenig behilflich fein kann; laß mich deshalb wiffen, was Dich
beunruhigt".

Der König fah nun ein, daß es am Beften fei, der Königin
die ganze Wahrheit mitzutheilen und er erzählte ihr Alles, wie
es fich verhielt.

„Dies gefchieht gewiß auf den Rath Deiner Stiefmutter",
fagte die Königin, „und es würde recht gut fein, wenn fie nicht
noch andere fchlimme Pläne gegen Dich oder Andere fchmiedete.
Sie hat fich wohl gedacht, daß es nicht fo leicht fein werde,
aus diefen Schwierigkeiten herauszukommen; indeffen kann ich
vielleicht doch etwas in der Sache thun. Das Zelt befitze ich
felbft, und fomit ift diefe Sorge befeitigt. Das Waffer, welches
Du bringen follft, befindet fich nicht weit von hier; es ift jedoch
nicht leicht, dasfelbe zu erhalten; denn es ift in einem Brunnen
und diefer Brunnen befindet fich in einer fehr finfteren Höhle.
Sieben Löwen und drei Kreuzottern bewachen den Brunnen, und
kein Menfch entkommt lebend diefen Ungeheuern. Das Waffer
aber befitzt die Eigenfchaft, daß es feine ganze Heilkraft verliert,
wenn diefes Gezücht nicht wach ift. Ich will es aber doch verfuchen, zu diefem Waffer zu gelangen."

Die Königin begab fich zur Höhle und nahm fieben Ochfen
und drei Schweine mit fich dahin. Als fie zur Höhle kam, ließ
fie die Ochfen und die Schweine fchlachten und warf fodann
jene den Löwen, diefe aber den Schlangen vor. Während nun
diefe Ungeheuer damit befchäftigt waren, die todten Körper zu
verfchlingen ftieg die Königin in den Brunnen hinab und holte
das Waffer, welches fie haben wollte. Es traf fich fo glücklich,
daß die Königin gerade die Höhle verließ, als die Thiere mit
ihrem Fraß fertig waren. Hierauf kehrte diefelbe in die Stadt
zurück, und es war fomit auch die zweite Arbeit geleiftet.

Nun fagte die Königin zum König:

„Die zwei ersten Schwierigkeiten sind überwunden; noch bleibt aber die dritte und schlimmste Arbeit übrig, und diese mußt Du überdies selbst ausführen; aber ich kann Dir vielleicht doch angeben, wie Du dabei zu Werke gehen sollst. Ich habe einen Halbbruder, der eine kleine Insel beherrscht, die nicht weit von diesem Lande sich befindet. Er ist drei Fuß hoch, hat mitten in der Stirne ein Auge, und einen dreißig Ellen langen Bart, der so steif ist wie Schweineborsten. Außerdem hat er eine Hundeschnauze und ein Paar Katzenaugen, und ich halte es nicht für wahrscheinlich, daß er einem anderen Menschen in der weiten Welt ähnlich sieht. Wenn er an irgend einen Ort gelangen will, so schwingt er sich mit Hilfe einer 50 Ellen langen Stange vorwärts, und schießt so schnell dahin wie ein fliegender Vogel. Als mein Vater einmal auf der Jagd war, wurde er von einem Riesenweibe, welches in einer Höhle unter einem Wasserfalle wohnte, verzaubert und zeugte mit ihr dieses Ungeheuer. Die Insel, auf der er sich aufhält, bildet ein Drittel von dem Reiche meines Vaters, aber er findet dieselbe doch zu klein für sich. Mein Vater hatte einen Ring, ein wunderbares Kleinod, welchen wir alle beide gerne besitzen wollten; er fiel jedoch mir zu. Seit dieser Zeit verfolgt er mich mit Haß und Feindschaft. Nun will ich versuchen an ihn zu schreiben und ihm den Ring zu senden; vielleicht läßt er sich dadurch milder stimmen, um unseren Willen zu erfüllen. Ziehe deshalb mit einem prächtigen Gefolge zu ihm, und nimm, wenn Du zum Thore seiner Halle kommst, die Krone ab, und tritt so baarhaupt hin vor seinen Thron. Küsse sodann seinen Fuß und überreiche ihm Brief und Ring. Wenn er Dich dann auffordert, aufzustehen, hast Du etwas ausgerichtet, sonst nicht.“

Der König machte Alles genau so, wie die Königin es ihm aufgetragen hatte, und als er zu dem einäugigen Könige kam, entsetzte er sich über das häßliche und wilde Aussehen desselben; aber er ermannte sich doch und überreichte ihm Brief und Ring.

Als der Einäugige den Ring zu Gesichte bekam, zeigte er sich ungemein erfreut und sagte:

„Etwas Wichtiges soll ich wohl für meine Schwester thun, da sie mir diesen Schatz sendet?"

Nachdem er den Brief gelesen hatte, hieß er den König sich erheben, und sagte, er sei sogleich bereit nach dem Wunsche seiner Schwester mit ihm zu ziehen.

Er nahm hierauf seine Stange und war im Augenblicke verschwunden. Von Zeit zu Zeit wartete er auf die Anderen und schalt den König aus wegen seiner Langsamkeit. Sie setzten so die Reise fort bis sie zur Halle des Königs kommen. Sie waren kaum dort angelangt, als auch der Einäugige schon seine Schwester rief und fragte, was sie denn wünsche, daß sie ihn bemühe, einen so langen Weg zu machen.

Sie erzählte ihm nun den ganzen Stand der Sache, und bat ihn, ihren königlichen Eheherrn aus den Bedrängnissen zu befreien, welche über ihn verhängt waren. Er erklärte sich dazu bereit, ohne einen Augenblick zu zögern. So machten sie sich denn sogleich auf den Weg und kamen ohne weitere Abenteuer zu dem alten Könige.

Der junge König verkündete seinem Vater seine Ankunft und meldete ihm, daß er nun die Dinge bringe, welche er vor einem Jahre von ihm verlangt habe. Er wünsche, daß ein Thing einberufen werde, damit er vor demselben zeigen könne, wie er sich seines Auftrages entledigt habe. Dies geschah auch, und außer dem Könige und der Königin waren auch Häuptlinge in großer Menge auf dem Thing anwesend.

Zuerst wurde das Zelt vorgezeigt, und niemand hatte daran etwas auszusetzen. Hierauf übergab der junge König das heilkräftige Wasser seinem Vater, und man ließ die Königin dasselbe kosten, damit sie prüfen könne, ob es das richtige Heilwasser sei oder nicht, und ob es zur richtigen Zeit geholt wurde. Die Königin gab zu, daß es sich so verhalte.

Da sagte der alte König:

„Nun ist noch das Dritte und Schwerste übrig; sieh zu daß Du es schnell machst."

Da schickte der junge König nach dem Einäugigen. Als derselbe auf dem Thing erschien, wurden Alle, insbesondere aber der alte König von Furcht und Entsetzen vor solcher Häß=lichkeit erfüllt. Nachdem er sich kurze Zeit gezeigt, setzte er seine Stange an die Brust der Königin, hob sie mit derselben empor und schleuderte sie hierauf so stark auf den Boden nieder, daß alle ihre Knochen zerbrachen; in diesem Augenblicke wurde sie zu dem schlimmsten Riesenweibe. Nachdem er dies gethan hatte, eilte der Einäugige wieder aus dem Thing fort.

Man ging nun daran, den alten König zu pflegen, welcher aus bloßem Schreck dem Tode nahe war. Er wurde mit dem heilkräftigen Wasser besprengt und kam wieder zu sich. Nach dem Tode der Königin kehrte auch seine volle Besinnung wieder zurück und er erkannte nun, daß alle Beschwerden, welche er seinem Sohne auferlegt hatte, unverschuldet waren, und daß er dies Alles auf den Antrieb der Königin gethan hatte. Er ließ den Sohn zu sich rufen und bat ihn demüthig um Verzeihung für Alles, was er ihm Schlimmes zugefügt hatte. Er wolle all' dies wieder gut machen, sagte er, indem er ihm dieses Reich übergebe; er selbst wolle den Rest seiner Tage in Ruhe und Frieden bei ihm verleben.

Der junge König schickte nun nach seiner Königin und nach den bravsten Leuten seines Reiches. Um uns kurz zu fassen sei nur berichtet, daß sie das Reich, welches sie früher besaßen, verließen und es dem Einäugigen schenkten, um ihn damit für seinen Beistand zu belohnen. Sie selbst aber beherrschten das Reich des alten Königs bis an das Ende ihres Lebens.

XV. Helga, das Aschenbrödel.

Es lebte einmal ein alter Mann mit seinem alten Weibe
in einer schlechten Hütte nahe der See und weit abgeschieden
von allen übrigen Menschen. Sie hatten drei Töchter; die
älteste von ihnen hieß Ingibjörg, die nächste Sigrid und
die jüngste Helga. Ingibjörg und Sigrid wurden immer behandelt, als ob sie Prinzessinnen wären, während Helga stets
zurückgesetzt wurde, obschon sie in allen Dingen viel geschickter
war als ihre Schwestern. Es wurde ihr nicht erlaubt, auch nur
das Geringste für sich selbst zu thun, denn sie tauge ja zu gar
nichts, hieß es immer, und so wurde sie denn zu nichts Anderem verwendet als zur Bedienung der ganzen Familie.

Einmal geschah es nun, daß das Feuer in der Hütte er-
losch; man mußte aber weit gehen, um ein neues Feuer zu holen.
Da wurde Ingibjörg fortgeschickt, um solches heimzubringen.

Als sie eine Weile gegangen war, kam sie an einem Hügel
vorüber und hörte, daß im Innern desselben Jemand sagte:

„Willst Du mich lieber mit Dir oder gegen Dich haben?"

Ingibjörg meinte, daß diese Frage ihr gelte, und antwortete darauf, daß sie mit Allem zufrieden sei, was er auch thue,
und ging des Weges weiter bis sie zu einer Höhle kam, in
welcher sie Feuer in Menge sah.

Auf den Gluten stand ein Kessel voll Fleisch, das noch
nicht fertig gekocht war, und dicht beim Feuer sah sie einen Trog
mit Kuchenteig; einen Menschen aber oder sonst ein lebendes
Wesen erblickte sie in der Höhle nicht.

Ingibjörg war von dem Marsche sehr hungrig geworden
und begann nun aus allen Leibeskräften unter den Kessel zu
feuern, um das Fleisch schnell fertig zu kochen, und buk hierauf
Kuchen. Für sich selbst verfertigte sie einen besonders leckeren,

die anderen aber verdarb und verbrannte sie, so daß sie durchaus nicht zu genießen waren. Hierauf machte sie sich an die Mahlzeit und aß, als ob sie hier zu Hause wäre.

Da kam ein ungeheuer großer Hund zu ihr in die Höhle und begann vor ihr zu wedeln; sie schlug jedoch nach ihm und wollte ihn fortjagen. Darüber wurde der Hund so böse, daß er ihr die eine Hand abbiß. Ingibjörg erschrak und fürchtete sich so sehr, daß sie ganz vergaß, Feuer zu nehmen; sie lief athemlos zu ihren Eltern heim und erzählte, was ihr geschehen war.

Obschon es nach dem Vorgefallenen keineswegs als ein Vergnügen angesehen wurde, das Feuer zu holen, beschloß man in der Hütte doch, „das Goldkind", die Sigrid, fortzuschicken. Alle befürchteten ja, daß die jüngste Schwester, wenn man sie das Feuer holen ließe, entfliehen und niemals wieder nach Hause zurückkommen würde, wo sie ja so wenig zu verlieren hatte; und wer hätte sich dann als Zielscheibe ihrer schlimmen Launen hergegeben und sie alle bedient, die älteren Schwestern, den Vater und die Mutter? Aus diesem Grunde ward nicht Helga, sondern Sigrid geschickt.

Es braucht nicht ausführlich erzählt zu werden: es erging Sigrid ebenso, wie es Ingibjörg ergangen war, nur mit dem Unterschiede, daß der große Hund in der Höhle ihr nicht eine Hand, sondern die Nase abbiß, und sie hierauf ohne Feuer und ohne Nase nach Hause zurückkam.

Nun kamen die Eltern ganz außer sich und in ihrem Zorne schickten sie jetzt doch „das garstige Mensch", die Helga, fort; sie sei ihnen ja ohnehin nur eine Qual in den Augen, darum könne sie ganz gut das Feuer holen, und zwar schnell.

Helga machte sich auf den Weg und kam gleich ihren Schwestern zu dem Hügel. Auch sie hörte, wie die Anderen, wie drinnen Jemand sagte:

„Willst Du mich lieber mit Dir oder gegen Dich haben?"

Sie aber antwortete:

„Ein bekanntes Sprichwort sagt: Nichts ist so schlecht, daß es nicht besser ist, dasselbe mit sich als gegen sich zu haben. Ich weiß nun nicht, ob das so schlecht ist, was mich frägt, und darum will ich gerne, daß es mit mir sei."

Hierauf setzte sie ihren Weg fort, bis sie zu derselben Höhle kam, in der auch ihre Schwestern waren.

Hier befand sich Alles im selben Stande, wie früher; aber Helga benahm sich anders als ihre Schwestern. Sie kochte das Fleisch im Kessel und buk die Kuchen mit großer Sorgfalt, aß aber selbst nicht das Geringste davon, obschon sie gewiß sehr hungrig war; denn von den Flossen und Knorpeln von Fischen und dem Spülwasser, welches ihre Nahrung daheim bildete, konnte sie wohl nicht mehr satt sein. Sie wollte auch das Feuer nicht nehmen, bevor sie nicht von dem Bewohner der Höhle die Erlaubniß dazu erhalten hatte.

Sie war so müde, daß sie sich kaum auf den Beinen er= halten konnte, und beschloß deshalb, sich hier ein wenig aus= zuruhen und die Heimkunft des Herrn der Höhle abzuwarten, obschon Alles, was sie hier sah, nicht wenig geeignet war, ihr Angst und Grauen einzujagen.

Während sie nun so da stand und nachdachte, wo sie sich niederlegen könne, hörte sie plötzlich ein gewaltiges Dröhnen, als ob die ganze Höhle einstürzen würde, und gleich darauf sah sie einen außerordentlich großen und häßlichen Riesen, gefolgt von einem ungeheuren, bissig aussehenden Bullenbeißer, in die Höhle kommen. Darüber erschrak sie so sehr, daß sie beinahe ohnmächtig wurde; sie faßte jedoch ein wenig Muth, als der Riese sie mit sanfter Stimme ansprach und sagte:

„Du hast die Arbeit, die hier zu verrichten war, gut ge= macht; es ist deshalb nur recht und billig, daß Du den Lohn erhältst, denn Du verdient hast; komm nun und iß mit mir; Du kannst dann auch die Nacht hier zubringen und entweder dort bei dem Hunde oder bei mir selbst schlafen."

Hierauf brachte ihr der Riese Speisen, welche sie sich sehr gut schmecken ließ; später legte sie sich in das Lager des Hundes; denn so fürchterlich dieser auch war, so war der Riese doch noch viel schrecklicher.

Als Helga eine Weile geruht hatte, hörte sie ein Gedröhn, welches die Höhle erbeben machte, und wurde von Angst und Entsetzen erfüllt. Der Riese aber rief ihr zu:

„Wenn Du Dich fürchtest, Helga, Häuslerstochter, so krieche nur auf den Schemel bei meinem Bette."

Dies that sie denn auch. Aber kurze Zeit darauf ertönte ein noch stärkeres Gedröhn und der Riese sagte, daß sie sich auf das Bett setzen könne. Sie that dies auch. Da erdröhnte es zum dritten Male, und zwar viel gewaltiger als die beiden ersten Male, und der Riese gab nun Helga die Erlaubniß, daß sie in's Bett hinein kriechen und sich zu seinen Füßen setzen dürfe. Während sie aber in's Bett kroch, ertönte zum vierten Male ein Gedröhn und es war als ob Alles mit Lärm und Gekrache zusammenstürzen würde.

Da erlaubte der Riese, daß Helga über ihn krieche und sich ganz an die Wand lege, und in ihrer Todesangst machte sie auch von seiner Erlaubniß Gebrauch. Aber in demselben Augenblicke fiel von dem Höhlenbewohner das Riesengewand ab und Helga sah nun einen wunderschönen jungen Prinzen neben ihr im Bette liegen.

Sie zögerte nicht lange, nahm das Riesengewand und verbrannte dasselbe zu Asche; der Prinz aber wurde so erfreut, daß er nicht wußte, wie freundlich er Helga danken sollte, daß sie den Zauber gebrochen. Sie schliefen hierauf die Nacht hindurch ohne weiter in ihrer Ruhe gestört zu werden.

Am nächsten Morgen erzählte der Königsohn Helga seine Geschichte von der Verzauberung, in die er gerathen war, von seinem Vermögen, seiner Familie und seinem Reiche. Er sagte ihr auch, daß er sie, wenn sie ihn zum Manne haben wolle, später abholen werde.

Es braucht wohl nicht erst bemerkt zu werden, daß die arme Häuslerstochter das Anerbieten des Königssohnes mit Freuden annahm. Hierauf erzählte auch sie ihm ihre ganze Geschichte, den Grund ihres Hierseins und das Schicksal ihrer Schwestern, die mit demselben Auftrage hierhergekommen waren. Beim Abschied gab ihr der Prinz ein Kleid, welches sie unter den Lumpen tragen sollte; aber sie dürfe dasselbe Niemand sehen lassen, sagte er. Außerdem gab er ihr ein Kästchen mit allerlei Arten werthvoller Gegenstände und zwei sehr kostbare Frauenkleider. Das Kästchen brauche sie nicht zu verbergen und könne sie auch verschenken, denn es würde ihr ohnehin weggenommen werden, wenn sie heimkomme, sagte er ihr.

Als nun Helga bereit war, wieder den Heimweg anzutreten, kam der Hund und reichte ihr seine rechte Vorderpfote hin; sie nahm dieselbe in die Hand und fand einen goldenen Ring daran, den sie zu sich steckte.

Hierauf nahmen der Königssohn und die Häuslerstochter in Liebe von einander Abschied. Helga eilte mit den Kleidern, dem Kästchen und dem Feuer dem Elternhause zu und fühlte sich unendlich erleichtert.

Als sie mit dem Feuer in die Hütte kam, waren der Häusler und sein Weib doch recht froh. Als aber Helga ihnen das Kästchen und die kostbaren Gegenstände zeigte, freuten sich dieselben, sowie die beiden Schwestern so sehr über diese Schätze, daß sie Alles gleich für sich selbst behielten. Von ihrem Kleide aber erzählte Helga nichts.

Nun verstrich einige Zeit und es ging bei den armen Leuten in der Hütte wieder Alles seinen alten Gang, bis eines Tages ein großes und prächtiges Schiff auf dem Meere dahergesegelt kam und gerade unterhalb der Hütte landete. Der alte Häusler ging zum Strand hinab, um zu erfahren, wem dieses schöne

Schiff gehöre. Er knüpfte mit dem Manne ein Gespräch an, kannte ihn aber nicht und der Fremde nannte auch nicht seinen Namen. Hingegen fragte er ihn um viele Dinge aus, unter Anderem auch darum, wie viele Leute in der Hütte wohnen und wie viele Kinder der Alte habe.

Der Häusler antwortete, daß nicht mehr in der Hütte wohnen als er, sein Weib und zwei Töchter.

Der Mann wünschte die Töchter zu sehen; dies war es gerade, was der Alte wollte und er holte deshalb sogleich die beiden ältesten Töchter, welche rasch den ganzen Schmuck anlegten, der in dem Kästchen war, und zeigte sie dem Fremden.

Dieser sagte, daß sie ihm ganz gut gefallen, fragte aber, warum die eine die Hand in den Busen stecke und die andere ein Tuch um die Nase gebunden habe.

Da mußten sie sich zeigen wie sie waren, ob sie wollten oder nicht; dem Fremden aber gefielen sie nun viel weniger; und die Mädchen erzählten ihm natürlich auch nicht, weshalb sie so entstellt seien.

Da fragte er den Häusler, ob es wohl die volle Wahrheit sei, daß er nicht mehr Töchter habe.

Anfangs leugnete der Häusler steif und fest, daß er deren mehr besitze als diese zwei; als aber der Fremde fortfuhr in ihn zu dringen, mußte er schließlich doch gestehen, daß er wohl noch ein Wesen daheim habe, von dem er aber nicht genau wisse, ob es ein Mensch sei oder ein Thier.

Diese gerade wollte der Fremde sehen und der Alte mußte nach Hause gehen und Helga holen.

Sie kam schmutzig und in schlechten Kleidern, wie sie war, herbei; der Fremde riß ihr jedoch die Lumpen vom Leibe und sie stand nun in dem glänzenden Kleide da, welches viel schöner war als die Anzüge ihrer Schwestern. Alle waren darüber ganz sprachlos vor Erstaunen; der Fremde aber kehrte nunmehr das Blatt um und schalt den alten Mann und die Schwestern tüchtig aus, daß sie Helga stets so schlecht behandelt hatten.

Hierauf nahm er den beiden älteren Schwestern den Schmuck weg, den sie trugen; es seien dies gestohlene Sachen, sagte er; hingegen warf er ihnen die Lumpen zu, welche Helga getragen hatte. Und dann erzählte er ihnen die ganze Geschichte vom Anfang bis zu Ende, sagte auch, wer er selbst sei und verließ hierauf den Alten und die Schwestern. Er spannte die Segel auf und fuhr mit Helga heim nach seinem Reiche. Hier hielt er Hochzeit mit ihr;

> Sie lebten glücklich und lange,
> Hatten Kinder und Kindeskinder,
> Gruben Wurzeln und Kräuter —
> Und nun weiß ich die Geschichte nicht mehr weiter.

XVI. Der graue Mann.

Es waren einmal ein König und eine Königin in ihrem Reiche und ein alter Mann mit seinem alten Weibe in ihrer schlechten Hütte. Der König war sehr reich an allen Gattungen von Vieh, hatte jedoch nur ein einziges Kind und dies war eine Tochter. Dieselbe wohnte mit ihren Mägden in einem prächtigen Frauenhause.

Der alte Mann war sehr arm; er hatte keine Kinder und lebte mit seinem Weibe nur von einer einzigen Kuh, welche sie besaßen.

Einmal ging der alte Mann, wie öfter, in die Kirche; da predigte der Priester gerade von der Freigebigkeit und ihren Verheißungen. Als der Mann aus der Kirche zurück kam, fragte ihn sein Weib, was er diesmal Gutes aus der Predigt mitgebracht habe.

Der Alte war sehr guter Laune und sagte, daß es heute ein wahres Vergnügen gewesen sei, dem Priester zuzuhören; denn er habe gesagt, daß es demjenigen, welcher etwas gebe, tausendfach wieder vergolten werde.

Das Weib dachte sich, daß dies wohl nicht so genau zu nehmen sein würde, und meinte, ihr Mann habe die Worte des Priesters nicht richtig verstanden. Aber der Alte blieb fest dabei, und so stritten sie darüber wohl eine Stunde, ohne daß der eine Theil dem anderen nachgeben wollte.

Am nächsten Tage machte der Alte sich auf, berief eine Menge Arbeitsleute und ließ einen Stall mit Plätzen für tausend Kühe bauen. Das Weib war ganz erbost über seine Dummheit, wie sie es nannte; allein sie konnte ihn doch von seinem Unternehmen nicht abbringen. Als der Stall fertig war, dachte der Alte nach, wem er seine Kuh geben könne; er kannte jedoch Niemand, der so reich war, daß er ihm hätte tausend Kühe für eine geben können, nur den König selbst ausgenommen, und zu diesem konnte er doch nicht so ohne Weiteres gehen, das sah er wohl ein.

So beschloß er denn endlich zum Priester zu gehen; er wußte, daß derselbe am Boden der Kiste Geld hatte, und dann mußte er doch der Letzte sein, der seine eigenen Worte zu Schanden machte. So machte sich denn der arme Häusler mit seiner Kuh auf den Weg, so sehr auch sein Weib dagegen protestirte und schrie.

Er kam zu dem Geistlichen und bat ihn, daß er doch so gut sein möge, das kleine Geschenk, das er da mitgebracht habe, anzunehmen. Der Geistliche machte große Augen und ersuchte den Mann, daß er sich doch etwas genauer erklären möchte. Da erfuhr er nun den ganzen Zusammenhang der Sache, und was der Andere für sein Geschenk von ihm erwartet hatte; nun machte der Geistliche freilich ganz andere Augen und er schalt den Alten tüchtig aus, daß er nicht besser auf die Predigt Acht gegeben habe und jetzt mit solchen Wortklaubereien daher komme. „Und sei jetzt so gut und schau, daß Du mit Deiner Kuh wieder weiter kommst, lieber Mann, und zwar recht bald“, sagte der Geistliche in strengem Tone.

So machte sich denn der Häusler mit seiner Kuh wieder auf den Heimweg, und war gar unzufrieden mit seinem Gange.

Wie er so ganz verdrossen dahin ging, erhob sich plötzlich ein pechschwarzes Unwetter mit Nordsturm, Frost und Schnee. Er konnte nicht einen Schritt weit vor sich sehen und verirrte sich. Da dachte er sich, daß er wohl bald die Kuh fahren lassen und noch froh sein müsse, wenn er selbst mit heiler Haut davon komme. Während er in seinem Jammer umherirrte und schon an den Tod und andere schlimme Dinge dachte, begegnete er einem Manne, der einen großen Sack auf dem Rücken hatte.

„Was machst Du denn mit Deiner Kuh draußen bei einem solchen Wetter?“ fragte der Mann.

Der Alte erzählte ihm Alles, wie es sich verhielt.

„Da kannst Du sicher sein, daß Du wenigstens Deine Kuh verlierst, wenn Du nicht auch noch Dein Leben einbüßest“, sagte der Mann; „es ist deshalb besser, lieber Alter, Du gibst mir die Kuh für diesen Sack, den ich da auf dem Rücken trage; den kannst Du jedenfalls noch nach Hause schleppen und darin befindet sich Fleisch und Bein.“

Es geschah auch so, wie der Mann es vorschlug, obwohl der Alte nur schwer dazu zu bringen war. Jener erhielt die Kuh und verschwand alsbald mit derselben; der Häusler aber ging mit dem Sacke auf dem Rücken heim nach seiner Hütte, keuchend und stöhnend unter der Last, die ihm gar schwer vorkam. Als der Alte heimkam, erzählte er seinem Weibe, wie es ihm ergangen war, und that gar wichtig mit dem Sacke. Das Weib aber schlug die Hände über dem Kopfe zusammen und zankte ihn aus; der Mann bat sie aber, lieber einen Topf mit Wasser an’s Feuer zu stellen. Da nahm sie denn den größten Topf, den sie fand und füllte ihn mit Wasser. Als dasselbe kochte, machte sich der Mann daran, den Sack aufzubinden; aber da war auf einmal Leben in denselben gekommen; es rührte und bewegte sich drinnen und als er den Sack geöffnet hatte, sprang ein lebendiger Mann aus demselben, der vom Scheitel bis zur Zehe grau gekleidet war. Dieser sagte, wenn sie kochen wollten, sollen sie etwas Anderes dazu nehmen als ihn.

Da stand freilich der Alte ganz verdutzt da; sein Weib aber schimpfte und schmälte und sagte, daran sei nur seine Dummheit schuld. „Zuerst bringst Du uns um das Einzige, wovon wir unseren Unterhalt hatten, so daß wir nicht wissen, wie wir weiter unser Leben fristen werden, und nun schaffst Du uns noch überdies einen Menschen an den Hals, den wir füttern sollen. Du bist mir wirklich ein lieber Mann, Du!"

So zankten Mann und Weib eine gute Weile, bis der Graue endlich sagte:

„Dieses Gezänke führt zu nichts. Ich will lieber hinausschauen und sehen, ob ich nicht etwas Eßbares für Euch und für mich auftreiben kann; denn von Euren Zänkereien werdet Ihr kaum fett werden."

Und draußen war er in der Finsterniß; bevor aber die beiden Alten sich über all dies fassen konnten, war er auch schon wieder zurück, und zwar mit einem alten fetten Schafe.

„Nehmt dies nun und schlachtet es und bereitet uns ein Essen davon", sagte der graue Mann.

Der Alte kratzte sich hinter dem Ohr und sah sein Weib an; dieses wieder sah auf ihn und sie wußten beide nicht, was sie thun sollten, denn sie konnten sich ja denken, daß das Schaf gestohlen sei. Endlich aber ließen sie sich doch herbei, das Verlangen des Grauen zu erfüllen und sie lebten nun in Freude und Lust, so lange noch etwas vom Schafe übrig war, und als dasselbe verzehrt war, holte der Graue noch eins, und dann ein

drittes, viertes und fünftes. Nun war freilich der graue Mann
ein lieber Gast, da er so flink und fleißig war, und so lebten
jetzt der Alte und sein Weib in Ueberfluß von Schaffleisch.

Nun müssen wir wieder zurück in den Königspalast.

Der Schafhirt des Königs bemerkte, daß ihm ab und zu
ein Schaf aus der Heerde abhanden kam. Er konnte sich nicht
denken, wie dies zugehe, und als ihm schon das fünfte Schaf
abgängig war, begab er sich zum König und erzählte ihm die
Sache. Es müsse sich ein Dieb in der Nachbarschaft aufhalten,
so meinte er, sonst könnte er es sich nicht erklären, wie die Schafe
abhanden kämen.

Der König begann nun selbst Nachforschungen darüber anzustellen, ob nicht neue Leute in seine Nachbarschaft gekommen
seien, und so erfuhr er endlich, daß ein Mann gesehen worden
sei, den Niemand kenne, und der sich in der Hütte der beiden
alten Leute aufhalte.

Er schickte einen Boten in die Hütte mit dem Auftrage, der fremde Mann solle sich sogleich in der Halle des
Königs einfinden. Die beiden alten Leute erschraken darüber
gar heftig und waren voll Angst und Sorgen, daß sie nun
denjenigen verlieren würden, der sie erhalten habe; denn es
war ja kein Zweifel mehr, daß er als Dieb gehängt werden
sollte. Der Graue aber war sogleich bereit vor dem Könige
zu erscheinen.

Als er in die Halle kam, fragte ihn der König, ob er es
sei, der ihm die fünf Schafe gestohlen habe.

„Ja, Herr, das habe ich gethan", entgegnete der Graue.

„Und warum hast Du das gethan?" fragte der König
weiter.

„Die beiden alten Leute da unten in der Hütte sind nicht
im Stande, sich selbst zu ernähren", antwortete der Graue; „sie
haben nichts zu essen, Du hingegen hast Ueberfluß an Allem,
König; Du hast mehr als Du brauchst, und mehr zu essen als

Du selbst aufzehren kannst. Es schien mir deshalb viel billiger, daß die beiden Leute dasjenige, was sie brauchen, von dem bekämen, was Du nicht brauchst, wenn Du auch in solchem Ueberfluß lebst.‟

Diese Rede kam dem König ganz sonderbar vor und er fragte den Grauen, ob er denn keine andere Kunst gelernt habe, als die zu stehlen. Der Andere wußte hierauf keine Antwort. Der König aber sagte:

„Morgen schicke ich meine Leute in den Wald hinaus mit meinem fünfjährigen Ochsen; gelingt es Dir, ihnen diesen zu stehlen, so soll Dir Alles verziehen sein; gelingt es Dir aber nicht, so lasse ich Dich hängen.‟

Das sei ja schier unmöglich, meinte der Graue, da der König den Ochsen gewiß gut werde bewachen lassen.

Ja, das sei seine Sache, wie er es anzustellen habe, entgegnete der König.

Hierauf begab sich der Graue wieder heim in die Hütte, wo er mit Freude empfangen wurde. Er bat die Leute um einen Strick, da er für den nächsten Morgen einen solchen benöthige; der Alte suchte denn auch einen alten Strick hervor und hierauf schliefen sie alle drei die Nacht hindurch. Beim Morgengrauen stand der Graue auf, kleidete sich an, nahm den Strick zu sich und verließ die Hütte.

Er ging in den Wald hinaus, wo er wußte, daß die Leute des Königs mit dem Ochsen vorüber kommen müßten. Hier kletterte er auf eine große Eiche, dicht am Wege, schlang sich den Strick um und hängte sich auf einen Ast. Bald darauf kamen des Königs Leute mit dem Ochsen. Als sie den Grauen auf dem Baume hängen sahen, sagten sie:

„Er hat wohl auch noch Anderen einen Schaden zugefügt, nicht unserem König allein, der Graue; darum haben sie ihn da aufgehängt; jetzt wird er es wohl bleiben lassen, uns den Ochsen wegzuhaschen, der Teufelskerl." Hierauf gingen sie ruhig weiter und dachten an nichts.

Als die Leute wieder verschwunden waren, stieg der Graue von der Eiche herab, schlug einen verborgenen und kürzeren Waldsteig in derselben Richtung ein, kam so den Leuten des Königs zuvor, kletterte neuerdings auf eine Eiche dicht am Wege, schlang den Strick um sich und hängte sich sodann wieder auf einen Ast.

Als die Leute dahin kamen, waren sie ganz verblüfft und wußten nicht, ob dies mit rechten Dingen zugehe oder ob Zauberei dabei im Spiele sei.

„Sollte es denn zwei so verfluchte Graue gegeben haben?" fragten sie einander. „Hört, gehen wir zurück zu dem Andern; es muß recht lustig sein, dahinter zu kommen, ob es zwei verschiedene sind, oder ob es ein und dieselbe Person ist, die auf beiden Bäumen hängt! Sie banden den Ochsen an einen Baum und kehrten um. Aber sie waren kaum verschwunden, als der Graue eiligst vom Baum herabstieg, den Ochsen losband und schleunigst mit sich nach der Hütte führte.

Nun mögen die beiden Alten dazusehen, daß der Ochs geschlachtet werde, meinte er, und die Haut sollen sie ihm ganz abziehen und aus dem Talg Lichter gießen.

Man kann sich denken, was für eine Lust und Freude da in der Hütte herrschte!

Von den Leuten des Königs aber ist zu erzählen, daß, als sie zu der ersten Eiche kamen, natürlich der Graue nicht mehr dort hing, und als sie zur zweiten kamen, auch diese leer fanden, da ja der Dieb inzwischen verschwunden war; ja, fort war er und auch der Ochs war vom Baume verschwunden, an den sie ihn angebunden hatten. Nun erst merkten sie, daß der Graue sie zum Besten gehalten habe, und es blieb ihnen nichts übrig, als heim zu gehen und dem König zu erzählen, wie die Dinge nun stünden.

Da schickte der König wieder einen Boten zum grauen Manne, mit dem Auftrage, daß er kommen solle, und zwar sogleich. Der Häusler und sein Weib zitterten vor Angst und Schrecken; jetzt war ja keine Gnade mehr zu erwarten für ihren lieben Grauen; es war sicher, daß er ohne Schonung werde gehängt werden. Er selbst aber war guten Muthes und trat ohne Furcht vor den König hin.

„Hast Du meinen Ochsen gestohlen, grauer Mann?" fragte der König.

„Ich mußte es ja thun, um mein Leben zu retten, o König!" antwortete der Graue.

Hierauf sagte der König:

„Ich will Dir auch dies verzeihen, wenn es Dir gelingt, heute Nachts mir und meiner Königin die Betttücher unter dem Leibe weg zu stehlen.

„Das geht über die Kräfte eines Menschen", sagte darauf der Graue; „wie soll ich in den Palast kommen und dies thun können?"

„Ja, das ist Deine Sache und Dein Leben gilt es", entgegnete der König und entließ ihn.

Der Graue kehrte wieder zu den Häuslersleuten in die Hütte zurück und wurde hier mit solcher Freude aufgenommen, als ob er von den Todten auferstanden wäre.

Als es gegen Abend ging, nahm der Graue einige Töpfe voll Mehl und bat das Weib, daß es einen Brei kochen und denselben recht dick werden lassen solle. Sie that nach seinem Willen und als der Brei fertig war, gab ihn der Graue in ein Gefäß und bedeckte dasselbe, damit er nicht zu schnell kalt werde.

Hierauf schlich er sich mit dem Gefäß zu dem Königspalaste; es gelang ihm, in denselben hineinzukommen, ohne daß er bemerkt wurde, und er verbarg sich in einem finsteren Winkel. Bald darauf wurde auch der Palast fest zugeschlossen, damit es dem Diebe ja nicht gelingen sollte, sich in denselben einzuschleichen.

Als aber der Graue vermuthete, daß im Palaste Alles zur Ruhe gegangen sei und auch der König und die Königin im festen Schlafe lägen, ging er ganz leise in deren Schlafgemach, deckte den König und die Königin an den Füßen bis zur Mitte des Körpers ab und ließ recht vorsichtig den Brei zwischen König und Königin tröpfeln; hierauf entfernte er sich rasch aus dem Gemache und begab sich wieder in sein Versteck.

Die Königin erwachte gar bald, als sie den warmen Brei fühlte, weckte den König und sagte zu ihm:

„Was ist denn das? Du hast ja in's Bett gemacht, mein Liebster!‟

Der König wollte dies nicht zugeben, sondern beschuldigte die Königin, daß sie es gethan habe, und so stritten sie eine Weile mit einander. Schließlich nahmen sie die Betttücher und warfen dieselben sammt ihrem Inhalte weit von sich auf den Boden.

Hierauf schliefen sie wieder ein; der Graue aber schlich herbei, nahm die Tücher, legte sie zusammen, und entfloh damit zu den alten Leuten in die Hütte. Er übergab ihnen die Tücher und hieß sie, dieselben von den Breiklümpchen reinigen und sie für ihre Betten benützen.

Als am nächsten Morgen der König und die Königin erwachten, sahen sie, daß die Betttücher verschwunden waren. Da dachte der König, daß sie wohl sicher der Graue gestohlen habe, und schickte sogleich einen Boten zu demselben. Nun glaubten die alten Leute, daß der Graue diesmal ganz gewiß gehängt werden würde, und nahmen von ihm schmerzlichen Abschied. Er aber ging wieder ganz muthig in den Palast hinauf. Da fragte ihn der König:

„Hast Du in der Nacht mir und meiner Königin die Betttücher unter dem Leibe weggestohlen?‟

„Ja, Herr‟, sagte der Graue, „ich habe es gethan; denn ich mußte ja mein Leben retten.‟

Da sagte der König:

„Ich will Dir Alles, was Du bisher gethan hast verzeihen, wenn Du in der heutigen Nacht uns beide, mich und
meine Königin, aus unserem Bette stiehlst. Wenn es Dir aber
nicht gelingt, sollst Du ohne Gnade gehängt werden!“

„Das kann Niemand“, sagte der Graue.

„Das ist Deine Sache“, entgegnete der König.

Der Graue begab sich wieder heim in die Hütte. Die
beiden Alten empfingen ihn mit unbeschreiblicher Freude, als ob
er wirklich von den Todten auferstanden wäre.

Als es des Abends finster geworden war, nahm der Graue
einen großen, hohen und breitkrämpigen Hut, welcher dem Alten
gehörte. Er durchbohrte denselben in dichten Reihen und steckte
in die Löcher die Lichter, welche sie aus dem Talg des Ochsen
bereitet hatten; auch an seinem Körper befestigte er unzählige
Lichter, von oben bis unten. Sodann setzte er den Hut auf,
nahm den Ochsenbalg in die Hand und ging in den königlichen
Palast, und zwar in die Kirche.

Hier legte er den Ochsenbalg vor dem Altare nieder, zündete
alle Lichter an und ging zu den Glocken und läutete. Durch das
Geläute erwachten der König und die Königin; sie blickten zum
Fenster hinaus, um zu sehen, was es denn gebe. Da sahen sie
an der Kirchenthür eine leuchtende Gestalt stehen, welche nach
allen Seiten Strahlen aussandte. Der König und die Königin
waren über diesen Anblick ganz verblüfft und meinten, daß es
ein Engel vom Himmel sei, welcher der Erde eine wichtige Botschaft zu verkünden habe. Einen solchen Gast müsse man ge-
bührend empfangen, ihm geziemende Ehrfurcht erweisen und um
Barmherzigkeit anrufen, sagten sie.

Sie zogen eiligst ihre prächtigsten Kleider an und gingen
hinaus zu dem vermeintlichen Engel. Dann warfen sie sich vor
ihm auf die Knie und baten ihn um Gnade und Vergebung der

Sünden. Der Engel aber sagte, er werde sie nur drinnen in der Kirche vor dem Altar erhören.

Sie folgten ihm denn auch dahin und der Engel sagte nun, daß er ihnen die Sünden vergeben werde, jedoch nur unter einer Bedingung. Sie fragten ihn, welche Bedingung dies sei. Keine andere als die, daß sie beide in den Balg kröchen, der beim Altare liege, sagte der Engel.

„Nichts Anderes als das!" rief der König; „das ist ja bald gethan", und er kroch auch sogleich sammt der Königin in den Ochsenbalg.

Aber sie waren kaum in dem Balge, als der Engel denselben an der Oeffnung zusammenfaßte und zuband. Der König schrie nun freilich, was denn dies zu bedeuten habe; der Engel aber schüttelte alle Lichter ab, schleifte den Balg mit rasender Schnelligkeit durch die Kirche, und sagte:

„Ich bin kein Engel, guter König, sondern Dein guter Bekannter, der Graue, von der Hütte da unten. Siehst Du, ich habe Dich sammt Deiner Königin, wie Du es mir befohlen hast, aus dem Bette gestohlen und nun sollst Du auch Vergebung der Sünden erhalten, das kannst Du mir glauben; ich bringe Euch beide um's Leben, wenn Du mir nicht versprichst, die Bitte zu erfüllen, die ich an Dich richten werde, und mir dies beschwörst, bevor ich Euch aus dem Balge herauslasse."

Was konnte der König thun? Er mußte Alles versprechen und beschwören, was der Graue wollte. Dieser ließ sie hierauf los und verlangte nichts Anderes, als des Königs Tochter und die Hälfte des Reiches, sowie außerdem die Erlaubniß, den alten armen Häusler sammt seinem Weibe zu sich nehmen zu dürfen. Der König mußte seine Einwilligung geben, denn er hatte es ja beschworen.

Der Graue ging sodann hinab zu den alten Leuten in der Hütte und man kann sich denken, daß er sich jetzt etwas mehr in die Brust warf als sonst. Nun müßten die Alten sich ein wenig herausputzen und die Festtagskleider anlegen, sagte er; denn jetzt müßten sie eine andere Wohnung beziehen.

Der Alte und sein Weib machten große Augen bei dieser Rede und man kann sich vorstellen, wie ihre Verwunderung wuchs, als der Graue Alles erzählte, wie es sich verhielt. Und hierauf nahm er sie mit in den Königspalast, wo es einen prächtigen Empfang gab.

Er heirathete die Prinzessin und bekam das halbe Reich als Mitgift. Beim Hochzeitsmahle aber erzählte er ihnen zur Unterhaltung, daß er ein Sohn des benachbarten Königs sei. Er habe gehört, was der arme Häusler vor hatte, und sodann mit dem Priester des Königs vereinbart, die Worte desselben, auf welche der Alte Alles gebaut hatte, in Erfüllung gehen zu lassen. Jetzt könne der Alte wohl auch zufrieden sein, meinte er, da er ja nun seine Kuh tausendfach bezahlt bekommen habe.

Der Graue lebte lange und glücklich mit seiner Königin. Nach dem Tode des Schwiegervaters erbte er das ganze Reich und regierte es mit Klugheit und Verstand bis an sein hohes Alter. Der Häusler aber und sein Weib blieben bei ihm ihr Leben lang und lebten in Freude und Herrlichkeit. Und hier ist das Märchen zu Ende.

XVII. Märthöll.

Es war einmal ein Herzog, der hatte eine junge Frau; sie liebten einander sehr, hatten aber doch lange Zeit keine Kinder und waren darüber sehr betrübt.

Einmal ging die Frau mit ihren Mägden in einen schönen Hain, um sich zu unterhalten. Da wurde sie von einem starken Schlafe befallen, so daß sie sich nicht aufrecht erhalten konnte, und als sie eingeschlafen war, träumte ihr, daß drei Weiber in schwarzer Kleidung zu ihr kämen und sagten:

„Wir wissen, daß Du traurig bist, weil Du keine Kinder hast; nun sind wir gekommen, um Dir zu rathen, was Du thun sollst, wenn Du erwacht bist. Geh zu einem Bache, welcher nicht weit von hier sich befindet; in demselben wirst Du eine Forelle sehen. Lege Dich sodann am Rande des Baches nieder, dort wo die Forelle ist, und trinke aus dem Bache und sieh' zu, daß die Forelle Dir in den Mund schwimme; Du wirst hierauf gleich guter Hoffnung werden; wir werden Dich zu der Zeit, wo Du das Kind gebären wirst, heimsuchen, denn wir wollen ihm den Namen geben."

Hierauf verschwanden die Weiber.

Als die Herzogin erwachte, dachte sie über den Traum nach, ging zum Bache und sah die Forelle. Sie that genau, wie ihr im Traume gesagt worden war, und kehrte hierauf nach Hause zurück.

Es dauerte nicht lange, so fühlte sie, daß sie guter Hoffnung sei, und sie sowohl wie auch der Herzog waren darüber sehr erfreut.

Nicht weit vom Königsschlosse lebte ein alter Mann mit seinem alten Weibe in einer schlechten Hütte; sie hatten eine junge und vielversprechende Tochter, Namens Helga. Als die

Frau des Herzogs ihre Zeit herannahen fühlte, ließ sie das alte Weib holen und sagte zu demselben:

„Du sollst in meinen Dienst treten und bei mir sitzen, während ich krank bin; ich erwarte drei Frauen; die sollst Du so freundlich empfangen, als Du nur kannst; ich habe Wein und andere Erfrischungen für sie in Bereitschaft stellen lassen.“

Bald darauf gebar sie ein sehr schönes Mädchen, und am selben Tage, an dem sie es gebar, kamen die drei Weiber und sie nannten sich alle „Blauröcke.“ Das alte Weib ging ihnen entgegen, bat sie zu Tische und reichte zweien von ihnen die Erfrischungen dar, wie die Frau ihr geboten hatte; das aber, was für die jüngste derselben bestimmt war, nahm sie für sich selbst. Als aber diese sah, daß man sie den Anderen nachsetzte, wurde sie von Zorn erfüllt.

Die Weiber baten, das Kind sehen zu dürfen, und es wurde ihnen sogleich gestattet. Die älteste nahm zuerst das Kind und sagte:

„Du sollst Märthöll heißen, nach meiner Mutter; das bestimme ich, daß Du vor allen Weibern ausgezeichnet sein sollst durch Schönheit und Verstand; das lege ich auf Dich, daß, so oft Du weinen solltest, Deine Thränen alle zu Gold werden; Du sollst dies vor allen Weibern voraus haben, welche es je gegeben hat.“

Hierauf gab sie das Kind ihrer Schwester, welche neben ihr saß, und diese sagte:

„Ich bin damit einverstanden, daß Du Märthöll heißest, nach meiner Mutter, und ich wünsche, daß Dir all' das Gute zu Theil werde, welches meine Schwester Dir bestimmt hat, und daß Du mit allen weiblichen Vorzügen geschmückt seiest; das bestimme ich, daß Du einen angesehenen Königssohn zum Manne bekommest und Ihr einander herzlich liebet, so daß es Deinem Geschlechte zu Ehre und Ruhm gereiche; nicht kann ich Dir Besseres wünschen.“

Hierauf gab sie das Mädchen ihrer jüngsten Schwester; diese nahm dasselbe und sagte:

„Du sollst das Gute von mir haben, daß Du Märthöll heißest, nach meiner Mutter, und daß ich die guten Verheißungen, welche meine Schwestern über Dich ausgesprochen haben, nicht vernichten will, obschon Deine Mutter mich ohne Grund gekränkt hat. Aber an etwas soll es ihr doch durch Dich entgolten werden; deshalb lege ich das auf Dich, daß Du in der ersten Nacht, in welcher Du beim Königssohne schläfst, den Du zum Manne bekommen sollst, zu einem Sperling verwandelt werdest und durch das Fenster davon fliegest. Von dieser Verzauberung sollst Du niemals befreit werden, wenn Du nicht das Glück hast, daß Jemand in der dritten Nacht die Sperlingshaut verbrennt. In den drei Nächten sollst Du kurze Zeit die Haut abstreifen können, später aber nie mehr wieder."

Als ihre Schwestern dies hörten, wurden sie sehr aufgebracht, daß sie dem Kinde so Uebles verhieß, eilten davon und wurden nie wieder gesehen.

Das Kind wuchs auf bei Vater und Mutter, und es erfüllte sich, daß jedesmal, wenn sie weinte, ihre Thränen zu Gold wurden. Davon wurde der Herzog so reich, daß seine ganze Burg mit Gold gedeckt wurde, und er freute sich sehr über seine Tochter. Er ließ ihr ein eigenes Frauenhaus erbauen und gab ihr Helga, die Tochter des armen alten Mannes, zur Gesellschaft. Die beiden Mädchen liebten einander sehr.

Es wurde bald in allen Ländern bekannt, daß es eine Herzogstochter gebe, welche immer Gold weine. Auch ein mächtiger Königssohn hörte davon wie die Anderen und derselbe gelobte, daß er dieses Mädchen heirathen wolle, oder gar keine. Er begab sich schleunigst auf die Reise und segelte von Land zu Land bis er zum Herzoge kam und sah, daß dessen Burg ganz mit Gold gedeckt war. Er schickte von seinem Schiffe aus Männer zu ihm und ließ ihm sagen, in welcher Absicht er gekommen sei.

Der Herzog nahm diese Botschaft freundlich auf und lud ihn ein, mit seiner Gefolgschaft zu ihm zu kommen; er war aber doch betrübt, daß er seine Tochter verlieren sollte. Er ließ sie deshalb sammt Helga zu sich rufen und sagte:

„Ihr sollt die Kleider vertauschen, und Du, Helga, sollst der Märthöll vorausgehen, wenn der Königssohn kommt."

Sie versprachen zu thun, wie er ihnen gesagt habe. Als nun der Königssohn in die Burg kam, bat er, daß er Märthöll sehen dürfe. Der Herzog gestattete es ihm und Helga trat vor den Königssohn; dieser betrachtete die beiden Mädchen lange und es schien ihm diejenige, welche rückwärts stand, schöner zu sein. Er sagte:

„Ich will sehen, ob es wahr ist, was ich von Deiner Tochter gehört habe", und zugleich gab er Beiden einen Backenstreich.

Da weinte diejenige, welche voranging, wie andere Weiber, aber Goldtropfen fielen von den Augen der Anderen. Da sagte der Königssohn:

„Nun sehe ich, daß der Herzog mich betrügen wollte, und diejenige, welche rückwärts geht, Märthöll ist."

Er sagte ferner, daß sie sich ihm nicht länger verbergen dürfe, und daß sie wieder ihre eigenen Kleider anlegen solle. Er setzte sie auf seine Knie, später aber segelte er mit ihr fort, und sie erhielt als Mitgift fast das ganze Gold, welches in der Burg vorhanden war. Auch Helga, die Tochter des alten Mannes, fuhr mit ihr.

Sie hatten günstigen Wind bis sie heim kamen in das Reich seines Vaters. Dieser empfing sie mit ausgebreiteten Armen und ließ sogleich alle Vorbereitungen zu einer überaus prächtigen Hochzeitsfeier treffen.

Das Fest verlief auf das Glänzendste.

Als aber die Braut zu Bette geführt worden war, bat sie den Bräutigam, daß sie allein mit Helga hinausgehen dürfe. Dies erlaubte er ihr. Da sagte sie zu Helga:

„Du bist mir so lange treu gewesen und wirst es auch jetzt sein und drei Nächte bei dem Königssohne schlafen; denn mein Schicksal muß in Erfüllung gehen. Wir wollen Gestalt und Kleidung vertauschen."

Helga entgegnete:

„Ich will Alles thun, was ich kann, um Deinen Willen zu erfüllen; Eines jedoch fürchte ich am meisten: Du weißt, daß der Königssohn Dir jeden Abend ein Tuch gibt, welches Du mit Gold anfüllst und ihm jeden Morgen übergibst. Nun weiß ich aber, daß es mein Leben gilt, wenn ich ihm kein Gold geben kann."

Die Braut sagte:

„Du sollst ihm einen Schlafdorn einstechen, wenn Ihr Euch zusammen zur Ruhe begeben habt, damit er schnell einschläft. Schleiche Dich dann heimlich von ihm fort und gehe zu dem Hügel, welcher sich nicht weit von hier befindet, und rufe nach mir, so daß ich Dich hören kann. Es ist mir bestimmt, daß ich in der Brautnacht zu einem Sperling werde; in den drei ersten Nächten soll ich aber die Sperlingshaut jedes Mal auf kurze Zeit verlassen können; da kann ich dann für Dich weinen, während wir zusammen sprechen."

Helga versprach, daß sie gerne Alles für sie thun wolle, was sie vermöge, um ihr zu helfen.

Hierauf vertauschten sie ihre Kleider, und waren beide von Kummer erfüllt. Helga legte sich mit dem Königssohne schlafen und Märthöll breitete die Decke über sie. Hierauf wurde sie sogleich zu einem Sperling und flog davon.

Der Königssohn meinte, daß Märthöll bei ihm schlafe, und gab ihr ein Tuch, um in dasselbe zu weinen. Helga stach ihm einen Schlafdorn ein und schlich sodann heimlich fort. Sie ging zu dem Hügel, von dem sie gesprochen hatten, und rief:

„Komme, komme, Märthöll,
Komm' meine Freundin,

Komm' Du helle Maid
Auf den Haideweg:
Ich soll Gold geben,
Doch ich kann's nicht weinen."

Da kam ein Sperling geflogen und setzte sich neben ihr nieder. Märthöll verließ die Sperlingshaut und weinte das Tuch voll. Hierauf verwandelte sie sich wieder in den Vogel; Helga aber legte sich in's Bett zum Königssohne und übergab ihm am Morgen das Gold.

Genau dasselbe geschah auch in der zweiten Nacht. In der dritten Nacht stach Helga dem Königssohn den Schlafdorn absichtlich etwas lockerer ein als früher, ging sodann fort, begab sich hinauf auf den Hügel und rief wie früher. Da kam der Sperling wieder. Märthöll sagte zu Helga:

„Nun werden wir uns niemals wieder sehen; denn ich habe keine Hoffnung, von diesem Zauber erlöst zu werden. Ich danke Dir nun für all' die Treue, die Du mir bewiesen hast, und möge es Dir in Allem wohl ergehen. Am liebsten möchte ich, wenn ich zu bestimmen hätte, daß der Königssohn Dich behalte."

Sie lagen sich hierauf lange in den Armen; denn der Abschied fiel ihnen überaus schwer.

Inzwischen war aber der Königssohn aufgewacht, da ihm der Schlafdorn aus dem Kopfe glitt. Er war ganz verdutzt, als er bemerkte, daß seine Braut verschwunden sei, stand auf und lief aus dem Hause. Er sah sich nach allen Seiten um und erblickte zwei weibliche Gestalten auf einem Hügel. Er ging heimlich dahin, und hörte, was sie sagten; zugleich erblickte er dort die Sperlingshaut und nahm sie. Da wurden die beiden Freundinnen von solcher Angst und Furcht ergriffen, daß sie in Ohnmacht fielen. Der Königssohn aber lief mit der Sperlings- haut davon und verbrannte sie, so rasch er konnte. Hierauf kam er wieder zu ihnen zurück und träufelte ihnen Wein ein und führte sie mit sich nach Hause.

Märthöll erzählte nun ihre Lebensgeschichte. Alle fanden, daß sie sehr glücklich gewesen sei, diesen Königssohn zu bekommen, der die Sperlingshaut nahm. Es wurde hierauf auf's Neue Hochzeit gehalten, und Alles verlief auf das Beste. Der Königssohn war Märthöll mit großer Liebe zugethan; sie bekamen Kinder und lebten sehr glücklich zusammen.

Helga heirathete den ersten Häuptling im Reiche, und sie wurde immer sehr hochgeschätzt wegen ihrer Treue gegen Märthöll; und hiermit endigt nun dieses Märchen.

XVIII. Das Pferd Gullfaxi und das Schwert Gunnfjödur.

Es waren einmal ein König und eine Königin in ihrem Reiche; dieselben hatten einen Sohn, der Sigurd hieß. Als dieser zehn Jahre alt war, wurde die Königin krank und starb. Der König ließ die Leiche der Königin nach altem Brauche in einen Grabhügel legen, und er saß oft auf demselben und trauerte um sie.

Eines Tages saß der König wie gewöhnlich auf dem Grabhügel der Königin, als er eine vornehm gekleidete Frau erblickte. Er fragte dieselbe um ihren Namen; sie antwortete, daß sie Ingibjörg heiße und sprach zugleich ihre Verwunderung darüber aus, daß der König so allein hier sitze. Dieser erzählte sodann, daß er seine Königin verloren habe und auf ihrem Grabhügel trauere. Die Frau wieder theilte ihrerseits dem Könige mit, daß sie gestern ihren Mann verloren habe, und fügte hinzu, daß es wohl am Besten wäre, wenn sie Beide zusammenziehen würden.

Der König fand Gefallen an ihr, lud sie ein, ihm in seinen Palast zu folgen, und wenige Tage darauf hielt er auch schon Hochzeit mit ihr.

Der König gewann wieder sein frohes Gemüth zurück und ritt oft auf die Jagd, um sich zu erlustigen. Sigurd aber liebte seine Stiefmutter sehr und blieb immer bei ihr daheim.

Eines Abends sagte Ingibjörg zu Sigurd:

„Morgen mußt Du mit Deinem Vater auf die Jagd gehen.“

Sigurd jedoch entgegnete, daß er lieber bei ihr daheim bleiben wolle.

Am nächsten Morgen ritt der König auf die Jagd; Sigurd aber war nicht zu bewegen, ihn zu begleiten. Da sagte die Stief-mutter, daß er seinen Ungehorsam noch zu bereuen haben werde und daß er besser thun würde, ihr in Zukunft zu gehorchen.

Als der König fortgeritten war, verbarg sie Sigurd unter -ihrem Bette und sagte ihm, daß er hier zu bleiben habe, bis sie ihn rufen würde. Bald darauf hörte Sigurd ein gewaltiges Gedröhn, so daß der Boden bebte, und sah sodann ein Riesen-weib bis zu den Knöcheln in der Erde watend in das Zimmer kommen. Dasselbe sagte:

„Sei gegrüßt, Schwester Ingibjörg! Ist der Königssohn Sigurd zu Hause?“

„Nein“, antwortete Ingibjörg, „er ritt heute Morgens mit seinem Vater in den Wald hinaus, um sich zu erlustigen.“

Ingibjörg deckte sodann für ihre Schwester den Tisch und setzte ihr Speisen vor. Als sie beide gegessen hatten, sprach die Riesin zu ihrer Schwester:

„Ich danke Dir für den besten Leckerbissen, das beste Lamm, die beste Kanne Bier und den besten Trank. Ist der Königssohn Sigurd zu Hause?“

Ingibjörg verneinte die Frage. Hierauf nahm die Riesin von ihrer Schwester Abschied und ging fort. Da sagte Ingibjörg zu Sigurd, daß er jetzt aus seinem Versteck hervorkommen könne.

Der König kam Abends von der Jagd zurück und wußte nichts von dem, was vorgegangen war. Am nächsten Morgen bat Ingibjörg abermals den Königssohn, daß er doch endlich mit seinem Vater auf die Jagd gehen möchte. Allein Sigurd antwortete dasselbe wie am Tage vorher und sagte, er wolle lieber daheim bei seiner Stiefmutter bleiben.

Der König ritt wieder allein auf die Jagd. Ingibjörg verbarg jetzt Sigurd unter dem Tische und zeigte großen Unwillen darüber, daß er ihr auch dieses Mal nicht gehorcht habe. Da erbebte der Boden und es kam abermals ein Riesenweib, das bis zu den Waden hinauf in der Erde watete, in das Zimmer und sagte:

„Sei gegrüßt, Schwester Ingibjörg! Ist der Königssohn Sigurd zu Hause?"

„Nein", antwortete Ingibjörg, „er ritt heute Morgens mit seinem Vater fort, um sich zu erlustigen."

Ingibjörg deckte wieder für ihre Schwester auf und als sie sich satt gegessen hatten, erhob sich die Riesin und sagte:

„Ich danke Dir für den besten Leckerbissen, das beste Lamm, die beste Kanne Bier und den besten Trank. Ist der Königssohn Sigurd zu Hause?"

Ingibjörg verneinte die Frage und hierauf nahmen sie von einander Abschied.

Nun kroch Sigurd wieder aus seinem Versteck hervor. Ingibjörg sagte, es sei von größter Wichtigkeit, daß er morgen nicht zu Hause bleibe; der Königssohn entgegnete jedoch, daß ihm dies wohl niemals Schaden bringen werde.

Als am nächsten Morgen der König sich anschickte, fortzureiten, kam Ingibjörg zu Sigurd und bat ihn flehentlich, doch heute mit seinem Vater zu gehen. Aber Sigurd blieb allen ihren Bitten gegenüber taub.

Als der König fortgeritten war, verbarg Ingibjörg den Sigurd zwischen dem Getäfel und der Wand. Da begann wieder

der Erdboden zu beben und es kam eine Riesin, die aber bis
zu den Knien hinauf in der Erde watete, zu der Thüre herein.
Sie sprach mit fürchterlicher Stimme:

„Sei gegrüßt, Schwester Ingibjörg! Ist der Königsfohn
Sigurd zu Hause?"

„Nein", entgegnete Ingibjörg, „er ist draußen im Walde,
um sich zu erlustigen."

„Das ist eine Lüge", schrie die Riesin und sie zankten sich
herum, bis Ingibjörg hoch und theuer versicherte, daß er nicht
zu Hause sei.

Ingibjörg deckte hierauf den Tisch für ihre Schwester und
nachdem sie gespeist hatten, sagte die Riesin:

„Ich danke Dir für den besten Leckerbissen, das beste Lamm,
die beste Kanne Bier und den besten Trank. Ist der Königsfohn
Sigurd zu Hause?"

„Nein", antwortete Ingibjörg, „ich habe Dir doch schon
früher gesagt, daß er heute Morgens mit seinem Vater fortgeritten ist, um sich zu erlustigen."

Da schrie die Riesin mit Donnerstimme:

„Ist er so nahe, daß er meine Worte hört, so lege ich
den Zauber auf ihn, daß er halb verbrannt und halb verdorrt
werde und nicht früher zu Rast oder Ruhe komme, bevor er
mich findet."

Nach diesen Worten ging sie ihrer Wege.

Ingibjörg holte nun Sigurd aus seinem Versteck hervor
und er war da halb verbrannt und halb verdorrt.

„Da kannst Du jetzt sehen, wie es Dir erging", sagte sie;
„aber wir dürfen nun keine Zeit verlieren, denn Dein Vater
wird bald nach Hause kommen."

Sie nahm einen Knäuel aus einer Kiste, desgleichen drei
goldene Ringe und sagte zu Sigurd:

„Wenn Du diesen Knäuel auf die Erde fallen läßt, wird
er anfangen zu rollen bis er bei einigen Felsen liegen bleibt.

Da wirst Du eine Riesin aus dem Felsen hervor kommen sehen;
diese ist meine erste Schwester. Sie wird auf Dich hinabrufen
und sagen: Ah, das ist herrlich! da ist der Königssohn Sigurd
gekommen; der soll heute Abend in den Topf. — Aber Du brauchst
deshalb nicht den Muth zu verlieren. Sie wird Dich sodann mit
einem Bootshaken zu sich hinauf ziehen. Grüße sie von mir und
gib ihr den kleinsten von den goldenen Ringen; sie wird seelenvergnügt werden, wenn sie das Gold sieht, und Dich zu einem
Ringkampf auffordern; wenn Du dann ermattet bist, wird sie
Dir anbieten, aus einem Horne zu trinken, bis Du solche Kräfte
bekommst, daß Du sie überwindest. Sie wird Dich hierauf bis
zum nächsten Morgen bei sich behalten. Auf gleiche Weise werden
auch meine beiden anderen Schwestern mit Dir verfahren. Vor
allen Dingen aber merke Dir: wenn mein Hund zu Dir kommt,
seine Pfoten auf Dich legt und Thränen über seine Schnautze
niederfließen, so beeile Dich nach Hause zu kommen, denn dann
ist mein Leben in Gefahr; vergiß da nicht auf deine Stiefmutter!"

Hierauf ließ Ingibjörg den Knäuel zur Erde fallen und
Sigurd nahm rührenden Abschied von ihr.

Am Abend desselben Tages blieb der Knäuel bei den ersten
Felsen liegen und Sigurd sah auf den Felsabhang eine Riesin
hervorkommen. Als sie Sigurd erblickte, rief sie:

„Ah, das ist herrlich! da ist der Königssohn Sigurd gekommen; der soll heute Abend in den Topf! Herauf mit Dir,
Kamerad! komm' und ringe mit mir!"

Bei diesen Worten langte sie mit einem Bootshaken hinab
und zog Sigurd zu sich hinauf. Dieser meldete ihr den Gruß
ihrer Schwester und gab ihr den kleinsten von seinen goldenen
Ringen. Die Riesin wurde seelenvergnügt, als sie das Gold sah
und forderte Sigurd auf mit ihr zu ringen. Als sie merkte, daß
er ermattete, gab sie ihm aus einem Horne zu trinken, bis er
die richtige Stärke erhielt.

Am nächsten Tage warf er wieder den Knäuel auf die Erde und derselbe blieb abermals bei mehreren Felsen liegen. Sigurd blickte umher und sah bald eine Riesin aus dem Felsen hervorkommen, welche von größerem Wuchse war, als die erste. Diese rief laut auf ihn herab:

„Ah, das ist herrlich! Da ist der Königssohn Sigurd gekommen; der soll heute Abend in den Topf! Auf, Kamerad! komm' und ringe mit mir!"

Zugleich zog sie Sigurd zu sich hinauf. Er meldete ihr den Gruß seiner Stiefmutter und gab ihr den zweitgrößten goldenen Ring. Die Riesin war außerordentlich erfreut, als sie das Gold sah, und forderte ihn auf zu einem Ringkampfe. Als sie merkte, daß er ermattete, gab sie ihm aus einem Horne zu trinken, und zwar so lange, bis er so stark wurde, daß er sie mit einer Hand zu Boden werfen konnte.

Am Morgen des dritten Tages legte er seinen Knäuel wieder auf die Erde und derselbe rollte, bis er bei dem dritten Felsen liegen blieb. Sigurd blickte nach oben und sah bald eine gräßliche Riesin auf den Abhang des Felsens hervortreten. Als dieselbe Sigurd gewahrte, rief sie:

„Ah, das ist herrlich! Da ist der Königssohn Sigurd gekommen; der soll heute Abend in den Topf! Auf, Kamerad! komm' und ringe mit mir!"

Zugleich zog sie ihn zu sich hinauf. Sigurd meldete den Gruß seiner Stiefmutter und gab ihr den dritten goldenen Ring. Die Riesin war unendlich erfreut über das rothe Gold und forderte Sigurd zu einem Ringkampf mit ihr auf. Als sie merkte, daß ihn seine Kräfte verließen, gab sie ihm aus einem Horne zu trinken, bis er sie dahinbrachte, daß sie auf die Knie fiel. Da sagte die Riesin zu ihm:

„Nicht weit von hier ist ein See; geh' dahin; Du wirst dort ein kleines Mädchen sehen, welches mit einem Kahne spielt. Trachte mit diesem Mädchen gut Freund zu werden. Hier hast

Du einen kleinen goldenen Ring; gib ihr denselben, das wird
Dir von Nutzen sein. Du hast ja Deine Kräfte wiedergewonnen
und Deine Unternehmungen werden Dir sicherlich sehr gut gelingen."

Hierauf schieden sie von einander und Sigurd ging nun
so lange, bis er zu dem See kam, von welchem ihm die Riesin
gesprochen hatte. Hier sah er ein Mädchen, welches mit einem
Kahne spielte. Er näherte sich demselben und fragte es um seinen
Namen.

Sie heiße Helga und ihre Eltern wohnten nicht weit von
hier, erhielt er zur Antwort.

Sigurd schenkte ihr den Ring und schlug ihr vor, daß sie
mit ihm zusammen spielen sollte. Sie spielten denn auch zusammen
den Rest des Tages hindurch. Als Helga des Abends nach Hause
gehen wollte, bat er sie, daß er mit ihr gehen dürfe. Sie erwiederte jedoch, daß sie ihm dies nicht erlauben könne, da es
keinem Fremden gelinge, in das Haus zu kommen, ohne daß ihr
Vater es bemerke.

Sie ließ aber Sigurd gleichwohl mit kommen; bevor
sie jedoch in das Haus eintrat, hielt sie ihren Handschuh über
ihn und in demselben Augenblicke war Sigurd in ein Büschel
Wolle verwandelt, welches Helga unter dem Arme in das
Haus trug und in ihr Bett hinauf warf. In diesem Augenblicke
stürmte auch schon ihr Vater herein, roch und suchte in allen
Winkeln und schrie:

„Es riecht hier nach Menschen! Was hast Du da auf das
Bett hinaufgeworfen, meine Tochter?"

„Es war nur ein Wollbüschel", antwortete Helga.

„Vielleicht war es dann das!" sagte der Alte.

Es verging die Nacht und als Helga des Morgens fortging, um zu spielen, nahm sie das Wollbüschel mit. Als sie
zum See kam, hielt sie wieder ihren Handschuh über dasselbe
und Sigurd bekam wieder seine frühere Gestalt. Sie unterhielten

sich zusammen den ganzen Tag hindurch. Als sie Abends nach Hause gingen, sagte Helga zu Sigurd:

„Morgen werden wir mehr Freiheit zum Spielen haben; denn mein Vater geht in die Kirche und wir können zu Hause bleiben."

Als sie vor dem Hause ankamen, schwang Helga ihren Handschuh über Sigurd und er wurde wieder in ein Büschel Wolle verwandelt, welches sie in das Bett hinauf warf.

Am nächsten Morgen ging Helga's Vater fort nach der Kirche. Sowie er sich entfernt hatte, erhob Helga ihren Handschuh über das Wollbüschel und Sigurd erhielt wieder seine natürliche Gestalt. Sie unterhielten sich nun zusammen, indem Helga dem Sigurd ein Zimmer nach dem anderen zeigte; denn ihr Vater hatte ihr alle Schlüssel übergeben, als er fortging.

Sigurd bemerkte zum Schluß, daß sich unter den Schlüsseln noch einer befand, mit dem Helga kein Zimmer aufgeschlossen hatte; er fragte sie deshalb, für welches Zimmer dieser Schlüssel gehöre.

Helga antwortete ihm, es sei dies ein besonderer Schlüssel.

„Ja, darin hast Du wohl recht", sagte Sigurd; „allein Du hast doch nichts dagegen, mir auch das Zimmer zu zeigen, welches derselbe aufschließt."

In diesem Augenblicke fiel sein Blick auf eine eiserne Thür und er bat nun Helga auf das Inständigste, ihm dieses Zimmer zu zeigen.

Helga antwortete, daß sie dies nicht dürfe, und wenn sie es schon thue, die Thür nur ganz wenig öffnen könne.

Sigurd entgegnete, daß dies ja genug sein würde.

Während aber Helga die Thüre öffnete, stieß er sie ganz auf und trat ein. — Er sah in dem Zimmer ein prächtig aufgesatteltes Pferd stehen, über welchem ein reich mit Gold verziertes Schwert hing, auf dessen Griff folgende Worte eingeritzt waren:

„Wer auf diesem Roße sitzt und sich mit diesem Schwerte umgürtet, dem wird das Glück folgen."

Sigurd bat Helga, daß sie ihm gestatten möchte, ein Mal auf diesem Pferde mit der ganzen prächtigen Ausrüstung um das Haus herum zu reiten.

Helga antwortete, daß dies auf keine Weise angehen könne.

Sigurd drang aber so lange mit den schmeichelndsten Worten in sie, bis sie endlich seinen Bitten nachgab. Sie sagte ihm jetzt auch, daß das Pferd Gullfaxi (Goldmähne) und das Schwert Gunnfjödur (Kampffeder) heißen, und fügte hinzu:

„Hier sind ein Zweig, ein Stein und ein Stock, welche zu dem Uebrigen gehören. Wenn man auf dem Pferde sitzt und von seinem Feinde verfolgt oder am Leben bedroht wird, so braucht man nur den Zweig hinter sich zu werfen, denn derselbe ver= wandelt sich sogleich in einen großen Wald; und wenn der Feind gleichwohl von der Verfolgung nicht absteht, so braucht man nur den Stock zu nehmen und damit auf die entgegengesetzte Seite des Steines, welche weiß ist, zu stoßen; es kommt dann ein so heftiges Hagelwetter, daß Derjenige, welcher Einen verfolgt, dabei umkommt."

Nachdem Helga dem Sigurd all' dies mitgetheilt hatte, er= laubte sie ihm auf sein inständiges Bitten, nur ein einziges Mal mit Stein, Zweig und Stock um das Haus herum zu reiten. Als aber Sigurd ein Mal um das Haus geritten war, sprengte er davon.

Bald darauf kam Helga's Vater nach Hause und sah, daß seine Tochter weinte. Er fragte sie, aus welchem Grunde sie weine, und sie erzählte nun Alles, was sich zugetragen hatte. Da fing er augenblicklich an aus allen Kräften dem Jüngling auf Gullfaxi nachzulaufen.

Sigurd sah sich um und erblickte den Riesen hinter sich; da warf er den Zweig hinter sich und sogleich schoß ein ungeheurer und dichter Wald zwischen ihm und dem Riesen empor, so daß dieser genöthigt war, um eine Art nach Hause zu laufen und sich durch den dichten Wald durchzuhauen.

Als Signrd sich zum zweiten Mal umsah, war der Riese schon wieder so nahe gekommen, daß er beinahe den Schweif des Pferdes berühren konnte. Da wandte er sich um und stieß mit dem Stock auf die weiße Fläche des Steines. Da brach ein so heftiges Hagelwetter hinter ihm los, daß der Riese dabei umkam. Hätte er jedoch auf den Stein gestoßen, ohne sich um= zuwenden, so würde ihm das Hagelwetter in's Gesicht gekommen sein und ihn getödtet haben.

Sigurd ritt nun weiter. Da kam die Hündin seiner Stief= mutter auf ihn zu gerannt und er sah, daß dem Thiere die Thränen über die Schnauze rannen. Da ritt er aus allen Kräften nach Hause zu seiner Stiefmutter und als er ankam, sah er, daß neun Knechte dieselbe an einen Holzpflock festgebunden hatten und verbrennen wollten.

Sigurd sprang, das Schwert Gunnfjödur in der Hand, blitzschnell vom Pferde, stürzte auf die Knechte los und tödtete sie alle. Hierauf befreite er seine Stiefmutter von ihren Fesseln, setzte sie auf das Pferd und begab sich heim zu seinem Vater.

Der König war aus Kummer krank geworden und lag im Bette ohne eine Speise zu sich zu nehmen; als er aber seinen Sohn erblickte, war er ganz außer sich vor Freude. Sigurd er= zählte ihm alle seine Erlebnisse; der König aber hatte geglaubt, daß seine Stiefmutter ihn um's Leben gebracht habe.

Hierauf ritt Sigurd fort um Helga zu holen. Er wurde später König und sie seine Königin.

> Sie lebten lange und glücklich,
> Hatten Kinder und Kindeskinder,
> Gruben Wurzeln und Kräuter
> Und nun weiß ich die Geschichte nicht mehr weiter.

XIX. Vilfridur Völufegri.

Auf einem Hofe wohnten einmal Eheleute; es ist nicht bekannt, wie der Mann hieß; der Name des Weibes aber war Vala. Diese war eine schöne, jedoch böse Frau; das Ehepaar besaß eine Tochter, welche Vilfridur hieß, und zur Zeit unserer Erzählung vierzehn Jahre alt war; weil sie hübscher erschien als ihre Mutter, erhielt sie den Zunamen Völufegri (d. h. die schöner ist als Vala). Dies kränkte die Mutter und sie legte daher Haß auf ihre Tochter.

Sie dachte lange darüber nach, wie sie dieselbe aus dem Wege schaffen könnte. In dieser Absicht führte sie eines Tages das Mädchen in den Wald hinaus und verließ es; dasselbe fürchtete, daß ein wildes Thier es zerreißen würde, und irrte den ganzen Tag rathlos im Walde umher; als es aber Abend wurde, setzte es sich müde und erschöpft neben einem Steine nieder.

Als Vilfridur eine kurze Weile hier gesessen hatte, kamen zwei Zwerge aus einem Felsen hervor und fragten sie, warum sie hieher gekommen sei. Sie erzählte ihnen die ganze Wahrheit und die Zwerge sagten hierauf, es sei ihnen lieb, dies zu wissen. Sodann erklärten sie ihr, daß der Felsen ihre Wohnung sei und forderten sie auf, mit ihnen hinein zu kommen. Vilfridur war darüber sehr erfreut und nahm die Einladung der Zwerge an. Diese aber erwiesen ihr alles Gute, was sie thun konnten.

Als sie sich zur Ruhe zu begeben dachten, sagten sie zu ihr, daß sie vielleicht keine guten Träume haben und daher im Schlafen unruhig sein würden. Sie baten Vilfridur recht eindringlich, sie nicht zu wecken, was immer auch vorgehen möge; und das Mädchen versprach dies auch.

Sie waren nun die Nacht hindurch im Schlafe sehr unruhig; Vilfridur aber weckte sie nicht. Des Morgens, als sie
erwachten, dankten sie ihr dafür, daß sie sie nicht geweckt hatte,
und sie daher ihren Traum genießen konnten. Sie sagten ihr
sodann, sie möge darauf vorbereitet sein, daß während des Tages
Jemand zu dem Felsen kommen werde; sie dürfe aber nicht öffnen,
wenn man ihr auch noch so Schönes verspreche; denn wenn sie
dies thue, würde es ihnen allen den Tod bringen.

Sie versprach es, und hierauf begaben sich die Zwerge
fort, um Thiere zu jagen.

Nun wendet sich die Geschichte wieder zurück zur Vala.
Dieselbe besaß einen Spiegel, welcher ihr auf ihre Fragen Antwort gab. Am Morgen, nachdem sie sich des Mädchens entledigt hatte, fragte sie ihren Spiegel:

„Sag Du nun, mein schöner Spiegel, mir:
Was treibt Vilfridur Völufegri, wie geht es ihr?"

Der Spiegel antwortete:

„Wenig wird ihr zu Schaden sein;
Zwei Zwerge pflegen sie in einem Stein."

Da kam Vala ganz außer sich vor Aerger und Zorn,
denn sie wollte um jeden Preis, daß ihre Tochter den Tod erleide.

Sie machte sich wieder auf den Weg und begab sich zu
dem Felsen, in welchem die Zwerge wohnten. Als sie dahin
kam, war der Stein verschlossen. Da sie aber wußte, daß Vilfridur darin sei, und da sie dieselbe nur durch eine kleine Spalte
sehen konnte, begrüßte sie ihre Tochter zärtlich und bat sie mit
vielen schönen Worten, aufzuschließen. Sie sagte, sie sei mit dem
Ringe gekommen, welchen ihre Großmutter gehabt habe, und
sie möchte um jeden Preis, daß sie ihn trage.

Vilfridur betrachtete den Ring durch die Spalte und da
sie ihn schön fand, streckte sie einen Finger aus dem Felsen heraus.
Vala steckte sogleich den Ring auf den Finger und sprach
dabei die Worte:

„Ich bestimme und wirke den Zauber, daß der Ring Dich immer fester und fester umschließe, so daß Du davon den Tod erleiden mußt, wenn sich nicht ein Gold von gleicher Art findet, was wohl sobald nicht der Fall sein wird."

Sowie nun der Ring auf die Hand gekommen war, begann diese anzuschwellen und Vilfridur bekam unerträgliche Schmerzen in ihrem Leibe.

Als es Abend geworden war, kamen die Zwerge heim, und sagten zu Vilfridur, daß sie schlecht gethan habe, von ihrem Gebote abzuweichen. Sie begannen sogleich in ihrem Golde zu suchen und fanden endlich ein Gold von derselben Art, aus welchem der Ring verfertigt war. Sowie dasselbe an den Ring gelegt wurde, sprang derselbe entzwei, und Vilfridur wurde wieder ganz gesund.

In der nächsten Nacht hatten die Zwerge unruhige Träume; Vilfridur weckte sie aber nicht, und sie waren darüber sehr erfreut. Des Morgens sagten sie ihr, sie möge nicht vergessen, daß sie nicht aufschließen dürfe und wenn auch ihre Mutter käme und ihr noch so Kostbares anbiete. Hierauf gingen sie wieder fort, wie am Tage vorher.

Abermals ging Vala zu ihrem Spiegel und sagte:

„Sag' du nun, mein goldgeschmückter Spiegel, mir:
Was treibt Vilfridur Völufegri, wie geht es ihr?"

Und sie erhielt wieder dieselbe Antwort:

„Wenig wird ihr zu Schaden sein;
Zwei Zwerge pflegen sie in einem Stein."

Da wurde Vala überaus zornig; sie dachte eine Weile nach und machte sich dann auf's Neue auf den Weg zu dem Felsen. Als sie dahin kam, fand sie denselben verschlossen; sie rief jedoch, wie früher, voll Zärtlichkeit ihre Tochter und bat sie, aufzuschließen. Sie sagte, daß sie ihr heute das kostbarste Kleinod bringe, welches sie ihr geben könne; es sei dies ein goldener Schuh, welchen ihre Urgroßmutter gehabt habe.

Vilfridur zeigte sich Anfangs sehr unwillig und wollte diesem Verlangen nicht nachkommen. Als aber Mittag vorüber war, ließ sie sich doch von ihrer Mutter so weit überreden, daß sie einen Fuß durch die Spalte hervorstreckte. Vala steckte hierauf den Schuh auf den Fuß und belegte ihn mit dem Zauber, daß er ihr den Tod bringen solle, wenn nicht ein Gold von gleicher Art auf denselben gelegt werde, welches nicht leicht gefunden werden könne. Hierauf ging sie wieder von dannen. Der Schuh aber begann Vilfridur stark zu drücken; der ganze Fuß schwoll an, so daß sie keine Ruhe hatte.

Als die Zwerge wieder heim kamen, waren sie sehr betrübt über die Unachtsamkeit der Vilfridur. Sie suchten in ihrem Schutte nach dem Golde und fanden es nach langer Mühe; sowie dasselbe auf dem Schuh gelegt wurde, zersprang derselbe.

Vilfridur war sehr ermattet von den Schmerzen; es wurde ihr aber doch besser bei der guten Hilfe und Pflege, welche die Zwerge ihr angedeihen ließen. Als Alles wieder in Ordnung gebracht war, begaben die Zwerge sich zur Ruhe.

Sie schliefen schnell ein und waren diesmal so unruhig im Schlafe, wie sie es früher noch nie gewesen waren. Sie warfen sich herum auf Ferse und Nacken, Vilfridur aber weckte sie nicht. Als sie des Morgens erwachten, sagten sie Vilfridur, daß ihre Mutter auch heute wieder kommen werde. Sie baten sie abermals lange und eindringlich, nicht aufzuschließen, was immer auch Vala thun und sagen möge; denn es würde ihnen höchst wahrscheinlich allen das Leben kosten. Hierauf gingen sie wieder fort auf ihre Jagden.

An diesem Morgen ging Vala wieder, wie früher, zu ihrem Spiegel, um ihn zu befragen, und sie sagte wie zuvor:

„Sag' Du nun, mein goldgeschmückter Spiegel, mir:
Was treibt Vilfridur Völsegri, wie geht es ihr?"

Der Spiegel antwortete:

„Wenig wird ihr zum Schaden sein,
Zwei Zwerge pflegen sie in einem Stein."

Nun glaubte sie, daß man ihr durch Zauberkünste übel mitspiele. Sie wurde ganz wüthend und machte sich wieder auf den Weg zum Felsen.

Als sie bei demselben ankam, begann sie zu weinen und sagte, daß sie ihre Handlungsweise gegen die eigene Tochter sehr bereue, bat Vilfridur um Verzeihung und betheuerte, daß sie für all' dies Buße thun wolle. Sie komme daher mit dem kostbarsten Geschenk, um es ihr zu geben; es sei dies ein Gürtel, das größte Kleinod der Familie, welches von Geschlecht zu Geschlecht sich vererbt habe. Sie bat ihre „geliebte Tochter" doch aufzuschließen, damit sie sehen könne, wie gut der Gürtel ihr stehe und damit Vilfridur auch zur Einsicht komme, daß sie eine gute Mutter besitze.

Als bereits der Abend gekommen war, ließ sich Vilfridur auf das Bitten ihrer Mutter endlich doch herbei, aufzuschließen; Vala befestigte sogleich den Gürtel um den Leib der Vilfridur. sowie dies aber geschehen war, sagte sie:

„Ich bestimme und wirke den Zauber, daß dieser Gürtel so in deinen Leib eindringe, daß Du davon sterben mußt, und derselbe niemals locker werde, wenn nicht der König von Deutsch= land sich bemüht, ihn los zu machen."

Vala glaubte nun ihre Sache gut verrichtet zu haben und kehrte nach Hause zurück. Vilfridur aber befand sich so schlecht, daß sie glaubte, die Schmerzen nicht ertragen zu können; denn der Gürtel drang wirklich immer tiefer in ihren Leib ein.

Als die Zwerge heim kamen, schien Vilfridur dem Tode näher zu sein als dem Leben. Sie konnte nur sagen, welchen Zauber ihr die Mutter angethan hatte. Die Zwerge wurden über all' dies sehr traurig. Sie beschlossen mit Vilfridur zum Meere hinab zu gehen und sie an einem schönen Platze am Strande nieder zu legen; das Mädchen war bereits so sehr von Kräften gekommen, daß es nicht mehr sprechen konnte.

Hierauf nahmen sie Pfeifen und begannen mit denselben zu blasen. Sie bliesen so stark, daß ein großes Unwetter entstand und das Meer sehr unruhig wurde. Dies thaten die Zwerge deshalb, weil sie wußten, daß der König von Deutschland nicht sehr weit vom Lande entfernt segelte. Dieser beschloß, als das Unwetter sich erhob, an's Land zu fahren und ging in der Nähe der Stelle vor Anker, wo Vilfridur am Strande lag.

Als er an's Land ging, ward wieder schönes Wetter und er machte daher einen Spaziergang längs des Meerufers. Da fand er das schöne Mädchen, welches besinnungs= und sprachlos dalag. Er kam auf den Gedanken, daß es vielleicht nothwendig sei, etwas an ihr zu lockern und er versuchte deshalb den Gürtel loszumachen, was ihm auch bald gelang. Während er so eine Weile mit ihr beschäftigt war, kam sie wieder zum Leben zurück und erholte sich.

Als sie wieder sprechen konnte, fragte sie, wohin die Zwerge gekommen seien. Der König wußte jedoch nichts von ihnen. Auf das Bitten der Vilfridur ging er ein kurzes Stück längs des Strandes hin und fand die beiden Zwerge mit den Pfeifen am Munde todt am Boden liegen. Dieselben hatten offenbar das Blasen nicht ertragen können oder sich dabei zu sehr ange= strengt. Vilfridur that es ungemein leid, daß die Zwerge todt sein sollten.

Der König lud sie hierauf ein, mit ihm zu ziehen, und sie nahm dieses Anerbieten freudig und dankbar an. Sie veran= laßte noch den König, in dem Felsen nach dem Golde und den übrigen Kleinodien der Zwerge zu suchen, und begab sich dann mit diesen Schätzen hinaus auf das Schiff des Königs. Dieser aber kehrte mit ihr zurück in sein Reich.

Nach kurzer Zeit schon begann der König einen solchen Ge= fallen an Vilfridur zu finden, daß er sie zum Weibe nehmen wollte und um sie warb. Vilfridur schien es, daß sie ihr eigenes Glück von sich weise, wenn sie diese Heirath ausschlage, sagte aber dennoch, sie stelle die eine Bedingung, daß der König nie=

mals Jemanden bei sich Aufenthalt für den Winter gewähre, ohne sie vorher um ihren Rath und Willen zu befragen.

Der König erwiederte, es sei dies nichts als eine Bitte, und versprach es ihr gerne. Hierauf fand die Hochzeit statt.

Vala konnte ihre Tochter noch immer nicht vergessen und trat deshalb wieder vor den Spiegel und fragte:

„Sag' Du nun, mein goldgeschmückter Spiegel, mir:
Was treibt Vilfridur Völufegri, wie geht es ihr?"

Der Spiegel antwortete:

„Kein Ungemach sie weiterhin mehr fand;
Deutschlands Königin wird sie jetzt genannt."

Darüber gerieth Vala ganz außer sich und wußte nunmehr nicht, was sie beginnen sollte. Endlich faßte sie den Entschluß, zu ihrem Manne zu gehen, und ihn zu bitten, daß er nach Deutschland reise, während des Winters sich bei dem Könige aufhalte und seiner Tochter auf jede Weise nach dem Leben trachte. Als Zeichen der vollbrachten That sollte er ihr eine Haarlocke aus ihrem Haare, die Zunge und etwas Blut mitbringen oder ihr schicken.

Der Mann ließ sich auch dazu herbei und machte sich auf den Weg nach Deutschland.

Von seiner Reise wird früher nichts berichtet, als bis er zur Halle des Königs kam. Er traf den König vor derselben an und bat ihn sogleich, daß er ihm erlauben möchte, sich während des Winters bei ihm aufzuhalten.

Der König aber sagte, daß er ihn nicht aufnehmen oder ihm nicht gestatten wolle, den Winter bei ihm zuzubringen, bevor er nicht mit der Königin gesprochen habe.

Der Mann, der sich Raudur (d. i. Rother) nannte, begann nun spöttisch zu lächeln und meinte, er wolle nicht bei ihm während des Winters zu Gaste sein, wenn er nicht über etwas so Geringes allein bestimmen könne; er werde lieber zu anderen Königen gehen und es in allen Ländern erzählen, daß er nicht den Muth habe, ihn aufzunehmen, ohne erst allerlei Umstände zu machen. Durch diese Drohung ließ sich der König einschüchtern und gewährte Raudur die Bitte.

Als der König bald darauf mit der Königin zu sprechen kam, sagte er ihr, daß er gegen ihre Bedingung und ihren Willen gehandelt habe, indem er einem Manne Winteraufenthalt bei sich gewährt habe.

Dies mißfiel der Königin sehr, sie sagte jedoch, daß es nichts helfe, darüber zu reden, nachdem dies einmal geschehen sei, und es müsse nun schon so bleiben; aber ihr Geist verkündige ihr, daß er dies einmal sehr bereuen werde.

Nach Verlauf einer kurzen Zeit wurde es offenbar, daß die Königin schwanger sei. Und als der Augenblick kam, da sie gebären sollte, ließ man es nicht an Hebammen fehlen. Die Geburt ging jedoch sehr schwer von Statten, so zwar, daß die Hebammen rathlos waren und sagten, sie könnten nicht helfen.

Der König wurde darüber sehr betrübt, was außer den Uebrigen auch Raudur bemerkte. Derselbe erbot sich, der Königin helfen zu wollen, und der König gab hiezu seine Einwilligung.

Als Raudur zur Königin hinein kam, hieß er die Hebammen und alle Anderen, welche zugegen waren, sich zu entfernen. Hierauf steckte er ihr einen Schlafdorn, brachte das Kind zur Welt, und es war ein Knabe. Rasch entschlossen schnitt sodann Raudur dem Knaben ein Ohr ab, steckte dasselbe der schlafenden Mutter in den Mund, öffnete ein Fenster und warf das Kind durch dasselbe hinaus.

Hierauf lief er zum Könige und bat ihn zu kommen. Als sie zur Königin kamen, stellte sich Raudur sehr erstaunt, daß das Kind verschwunden sei, und zeigte dem König das Ohr im Munde der Mutter, welche nun langsam erwachte und von Allem nichts wußte.

Der König war, wie man sich leicht denken kann, darüber sehr betrübt. Als aber Raudur erklärte, daß die Königin das

Kind gegessen habe und daher zum Tode verurtheilt werden müsse, sagte der König, daß er sich dazu für keinen Fall herbeilassen werde, da er die Königin über Alles liebe.

Raudur schien es daher am Besten zu sein, die Sache nicht weiter zu betreiben; er gelangte bei dem Könige zu hohem Ansehen, weil er die Königin gerettet habe.

Die Königin wurde bald ein zweites Mal schwanger, und es geschah wieder genau sowie früher. Sie konnte nicht gebären, Raudur wurde gerufen, er schläferte die Königin ein, brachte das Kind zur Welt, welches ein Mädchen war, trennte ihm die kleine Zehe ab und warf es zum Fenster hinaus. Hierauf steckte er die Zehe der Königin in den Mund, rief den König herbei, erhob dieselbe Anklage wie früher, und verlangte, daß die Königin zum Tode verurtheilt werde. Seine Vorstellungen blieben abermals fruchtlos; denn der König sagte, daß er ohne die Königin nicht leben wolle, da er von unbesiegbarer Liebe zu ihr erfüllt sei.

Die Königin wurde zum dritten Male guter Hoffnung, und als sie gebären sollte, ereignete sich wieder genau dasselbe wie früher. Das Kind war ein Knabe, und Raudur schnitt demselben einen Finger ab, und steckte ihn der Königin in den Mund. Raudur sagte jetzt, es wäre offenbar, daß sie eine Menschenfresserin sei; der König hätte die größte Schande von ihr, und man dürfe sie nicht am Leben lassen.

Der König sagte, daß er es nicht über sich bringen könne, sie selbst zu verurtheilen; deshalb möge Raudur, der sein angesehenster Rathgeber geworden war, selbst das Urtheil über die Königin fällen. Sein Urtheil aber war, daß zwei Knechte sie in den Wald hinausführen und dort ermorden sollten; dazu gab auch der König seine Einwilligung. Raudur trug den Knechten auf, ihm eine Locke aus dem Haare der Königin, ihre Zunge und Blut in einem Horne als Zeichen der vollbrachten That zu bringen.

Obgleich die Knechte sich diesem Auftrage nicht widersetzten, gingen sie doch nur gezwungen an den Vollzug derselben; denn Vilfridur hatte sich die Liebe aller Leute erworben.

Als sie eine kurze Strecke weit in den Wald gekommen waren, berathschlagten sie untereinander, wie sie die Königin tödten sollten. Da gab ihnen diese selbst den Rath, sie sollten eine Locke aus ihrem Haare schneiden, eine Hündin, die ihnen gefolgt war, tödten, derselben die Zunge ausreißen, und etwas von ihrem Blut in das Horn fließen lassen, damit Raudur Alles sehen könne, was er von ihnen verlangt habe. Nachdem sie dies auch gethan hatten, ließen sie die Königin in den Wald entkommen, sie selbst aber kehrten zurück nach der Halle des Königs, wo sie gute Aufnahme fanden.

Als die Königin sich von den Knechten getrennt hatte, irrte sie den ganzen Tag im Walde umher und konnte nirgends Schutz finden, so daß sie zu fürchten begann, unter großen Leiden das Leben verlieren zu müssen.

Als es bereits ganz dunkel geworden war, kam sie zu einer Hütte, welche nicht allzuklein war und ein recht sauberes Aussehen hatte. Sie klopfte an die Thüre; ein sehr stattlich gebauter Mann öffnete dieselbe. Als er die Königin erblickte, sagte er, es komme selten vor, daß solche Gäste ihn besuchten, und hieß dieselbe willkommen.

Königin Vilfridur ging mit dem Manne in die Hütte, und sie sah hier, daß Alles sehr reinlich war und Wohlstand verrieth. Sie erhielt reichliche und gute Speise, um ihren Hunger zu stillen, und schlief in der Nacht in einem behaglichen und warmen Bette.

Als sie des Morgens das Bett verlassen hatte, brachte ihr der Mann Stoff und Nähzeug, und bat sie zum Zeitvertreib Kleider für Kinder zuzuschneiden und zu nähen; er selbst aber ging fort, um dasjenige herbeizuschaffen, was sie zum Leben benöthigten. So blieb die Königin lange Zeit bei dem Manne und war mit ihrem neuen Lose ganz zufrieden.

Bald nach dem Verschwinden der Königin wurde die Klage laut, daß von der Heerde des Königs viele Thiere stürben und abhanden kämen. Wie nun der König nach dem vermeintlichen Tode der Königin keine Freude am Leben mehr hatte und sich die Zeit mit Jagen zu vertreiben suchte, so schlug er eines Tages dem Raudur vor, mit ihm auf die Jagd zu gehen, um nach= zuforschen, ob es nicht irgend ein Raubthier sei, welches der Heerde Schaden bringe.

Sie begaben sich ganz allein in den Wald und kamen so tief in denselben hinein, daß sie sich verirrten und nicht mehr wußten, welche Richtung sie einschlagen sollten, um wieder hinaus zu kommen. Sie gingen und liefen, fanden aber doch nicht aus dem Walde hinaus. Als der Tag sich zu neigen begann, waren sie erschöpft und müde; die Nacht brach an und der Hunger begann sie zu quälen; sie aber wußten sich nicht zu helfen.

Endlich glaubten sie in nicht allzuweiter Entfernung ein Haus zu erblicken, und sie gingen auf dasselbe zu. Sie hofften ganz sicher, daß dort Menschen wohnen würden, und waren darüber sehr erfreut. Als sie bei dem Hause ankamen, klopften sie an die Thür. Es dauerte nicht lange, so kam ein Mann heraus, der von großer und stattlicher Erscheinung war. Sie grüßten denselben, und er dankte ihnen. Hierauf baten sie ihn, er möchte ihnen erlauben, die Nacht über hier zu bleiben, da sie vor Müdigkeit ganz erschöpft seien.

Er sagte, dem Könige möge sein Haus und die Gast= freiheit, die er ihm angedeihen lassen könne, willkommen sein; Raudur aber erhalte Eintritt nur unter der Bedingung, daß er seine Lebensgeschichte erzähle. Dies versprach denn dieser auch.

Der Mann ließ sie sodann mit sich in das Haus kommen. Es war ein sehr reinliches, hübsches Haus, in welches sie eintraten; über dem Feuer befand sich ein Kessel, der mit Wasser angefüllt war. Der Mann bat den König, sich niederzusetzen, wo es ihm behage; für Raudur aber brachte er einen Stuhl und hieß ihn, sich auf denselben setzen. Hierauf steckte er Raudur einen großen Ring an die Hand und forderte ihn auf, sogleich seine Lebens= geschichte zu erzählen.

Raudur begann dieselbe und fuhr in der Erzählung ohne Anstand fort, bis er zu seinem Vorgehen gegen die Königin kam; da aber wollte er von der Wahrheit abweichen und begann Lügen zu berichten und Manches auszulassen. Der Mann aber sagte:

> „Drücke ihn, rother
> Ring, und es sollen
> Die Spitzen ihn stechen,
> Spricht er nicht Wahres!"

Bei diesen Worten drückte ihn der Ring an der Hand, und die Spitzen stachen so fest aus dem Stuhle heraus, daß Raudur sich alle Mühe gab, nur Wahres zu berichten, denn dann gab der Ring nach und die Spitzen hörten auf zu stechen. Obgleich Raudur noch mehrere Male lügen wollte, konnte er es doch nicht; denn der Mann peinigte ihn auf die eben erzählte Art so lange, bis Raudur Alles sagte, wie es sich wirklich zuge= tragen hatte.

Während Raudur seine Lebensgeschichte erzählte, begann der König allgemach sehr unruhig zu werden.

Als Jener mit seiner Erzählung zu Ende war, fragte der Mann, was für ein Urtheil der König über Raudur fällen werde; denn es sei nun an den Tag gekommen, welchen Mann er bei sich aufgenommen, und wie sich dieser betragen habe.

Der König war vor Betrübniß und Zorn lange ganz außer sich und sagte, daß er über Raudur kein angemessenes Urtheil sprechen könne; denn gegen ein solches Verbrechen sei in seinen Gesetzen nicht vorgesehen.

Der Mann fragte, ob er seine Meinung sagen dürfe.

Der König antwortete, daß er dieselbe gerne anhören wolle.

Der Mann machte nun den Vorschlag, daß man Raudur sogleich mit dem Kopfe in den Kessel mit dem siedenden Wasser stecke, und der König gab seine Zustimmung.

Ohne lange zu zögern, ergriff der Mann Raudur und stieß ihn kopfüber in den Kessel, so daß er alsbald seinen Geist aufgab.

Der Mann bat hierauf den König, er möchte ihm in ein anderes Zimmer folgen, und hier sah der König ein ungemein schönes Weib.

Da sagte der Mann, die Frau, die er hier sehe, sei keine andere als seine Königin; da er aber nicht erwartet habe, sie zu sehen, habe er selbst sie auch nicht erkannt.

Da gab es große Freude des Wiedersehens. Hierauf ging der Mann in ein abseits gelegenes Zimmer und brachte aus demselben drei Kinder herbei, zwei Knaben und ein Mädchen. Da zeigte es sich, daß dies die Kinder des Königs waren; dem einen Knaben fehlte ein Ohr, dem andern ein Finger, und dem Mädchen fehlte eine kleine Zehe. Die Eltern waren vor Freude ganz sprachlos und verstanden nicht, wie dies Alles zusammenhänge.

Da erzählte der Mann, er sei in der Nähe der königlichen Halle gewesen, als Raudur die Kinder aus dem Fenster warf, und habe Sorge getragen, daß sie keinen Schaden erlitten.

Der König fragte den Mann, was er für all dies zum Lohne haben wolle.

Dieser antwortete, er wünsche sonst nichts, als daß sie ihre Tochter bei ihm ließen.

Obwohl es für ein junges Mädchen nicht angenehm war, bei ihm leben zu müssen, und der König und die Königin lieber jede andere Belohnung vorgezogen hätten, so sagten sie doch, daß dies selbstverständlich sei, wenn er es so wünsche.

Sie blieben hierauf noch so lange in der Hütte des Mannes, bis der König sich ausgeruht und seine Kräfte wieder erlangt hatte. Sodann kehrte derselbe mit der Königin und seinen beiden Söhnen heim nach der Halle, die Tochter aber blieb zurück bei ihrem Ziehvater.

Es vergingen mehrere Jahre, und die Königstochter ward zu einem erwachsenen Mädchen. Da bat einmal der Mann dasselbe, es möchte bei ihm in seinem Bette schlafen. Das Mädchen willigte gerne ein, denn es liebte ihn sehr. Als es aber des Morgens erwachte, sah es, daß ein schöner Königssohn neben ihm lag. Derselbe sagte, sie solle nicht thun, als ob sie ihn nicht kennete; er sei nur verzaubert gewesen.

Hierauf verließen sie die Hütte und begaben sich nach der Halle des Königs. Man braucht nicht darnach zu fragen, wie sie hier aufgenommen wurden, oder zu zweifeln, daß der König und die Königin sich glücklich fühlten, als sie erfuhren, wie Alles sich verhielt. Es wurde ein kostbares Gastgebot veranstaltet und die Hochzeit des jungen Paares gefeiert.

Der König und Vilfridur lebten lange in allem Glücke, und der Königssohn zog mit seinem Weibe heim in seine Heimat. Sie bekamen Kinder und allerhand Schätze, und jetzt ist das Märchen zu Ende.

XX. Ullarvindill.

Es waren einmal ein König und eine Königin in ihrem Reiche; sie hatten eine Tochter, welche Ingibjörg hieß.

Es lebte auch ein alter Mann mit seinem alten Weibe in einer schlechten Hütte; diese hatten einen Sohn, welcher Ullarvindill hieß.

Der König liebte seine Tochter über Alles und meinte keinen Mann finden zu können, der ihr ebenbürtig wäre. Um die Freier abzuschrecken, ließ er verkünden, daß er seine Tochter nur Demjenigen zum Weibe geben werde, der einen Sack mit Worten anfüllen könne.

Da wagte es Niemand um die Königstochter zu freien, denn Keiner wußte, wie man einen Sack mit Worten anfüllen könne.

Der Häuslerssohn in der schlechten Hütte hatte gleich den Anderen von der Kundmachung des Königs gehört. Er ging eines Tages zu seiner alten Mutter und bat sie, ihm ihre Scheere und ihre Nadel zu borgen.

Sie fragte ihn, was er denn damit thun wolle.

Er wolle damit in das Königreich gehen und sehen, ob nicht die Königin und die Königstochter diese Dinge haben möchten, gab er zur Antwort.

Die Mutter lächelte über das Vorhaben ihres Sohnes und gab ihm die Scheere und die Nadel. Hierauf ging Ullarvindill zu dem Vater und bat ihn, er möge ihm seine Art borgen.

Der Alte fragte, was er damit beginnen wolle.

Er wolle sie dem König geben, erwiederte der Sohn.

Der Vater gab ihm die Art und Ullarvindill wanderte nun mit den drei Gegenständen in das Königreich. Er kam in den

Thurm der Königstochter und sah, daß diese nähte. Er schaute
ihr eine kurze Weile zu, dann sagte er:

„Meine Mutter macht es nicht so, wenn sie näht."

„Wie macht es denn Deine Mutter, wenn sie näht?"
fragte die Königstochter.

„Sie legt nur die Nadel hin, dann näht diese von selbst"
sagte er.

„Verschaffe mir dann die Nadel, armer Teufel!" sagte
darauf die Königstochter.

„Was bekomme ich dafür?" fragte Ullarvindill.

„Was willst Du?" entgegnete sie.

„Bei Dir schlafen", antwortete er.

„Entferne Dich von hier!" rief die Königstochter.

„Ja, ja" sagte Ullarvindill, „ich muß schon meine Nadel
selbst behalten; es liegt mir wenig daran, ob ich sie los werde
oder nicht."

„Wohlan, denn! Komm hierher!" sagte die Königstochter
und gewährte ihm, was er verlangte.

Er gab ihr hierauf die Nadel. Sodann ging er zu der
Königin; dieselbe war eben damit beschäftigt, Kleider zuzuschneiden.

„Meine Mutter macht es nicht so, wenn sie zuschneidet",
sagte er.

„Wie macht sie es denn?" fragte die Königin.

„Sie legt nur die Scheere darauf und dieselbe schneidet
dann von selbst zu."

„Verschaffe mir dann die Scheere, armer Teufel!" sagte
die Königin.

„Was bekomme ich dafür?" fragte Ullarvindill.

„Was Du verlangst", sagte die Königin.

„Ich verlange nichts Anderes, als daß Du mich bei Dir
schlafen läßt", sagte er.

„Das wird nie geschehen", rief die Königin entrüstet.

„Gut, so werde ich meine Scheere selbst behalten", antwortete er darauf; „es liegt mir wenig daran, ob ich sie los werde oder nicht."

„Wohlan denn!", sagte die Königin, „es darf es aber Niemand wissen, daß ich Dir dies gewährt habe, Du Schlingel!"

Hierauf gab er ihr die Scheere. Von der Königin weg begab er sich in den Wald, wo der König Holz fällte. Er schaute dem Könige eine Weile zu und sagte dann:

„Mein Vater macht es nicht so, wenn er Holz fällt".

„Wie macht er es denn?" fragte der König.

„Er legt die Art nur an, und dann haut sie von selbst", sagte Ullarvindill.

„Verschaffe mir dann diese Art!" sagte der König.

„Was bekomme ich dafür?" fragte Jener.

„Sage mir, was Du willst", entgegnete der König.

„Ich will nichts Anderes, als daß Du die Krone abnimmst und mir den bloßen Hintern küßt", sagte Ullarvindill.

„Das wird niemals geschehen", sagte der König.

„Ja, ja", sagte Jener, „das ist nichts für mich; ich muß schon meine Art selber behalten; es liegt mir wenig daran, ob ich sie los werde oder nicht.

Hierauf stellte er sich, als ob er fortgehen wollte. Da rief ihn der König zurück und sagte:

„Höre, Du Schelm! Ich werde deshalb nicht schlechter, wenn ich auch thue, was Du sagst, falls Du mir die Art gibst; wir zwei sind ja hier ganz allein; aber es darf Niemand etwas davon erfahren."

Der König that nun, was Ullarvindill von ihm verlangt hatte, und dieser gab ihm die Art. Hierauf begab sich der Häuslerssohn heim in die Hütte und erzählte seinen Eltern Alles, was er den Tag über gethan und erlebt 'hatte. Er bat sie sodann, am nächsten Morgen mit ihm in das Königreich zu geben, und lehrte sie, was sie zu ihm sagen sollten, wenn sie dahin gekommen wären. Er, sagte er, werde darauf antworten, wie er wolle.

Am nächsten Tage gingen sie alle Drei in das Königreich.

Sie traten aber erst in die Halle ein, als bereits der König, die Königin, die Königstochter und alle Hofleute darin versammelt waren und bei Tische saßen. Zuerst standen sie in einiger Entfernung schweigend da; bald aber rief die Mutter Ullarvindill's mit lauter Stimme:

„Ullarvindill, mein Sohn, was machtest Du mit meiner Nadel? — Hier lege ich Worte in den Sack!“

„Ich gab sie der Königstochter“, sagte Ullarvindill.

„Und was hat sie Dir dafür gegeben?“ fragte die Alte; „hier lege ich Worte in den Sack.“

„Ich habe bei ihr geschlafen“, antwortete Jener.

„Und was machtest Du mit meiner Scheere?“ fragte die Mutter weiter; „hier lege ich Worte in den Sack.“

„Ich gab sie der Königin“, sagte Ullarvindill.

„Was hat sie Dir dafür gegeben?“ fragte die Alte; „hier lege ich Worte in den Sack.“

„Ich habe bei ihr geschlafen“ sagte Jener.

Der König stutzte nicht wenig, als er dies hörte; die Königin und die Königstochter aber saßen von Schamröthe übergossen da.

„Ullarvindill, mein Sohn“, rief jetzt der alte Häusler, „was machtest Du mit meiner Axt? — Hier lege ich Worte in den Sack.“

„Ich gab sie dem Könige“, antwortete Ullarvindill.

„Und was hat er Dir dafür gegeben?“ fragte der Alte; „hier lege ich Worte in den Sack“.

„Er hat die Krone abgenommen und mir —“

„Halt, halt, der Sack ist voll, der Sack ist voll!“ rief da plötzlich der König. Und obschon er auf Ullarvindill sehr erzürnt war, dachte er doch bei sich, daß ihm nichts Anderes übrig bleiben werde, als dem Burschen seine Tochter zu geben, da derselbe ihr solche Schande bereitet hatte und überhaupt ein schlauer Schelm war; im Grunde konnte er ja gegen Mutter und Tochter nicht hart verfahren, da er sich selbst einer That bewußt war, über die er sich schämen mußte, und die ebenso gut bekannt werden konnte wie das Andere.

Der König nahm Ullarvindill zu sich und begann ihn zu unterrichten; und obgleich er Anfangs strenge gegen ihn war, so dauerte es doch nicht lange, denn Ullarvindill gewann bald die Freundschaft des Königs durch seinen Scharfsinn, seinen Gehorsam und andere männliche Tugenden, welche er besaß.

Hierauf erhielt er die Königstochter sammt der Hälfte des Reiches, so lange der König lebte, und das ganze Reich nach seinem Tode. Er regierte dasselbe mit großer Klugheit. Der alte Mann und das alte Weib in der schlechten Hütte hatten jetzt Ueberfluß an Allem und lebten dort ihr Leben lang glücklich und zufrieden.

XXI. Ring, der Königssohn.

Es waren einmal ein König und eine Königin in ihrem Reiche; sie hatten eine Tochter, welche Ingibjörg hieß und einen Sohn Namens Ring. Dieser war nicht so muthig, wie es sonst die Söhne der vornehmen Leute zu jener Zeit zu sein pflegten, und verstand sich auch nicht auf ritterliche Künste.

Als Ring zwölf Jahre alt war, ritt er eines schönen Tages mit seinem Gefolge in den Wald hinaus, um sich zu erlustigen. Sie ritten lange, bis sie eine Hindin erblickten, welche goldene Ringe auf dem Geweih hatte. Der Königssohn wollte die Hindin fangen und sie verfolgten daher dieselbe so lange, bis sie alle ihre

Pferde zu Tode geritten hatten und endlich auch das Pferd des Königsfohnes todt zusammenstürzte.

Da fiel plötzlich so finsterer Nebel ein, daß sie die Hindin nicht mehr sehen konnten. Sie hatten sich sehr weit von allen Menschenwohnungen entfernt und wollten jetzt umkehren; allein sie hatten sich verirrt. Sie gingen nun zuerst alle zusammen, bis jeder von ihnen einen anderen Weg für den richtigen hielt, und sie trennten sich daher und gingen Jeder nach einer anderen Richtung weiter.

Der Königssohn ging ebenfalls irre und wanderte umher ohne zu wissen wohin, bis er zu einem kleinen offenen Platze im Walde kam, der nicht weit vom Meere entfernt war. Hier sah er ein Weib auf einem Stuhle sitzen, neben dem sich ein großes Faß befand. Der Königssohn schritt auf das Weib zu und begrüßte es höflich, worauf dasselbe seinen Gruß freundlich erwiederte. Er blickte in das Faß hinein und sah auf dem Boden desselben einen überaus schönen goldenen Ring liegen. Da wurde er von einer unbezwinglichen Begierde erfüllt, diesen Ring zu besitzen, von dem er die Augen nicht abwenden konnte.

Das Weib bemerkte dies und sagte, es sehe, daß er große Lust nach dem Ringe habe, der in dem Faße liege.

Dies sei auch der Fall, entgegnete der Königssohn.

Das Weib sagte hierauf, daß er denselben erhalten solle, wenn er sich die Mühe nehmen würde, ihn aus dem Faße hervorzuholen.

Der Königssohn begann nun sich in das Faß hinein zu strecken, welches ihm nicht sonderlich tief zu sein schien, und wollte sich beeilen, den Ring herauszunehmen; aber je mehr er sich streckte, desto tiefer wurde das Faß. Als er zur Hälfte über die Kante des Fasses gebeugt war, stand das Weib auf, stürzte ihn kopfüber in das Faß und sagte, daß er darin bleiben solle. Hierauf verschloß sie das Faß und rollte es hinaus in's Meer.

Der Königssohn fühlte nun wenig Behagen. Er merkte, daß das Faß sich vom Lande entfernte und lange von den Wogen umhergetrieben wurde; wie viele Tage aber dies dauerte, wußte er nicht. Endlich merkte er, daß dasselbe gegen einen Felsen stieß; er war darüber sehr erfreut, denn er dachte, daß es Land, nicht etwa eine Klippe, sei. Er kam auf den Gedanken, den Boden des Fasses mit den Füßen auszustoßen, denn er konnte etwas schwimmen.

Er that dies auch, obschon er fürchtete, daß er das Land nicht erreichen werde; da aber flache und niedrige Felsen in das Meer hinausragten, so gelang es ihm doch an's Land zu kommen. Hier waren aber hohe Berge und es schien ihm schwierig zu sein, landeinwärts zu kommen; er ging eine Strecke weit am Fuße der Berge hin und versuchte sodann emporzuklettern, was er schließlich auch zu Stande brachte. Als er die Höhen erreicht hatte, blickte er um sich und sah, daß es eine Insel war; dieselbe war mit Wald bewachsen und schien ihm sehr fruchtbar zu sein; es wuchsen auf derselben gute Aepfel zum Essen und er fand, daß es hier allem Anscheine nach ganz behaglich zu leben sein müsse.

Als er einige Tage hier geweilt hatte, hörte er im Walde ein starkes Gedröhn; da begann er sich sehr zu fürchten und lief in den Wald um sich zu verbergen. Er sah aber alsbald einen großen Riesen mit einem Schlitten daherkommen, der gerade auf ihn zuging; da blieb ihm nichts Anderes übrig, als sich niederzuwerfen, wo er stand. Als der Riese ihn fand, blieb er eine Weile vor ihm stehen und blickte ihn an; hierauf nahm er ihn auf die Arme, trug ihn mit sich nach Hause und war überaus freundlich gegen ihn; daheim übergab er den Knaben seinem Weibe, welches so alt war, daß es im Bette liegen mußte.

Er erzählte demselben, daß er dieses Kindlein im Walde gefunden habe, und sagte, daß es dasselbe eine Woche lang bei sich behalten solle.

Das Weib war darüber sehr erfreut und streichelte dem
Königsjohne die Wangen und sprach sanfte, freundliche Worte
zu ihm. Er verblieb nun bei ihnen, war willig und folgsam in
Allem, was sie ihn thun hießen, und die beiden alten Leute
waren überaus gut gegen ihn.

Eines Tages zeigte der Riese dem Königsjohne alle seine
Zimmer und Verschläge mit Ausnahme der Küche; da bekam
Ring große Lust auch diese zu sehen; denn er glaubte, daß darin
seltene Kostbarkeiten verborgen seien. Als daher der Riese eines
Tages im Walde draußen war, versuchte er in die Küche zu
kommen, konnte jedoch die Thüre nur zur Hälfte öffnen; er sah,
daß sich darin etwas Lebendes schüttelte, hin und her lief und
hörte auch, daß es etwas sprach. Da taumelte der Königsjohn
entsetzt von der Thüre zurück, schlug dieselbe wieder zu und pißte
aus Schrecken in die Hosen. Als die Furcht vorüber war, öffnete
er abermals die Thüre, denn er hätte gerne gehört, was das
lebende Wesen sagte; allein es geschah dasselbe wie früher. Da
wurde der Königsjohn über sich selbst ärgerlich, faßte Muth, so
gut er konnte, und machte zum dritten Male den Versuch, in die
Küche zu sehen. Er sah jetzt einen zottigen Hund, welcher zu
ihm sagte:

„Nimm mich, Ring, Königsjohn!"

Ganz erschreckt eilte er zurück und dachte bei sich: „Das
ist ja kein so kostbarer Gegenstand;" die Worte des Hundes aber
konnte er gleichwohl nicht vergessen.

Er blieb noch eine Zeitlang bei dem Riesen, bis dieser
eines Tages zu ihm kam und sagte, daß er ihn jetzt von der
Insel auf das Festland bringen wolle, denn er werde nicht mehr
lange auf derselben leben. Er dankte auch dem Königsjohne für
seine guten Dienste und sagte, derselbe könne sich nun was immer
für einen Gegenstand, den er besitzen möchte, aus seiner Habe
wählen, er werde ihm denselben ohne Weiteres geben.

Ring dankte ihm dafür und sagte, daß er durchaus keinen Lohn verdient habe; wenn er ihm aber schon etwas geben wolle, so wähle er dasjenige, was sich in der Küche befinde.

Da wurde der Riese sehr niedergeschlagen und sagte:

„Du wähltest da meines alten Weibes rechte Hand; ich will jedoch mein Wort nicht brechen.‟

Hierauf holte er den Hund. Als dieser in einem mächtigen Satze und voll Freude dahergesprungen kam, fürchtete sich der Königsjohn so sehr, daß er kaum wieder Muth fassen konnte.

Der Riese ging hierauf mit ihm zum Meere hinab und sie stiegen hier in ein steinernes Boot, welches so klein war, daß es kaum für sie Beide und den Hund Raum bot. Als sie an's Land gekommen waren, nahm der Riese von Ring freundlich Abschied und sagte, daß er ihm dasjenige, was sich auf der Insel befinde, als Erbe hinterlassen werde; er solle es in einem halben Monate holen; denn dann werde weder er noch sein Weib mehr am Leben sein.

Der Königsjohn dankte ihm für seine Güte und hierauf schieden sie von einander. Der Riese ruderte wieder zurück nach der Insel, der Königsjohn aber ging landeinwärts. Er wußte ganz und gar nicht, in welchem Lande er war, und wagte es auch nicht, den Hund anzusprechen.

Als sie eine Weile so dahingegangen waren, sprach endlich der Hund selbst ihn an und sagte:

„Du scheinst mir nicht sehr neugierig zu sein, da Du nicht einmal nach meinem Namen frägst.‟

Da fragte der Königsjohn stammelnd:

„Wie heißt Du?‟

Der Hund antwortete:

„Es ist am besten für Dich, Du nennst mich Snati-Snati. Wir kommen jetzt in ein Königreich und da sollst Du den König bitten, daß er Dir den Winter über Aufenthalt bei sich gewähre und Dir für uns Beide ein kleines Schlafgemach überlasse.‟

Der Königsfohn verlor nun allmählich die Furcht vor dem Hunde. Er kam in das Königreich und bat den König, daß er ihm den Winter über Aufenthalt bei sich gewähre, was dieser ihm auch sogleich bewilligte.

Als die Leute des Königs den Hund sahen, fingen sie an zu lachen und wollten ihn necken. Sowie aber der Königsfohn dies bemerkte, sagte er:

„Ich möchte Euch rathen, meinen Hund nicht zu necken; es könnte Euch sonst übel bekommen."

Da machten die Leute sich über ihn lustig. Ring bekam eine Herberge und es dauerte nicht lange, so hatte der König ihn sehr lieb gewonnen und achtete ihn mehr als alle Andern.

Der König hatte einen Rathgeber, welcher Raudur hieß. Als dieser sah, daß Ring vom König so hoch geachtet wurde, ward er von Neid gegen diesen erfüllt. Er kam eines Tages zum König und sagte, er könne nicht begreifen, was all' die Aufmerksamkeit zu bedeuten habe, welche er Ring erweise; derselbe habe sich ja, seit er hier sei, in keiner Weise vor den Uebrigen durch besondere Thaten oder Künste hervorgethan.

Der König sagte, es sei ja noch nicht lange her, daß Ring gekommen sei.

Raudur schlug nun vor, daß der König sie am nächsten Tage beide in den Wald hinaus gehen und Bäume fällen heiße, damit es sich zeige, wer von beiden die meisten fällen würde·

Dies hört Snati-Snati und erzählte es Ring. Er rieth ihm zugleich, den König zu bitten, daß er ihm zwei Aexte borge für den Fall, daß die eine entzweibrechen sollte.

Am nächsten Morgen forderte der König Raudur und Ring auf, in den Wald zu gehen und Bäume zu fällen.

Sie waren beide gleich dazu bereit. Ring bekam zwei Aexte und sie gingen hierauf jeder seinen Weg.

Als Ring in den Wald hinausgekommen war, nahm Snati
die eine Axt und begann zugleich mit Ring Bäume zu fällen.
Abends kam der König, wie Raudur es verabredet hatte, um
zu sehen, wie viel jeder von ihnen gearbeitet habe. Da war
der Holzhaufen des Ring um mehr als das Doppelte größer
als der des Raudur.

Der König aber sagte:

„Ich wußte es ja, daß Ring kein unnützer Schwächling
ist, und niemals habe ich ein solches Tagewerk gesehen."

Ring genoß nun ein noch größeres Ansehen bei dem Könige
als früher. Raudur aber war über all' dies höchst mißvergnügt.
Eines Tages kam er wieder zum König und sagte:

„Da Ring schon ein gar so tüchtiger Mann ist, solltest Du
ihn doch bitten, daß er die beiden Opferstiere draußen im Walde
tödte, sie am selben Tage noch abhäute und Dir Abends die
Hörner und Bälge überbringe."

Der König antwortete:

„Scheint es Dir nicht, daß dies dasselbe ist, als wenn Du
ihn in den Tod schickst, da die Stiere so wild sind, daß es noch
Niemand wagte, sich ihnen zu nahen?"

Raudur antwortete, daß Ring ja nur einmal sein Leben
verlieren könne; es wäre ein Spaß, ihn auf die Probe zu stellen,
und der König sei dann noch mehr berechtigt als früher, ihn
zu ehren, wenn er die Stiere überwunden habe.

Der König ließ sich endlich doch überreden, obwohl er es
nur sehr ungern that, und bat eines Tages Ring, in den Wald
zu gehen, die Stiere zu tödten, welche sich dort befänden, und
ihm Abends die Hörner und Bälge derselben zu überbringen.

Ring wußte nichts von der Wildheit der Stiere und war
sogleich bereit des Königs Wunsch zu erfüllen. Er ging in den
Wald hinaus; Raudur aber war darüber sehr erfreut und
rechnete Ring bereits zu den Todten.

Als Ring die Stiere erblickte, kamen dieselben brüllend auf
ihn los; der eine von ihnen war überaus groß, der andere
jedoch kleiner. Nun begann Ring sich sehr zu fürchten. Da
sagte Snati:

„Wie gefällt Dir dies jetzt?"

„Schlecht", antwortete Ring.

Snati sagte:

„Es bleibt nun nichts Anderes übrig, als sie anzugreifen;
geh' Du gegen den kleineren, ich will es mit dem großen aufnehmen."

Nach diesen Worten lief der Hund sogleich gegen den
großen Stier, und es dauerte nicht lange, so hatte er denselben
überwunden.

Der Königssohn ging bebend vor Furcht dem kleineren
Stier entgegen und als Snati hinzukam, hatte der Stier ihn
bereits zu Boden geworfen; der Hund brachte ihn jedoch sogleich
in Sicherheit und überwand auch den kleinen Stier. Hierauf
zog jeder seinem Thiere die Haut ab, und als Snati den großen
bereits vollständig abgehäutet hatte, war Ring mit dem kleinen
erst bis zur Hälfte gekommen.

Als sie nun Abends mit ihrer Arbeit fertig waren, fühlte
Ring, daß er nicht die Kraft habe, um die Hörner und Häute
zu tragen. Da sagte Snati, er solle dieselben nur auf seinen —
Snati's — Rücken werfen; er werde sie schon bis zum Thore
der Stadt hintragen.

Der Königssohn that hierauf, wie der Hund sagte, und lud
Alles auf dessen Rücken, mit Ausnahme der Haut von dem
kleinen Stiere, welche er selbst trug. All dies ließ er an dem
Stadtthore zurück, ging hierauf zum König und bat ihn, mit
ihm zu kommen, worauf er ihm die Hörner und Häute übergab.

Der König bewunderte Ring's Heldenmuth, sagte, daß es
nicht seines Gleichen gebe und dankte ihm für die Arbeit, die
er ihm da besorgt habe. Er ließ ihn hierauf an seiner Seite

sitzen und Ring wurde von Allen hochgeschätzt. Selbst Raudur konnte nicht umhin, ihn für den größten Kämpen anzusehen, brütete aber doch stets über dem Plane, ihn aus dem Wege zu schaffen.

Da kam Raudur eines Tages ein guter Gedanke. Er ging zum König und sagte, daß er etwas Wichtiges mit ihm zu sprechen habe.

Der König fragte, was es sei. Raudur sagte, es seien ihm nun wieder der gute goldene Mantel, das gute goldene Brettspiel und das gute lichte Gold eingefallen, welche Dinge dem König vor einigen Jahren abhanden gekommen seien.

Der König bat ihn, er möge ihn nicht an diesen Verlust erinnern.

Raudur aber fragte, ob der König nicht dieselben Gedanken habe, wie er.

Der König fragte:

„Was meinst Du damit?"

Raudur sagte, man könne sehen, daß Ring ein ausgezeich= neter Mann sei und Alles zu Stande bringe; deshalb sei er auf den Gedanken gekommen, dem Könige zu rathen, daß er Ring bitte, ihm diese Kleinodien aufzusuchen und noch vor Weihnachten zu bringen; als Lohn dafür solle er ihm seine Tochter ver= sprechen.

Der König entgegnete, er finde es unpassend, Ring um etwas Solches zu bitten, da er ihm nicht einmal einen Wink geben könne, wo er diese Gegenstände zu suchen habe.

Raudur stellte sich, als ob er nicht hörte, was der König sagte, und sprach solange in denselben hinein, bis er ihn endlich überredete, nach seinem Willen zu thun.

Einen Monat vor Weihnachten sprach der König mit Ring und sagte, daß er eine große Bitte an ihn zu richten habe.

Ring fragte, was es sei.

Der König sagte, er wolle ihm bitten, ihm den guten goldenen Mantel, das gute goldene Brettspiel und das gute ichte Gold, welche Dinge ihm vor einigen Jahren gestohlen worden seien, zu holen; wenn er dieselben noch vor Weihnachten zurück bringen könne, wolle er ihm seine Tochter zum Weibe geben.

Ring sagte:

„Wo soll ich nach diesen Dingen suchen?"

Der König entgegnete:

„Das mußt Du selbst herausfinden, denn ich weiß es nicht."

Ring entfernte sich und war sehr gedankenvoll; denn es schien ihm, daß er große Schwierigkeiten zu überwinden habe, während er andererseits doch auch gerne die Königstochter haben wollte.

Als Snati sah, daß sein Herr so rathlos war, sagte er zu ihm, er möge nicht verzweifeln wegen des Wunsches des Königs; er solle nur seinen Rath befolgen, denn sonst würde es ihm nicht gut ergehen.

Hierauf rüstete sich Ring zur Abreise und nahm Abschied vom Könige.

Als er sich nun auf den Weg machte, sagte Snati:

„Wandere in der ganzen Umgegend herum und verschaffe Dir so viel Salz als Du kannst."

Dies that der Königssohn und er bekam so viel Salz zusammen, daß er es nicht tragen konnte.

Da sagte Snati, er solle ihm den Sack auf den Rücken legen.

Ring that dies auch und der Hund lief nun dem Königs-sohne so lange voraus, bis sie zu einem großen Berge kamen.

„Da müssen wir hinauf", sagte Snati.

„Das wird keine leichte Sache sein", meinte der Königssohn.

„Halte Dich nur an meinem Schwanze fest", entgegnete Snati.

Hierauf sprang Snati mit Ring am Schwanze auf den niedersten Bergabsatz; da wurde Ring schwindelig.

Sodann sprang der Hund auf dem nächsten Absatz; da war Ring nahe daran, ohnmächtig zu werden.

Endlich sprang Snati mit dem Königssohne ganz auf den Berg hinauf, und nun wurde Ring ganz ohnmächtig.

Als der Königssohn nach einer Weile wieder zu sich ge= kommen war, gingen sie beide eine Zeit lang auf ebenen Strecken dahin, bis sie zu einer Höhle kamen. Es war dies am Weih= nachtsabend. Sie untersuchten dieselbe von außen und fanden ein Fenster, durch welches sie vier Riesen, zwei Männer und zwei Weiber, um das Feuer herum schlafen sahen, über welchem ein großer Breikessel hing.

„Streue nun das ganze Salz über den Brei", sagte Snati.

Ring that, wie der Hund ihm sagte, und nun erwachten alle vier Riesen. Das alte Riesenweib, welches am abscheulichsten von ihnen aussah, kostete zuerst den Brei und sagte:

„Nun ist der Brei versalzen; wie kann das sein? Ich zauberte gestern die Milch aus vier Königreichen hierher und dennoch ist sie jetzt versalzen!"

Gleichwohl begannen alle Vier den Brei zu verschlingen, und er schmeckte ihnen recht gut; als sie aber damit fertig waren, wurde das alte Riesenweib so durstig, daß es nahe daran war zu verschmachten; es bat daher seine Tochter, daß sie hin= ausgehen und von dem nahen Flusse Wasser holen möge.

„Ich gehe nicht einen Schritt weit", sagte das Riesen= mädchen, „wenn Du mir nicht das gute lichte Gold leihst."

„Eher will ich sterben", entgegnete das alte Riesenweib, „bevor Du es bekommst."

„So stirb denn", antwortete das Mädchen.

„Da nimm es, abscheuliche Dirne", sagte die Alte, „und beeile Dich, daß Du das Wasser bringst."

Das Mädchen nahm das Gold und lief hinaus; da leuchtete es über die ganze Strecke hin. Als aber das Mädchen zum Flusse kam, legte es sich flach auf die Erde nieder und begann zu trinken. Da liefen Ring und Snati vom Fenster weg und warfen das Mädchen in den Fluß, nachdem sie ihr das zuvor gute lichte Gold genommen hatten.

Der Alten schien die Tochter zu lange auszubleiben, und sie sagte, daß die Dirne wohl sicherlich mit dem lichten Golde auf der Ebene herum hüpfe. Sie sprach daher jetzt zu ihrem Sohne:

„Geh' Du hin und hole mir einen Trunk Wasser!"

„Ich gehe nicht einen Schritt weit", sagte dieser, „wenn Du mir nicht den guten goldenen Mantel giebst."

„Eher will ich sterben", sagte die Alte, „bevor Du den bekommst."

„So stirb denn", entgegnete ihr der Sohn.

„Da nimm ihn, Du abscheulicher Bursche", sagte die Alte, „beeile Dich aber, daß Du das Wasser bringst!"

Der Bursche nahm den Mantel um, und als er hinaus kam, leuchtete ihm derselbe auf seinem Wege. Er kam hierauf zu dem Flusse und wollte ebenso trinken wie seine Schwester. Da liefen Ring und Snati herbei, nahmen ihm den Mantel ab und warfen ihn in den Fluß.

Nun konnte es das alte Riesenweib nicht länger vor Durst aushalten und es bat deshalb seinen Mann, Wasser zu holen, und sagte, daß die Kinder gewiß draußen spielen; das habe es gleich geahnt, als es ihren Bitten nachgegeben habe.

„Ich gehe nicht einen Schritt weit", sagte der alte Riese, „wenn Du mir nicht das gute goldene Brettspiel giebst."

„Eher will ich sterben", sagte die Riesin, „bevor Du mir dieses bekommst."

„Dann magst Du meinetwegen abfahren", sagte der Mann, „wenn Du nicht einmal eine so geringe Bitte erfüllen willst."

„Da nimm es, abscheulicher Mensch", entgegnete die Riesin, „Du bist ebenso kindisch wie die Jungen."

Hierauf ging der alte Riese mit dem Brettspiel fort, kam zu dem Flusse und begann zu trinken. Da liefen Ring und Snati eiligst herbei, nahmen ihm das Brettspiel weg und warfen ihn in den Fluß. Bevor sie aber wieder zur Höhle zurück= gekommen waren, stieg das Gespenst des Riesen aus dem Flusse empor und kam auf sie zu. Snati lief demselben entgegen und faßte es an, ebenso auch Ring, obschon er beinahe wieder all seinen Muth verloren hatte. Sie überwanden den Riesen zum zweiten Male. Als sie jedoch zu dem Fenster zurückgekommen waren, sahen sie, daß das alte Riesenweib aus der Höhle zu kriechen sich anschickte. Da sagte Snati:

„Nun müssen wir hineingehen und versuchen, ob wir nicht mit ihr fertig werden können; denn wenn sie herauskommt, werden wir sie niemals überwinden können. Sie ist das schlimmste Riesenweib, welches auf Erden lebt, und kein Eisen kann sie verwunden. Nun soll der eine von uns kochenden Brei aus dem Kessel auf sie gießen, der andere aber sie mit glühendem Eisen kneipen."

Hierauf gingen sie in die Höhle. Als die Riesin Snati erblickte, sprach sie zu ihm:

„Du bist hieher gekommen, Ring, Königssohn? Du hast gewiß meinem Mann und meinen Kindern den Garaus gemacht!"

Snati ahnte sogleich, daß dies der Anfang zu einer Zauber= formel sei und fuhr mit einem glühenden Eisen auf sie los, welches er aus dem Feuer herausgenommen hatte; Ring aber begoß sie unablässig mit Brei, bis sie dieselbe endlich überwunden hatten.

Hierauf verbrannten sie sowohl das Riesenweib wie auch das todte Gespenst des alten Riesen, untersuchten die Höhle und fanden darin viel Gold und Kostbarkeiten, wovon sie das Beste auf den Bergabhang brachten. Sie beeilten sich sodann, mit den drei Kleinodien zum König zu kommen.

Spät am Weihnachtsabend erschien Ring in der Halle des Königs und übergab ihm die drei kostbaren Gegenstände. Da war der König ganz außer sich vor Erstaunen über Ring's Tapferkeit und Schlauheit. Er liebte ihn noch mehr als früher, verlobte ihm seine Tochter und noch in der Weihnachtszeit sollte die Hochzeit stattfinden.

Ring dankte dem König für seine Güte und nachdem er in der Halle gegessen und getrunken hatte, ging er in seine Herberge um zu schlafen. Da sagte Snati, daß er in Ring's Bett liegen wolle, Ring dagegen auf dem Hundelager ruhen solle.

Der Königssohn antwortete, daß er gerne dazu bereit sei; er war ja Snati viel mehr schuldig als diese kleine Unbequem= lichkeit.

Hierauf sprang Snati in das Bett hinauf, kam aber nach einiger Zeit wieder herab und sagte, nun möge Ring in's Bett steigen, sich aber darin auf keine Weise bewegen.

Während dies zwischen dem Hunde und dem Königssohne vorging, kam Raudur in die Halle und zeigte dem König seinen Arm, von welchem die Hand abgebissen war. Er sagte dabei, der König könne nun sehen, welche Eigenschaften sein zukünftiger Schwiegersohn besitze, denn dies habe er gethan und zwar ohne allen Grund.

Da wurde der König rasend vor Zorn, und sagte, er werde sogleich die Wahrheit erfahren; wenn Ring dem Raudur ohne allen Grund die Hand abgehauen habe, so solle er gehängt werden; sei dies aber nicht der Fall, so solle Raudur sein Leben verlieren.

Der König ließ nun Ring holen und fragte ihn, warum er Raudur die Hand abgehauen und ob er dies ohne allen Grund gethan habe.

Snati hatte Ring bereits früher Alles gesagt, und dieser bat den König mit ihm zu gehen, er habe ihm etwas zu zeigen.

Der König ging mit Ring in dessen Schlafgemach und sah hier im Bette eine Menschenhand liegen, welche ein Schwert hielt. Ring erzählte, daß diese Hand durch die Wand gekommen sei und ihn mit dem Schwerte habe durchbohren wollen; er habe sich nur vertheidigt.

Da fand der König, daß Raudur sein Leben verwirkt habe, und er wurde gehängt; Ring aber hielt Hochzeit mit der Königstochter.

Als das Brautpaar in der ersten Nacht beisammen schlief, bat Snati, daß er zu ihren Füßen liegen dürfe. Ring erlaubte es ihm. In der Nacht hörte dieser Lärm und Geheul. Er machte Licht und sah nun ein erschrecklich häßliches Hundegewand auf dem Boden, im Bette aber einen schönen Königssohn liegen. Er nahm sogleich das Hundegewand und verbrannte es; dem Königssohn sprengte er Wasser in's Gesicht, da er betäubt dalag; hierauf erwachte derselbe zum Bewußtsein.

Der Bräutigam fragte ihn um seinen Namen.

Er heiße Ring und sei ein Königssohn, antwortete Jener.

Hierauf erzählte derselbe, er habe, als er noch jung war, eine Mutter verloren und sein Vater habe hierauf eine Riesin zur Königin genommen. Diese habe ihn in einen Hund verwandelt und den Zauber über ihn ausgesprochen, daß er nie wieder zu einem Menschen werden solle, wenn nicht ein Königssohn von gleichem Namen ihm erlaube in der Hochzeitswoche zu seinen Füßen zu liegen.

„Da sie wußte", so fuhr er fort, „daß Du denselben Namen trägst wie ich, wollte sie Dich aus dem Wege räumen, damit Du mich nicht aus der Verzauberung erlösen könntest. Sie war die Hindin, welche Du mit Deinen Leuten verfolgtest; sie war das Weib, welches Du im Walde bei dem Fasse antrafst, und

sie war auch das Riesenweib, welches wir in der Höhle erschlugen.“

Als die Hochzeit vorüber war, begaben sich die Königssöhne nach dem Berge, wo sie die Schätze aus der Höhle auf-
bewahrt hatten, und brachten hierauf diese Reichthümer in die
Königsburg. Sodann holten sie alles Gold, welches sie auf der
Insel fanden.

Ring gab dem erlösten Namensgenossen seine Schwester
Ingibjörg und überließ ihm sein Erbreich. Er selbst aber
regierte über das halbe Reich seines Schwiegervaters und wurde
nach dem Tode desselben König über das ganze Land.

XXII. Finna, die Vorwitzige.

Es war einmal ein Mann, der hieß Thrandur und war
Gesetzsprecher. Sein Weib war schon gestorben, als diese Ge-
schichte sich ereignete, und er selbst war bereits alt geworden.
Er war ein sehr kluger Mann und hatte zwei Kinder, einen
Sohn, Namens Sigurd, und eine Tochter, welche Finna hieß.
Diese war ein sehr verständiges Weib und es ging die Rede
unter den Leuten, daß sie mehr wisse als ihr Vaterunser.

Als ihr Vater einmal fortreiste, sagte sie zu ihm:

„Ich vermuthe, Vater, daß man auf dieser Deiner Reise
um meine Hand anhalten werde, und ich bitte Dich, daß Du sie
Keinem versprechen mögest, es sei denn, daß Dein Leben daran
hängen sollte.“

Er verhieß es ihr und reiste hierauf fort.

Es hielten nun gar viele angesehene Männer um Finna's
Hand an; Thrandur aber wies sie alle ab.

Als er seine Geschäfte beendingt hatte, machte er sich wieder auf den Heimweg, und eines Abends, als er ganz allein seinen Knechten weit voraus ritt, begegnete ihm ein Mann auf einem dunkelbraunen Pferde, der ein sehr wildes Aussehen hatte. Derselbe stieg ab, griff dem Pferde Thrandur's in die Zügel und sagte:

„Sei gegrüßt, Thrandur!"

Thrandur erwiederte seinen Gruß und fragte ihn um seinen Namen.

Er heiße Geir, sagte er, und wolle um Finna, die Tochter Thrandur's, freien.

Thrandur entgegnete ihm:

„Ich kann sie Dir nicht zum Weibe geben, denn sie will selbst über ihr Schicksal bestimmen."

Da zog Geir das Schwert und setzte es Thrandur auf die Brust, demselben die Wahl lassend, daß er ihm entweder Finna zum Weibe gebe, oder sogleich von ihm getödtet werde.

Thrandur sah nun keinen anderen Ausweg, als ihm die Tochter zu versprechen; er solle nach Verlauf eines halben Monats kommen, um sie abzuholen, sagte er. Hierauf ritt Thrandur heim, Geir aber zog seiner Wege.

Als Thrandur daheim ankam, stand Finna vor dem Hause, begrüßte ihren Vater und sagte:

„Ist es so, wie mein Geist es mir verkündet, daß Du mich einem Manne verheiratet hast?"

Er antwortete ihr, daß dies wirklich so der Fall sei, und sagte, daß sein Leben davon abgehangen habe.

Finna meinte, daß es dann auch so sein möge; ihr Geist verkünde ihr jedoch, daß ihr daraus keine große Freude erwachsen werde.

Zur festgesetzten Zeit kam Geir, um sein Weib zu holen, und es wurde ihm ein freundlicher Empfang bereitet. Er sagte, daß er nicht lange verweilen könne, und bat Finna, sie möge

sich rasch fertig machen, denn am nächsten Morgen wolle er
wieder fort. Sie that dies auch. Aus dem Hause ihres Vaters
nahm sie Niemanden mit sich als ihren Bruder Sigurd.

Sie nahmen alle drei Abschied von Thrandur und ritten
ihres Weges, bis sie zu einer Gebirgsweide kamen, auf welcher
Rinder grasten.

Finna fragte Geir, wem diese Weide und die Rinder
gehörten.

Er antwortete ihr, sie gehörten niemand Anderem als ihm
und ihr.

Am zweiten Tage kamen sie zu einer anderen Weide; auf
derselben waren lauter Pferde.

Finna fragte Geir, wem diese Pferde gehörten.

Er antwortete ihr, sie gehörten niemand Anderem als ihm
und ihr. So ritten sie weiter den ganzen Tag. Am Abende
kamen sie zu einem großen Gute; hier stieg Geir vom Pferde
und bat Finna ihm zu folgen, denn hier, sagte er, sei sein Heim.

Finna ward hier gut aufgenommen und übernahm sogleich
die ganze Hauswirthschaft. Geir war wenig freundlich gegen
sie, doch nahm sie sich dies nicht sonderlich zu Herzen. Ihr
Bruder Sigurd ward dort ebenfalls gut behandelt.

Am Weihnachtsabend wollte Finna dem Geir den Kopf
waschen lassen; man suchte ihn daher überall, konnte ihn aber
nirgends finden. Finna fragte Geir's Pflegemutter, welche auch
im Hause war, ob dies eine Gewohnheit von ihm sei.

Diese erzählte, daß er seit langer Zeit schon niemals zu
Weihnachten daheim gewesen sei, und brach dann in heftiges
Weinen aus.

Finna bat die Leute, nicht nach ihm zu suchen; wenn seine
Zeit gekommen sei, werde er schon von selbst zurückkommen,
sagte sie.

Sie bereitete das Mahl und machte sich wenig daraus,
daß Geir nicht zugegen war.

Als das Essen zu Ende war und alle Leute sich zu Bette begeben hatten, stand Finna auf und nahm ihren Bruder Sigurd mit sich. Sie gingen zur See hinab, stiegen in ein Boot und ruderten hinaus zu einer Insel, welche nicht weit entfernt war.

Finna bat Sigurd, er möchte auf das Boot Acht geben, während sie an's Land gehe; und dies that er auch. Hierauf betrat Finna die Insel und ging so lange landeinwärts, bis sie zu einem kleinen aber wohlgebauten Hause kam. Die Thüre desselben stand halb offen; in der Stube brannte ein Licht und ein schön bereitetes Bett befand sich in derselben. In diesem Bette nun sah sie Geir, ihren Mann, liegen, und in seinen Armen ein Weib. Finna setzte sich neben dem Bette auf den Boden und sang eine Weise.

(Diese Verse sind verloren gegangen.)

Hierauf ging sie zurück zu ihrem Bruder und bat ihn, wieder heim zu fahren und Niemand zu sagen, wo sie gewesen seien. Er versprach ihr dies auch und ruderte hierauf heim und Beide stellten sich, als ob nichts vorgefallen wäre.

Als Weihnachten vorüber war, stand Finna eines Morgens zeitlich auf und ging in die Kammer, in welcher Geir und sie zu schlafen pflegten, wenn er daheim war. Da befand sich Geir darin und er ging auf und ab, im Bette aber lag ein Kind.

Geir fragte, wem das Kind gehöre.

Sie antwortete ihm, daß es niemand Anderem gehöre, als ihm und ihr, nahm sodann das Kind und übergab es Geir's Pflegemutter, damit sie es aufziehen möge.

Das Jahr verstrich sodann, ohne daß sich sonst etwas Besonderes ereignete.

Zu Weihnachten geschah dasselbe, wie im Jahre zuvor, nur daß Finna sich diesmal auf den Schämel vor dem Bette setzte und eine Weise sang.

(Auch diese Verse sind verloren gegangen.)

Und als das dritte Mal Weihnachten kam, wurde wieder das Mahl bereitet, und man suchte abermals nach Geir, aber man fand ihn nicht, und Finna bat seine Leute, nicht weiter nach ihm zu suchen.

Als das Essen vorüber war und Alle sich zu Bette begeben hatten, ruderten Sigurd und Finna wieder hinaus nach der Insel.

Sigurd bat Finna, daß er diesmal mit ihr an's Land gehen dürfe.

Sie erlaubte es ihm, trug ihm aber auf, nicht ein einziges Wort zu sprechen.

Als sie zu dem Hause kamen, bat Finna den Sigurd, er möchte draußen warten, während sie hineingehe. Er blieb denn auch draußen. Finna aber ging in das Haus hinein, setzte sich auf den Rand des Bettes, und sang folgende Weise:

> „Verlassen sitz' ich hier am Rand,
> Das Glück der Freude von mir schwand.
>
> Geraubt hat mir's der kluge Mann,
> Daß ich mich nimmer freuen kann.
>
> Ein anderes Weib den Mann mir nahm —
> Ganz unverhofft das Unglück kam!"

Da erhob sich Geir und sagte:

„Es soll auch nicht länger geschehen."

Das Weib aber, welches bei ihm im Bette lag, fiel in Ohnmacht. Finna holte Wein und träufelte denselben auf die Lippen der Ohnmächtigen. Da kam sie wieder zur Besinnung und es war das schönste Mädchen.

Da sprach Geir zu Finna:

„Nun hast Du mich von einer schweren Noth erlöst; denn es war bereits das letzte Jahr, in welchem ich befreit werden konnte. Mein Vater war ein König und herrschte über Gardariki. Als meine Mutter gestorben war, heirathete mein Vater ein unbekanntes Weib. Nachdem sie kurze Zeit zusammen gelebt hatten, tödtete sie meinen Vater durch Gift; da ich und diese meine Schwester, welche Ingibjörg heißt, ihr nicht Gehorsam leisten wollten, legte sie den Fluch auf mich, daß ich mit meiner Schwester drei Kinder zeugen sollte; und wenn ich nicht ein Weib bekäme, welches von all' dem wisse, aber dazu schweige, sollte ich zu einer Schlange, meine Schwester aber zu einem ungezähmten Fohlen werden, welches mit anderen Pferden auf die Weide geht. Aber jetzt hast Du mich von dieser Noth befreit und darum will ich diese meine Schwester mit Deinem Bruder Sigurd verheirathen und ihr als Mitgift das ganze Reich geben, welches mein Vater besaß."

Sie fuhren hierauf Alle an's Land zurück und begaben sich in Geir's Haus. Es wurde nun neuerdings ein großes Festmahl bereitet und man schickte nach Thrandur, dem Vater der Finna; hierauf wurde Sigurd's und Ingibjörg's Verlobungsbier getrunken. Sigurd zog sodann nach Gardariki und unterwarf es sich ganz.

Geir's Stiefmutter aber wurde ergriffen und zwischen zwei Pferde gebunden, welche sie in zwei Stücke auseinander rissen.

Sigurd und Ingibjörg herrschten lange über Gardariki und Geir wurde Gesetzsprecher nach Thrandur.

XXIII. Die Bauerntöchter.

Nicht weit von einer Königsstadt wohnte einmal ein wohlhabender Bauer. Er hatte drei Töchter, von denen die Aelteste zwanzig Jahre alt war; aber auch die beiden Jüngeren konnten schon heirathen, wenn es sein sollte.

Als die drei Schwestern einmal zusammen spazieren gingen, ahen sie den König in Begleitung zweier Männer herankommen. Der eine dieser beiden Männer war der Schreiber, der andere der Schuster des Königs, und dieselben waren beide, wie auch ihr Herr, unverheirathet.

Da sagte die Aelteste der Schwestern:

„Ich wäre jetzt ganz zufrieden, wenn ich den Schuster des Königs zum Mann bekäme."

„Und ich, wenn ich seinen Schreiber bekäme", sagte die Nächstälteste.

„Und ich wollte, daß ich den König selbst bekäme!" rief die Jüngste.

Der König hörte, daß die Schwestern zusammen plauderten, und sagte zu seinen Begleitern:

„Ich will zu den Mädchen hingehen, um zu erfahren, worüber sie gesprochen haben; es schien mir, als ob eine von dem König selbst gesprochen hätte."

Die beiden Männer meinten, daß das Geschwätz dieser Mädchen wohl nicht viel zu bedeuten habe, aber der König hörte nicht auf ihre Einwendungen, sondern sagte, daß sie alle drei zu den Mädchen gehen und mit denselben plaudern wollten. Dies thaten sie denn auch.

Der König fragte die Mädchen, worüber sie gesprochen hätten, als sie seiner ansichtig wurden.

Nun wollten sie freilich nur ungern mit der Sprache heraus, da aber der König darauf bestand, blieb ihnen nichts übrig, als die Wahrheit zu sagen.

Dem König gefielen die Mädchen recht gut; er fand, daß sie nicht nur sehr schön waren, sondern auch angenehm sprechen konnten, besonders die Jüngste; er sagte ihnen deshalb, daß ihre Wünsche erfüllt werden sollten.

Da waren die Schwestern freilich ganz sprachlos vor Ueberraschung und Verwunderung, aber es mußte so geschehen, da der König es wollte. Sie heiratheten alle drei und jede bekam den Mann, den sie sich gewünscht hatte.

Da nun aber die Jüngste Königin geworden war, erwachte der Neid der beiden Anderen; sie warfen einen Groll auf sie und wollten sie um jeden Preis aus ihrer Würde verdrängen. Sie zerbrachen sich daher lange den Kopf darüber, wie sie es am Besten anstellen könnten.

Als die Königin zum ersten Male ihre Niederkunft er= wartete, erhielten die beiden Schwestern die Erlaubniß, ihr in der schweren Stunde beistehen zu dürfen. Das Kind war jedoch kaum zur Welt gekommen, als sie dasselbe aus dem Wege schafften und Anstalten trafen, daß es in einen tiefen Graben außerhalb der Stadt geworfen werden konnte, wo man allerlei Schmutz und Unrath abzulagern pflegte.

Der Mann, der mit diesem Auftrage betraut war, konnte es nicht über das Herz bringen, eine solche Unthat auszuführen, und legte deshalb das Kind an den Rand des Grabens in der Hoffnung, daß irgend Jemand dasselbe finden und ihm das Leben retten werde. Und es traf sich auch wirklich, daß ein armer Mann an der Stelle vorüberkam, wo das Kind lag.

Das sei ein seltsamer Fund, dachte sich dieser, und nahm das Kind mit sich heim und erzog es so gut als er im Stande war. Die Schwestern der Königin aber verschafften sich ein

junges Hündchen und erzählten, daß die Königin dasselbe geboren habe.

Der König grämte sich sehr, als ihm dies mitgetheilt
wurde; aber er liebte die Königin wie seinen Augapfel und
bezwang deshalb seinen Kummer und ließ es sie nicht entgelten.

Die Königin bekam ein zweites und drittes Kind und
jedes Mal erhielten die Schwestern die Erlaubniß, ihr bei der
Geburt beizustehen. Beide Male verübten sie denselben ver-
brecherischen Betrug und ließen die neugeborenen Kinder fort-
schaffen in dem Glauben, daß sie in dem Graben bald um's Leben
kommen müßten. Aber der Mann, dem dies aufgetragen worden,
legte die Kinder jedesmal an den Rand des Grabens und es
traf sich so glücklich, daß stets derselbe arme Mann die Kinder
fand, sie mit sich in seine Hütte nahm, taufen ließ und nach
seinem besten Vermögen auferzog.

Das älteste Kind war ein Knabe; ihm gab er den Namen
Wilhelm; das zweite war ebenfalls ein Knabe und diesen
nannte er Sigurd; das jüngste war ein Mädchen; wie es aber
hieß, das weiß ich euch nicht zu sagen.

Als die Königin das zweite Kind geboren, sagten die Schwestern, dasselbe sei eine Katze gewesen, und beim dritten erzählten sie
sogar, daß die Königin ein Stück Holz geboren habe. Nun kannte
der Zorn des Königs keine Grenzen mehr; er ließ die Königin in
ein Haus werfen, in welchem ein Löwe eingesperrt war; denn
er wollte nicht, daß dieses Unglücksgeschöpf sein ganzes Reich
mit Ungethümen anfüllen sollte. Die Schwestern aber glaubten,
daß sie nun ihre Absicht vollkommen erreicht hätten, und sie
sprachen von ihrer That nicht wenig stolz, wenn sie allein
zusammen plauderten.

Von der Königin aber ist zu erzählen, daß es nicht so
geschah, wie man erwartet hatte. Der Löwe fraß sie nicht auf,
im Gegentheil, er theilte seine Speise mit ihr, so oft er selbst
etwas bekam.

So lebte sie denn bei dem Löwen, ohne daß Jemand wußte, daß sie noch am Leben sei. Aber es war ein gar trauriges Leben, welches sie da führte, die Aermste.

Nun wendet sich die Erzählung wieder zurück zu dem armen Manne, der die Kinder auferzog. Derselbe fragte alle Menschen, die er traf oder die zu ihm kamen, ob sie nicht etwas von diesen Kindern wüßten, welche er am Rande des Grabens gefunden habe. Aber Niemand wußte das Geringste davon, weder über ihre Herkunft noch über ihr Geschlecht.

Die Kinder wuchsen auf und zeigten die besten Anlagen. Den armen Mann aber begann das Alter zu bedrücken; er gab den Kindern den Rath, daß sie nach seinem Tode fortfahren möchten, in gleicher Weise, wie er es gethan, ihrem Geschlechte nachzuforschen, und er theilte ihnen Alles mit, was er in dieser Angelegenheit wußte. Hierauf starb der gute Mann und die Kinder thaten genau so, wie derselbe ihnen gerathen hatte.

Da geschah es eines Tages, daß ein alter Mann zu ihnen kam; sie fragten ihn um dasselbe aus wie alle Anderen. Der Mann aber sagte, er selbst wisse ihnen darüber nichts zu sagen, doch könne er sie vielleicht an Jemanden weisen, der von diesen Dingen Kenntniß habe.

Und nun erzählte er, daß sich nicht weit von ihrer Hütte ein großer Stein befinde, auf welchem ein großer Vogel sitze, der die menschliche Sprache verstehe und selbst spreche. Es sei das Beste, zu diesem Vogel zu gehen, obschon große Gefahr damit verbunden sei; denn gar Viele wären schon dahingegangen, Niemand aber wieder zurückgekommen. Er erzählte weiters, daß viele Königskinder den Vogel aufgesucht hätten, um ihr Schicksal zu erfahren; aber keines von ihnen habe sich so benommen, wie es nothwendig war. Denn es verhalte sich dabei so, daß Derjenige, welcher auf den Stein hinauf wolle, so standhaft sein müsse, sich nicht umzusehen, was er auch hören und was auch um ihn herum vorgehen möge; denn wer dies thue, werde mit

Allem, was er bei sich habe, augenblicklich in einen Stein verwandelt. Noch Niemand habe diese Standhaftigkeit besessen,
fuhr der Alte fort; und doch sei es eine leichte Sache hinaufzu-
kommen, wenn man dieselbe bewahren könne. Derjenige aber,
welcher auf den Stein gelange, erhalte die Macht, daß er Alle
wieder zum Leben erwecken könne, welche früher in Stein verwandelt worden seien; denn auf der Höhe des Steines befinde
sich ein Wassergefäß mit einem Deckel und auf diesem sitze
der Vogel. Es sei Jedem, welcher hinauf komme, erlaubt,
von dem Wasser zu nehmen und damit Diejenigen zu begießen,
welche zu Stein geworden seien; diese würden dann zu neuem
Leben erwachen und wieder ganz so beschaffen sein, wie sie
früher gewesen.

Die Königskinder meinten, dies sei so schwer nicht, und
besonders die Brüder zeigten sich gleich dazu bereit, und sie
dankten dem Alten herzlich für seine Mittheilung.

Kurze Zeit darauf machte sich auch der ältere Bruder,
Wilhelm, auf, um den Stein aufzusuchen. Bevor er aber fortging, sagte er zu dem Bruder:

„Wenn drei Blutstropfen auf Dein Messer kommen, während
Du einmal bei Tische sitzest und speisest, dann mußt Du nachkommen, denn es ist mir dann ergangen wie den Anderen."

So. zog er denn fort, wie der alte Mann ihnen gesagt
hatte, und es verlautet nichts Weiteres von ihm. Aber es
mochten etwa drei Tage vergangen sein, oder so viel Zeit als
man brauchte, um zum Steine zu kommen, da erschienen drei
Blutstropfen auf Sigurd's Messer, als er bei Tische saß und
speiste. Da wurde ihm ganz seltsam zu Muthe und er erzählte
der Schwester, daß er nun fort müsse, um nach dem Bruder zu
sehen. Er traf mit ihr dieselbe Verabredung, welche Wilhelm
mit ihm getroffen hatte, zog fort, und — wir brauchen nicht
viel Worte zu verlieren — es traf wieder Alles genau so ein,
wie früher. Zu der Zeit, als Sigurd zu dem Steine gekommen

sein konnte, erschienen die Blutstropfen auf dem Messer ·der Schwester, diese wurde darüber sehr beklommen und machte sich alsbald selbst auf, um ihr Glück zu versuchen.

Sie kam ohne Unfall bis in die Nähe des Steines. Hier aber sah sie rings herum eine unzählige Menge kleinerer Steine in allen möglichen Formen; die einen glichen kleinen Kisten, die anderen hatten allerlei Thiergestalten, und wieder andere ein anderes Aussehen. Sie aber kümmerte sich um nichts, sondern ging weiter bis zu dem großen Steine und schickte sich an, auf denselben hinauf zu klettern. Da hörte sie hinter sich ein Gesumm von menschlichen Stimmen und ein Geschrei und Rufen, und erkannte auch die Stimmen ihrer Brüder. Sie achtete aber nicht darauf, hielt ihren Vorsatz, sich nicht umzusehen, so sehr es auch schreien und lärmen mochte, und kam dann endlich auf der Höhe des Steines an. Da lobte sie der Vogel gar sehr wegen ihrer Besonnenheit und Standhaftigkeit und er versprach ihr nun Alles zu erzählen, was sie zu wissen wünsche, und für sie zu thun, was in seiner Macht stünde.

Zuerst wollte sie alle Steine wieder zum Leben erwecken und ihnen dieselbe Gestalt geben, die sie früher gehabt hätten. Dieses Verlangen bewilligte ihr der Vogel sogleich, machte sie aber gleichzeitig besonders auf einen Stein aufmerksam; denn sie würde sicherlich Denjenigen befreien, der darin verborgen sei, sagte er, wenn sie wüßte, wer es sei.

Man kann sich leicht denken, daß die Königstochter nicht lange zauderte, alle Steine mit Wasser zu besprengen, und dieselben verloren nun all ihr steinernes Kleid, in welches sie gebannt waren, und sie dankten ihr mit vielen und schönen Worten für das wiedergeschenkte Leben.

Hierauf fragte sie den Vogel, von woher sie und ihre Brüder stammten, und wie ihre Eltern heißen.

Der Vogel sagte ihr, sie seien die Kinder des Königs, der in diesem Lande herrsche, und erzählte ihr hierauf, was die beiden

Schwestern gethan hatten, als sie und ihre zwei Brüder auf die Welt gekommen. Er erklärte Alles auf das Genaueste und theilte den Geschwistern zugleich mit, daß ihre Mutter noch bei dem Löwen wohne, jedoch dem Tode näher sei als dem Leben, da sie die größten Sorgen und Qualen leide und ihr alle Güter des Lebens fehlen.

In dem Stein aber, auf welchen der Vogel das junge Mädchen aufmerksam gemacht hatte, war ein sehr vornehmer und schöner Prinz, welcher sogleich Liebe zu Derjenigen faßte, die ihm das Leben wieder gegeben hatte; und gar bald hatten sie alle Beide einander lieb. Er war es, der alle diese kistenförmigen Steine mit sich gebracht hatte, denn dieselben waren nichts Anderes als Kisten, die mit allen Arten von Kostbarkeiten, Gold und Edelsteinen angefüllt waren.

Nachdem nun der Vogel Jedem gesagt, was er zu wissen verlangte, zogen die Geschwister wieder von dannen, gefolgt von dem reichen Prinzen.

Sowie sie wieder heim kamen, war ihr Erstes, daß sie nach dem Hause gingen, in welchem sich der Löwe befand, und dasselbe erbrachen. Sie fanden darin ihre Mutter in Ohnmacht liegend, von welcher dieselbe befallen ward, sowie sie hörte, wie in das Haus eingebrochen wurde. Sie nahmen sie mit sich, und bald kam sie auch wieder zur Besinnung. Man gab ihr ordentliche Kleider und dann gings in größter Eile dem königlichen Schlosse zu.

Sie baten um Zutritt bei dem Könige, da sie dringend mit ihm zu sprechen hätten. Derselbe wurde ihnen auch gewährt, und nun erzählten die drei Geschwister, wer sie seien, und daß sie, seine eigenen Kinder, eben ihre Mutter aus dem Löwenkäfig befreit und hieher gebracht hätten.

Hierauf theilten sie ihm auch Alles genau mit, was sie von dem Vogel erfahren hatten. Der König gerieth ganz außer sich über alle diese Geschichten und Ereignisse.

Es wurde augenblicklich nach den Schwestern geschickt und ihr damaliges Verhalten untersucht; sie geriethen gar bald in Widerspruch mit sich selbst, gestanden ihre ganze Unthat ein und erzählten den wahren Sachverhalt vom Anfang bis zum Ende. Sie wurden nun sogleich in dasselbe Löwenhaus geworfen, in welchem die Königin früher war, und es dauerte nicht lange, so waren sie in Stücke gerissen und von dem Löwen mit Haut und Haaren aufgefressen.

Die Königin wurde wieder in ihre Ehren und Würden eingesetzt und es wurde ein Freudenfest veranstaltet, um die Wiederkehr der Königin und ihrer Kinder zu feiern. Dieses Fest dauerte viele Tage hindurch in des König Palast; als dasselbe zu Ende ging, hielt der fremde Prinz um die Tochter des Königs an und man kann es wohl leicht errathen, daß er dieselbe auch sogleich erhielt. Nun wurde das Fest auf's Neue begonnen und bei dieser Hochzeit floß der Wein in Strömen, so daß man nie wieder von einer ähnlichen Lustbarkeit in einem anderen Königreiche sprechen hörte. Als die Hochzeitsfestlichkeiten vorüber waren, zog der fremde Prinz in seine Heimat und dort wurde er König nach seinem Vater.

Wilhelm nahm sich ebenfalls eine Gemalin und als der alte König starb, erbte er das Reich von seinem Vater.

Sigurd bekam eine Prinzessin aus einem anderen Reiche, und dasselbe fiel ihm nach dem Tode des Schwiegervaters als Erbtheil zu. So lebten sie alle in Glück und Wohlergehen, und nun ist die Geschichte zu Ende.

XXIV. Der Häuslerssohn und der Oberhirt des Königs.

Es waren einmal ein alter Mann und ein altes Weib in ihrer schlechten Hütte in der Nähe eines Königspalastes. Sie hatten einen Sohn, den sie sehr liebten, obschon er so unwillig und träge war, daß er sich zu gar nichts verwenden lassen wollte. Sie hatten auch eine Kuh und diese sollte er hüten; aber selbst dies war ihm eine zu beschwerliche Arbeit und so mußte sich zuletzt die Kuh selbst hüten. Da wurde es dem Alten endlich doch zu bunt und er jagte den faulen Burschen aus dem Hause.

Nun mußte er also fort, und er ging da lange, lange, bis er zu einem Hofe kam. Hier klopfte er an die Thüre. Es kam ein Mann heraus, der ihn fragte, was er wolle.

Sein Vater habe ihn davongejagt, weil er so unwillig und träge sei, erzählte der Bursche, „und nun bitte ich Dich, daß Du mir Obdach gebest."

„Das sollst Du auch bekommen", antwortete der Mann. „Aber morgen habe ich eine Arbeit für Dich; denn Du mußt wissen, daß ich der Oberhirt des Königs bin."

Anfangs gab der Bursche keine Antwort; aber nach einigem Zögern ging er doch darauf ein.

Hierauf führte ihn der Mann in's Haus, wo zwei junge Mädchen und die Frau des Hausherrn waren. Dann erhielt er zu essen, und zwar Fleisch und Brod. Viel gesprochen wurde aber Abends nicht und es wurde ihm auch keine Arbeit aufgetragen. Er legte sich bald schlafen und schlief bis zum lichten Morgen.

Als er sich angekleidet hatte, kam der Hausherr zu ihm und sagte:

„Nun habe ich eine Arbeit für Dich."

„Was denn für eine?" fragte der Bursche.

„Ah, nichts Anderes, als daß Du hundert Schweine hüten sollst", lautete die Antwort.

„Das bin ich nicht gewöhnt", meinte der Bursche.

„Ja, diesmal wirst Du es doch thun müssen", sagte der Mann.

Hierauf erhielt er die Schweine und trieb sie hinaus auf das Feld. Nachdem sie aber eine Zeit lang auf demselben herumgewühlt hatten, wurden sie so wild und unlenksam, daß er sie nicht in Ordnung halten konnte, und sie wohl alle in's Gebirg gelaufen wären, hätte er nicht den Vortheil wahrgenommen, daß sich hier ein Engpaß befand; in diesen peitschte er sie und trieb sie von hier aus ohne Aufenthalt heim nach der Hütte seiner Eltern.

Der alte Häusler konnte natürlich nicht begreifen, was dies bedeuten wolle und fragte den Sohn, woher er denn diese Herde erhalten habe.

„Diese Schweine gehören dem Oberhirten des Königs", antwortete der Bursche. „Er gab sie mir, damit ich sie hüten sollte; da ich sie aber nicht zügeln konnte, meinte ich, es sei am Besten sie zu Dir nach Hause zu treiben; mache Dir nun diesen fetten Fang zu Nutzen und schlachte sie gleich alle auf ein Mal!"

„Gott bewahre, das werde ich wohl bleiben lassen", sagte der Vater, „das würde ja Dein sicherer Tod sein."

„Ah, ich werde wohl etwas erfinden, um mich aus der Sache heraus zu wickeln", meinte der Bursche.

So schlachtete denn der Alte alle Schweine und hernach schafften sie Alles fein säuberlich bei Seite. Der Bursche bat hierauf um ein Stück von einem starken Stricke, welches er auch erhielt.

Er band nun von allen Schweinen die Schwänzchen zusammen und befestigte sie an dem einen Ende des Strickes.

In der Nähe des Ortes, wo er die Schweine hüten sollte, befand sich ein kleiner Sumpf. Dahin ging er und versenkte den Strick mit den Schwänzen in der Weise, daß nur die Spitzen derselben, die von einander in kleinen Zwischenräumen abstanden, aus dem Sumpf hervorragten. Am Ufer desselben lag ein großer Stein; diesen wälzte er mit großer Mühe in den Sumpf hinein nnd zwar mitten auf den Strick zwischen die Schwänze, aber so, daß man ihn nicht sehen konnte; die Schwänzchen selbst waren so gut befestigt, daß man sie mit aller Kraft nicht abreißen konnte.

Nachdem er all' dies in Ordnung gebracht hatte, lief er heim zu dem Hausherrn und machte eine so betrübte Miene, daß derselbe fragen mußte, was denn mit ihm geschehen sei und wo er die Schweine gelassen habe.

„Sprecht nicht davon, Herr", antwortete der Bursche; „es ist eine ganze Geschichte von ihnen zu erzählen. Als ich sie auf das Feld hinausgebracht hatte, wurden sie so wild und unlenksam, daß jedes nach einer anderen Seite lief. Ich rannte ihnen überallhin nach, so daß ich beinahe selbst daraufgegangen wäre. Es gelang mir auch endlich, sie alle wieder zu einem Haufen zusammen zu bringen; da geschah aber das Wunder, welches ich nie für möglich gehalten hätte; sie stürzten alle mit einander dem Sumpf zu, sprangen in denselben hinein und im selben Augenblicke waren sie auch schon verschwunden; ja fort und verschwunden waren sie; ich sah nichts anderes mehr von ihnen, als die Schwänze, welche aus dem Sumpfe hervorragten."

„Das hast Du gut erfunden", sagte der Hausherr.

„Nein, das ist die volle Wahrheit", betheuerte der Bursche.

Sie eilten hierauf beide zum Sumpf und der Hausherr sah nun, daß sich Alles so verhielt, wie der Bursche gesagt hatte; er begann sodann an den Schwänzen zu ziehen, aber so stark er auch zog, so blieben sie doch fest haften. Da mußte ihm auch der Bursche dabei helfen, aber es ging deshalb doch nicht leichter.

„Das ist auch wirklich ein großes Wunder", meinte der Hausherr. „Nun will ich Dir keine Vorwürfe machen, da ich sehe, daß Dich keine Schuld trifft; ich muß mich in meinen Verlust finden, so gut ich kann.

Hierauf gingen sie beide heim. Der Bursche legte sich schlafen, als ob sich gar nichts ereignet hätte, und schlief fest und ruhig die ganze Nacht hindurch.

Am Morgen kam wiederum der Hausherr zu ihm und sagte:

„Nun habe ich eine neue Arbeit für Dich; ich besitze hundert Schafe, diese sollst Du mir hüten; aber gib gut Acht, daß Dir keines verloren geht."

„Ich kann es ja einmal versuchen", antwortete der Bursche, nahm die Schafe in Empfang und trieb sie hinaus auf die Wiese. Hier hatte er sie Anfangs zu einem dichten Haufen versammelt, den er auch beisammen zu halten suchte. Aber es dauerte nicht lange, so wurden die Schafe so unlenksam, daß er sie nicht beisammen zu halten vermochte. Da wurde er betrübt und zornig zugleich.

„Das ist die Strafe für mich", meinte er, „weil ich gegen meinen Vater so unwillig war, als ich seine Kuh hüten sollte und nichts für ihn arbeiten wollte!"

Hierauf setzte er seine Füße in Bewegung, lief rings um alle Schafe herum und trieb sie in einem dichten Haufen geraden Weges heim nach der Hütte seines Vaters.

Als der Alte den großen Haufen Schafe erblickte, war er auf's Höchste verwundert, und fragte, was dies zu bedeuten habe und wo er die Schafe gefunden, und wem sie gehören. Der Bursche erzählte ihm den ganzen Sachverhalt; aber da sagte der Alte:

„Begehe nun nicht mehr die Schlechtigkeit, sondern eile so schnell als möglich mit den Schafen heim zum Oberhirten."

„Nein", sagte der Bursche, „so dumm bin ich nicht. Wir werden sie schlachten und Du behälst Dir das Fleisch für Deine Wirthschaft."

„Nein, nein", entgegnete der Alte, „das würde Dir gar bald das Leben kosten."

„Oho, das ist noch so sicher nicht", antwortete der Sohn. „Aber was immer auch kommen mag, ich will einmal meinen Willen haben."

Er beredete auch den Alten so lange, bis sie wirklich alle Schafe schlachteten und die Leiber und das ganze Eingeweide, sowie die Felle und Köpfe auf die Seite schafften; nur den Kopf des Schafes, welches den Haufen anzuführen pflegte und Schellen auf den Hörnern hatte, bat der Sohn behalten zu dürfen. Er lief mit demselben in den Wald und zu der Stelle, wo er die Schafe hätte hüten sollen. Dort befand sich eine Anhöhe und auf dem höchsten Punkte derselben ein Felsen; zu oberst auf dem Felsen war ein Rasenfleck und auf demselben ein mächtiges Gebüsch, welches seine Zweige nach allen Seiten ausbreitete. Er kletterte mit dem Schafskopfe den Felsen hinan und zog sich mit Hilfe der niederhängenden Zweige zum Gebüsch empor, bis er den mittelsten Ast erreichen konnte. An diesen befestigte er den Kopf, durch welchen er einen Strick gezogen hatte; die Hörner aber ließ er aus dem Gebüsche hervorsehen. Die Schellen begannen alsbald lustig zu läuten, da ein starker Wind herrschte. Hierauf kletterte er wieder den Felsen hinab. Als er unten angelangt war, konnte er den Kopf nicht sehen, denn der Fels war sehr hoch und das Gebüsch sehr dicht. Als er nun mit dieser Arbeit fertig war, lief er nach Hause zu dem Oberhirten und kam ganz in Schweiß gebadet und mit kummervoller, betrübter Mine dort an.

Da der Hausherr ihn in diesem Zustande kommen sah, fragte er ihn sogleich, was ihm denn so viel Kummer mache und wo er die Schafe gelassen habe.

„Sprecht nicht davon, Hausherr!" jammerte der Bursche; „ich weiß nicht, was das für Wunder sind, die mich da heimsuchen."

Aber der Hausherr rief barsch:

„Heraus damit und zwar schnell! Sag' was mit den Schafen geschehen ist!"

Der Bursche begann zu weinen, so daß er anfangs kein rechtes Wort hervorbringen konnte, indem er antwortete:

„Ich . . . ich . . kann es Euch kaum erzählen; sie . . . sie . . . sie waren so . . so störrig, daß ich sie nicht . . . nicht . . . nicht zügeln konnte. Ich lief so . . so stark, daß ich beinahe ge . . . gestorben wäre, und ho . . holte sie ein; da . . da, ich konnte meinen Augen nicht trauen: da hör' ich ein . . ein starkes Sausen und . . und ich glaubte, es komme ein Sturmwind. Das . . das waren die Schafe, die . . die vor meinen Augen in den Hi . . Himmel fuhren. Ich stand wie versteinert und schaute ihnen lange Zeit nach und immer hörte ich das Geläute der Schellen von dem Schafe, welches die anderen anzuführen pflegte. Sie müssen in dem Hi . . Himmel aufgenommen worden sein."

„Das ist nun doch eine niederträchtige Lüge, mit der Du mir da kommst, Du Schurke!" schrie der Hausherr.

„Nein, das ist so wahr, wie, daß eine Sonne am Himmel ist", sagte der Bursche, während ihm neuerdings die Thränen über die Wangen floßen.

„Nun so liefere mir einen Beweis davon, wenn Du willst, daß ich es Dir glauben soll", sagte der Hausherr.

„Kommt nur mit und seht selbst", sagte der Bursche.

Hierauf machten sie sich beide auf den Weg; aber es ging bereits gegen Abend und die Schatten fielen ein. Der Bursche eilte voraus bis er zu dem Felsen kam, auf welchem sich das

Gebüsch befand. Nun war aber die Nacht schon so nahe, daß man den Felsen in der Dunkelheit kaum sehen konnte. Wohl aber hörte der Hausherr das Schellengeläute hoch oben in der Luft.

„Hört Ihr nun das Geläute der Schellen, welche Euer Leitschaf auf den Hörnern hat, lieber Herr?" fragte der Bursche.

„Ja", antwortete der Mann und blickte in die Luft empor, „nun höre ich es selbst; Du hast die Wahrheit gesprochen. Sie sind in den Himmel aufgenommen worden und ich kann Dir daher keine Schuld geben, das weiß ich. Du sollst deshalb keine bösen Worte von mir zu hören bekommen, sondern ich werde sehen, daß ich mich in den Verlust finde, den ich erlitten habe."

Hierauf kehrten sie wieder heim und schliefen beide die Nacht hindurch.

Am nächsten Morgen kam der Hausherr abermals zu dem Burschen und sagte:

„Es würde mich nicht wundern, wenn Du einer derartigen Arbeit überdrüssig geworden wärest; gleichwohl habe ich Dir noch eine solche für heute zugedacht, die Dir sicherlich leicht fallen wird; Du sollst nämlich vierzig Ochsen hüten, welche mir, oder richtiger gesagt, dem König gehören. Aber Du mußt auf die= selben ganz besonders acht geben, damit Dir ja kein Stück ver= loren geht; denn einer von ihnen hat goldgeränderte Hörner und Klauen und dieser Ochse ist das größte Kleinod des Königs."

Der Bursche war hierüber nicht sehr erfreut, übernahm aber doch die Ochsen und entfernte sich mit ihnen ziemlich un= willig. Er war aber kaum mit ihnen auf den Weideplatz gekommen, als plötzlich alle Thiere unruhig wurden und der gute Ochse brüllend und wild vorauslief. Nun wußte aber der Bursche recht gut, wo sein Vater die Kuh weiden ließ, und machte deshalb einen Lärm und einen Spektakel mit den Thieren, daß sie dahin liefen, wo des Alten Kuh graste. Da stieß der Ochse des Königs ein Gebrüll aus, die Kuh antwortete und beide liefen

einander entgegen, die übrigen aber folgten alle dem Ochſen in
gleichem Trabe nach. Der Burſche trieb ſie alle zuſammen,
bis ſie zuletzt einen undurchdringlichen Knäuel bildeten; hierauf
lief er zur Kuh ſeines Vaters und führte ſie heim nach dem
Melkplatze.

Der Alte ſtand vor der Hütte. Da ſah er plötzlich einen
gewaltigen Rudel von Rindern auf ſeinen Melkplatz zu kommen,
ſeinen Sohn aber an der Spitze gehen und ſeine eigene Kuh an
einer Schnur führen. Obſchon er bei dieſem Anblick nahe daran
war, erzürnt zu werden, ſo ging er doch hin nach dem Melkplatze und fragte den Sohn, was er denn da wolle; er erfuhr
denn auch bald die ganze Wahrheit.

„Nun trachte aber, daß Du die Rinder ſo ſchnell als möglich wieder deinem Herrn zurückbringſt!“ ſagte er darauf.

„Nein“, antwortete der Sohn, „ſie ſollen Dir gehören; das
gibt einen guten Braten; denn es iſt viel Fett an ihnen.“

Der Alte wollte ſich um keinen Preis herbeilaſſen, die
Thiere zu behalten, aber der Sohn überredete ihn endlich doch,
daß er die Thiere band. Hierauf ſchlachteten ſie dieſelben eines
nach dem andern. Der Alte war ein tüchtiger Mann und wo
er zugriff, da hatte es ſeine Art; diesmal mußte er aber auch
von der ganzen Kraft Gebrauch machen, die in ihm war. Sie
hielten nicht früher mit ihrer Arbeit ein, bevor ſie nicht alle
Thiere geſchlachtet und die Köpfe abgeſchnitten hatten. Zum
Schluſſe kam die Reihe an den Ochſen des Königs. Es glang
ihnen, auch dieſen zu binden und zu Boden zu werfen. Der Sohn
ſollte den Strick halten, wie es ja üblich war; aber der Ochſe
riß ſo heftig hin und her, daß alle Bande zerriſſen; er ſprang
auf, lief über den blutigen Platz, wurde raſend und ſtürzte davon;
der Burſche in aller Eile hinterdrein. Sie liefen über Stock und
Stein hinein in den Wald, aber der Abſtand zwiſchen beiden
blieb immer derſelbe, bis der Ochſe in eine Felſenſchlucht kam,
welche zu dem Lande des Oberhirten gehörte; in dieſer Schlucht

gab es noch viele andere kleinere Schluchten und Klüfte. In eine von diesen lief der Ochse, und es währte eine gute Weile, bis der Bursche ihn hinabkommen hörte; als er aber unten angelangt war, hörte er sein Gebrüll wie einen Laut, der aus großer Entfernung kam. Er hatte einige Schwefelhölzchen bei sich und da kam ihm der Gedanke, diese anzuzünden und auf den Grund der Schlucht hinabzulassen; er suchte hierauf etwas flüssiges Harz, goß dasselbe auf eine Birkenrinde und ließ diese ebenfalls auf den Grund der Schlucht nieder, wo das Feuer sogleich lustig zu brennen begann. Sowie er merkte, daß das Feuer die Haut des Ochsen ergriff und sein Haar versengte, lief er aus allen Leibeskräften heim zu seinem Herrn.

„Du bist diesmal lange ausgeblieben", sagte dieser. „Was ist mit den Rindern geschehen?"

Der Bursche stellte sich, als ob er kaum ein Wort hervorbringen könnte aus lauter Kummer und Sorge; endlich aber sagte er:

„Es ist immer die alte Geschichte; die Rinder sind weg... weg!"

„Wa — wa — was? Weg?" schrie der Hausherr. „Du lügst, Schurke!"

„Ich spreche die reine Wahrheit," antwortete der Bursche. „Als ich sie auf die Weide getrieben hatte, wurden sie rein verrückt, so daß ich sie unmöglich in Ordnung halten konnte; der gute Ochse lief voraus und die Rinder hinterdrein, bis sie alle in der Erde verschwanden. Sie müssen alle dort versunken sein, guter Herr, denn ich fand ein Loch in einer Felsenschlucht, und es schien mir, als ob ich sie brüllen hörte; ganz gewiß aber glaube ich das Gebrüll des goldgehörnten Ochsen erkannt zu haben; dann kam es mir auch vor, als ob unten Feuer brannte, und es ist gewiß der leibhaftige Gottseibeiuns selbst gewesen, der wohl dort zu Hause ist, denn es kam mir ein starker Schwefelgestank in die Nase."

Da rief der Hausherr:

„Schurke! wenn Du auch früher nicht gelogen hast, so lügst Du jetzt!"

„Nein, Hausherr! Ihr könnt selbst kommen und Euch davon überzeugen," sagte der Bursche.

„Lügst Du dieses Mal, so bist Du des Todes!" antwortete darauf der Hausherr.

Hierauf eilten sie beide fort, der Bursche voraus, bis sie zu der bewußten Schlucht kamen.

„Da könnt Ihr nun selbst sehen, Hausherr!" sagte der Bursche.

Der Hausherr schaute herum und entdeckte auch bald das Feuer, welches unten in der Schlucht brannte, und verspürte zugleich einen schrecklichen Schwefelgestank, der von unten herauf kam.

„Wunder über Wunder!" rief der Hausherr. „Ja, ich sehe es, Du hast die Wahrheit gesprochen; ich kann Dir keinen Vorwurf machen. Ich muß mich in meinen Verlust fügen, ohne einen Ersatz dafür zu haben; und das ist nichts Geringes. Komm', wir werden nach Hause gehen und Du sollst in Zukunft nicht mehr genöthigt werden, Thiere zu hüten, sondern eine andere Arbeit bekommen, die leichter zu verrichten ist."

Und so gingen sie dann wieder heim alle Beide.

„Nun habe ich eine Arbeit für Dich ausgedacht, die Du morgen verrichten kannst", sagte der Hausherr. „Du mußt mir nämlich zehn Sensen verfertigen, eine für jeden meiner Knechte; denn ich will sie das Gras auf der Wiese abmähen lassen, wenn Du mit den Sensen fertig bist."

Dem Burschen wurde bei dieser Rede übel zu Muthe, denn er wußte ja, daß er weder ein Schmied noch ein Tischler war; aber „Nein" wagte er doch nicht zu sagen.

Es ward nun Abend und sie gingen zu Bette; als jedoch Alles in tiefem Schlafe lag, stand der Bursche auf, kleidete sich an und suchte die Thüre; es gelang ihm auch, dieselbe zu finden und unbemerkt zu entkommen. Dann lief er, so schnell er nur konnte, nach Hause zu seinen Eltern und erzählte ihnen die ganze Geschichte. Sie nahmen ihn selbstverständlich auf und verbargen ihn gut.

Als der Oberhirt aufgestanden war, suchte er im ganzen Hause nach dem Burschen, konnte ihn aber nirgends finden.

Dieser war fortan seinen Eltern treu und gehorsam, und er verblieb lange Zeit bei ihnen in der Hütte.

Eines schönen Tages sagte er zu seinem Vater, daß er nun wohl Lust haben dürfe, sich zu verheirathen.

„Diese Lust könntest Du wohl besser unterdrücken", meinte der Alte.

„Nein", entgegnete der Sohn. „Als ich bei dem Oberhirten des Königs diente, sah ich seine Töchter und verliebte mich sogleich in die jüngste von ihnen; ich will nun sehen, ob ich diese nicht zum Weibe bekommen kann."

Der Alte meinte, er sollte doch nicht so dummdreist sein; das würde ihm gewiß das Leben kosten.

Aber der Bursche entgegnete, daß er es gleichwohl wagen werde und bat den Vater, er möchte ihm einen guten Säbel mitgeben. Anfangs wollte der Alte nichts davon wissen; endlich aber erfüllte er doch seinen Willen und gab ihm den Säbel. Er machte sich schleunig auf den Weg und kam spät am Tage zu dem Hofe des Oberhirten.

Er klopfte an das Hausthor. Ein kleiner Junge öffnete ihm. — Der Sohn des Häuslers möchte gern mit dem Hausherrn selbst sprechen. —

Hierauf kam dieser und als er den Burschen erblickte, sagte er:

„Ah, bist Du es? Du hattest damals große Eile fortzukommen; heute Nacht kannst Du gleichwohl hier bleiben."

„Ich habe zunächst ein anderes Geschäft mit Euch abzumachen", antwortete der Bursche, und zog den Säbel. „Mit diesem Säbel durchbohre ich Dich, wenn Du mir nicht augenblicklich versprichst und es beschwörst, daß Du mir Deine jüngste Tochter zum Weibe gibst."

Was konnte der Hausherr Anderes thun, als ihm seinen Schwur darauf geben? Und so ging er denn hinein und hielt bei dem Mädchen selbst um seine Hand an. Dasselbe gab ihm auch ihr „Ja".

Hierauf ging er heim und holte seine Eltern, welche nicht lange zögerten, ihm ihn das Haus der Braut zu folgen. Dann wurde Hochzeit gehalten; als aber dieselbe vorüber war, erzählte der Häuslerssohn dem Hausherrn, wie sich Alles zugetragen hatte.

Die Geschichte kam auch dem König und der Königin zu Ohren. Der König ließ den Häuslerssohn zu sich rufen und dieser mußte ihm die Geschichte neuerdings erzählen. Als er dieselbe aus dessen eigenem Munde gehört hatte, machte er ihn zu seinem ersten Minister und gab ihm einen großen Beutel voll Geld. Den Häusler und sein Weib nahm er später ganz zu sich und lebte mit seiner Frau in Glück und Reichthum bis in sein hohes Alter.

XXV. Helga, die Häuslerstochter.

Es lebte einmal ein alter Mann mit seinem alten Weibe in einer schlechten Hütte. Sie hatten nur ein einziges Kind, eine Tochter, welche Helga hieß und für die Schönste unter den Weibern galt.

Da fühlte die Mutter, daß sie sterben werde. Sie rief ihre Tochter zu sich und sagte ihr, daß ihr Leben zuweilen recht mühselig sein werde und sie ihr wenig helfen könne. „Doch will ich Dir diese Ahle geben", fuhr die Alte fort; „Du kannst dieselbe „Ja" sagen machen, so oft Dir daran gelegen ist."

Hierauf starb die Mutter.

Eines Abends verlangte der Alte, daß Helga, seine Tochter, bei ihm schlafe. Sie aber weigerte sich, dies zu thun, worauf der Vater sie nur noch mehr bestürmte. Da wußte sich Helga nicht anders zu helfen als mit der Ausrede, sie habe vergessen, das Feuer auszulöschen, und müsse dies noch früher besorgen.

Sie begab sich in die Küche, steckte die Ahle in die Wand und sagte zu derselben, sie solle immer „Ja" sagen; sie selbst aber lief hinaus in die Finsterniß.

Der Alte rief Helga, seine Tochter.

Die Ahle antwortete und sagte auf alles „Ja".

Dies verdroß endlich den Alten, er eilte hinaus und suchte seine Tochter, konnte sie aber nirgends finden. Hierauf ging er wieder zurück in die Hütte und kommt nun nicht weiter in der Geschichte vor.

Helga lief in den Wald hinaus und irrte die ganze Nacht umher. Als der Tag zu dämmern begann, kam sie zu einem hübschen kleinen Häuschen. Sie trat in dasselbe ein und sah hier einen Mann, welcher für sich allein Brettspiel spielte. Dieser hieß sie eintreten und sagte, sie komme ihm sehr erwünscht, wenn sie bei ihm bleiben und als Magd dienen wollte, da er ganz allein sei.

Helga willigte ein und fragte ihn nach seinem Namen.

Er heiße Herraud, antwortete der Mann.

Es verging hierauf einige Zeit und Helga wurde schwanger; Herraud war den Tag über auf der Jagd, die Nacht aber brachte er zu Hause zu. Sowie jedoch die Zeit der Niederkunft für Helga herannahte, kam Herraud immer später nach Hause, bis er eines Abends ganz ausblieb.

Helga war vom Warten ermüdet und schlief ein. Da träumte sie von ihrer Mutter. Dieselbe kam zu ihr und sagte:

„Herraud ist jetzt im Begriffe Dich zu betrügen; es hat ihn eine Unholdin dazu verführt, welche er zum Weibe nehmen will; verlasse nun das Haus, zieh die Schuhe verkehrt an und begib Dich in einen unterirdischen Raum, der sich nicht weit von hier befindet; denn das Riesenweib wird Dir nach dem Leben trachten."

Hierauf erwachte Helga, band sich die Schuhe verkehrt an die Füße und begab sich in den unterirdischen Raum.

Es dauerte nicht lange, so kam ein Hund und suchte Helga; er schnoberte auf ihren Fußspuren hin und her, fand aber nichts und lief wieder fort. Hierauf hörte sie ein starkes Getöse und Donnern. Helga sah durch eine Oeffnung des unter-irdischen Raumes, daß es die Riesin war. Auch sie verfolgte die Spuren hin und zurück und als sie nichts fand, eilte sie wieder von dannen.

Später verließ Helga ihre unterirdische Wohnung und ging hinaus in den Wald. Sie ging lange, lange, bis sie zu einem Bache kam; da fand sich auch ein Kind hier ein, um Wasser zu holen. Helga warf dem Kinde einen goldenen Ring in den Wassereimer.

Nach einer kurzen Weile kam ein Zwerg zu Helga, welcher ihr für das Geschenk, das sie seinem Kinde gegeben, dankte und sie einlud, zu ihm nach Hause zu kommen. Sie kamen zu einem großen Steine; dieser öffnete sich und sie gingen in denselben hinein. Darinnen saß die Frau des Zwerges, welche Helga ebenfalls für das Geschenk, das sie ihrem Kinde gemacht hatte, dankte.

Helga gebar in dem Steine ein sehr schönes männliches Kind. Der Zwerg sprach zu Helga:

„Herraud wird heute Hochzeit halten und zwar will er die Riesin heirathen. Wenn Du die Hochzeit mit ansehen willst, so werde ich Dir beihilflich sein, dahin zu kommen.“

Helga sagte, daß sie gerne dahin gehen möchte.

Der Zwerg führte sie zu einer Höhle und warf ihr hier einen Mantel um, so daß Niemand sie sehen konnte. Er trug ihr auf, wohl darauf zu achten, was die Braut jeden Abend thue, wenn sie aus der Höhle gehe; am letzten Abende solle sie dann Herraud herbeirufen und ihm zeigen, was seine Braut treibe; denn das Hochzeitsgelage werde drei Tage lang dauern. Zuletzt sagte der Zwerg noch, sie möge ihn rufen, wenn sie seiner bedürfe. Mit diesen Worten verschwand er.

Helga sah nun dem Gelage zu, welches unter lärmender Freude abgehalten wurde. Die Braut saß fein und schön auf der Brautbank und war nicht größer als ein Weib von mittlerem Wuchse. Herraud aber war überaus heiter und lustig.

Des Abends verließ die Braut die Höhle und wollte nicht, daß Jemand ihr folge. Sie entfernte sich eine kurze Strecke weit von der Höhle, drehte sich dreimal im Kreise um und sagte:

„Ich soll werden, was ich bin!“

Da wurde sie zu einem großen Riesenweibe. Hierauf sagte sie:

„Komm her, dreiköpfiger Riese, mein Bruder, mit einem großen Kübel voll Roß- und Menschenfleisch!“

Da kam ein Riese mit einem großen Kübel voll Fleisch-
stücken, und sie begannen nun dieselben zu verzehren. Als sie
damit fertig waren, drehte sich die Riesin wieder dreimal im
Kreise um und sagte:

„Ich soll wieder werden, was ich war!"

Da wurde sie wieder ein feines Mädchen.

Am zweiten Abend machte die Braut dasselbe. Am dritten
Abend rief Helga Herraud herbei; er erkannte sie aber nicht;
sie führte ihn heimlich dahin, wo die Riesin eben mit ihrem
Bruder beim Schmause war. Herraud erschrack nicht wenig, als
er dies sah; er kehrte zur Höhle zurück, zog eine Schnur vor
den Eingang und wartete, bis die Braut zurückkehrte. Als dieselbe kam, wurde sie durch die Schnur festgehalten; sie rief nach
ihrem Bruder, und alsbald kam auch der abscheuliche dreiköpfige
Riese herbei.

Da rief Helga nach dem Zwerge; sogleich kam ein Vogel
geflogen, welcher dem Riesen alle Schädelknochen zerhackte, so daß
er augenblicklich todt zur Erde fiel; die Braut aber erhängte
sich an der Schnur und sie kam Herraud gar nicht mehr schön
vor, als er sie so daliegen sah.

Jetzt erkannte Herraud auch Helga und war darüber sehr
erfreut; er bat sie um Verzeihung und sagte, daß die Riesin ihn
durch Zauberei dahin gebracht hätte, sie zu betrügen. Hierauf
begaben sich Herraud und Helga wieder in das Haus im Walde
und hielten bald nachher ihre Hochzeit. Am Hochzeitstage über-
brachte der Zwerg ihnen ihren Sohn und legte ihn Helga in
den Schooß; Herraud gab dem Zwerge für all' seine Hilfe
guten Lohn.

Sie liebten einander bis in ihr hohes Alter, und jetzt ist
die Geschichte zu Ende.

XXVI. Geirlaug und Grädari.

Es waren einmal ein König und eine Königin in ihrem Reiche; ihre Namen sind nicht mehr bekannt. Sie hatten einen Sohn, der Grädari hieß. Derselbe war noch ganz jung und lag in der Wiege, als diese Geschichte sich ereignete. Es wurden mit ihm gar viele Umstände gemacht, wie man schon daraus ersehen kann, daß über die Wiege ein Band gebunden war, auf welchem mit goldenen Buchstaben geschrieben stand: „Grädari, der Sohn des Königs Grädari".

Eines Tages, als sehr schönes Wetter war, befanden sich der König und die Königin in ihrem Lustgarten und hatten die Wiege in ihrer Mitte; sie bewunderten die Schönheit des Kindes und waren ganz glücklich über dasselbe. Da entstand plötzlich ein starkes Sausen, auf welches pechschwarze Dunkelheit folgte. Als es wieder hell wurde, war die Wiege verschwunden. Der König und die Königin wurden von großem Kummer und Schmerz über ihr Unglück erfüllt und nahmen in ihrer Traurig= keit weder Speise noch Trank zu sich. Ein Drache aber war es, der die Wiege entführt hatte.

In einem anderen Lande regierten ebenfalls ein König und eine Königin; dieselben hatten eine junge Tochter, welche Geir= laug hieß. An demselben Tage waren auch sie mit ihrem Kinde draußen in ihrem Garten. Da sah der König plötzlich eine dichte, große Wolke durch die Luft schweben und, als sie immer näher kam, gerade auf die Wiege des Kindes losfahren. Es war dies derselbe Drache, der den jungen Grädari entführt hatte, denn er hielt die Wiege in seinen Klauen. Er wollte nun die andere Wiege mit seinem Munde erfassen. Aber der König ließ es nicht dahin kommen, sondern griff rasch nach dem Schwerte und hieb damit dem Drachen in das Auge. Dieser Hieb war so stark ge=

führt, daß der Drache die Wiege, die er in den Klauen hatte, fallen ließ.

Der König und die Königin sahen nun, wie unglücklich das Kind war, und beklagten es; sie nahmen es zu sich und sorgten für dasselbe wie für ihre eigene Tochter. Die Kinder erhielten eine Pflegefrau und wurden nicht weit von dem Schlafgemache des Königs und der Königin untergebracht.

Als die Kinder zwölf Jahre alt waren, starb die Königin und wurde von dem gesammten Volke der Stadt betrauert, am meisten aber von den Kindern; denn Grädari liebte dieselbe, als ob er ihr eigener Sohn gewesen wäre.

Nach einiger Zeit nahm sich der König eine andere Frau. Es dauerte nicht lange, so wurde sie von Haß gegen die beiden Kinder erfüllt, weil dieselben einander sehr liebten. Sie war aber zauberkundig wie auch die Pflegefrau der Kinder.

Nun verstrich einige Zeit, bis der König einmal fortzog, um von seinen Ländern die Schatzung zu erheben. Der Abschied von den Kindern fiel ihm sehr schwer; da aber die Stiefmutter derselben sich jetzt sehr freundlich und sanft gegen sie zeigte, war er etwas beruhigter. Als der König fortgezogen war, gedachte sie die Kinder zu besuchen; da waren sie aber verschwunden.

Sie berief nun dreißig Männer zu sich und sagte zu denselben, sie habe einen Traum gehabt, der Krieg bedeute, und wolle daher, da ihr Mann abwesend sei, Vorkehrungen dagegen treffen. Sie trug ihnen auf, fortzuziehen, und alle Pferde und sonstigen Thiere, welche sie fänden, einzufangen und zu tödten.

Die Männer zogen aus, wie ihnen von der Königin geboten war. Sie suchten den ganzen Tag, fanden aber nichts als zwei junge Pferde, welche so schön waren, daß sie ihnen ganz besonders als Reitpferde für den König und die Königin passend erschienen. Sie kehrten Abends nach Hause zurück und erzählten der Königin nichts von den beiden Pferden. Sie ließ ein reichliches Mahl für sie bereiten und gab ihnen ein Getränk zu trinken, welches die Eigenschaft besaß, daß derjenige, welcher davon trank, der Wahrheit getreu erzählen mußte, was sich ereignet hatte. Sie sagten nun auch Alles, was sie verschweigen wollten. Da wurde die Königin auf's Höchste erzürnt und erschlug sie alle; denn als sie hörte, daß sie die beiden schönen jungen Pferde nicht getödtet hätten, sagte sie, daß dies das verfluchte Paar gewesen sei.

Diese ganze Zeit hindurch war jede Nacht ein Mann ver= schwunden, und es erschien Vielen sonderbar, daß die Königin daran schuld sein sollte, wie Einige behaupten wollten.

Nach Verlauf einer Woche kam der König wieder heim. Die Königin empfing ihn auf das Freundlichste und erzählte ihm von ihrer Meinung wegen eines Krieges; sie wolle, sagte sie schließlich, daß morgen er selbst mit dreißig Männern ausziehe und Alles tödte, was er Lebendes antreffe.

Der König that auch, was die Königin verlangte.

Nun müssen wir wieder zurück zu Geirlaug. Diese wußte im Vorhinein die Anschläge ihrer Stiefmutter und hatte des= halb zu Grädari gesagt, daß sie die königliche Burg verlassen und sich zu jungen Pferden verwandeln sollten.

Als nun ihr Vater in den Wald auf die Jagd geritten kam, sagte sie zu Grädari:

„Nun kommt mein Vater selbst; ich lasse ihn aber heute nicht suchen, denn er würde bald um's Leben kommen, wenn meine Stiefmutter ihm heute Abend den Trank gibt, auf den er Alles sagen muß, was er gesehen hat; setzen wir uns daher hier auf diese Eiche und verwandeln wir uns zu den besten Singvögeln."

Sie sangen nun so schön, daß der Vater der Geirlaug dem Gesange nachging und zu seinen Leuten sagte, er wolle hier ausruhen und diesem Gesange lauschen; sie sollten allein auf die Suche gehen.

Als es Abend wurde, kamen die Männer zurück und sagten dem Könige, daß sie nichts gesehen hätten außer diesen Vögeln, welche auf den Eichen säßen.

Der König erwiederte, daß er dieselben nicht wolle tödten lassen, da sie ihm den ganzen Tag hindurch so viel Vergnügen bereitet hätten.

Sie kehrten hierauf nach Hause zurück, die Königin empfing sie auf das Freundlichste, ließ ihnen ein reichliches Mahl auftragen und forderte sie auf, so viel zu trinken als sie Lust hätten. Sie gab ihnen denselben Trank wie den anderen Männern, und sie begannen nun zu erzählen, wie es war.

Da sagte die Königin, daß dies die Königskinder gewesen seien, und erschlug hierauf ihren Mann und Alle, welche mit ihm waren.

Da sagte Geirlaug zu Grädari:

Bald kommt meine Stiefmutter selbst und sie wird nicht früher ablassen, uns zu verfolgen, bis sie uns gefunden hat".

Er fragte sie, was nun zu geschehen habe.

Sie sagte, er solle zu einer Floße an ihr werden, sie selbst aber wolle sich in einen Walfisch verwandeln.

Die Königin war sehr aufgebracht, daß sie die beiden Kinder noch nicht hatte aus dem Leben schaffen können, und machte sich selbst mit dreißig Männern zur Verfolgung derselben auf. Sie suchte lange, bis sie endlich zu ihren Leuten sagte, daß sie zu Lande nichts fände. Sie ging daher zum Meere, verwandelte sich in einem großen Fisch und griff den Walfisch an. Der Kampf zwischen beiden endigte damit, daß Geirlaug die Stiefmutter tödtete. Sie war aber so erschöpft, daß sie kein Glied rühren konnte, und lag so drei Tage lang, bis sie sich endlich wieder erholte.

Da sagte sie zu Grädari, der immer bei ihr war, denn sie hatten sich gegenseitig Liebe geschworen:

„Wenn ich etwas für mich vermag, wünſchte ich, wir wären jetzt unter den Holzzaun Deines Vaters hingezaubert.“

Sie hatte dies kaum geſagt, als ſie auch ſchon dahin gekommen waren. Da ſagte Geirlaug:

„Begib Dich nun in den Palaſt Deines Vaters, binde Dein Wiegenband um und tritt vor Deinen Vater hin und erzähle ihm Alles wahrheitsgetreu, wie es ſich ereignet hat.“

Sie warnte ihn auch noch, ſo durſtig er auch ſein möge, früher zu trinken, bevor er ſeinen Vater gefunden habe. Hierauf ſchieden ſie in Liebe von einander.

Grädari ging nun ſeiner Wege; als er auf der Straße der Halle des Königs zuwanderte, bekam er ſo brennenden Durſt, daß er ihn nicht ertragen konnte. Da ſah er einen goldenen, mit Waſſer gefüllten Becher auf einem ſilbernen Faſſe ſtehen; er nahm denſelben und trank ihn in ſeiner Gedankenloſigkeit aus. Als er aber getrunken hatte, erinnerte er ſich nicht mehr an ſein früheres Leben und glaubte in dieſer Stunde geboren zu ſein.

Er ging ſo dahin, bis er dem Diener der Königin begegnete. Dieſer trat auf Grädari zu und ſagte:

„Heil Dir, Königsſohn!“

Grädari war ganz verdutzt und glaubte, daß dieſer Burſche ihn zum Beſten halte.

Der Diener aber bat ihn, daß er mit ihm komme, und dies that er auch. Sie gingen nun zur Königin. Als dieſe Grädari erblickte, erkannte ſie ſogleich ihren Sohn und fiel ihm um den Hals.

Grädari ſagte:

„Wie ſollte es möglich ſein, daß Du meine Mutter biſt?“

Die Königin entgegnete:

„Willſt Du denn nicht mein Sohn ſein? Ich verlor Dich, als Du ein halbes Jahr alt warſt und bekomme Dich nun zwanzigjährig zurück.“

Grädari ſagte:

„Ich kenne Dich nicht, und weiß nicht, wo ich die ganze Zeit hindurch gewesen bin."

Die Königin sagte:

„Das Band, welches Du umgebunden hast, sagt mir, daß Du mein Sohn bist; denn Niemand hat Deinen und Deines Vaters Namen, als Ihr beide, Vater und Sohn. Komm alsbald mit mir und erfreue Deinen Vater nicht später als mich!"

Sie gingen nun beide zu König Grädari. Dieser war ganz verwundert und sagte:

„Wenn Du mir auch fremd wärest, solltest Du gleichwohl mein Sohn sein."

Er lebte fortan in Freuden und Vergnügungen und es wurden ihm alle männlichen Künste und Fertigkeiten gelehrt, welche er früher nicht kannte; auch wurde ihm ein eigenes prächtiges Kastell erbaut.

Er hatte zwei junge Leute um sich, welche er so sehr liebte, daß sie alle drei wie eine Person waren und sich nie von einander trennten, wohin auch der König sich begeben mochte.

Wir kommen nun zurück zu Geirlaug.

Als bereits drei Tage verstrichen waren und Grädari noch immer nicht zurückkam, wußte sie, daß er sie vergessen hatte. Da gedachte sie ihm seinen Unverstand entgelten zu lassen.

Sie ging nun, bis sie zu einem Hofe kam, der einem reichen Bauern gehörte. Dieser Bauer hatte zwei Töchter. Geirlaug bat denselben, daß sie sich einige Zeit bei ihm aufhalten dürfe, und der Bauer erlaubte es ihr auch. Sie aber nannte sich Lauphöfda.

Sie war nicht lange hier, als sie die Töchter des Bauers in allerlei weiblichen Künsten und Fertigkeiten so trefflich unterrichtet hatte, daß der Ruf ihrer Geschicklichkeit sich in dem ganzen Königreiche verbreitete, aber auch erzählt wurde, wie dieselben sie dem unbekannten fremden Weibe zu verdanken hätten, welches sich seit einiger Zeit bei dem Bauer aufhalte.

Auch Grädari und seine beiden Freunde hörten davon. Der Königssohn bekam Lust, die beiden Mädchen, besonders aber das geschickte fremde Weib kennen zu lernen, und sagte zu seinen beiden Freunden, sie sollten jeder von ihnen an je einem Abend zu den Mädchen gehen, und zwar sie beide zuerst zu den Bauern= töchtern, während er selbst am dritten Abend zu Lauphöfda kommen werde.

Wir haben noch zu berichten, daß Geirlaug mit den Töchtern des Bauers so vertraut wurde und einen solchen Ein= fluß auf sie gewann, daß sie dieselben bestimmte, ihren Vater zu bitten, daß er ihnen ein ebenso prächtiges Haus erbauen lasse, wie das des Grädari sei.

An dem Abende, da der erste der drei Männer kommen sollte, sagte Lauphöfda zu Derjenigen, welcher diesmal der Besuch galt, sie möchte sich putzen und ihre Schlafkammer so schön aus= schmücken, als sie könne, denn sie habe diesen Abend Gäste zu erwarten.

Als es nun Abend geworden war, wurde bei dem einen Mädchen an die Thüre der Schlafkammer geklopft; dasselbe öffnete und ließ den Freund des Königssohnes eintreten. Dieser aber verlangte, daß das Mädchen ihn bei sich schlafen lasse. Da lief die Maid zu Lauphöfda hinein, erzählte derselben, daß dieser schlechte Mensch bei ihr schlafen wolle, und bat sie, ihr einen guten Rath zu geben.

Lauphöfda rieth ihr, sie solle nur gütlich zu Bette gehen, und sagte ihr, was sie weiter zu thun habe. Hier haben wir auch zu erwähnen, daß Lauphöfda im Herbste einen jungen Stier hatte aufziehen lassen, welchem sie immer selbst das Futter gab; derselbe war zur Zeit, da sich dieses ereignete, bereits sehr groß geworden.

Als nun der Mann sich in's Bett gelegt hatte, stellte sie sich, als ob sie zu ihm hinauf kommen wollte, und war schon halb im Bette, als sie sagte:

„Ah, ich habe ganz vergessen, den jungen Stier der Lauph-höfda anzubinden; ich muß hinaus gehen und es thun."

Da erbot sich der Mann, daß er es für sie thun wolle.

Das Mädchen sagte, daß sich der junge Stier nicht an den Ständer anbinden lasse, wenn man nicht den Schweif um die rechte Hand wickle und mit der linken Hand den H . . . . sack erfasse.

Er that, wie ihm gesagt worden war. Da wurde aber das Thier so wild, daß es im Stalle herumrannte; dabei stieß es eine Thür auf und lief sammt dem Manne in's Freie und sprengte wie rasend über Stock und Stein dahin. Der Mann aber hing an dem Schwanze des Thieres fest und konnte sich nicht losmachen. Da schien es ihm, daß er in eine gar üble Lage gerathen sei. Erst am nächsten Morgen konnte er sich frei machen und ging nun mit schwachen Kräften nach Hause. Er erzählte daheim nichts von seinem Erlebnisse und ließ auch nichts an sich merken, als daß er sehr schwach war.

Auf dieselbe Weise erging es auch dem zweiten Freunde des Königssohns, und auch dieser erzählte nicht, was ihm widerfahren war.

Nun kam die Reihe an Grädari selbst.

An demselben Tage sagte Lauphöfda, daß heute Abend Gäste zu ihr kommen würden, und bat die Mädchen, daß sie frühzeitig zu Bette gehen möchten. Hierauf schmückte sie in ihrem Gemache Alles so prächtig aus, als sie nur konnte.

Des Abends wurde an die Thür geklopft und Grädari trat ein.

Lauphöfda erkannte ihn sogleich, er aber erkannte sie nicht.

Sie führte ihn zu einem Sitze und sagte, sie sei nicht ge-wöhnt, solche Gäste zu empfangen.

Er entgegnete, daß er gekommen sei, um bei ihr über Nacht zu bleiben.

Lauphöfda zeigte sich damit ganz einverstanden und bewirthete Grädari mit Wein und Speisen. Hierauf ging sie zu Bette und Grädari wollte ihr folgen. Als er schon Alles bis auf ein leinernes Unterkleid ausgezogen hatte und im Begriffe war, in's Bett zu steigen, sagte Lauphöfda, daß der junge Stier noch nicht angebunden sei, die beiden Mädchen aber sich schon zu Bette gelegt hätten; sie müsse deshalb aufstehen und dies selbst besorgen.

Grädari bat sie, ruhig zu bleiben; er wolle selbst hinausgehen und den Stier anbinden.

Lauphöfda sagte, wenn er ihn an seinen Platz im Stalle bringen wolle, müsse er ihn mit der einen Hand beim Schwanze mit der anderen beim H .... sack erfassen.

Er ging in den Stall, fand den Stier und that, wie Lauphöfda ihm gesagt hatte. Da geberdete sich der Stier so wild, daß er ausbrach; Grädari aber blieb mit den Händen an dem Schweife und dem H .... sack des Stieres festhängen und lief mit diesem barfuß und beinahe unbekleidet im schärfsten Laufe dahin. Das Wetter war aber derartig, daß es bald in dichten schweren Flocken schneite, bald regnete. Grädari mußte die ganze Nacht hinter dem Stiere einherlaufen und konnte sich erst gegen Morgen frei machen; er war mehr todt als lebendig und lag eine Woche lang erschöpft und zerschlagen darnieder. Auch er erzählte den beiden Freunden nichts von seinem Erlebnisse, so daß keiner von den Andern wußte, was ihnen geschehen war.

Nachdem einige Zeit verstrichen war, sagte der König zu Grädari, daß er in das nächste Königreich gehen und um die Königstochter, die Aslaug heiße, werben solle. Er befolgte diesen Rath und seine Werbung nahm einen günstigen Verlauf. Als er mit seiner Liebsten landete, wurden sie in zwei Wagen abgeholt; Grädari und Aslaug bestiegen den einen, die beiden Freunde des Königssohnes den anderen Wagen.

Als sie aber nach der Halle des Königs fahren wollten, war der Wagen des Grädari nicht von der Stelle zu bringen, so sehr auch die Pferde angetrieben wurden, und sie waren nun Alle rathlos.

Da sprachen die beiden Freunde des Königs unter sich:

„Wie wäre es, wenn wir dem Königssohne sagten, daß er den Stier der Lauphöfda ausborgen solle?"

Sie sagten dies auch dem Königssohne und derselbe war mit ihrem Vorschlage ganz einverstanden und sagte, sie möchten beide zu ihr gehen und ihr Alles gewähren, um was sie bitten würde.

Sie gingen zu Lauphöfda und trugen ihr Grädari's Bitte vor.

Lauphöfda erwiederte, sie leihe ihnen den Stier unter der Bedingung, daß sie am Hochzeitstage hinter dem Brautpaare sitzen dürfe.

Dies wurde ihr zugesagt, und sie erhielten nun den Stier, brachten ihn zu dem Wagen und spannten ihn vor denselben; da begann er so schnell mit dem Wagen davonzulaufen, daß Alles aus den Fugen zu gehen schien; Aslaug aber fürchtete für ihr Leben. Er lief bis zur Königsburg, riß hier alle Bande von sich und rannte wieder seiner Wege.

Es ward nun die Hochzeit veranstaltet; in der Halle wurden Bänke aufgestellt und hinter dem Sitze des Bräutigams noch eine kleine Bank für Lauphöfda und die Töchter des Bauern angebracht. Lauphöfda trug ein rothes Seidenkleid und hatte auf dem Kopfe eine Krone; über jenem trug sie außerdem ein Kleid aus Birkenrinde. Alle verwunderten sich über ihre Schönheit und fragten einander, woher sie denn sein möge; jeder hätte sie gerne zur Magd gehabt.

Lauphöfda kam mit den beiden Bauerstöchtern in die königliche Halle und sie setzten sich alle drei auf die hintere Bank. Lauphöfda hatte einen Korb am Arme und als sich

Alle gesetzt hatten, nahm sie aus demselben einen Hahn und eine Henne und stellte die Thiere hinter Grädari.

Es waren nun Alle munter und lustig in der Halle, nur Lauphöfda zeigte ein trauriges, kummervolles Gesicht. Es wurde gespeist und auch den Vögeln zu essen gegeben. Als sie damit fertig waren, begann der Hahn der Henne das ganze Gefieder auszuzupfen, bis zuletzt nur mehr der rechte Flügel übrig blieb.

Da sprach die Henne laut:

„Willst Du so mit mir verfahren wie Grädari der Sohn des Grädari mit Geirlaug, der Königstochter, verfahren ist?“

Dies sprach die Henne so laut, daß Grädari über diese Worte betrübt wurde und sagte:

„Es ist schrecklich zu denken, daß ich meine Geirlaug, welche ich auf der ganzen Welt am Meisten liebte, so sehr gequält haben sollte“.

Da reichte ihm Geirlaug den Ring, in welchem sein Name eingegraben war, dann erhob sie sich, warf die Birkenrinden von sich und stand nun in dem schönen, prächtigen Kleide da.

Da gab es ein freudiges Wiedersehen zwischen den Beiden, und der Königsohn bat Geirlaug um Verzeihung wegen des Kummers, welchen er ihr durch seine Sorglosigkeit verursacht habe.

Sie erzählte hierauf dem alten Könige ihre Lebensge- schichte und statt Aslaug setzte sich Geirlaug auf die Brautbank und hielt Hochzeit mit Grädari. Die beiden Freunde des Königs- sohnes aber heiratheten die Bauerntöchter, und alle diese Hoch- zeiten wurden gleichzeitig gefeiert.

Nach beendigtem Feste schenkte Grädari Aslaug die Hälfte seines Erblandes als Entschädigung; er aber zog mit seiner Frau in das Erbreich derselben und

Sie lebten glücklich und lange,
Hatten Kinder und Kindeskinder,
Gruben Wurzeln und Kräuter
Und nun weiß ich die Geschichte nicht mehr weiter.

XXVII. Die Häuslerstöchter.

In alter Zeit lebte einmal ein alter Mann mit seinem alten Weibe in einer schlechten Hütte und ein König mit seiner Königin in einem Reiche. Die Königin wurde krank und starb, und der König regierte nach ihrem Tode das Reich mit einem Minister und seinem Sohne, der noch unverheirathet war.

Der alte Häusler und sein Weib hatten drei Töchter, aber keinen Sohn. Dieselben wurden bei den Eltern aufgezogen; als sie aber älter zu werden begannen, wurden sie so faul, daß sie sich um nichts kümmerten. Die Eltern waren darüber sehr unzufrieden, konnten aber doch die Sache nicht ändern. So wuchsen sie denn heran in Unthätigkeit und Trägheit und beschlossen endlich sogar, den alten Vater und die alte Mutter aus dem Wege zu schaffen, damit sie unbehindert leben und thun könnten, was sie wollten. Sie mischten eines Abends zu diesem Zwecke so starke Giftkräuter in die Speise der Eltern, daß diese einschliefen und nicht wieder zu diesem Leben erwachten.

Nun konnten sie ungestört in der Hütte treiben, was sie wollten, und sie aßen gut und ließen ihren Gelüsten freien Lauf. So trieben sie es, bis sie alles Eßbare, was sich in der Hütte befand, aufgezehrt hatten und nun Noth zu leiden begannen.

Sie hatten gehört, daß der König viele Rinder besitze und darunter sich ein Ochs befinde, der durch seine Größe vor allen anderen hervorrage. Nun legten sie sich heimlich alle drei auf die Lauer, stahlen den Ochsen und führten ihn heim nach ihrer Hütte, wo sie ihn alsbald schlachteten.

Wir kehren nun wieder zurück in das Königreich.

Die Leute des Königs vermißten bald den guten Ochsen und meldeten dies dem Könige.

Der König trug seinem Minister auf, in die Hütte zu
gehen und dort den Ochsen auszuforschen, denn er hatte Verdacht
geschöpft, daß die Häuslerstöchter denselben entwendet hätten.

Der Minister kam zur Hütte und sah hier alle drei
Schwestern vor derselben stehen und lachen. Die beiden älteren
schickten hierauf die jüngste Schwester in die Hütte, um nachzusehen, ob es im Topfe bereits siede. Dieselbe kam alsbald
wieder zurück und sagte, daß das Essen bereits gar gekocht sei.

Sie luden nun den Minister ein, mit ihnen in die Küche
zu kommen und am Rande des Herdes Platz zu nehmen, und
es blieb ihm auch nichts Anderes übrig, als dies zu thun. Er
sah in dem Topfe nichts als leere Fischgräten.

Die Mädchen setzten sich nieder und begannen zu essen.
Sie luden auch den Minister ein, an ihrem Mahle theilzunehmen;
er aber wollte dies nicht; doch wartete er, bis sie gegessen hatten.
Sodann grüßte er und ging davon.

Als er aber zur Thüre hinausging, sah er, daß plötzlich
starkes finsteres Schneegestöber mit Wind losgebrochen war, so
daß es unmöglich schien, den Weg zu finden.

Da traten die Schwestern auf ihn zu und sagten, daß ihm
jetzt nur die Wahl bleibe, entweder von ihnen in das Unwetter
hinausgestoßen zu werden oder bei der Aeltesten von ihnen zu
schlafen. Ihm gefiel weder das Eine noch das Andere; allein
er wußte, daß er kaum mit dem Leben davon kommen würde,
wenn er vor die Thüre gienge, und so entschloß er sich lieber, in
der Nacht bei der Häuslerstochter zu schlafen, da ja ohnehin
Niemand davon wußte als er und die Schwestern.

Es wurde nun Abend; man ging zu Bette und der Minister
legte sich zu der Häuslerstochter.

Es wird nicht weiter davon erzählt, was sie zusammen
trieben; er erwachte jedoch erst am nächsten Tage. Da bemerkte
er, daß die Schwestern fort waren und auch die, welche bei ihm
geschlafen hatte. Er trabte nun davon und ging lange, lange,

bis er in der Ferne einen Gegenstand wahrzunehmen glaubte, der einem Wassergefäß oder einem Boote ähnlich sah. Hierauf erblickte er einen Wasserfall und als er bei demselben anlangte, nahm er das Boot und wollte damit über das Wasser fahren. Da kamen plötzlich die Mädchen lachend mit einem Lichte herbei und fragten ihn, warum er denn mit der Aschentruhe über den Bach des Hofes gehen wolle.

Da ward er sehr böse, als er bemerkte, wie man ihn zum Besten hielt; die Mädchen aber verspotteten ihn.

Hierauf sagten sie zu ihm, sie würden ihm das Leben nehmen, wenn er nicht verspreche, daß er Diejenige zum Weibe nehmen wolle, bei welcher er in der Nacht geschlafen habe.

Es blieb dem Minister nichts Anderes übrig, als dies zu versprechen.

Er kehrte nun nach Hause zurück und sagte dem Könige, daß er von einem starken Schneegestöber überrascht worden sei und daher nicht in die Hütte der Häuslerstöchter habe kommen können.

Der König vermuthete jedoch, daß ihm auf seinen Gange Schmähliches widerfahren sei, und glaubte seinen Worten nicht. Es solle nun sein Sohn hingehen und den Ochsen ausforschen, sagte er, denn er wolle denselben nicht so ohne Weiteres verloren geben.

Da machte sich denn der Königssohn auf den Weg.

Als er zu der Hütte kam, standen die Mädchen wieder draußen und lachten. Sie schickten die Jüngste hinein, um nachzusehen, ob es schon koche; sie kam bald wieder zurück und sagte, daß es im Topfe bereits koche.

Sie luden den Königssohn ein, mit ihnen in die Hütte zu kommen und hießen ihn am Rande des Herdes Platz nehmen. Er setzte sich hier nieder und sah nun, daß in dem Topfe leere Fischgräten waren.

Die Mädchen luden ihn ein, mit ihnen zu essen, er aber wollte nicht; hierauf nahmen sie allein ihr Mahl ein.

Als sie gegessen hatten, ging der Königssohn fort und wollte sich wieder auf den Heimweg begeben; da war aber starkes Hagelwetter eingetreten. Die Mädchen kamen zu ihm hinaus und sagten, daß sie ihm nur die Wahl ließen, entweder in das Hagelwetter hinauszugehen, in dem er sicherlich bald umkommen würde, oder bei der Zweitältesten von ihnen zu schlafen.

Er sah den gewissen Tod voraus, wenn er fortging, und entschloß sich daher, lieber bei dem Mädchen zu schlafen.

Es geschah Alles genau so wie früher; die Mädchen verschwanden, er erwachte, machte sich auf die Beine und ging, bis er das Boot und den Wasserfall erblickte.

Er wollte mit dem Boote über den Wasserfall setzen, da kamen die Mädchen lachend mit einem Lichte herbei und sagten:

„Das schickt sich nicht für einen Königssohn, mit der Aschentruhe am Hofbache herumzuschlenkern.“

Der Königssohn war darüber ganz verwundert, sah aber doch, daß es sich so verhielt, wie die Mädchen sagten. Da sprachen diese zu ihm:

„Du sollst nun Dein Leben verlieren, wenn Du nicht feierlich gelobst, das Mädchen zur Frau zu nehmen, bei welchem Du heute Nacht geschlafen hast.“

Er konnte nichts anderes thun als dies geloben und begab sich hierauf heim in die Halle seines Vaters und sagte, er habe unter freiem Himmel übernachtet und sei nicht in die Hütte gekommen.

Der König sagte, daß etwas Schlimmes hinter diesen Gängen sein müsse; doch könne er es nicht dabei bewenden lassen; sie möchten sich nur wieder auf den Weg machen. Aber weder der Minister noch der Königssohn waren zu bewegen, nochmals zu den Mädchen zurückzukehren.

Schließlich mußte der König selbst sich zu dem Gange bequemen. Er kam zu der Hütte und sah die Mädchen lachend vor der Thüre des Hofes stehen. Dieselben schickten die Jüngste in die Hütte hinein, um nachzusehen, ob das Fleisch im Topfe schon gekocht sei. Sie sagte, daß es bereits gekocht sei.

Hierauf gingen die Schwestern in die Küche, luden den König ein, mit ihnen zu kommen, und wiesen ihm am Rande des Herdes Platz zum Sitzen an.

Der König folgte den Mädchen in die Küche und setzte sich dort zu ihnen. Er sah nun, daß sich im Topfe nur Fischgräten befanden, während er geglaubt hatte, daß darin Fleisch von seinem Ochsen wäre.

Sie luden ihn ein, mit ihnen zu essen, er aber wollte nicht; doch blieb er so lange sitzen, bis sie mit dem Essen fertig waren. Hierauf grüßte er sie und ging zur Thüre; als er jedoch in's Freie kam, sah er mit Erstaunen, daß ein Ungewitter mit Donner und Blitz gekommen war. Dasselbe war so schrecklich, daß er wieder in die Hütte zurückkommen mußte.

Nun traten die Schwestern auf ihn zu und sagten, daß sie ihm nur zwischen zwei Dingen die Wahl ließen: er müsse entweder in das Ungewitter hinaus gehen und sein Leben verlieren oder heute Nacht bei der Jüngsten von ihnen schlafen.

Es dünkte ihm besser, das Leben zu erhalten, und er entschloß sich daher, bei dem Mädchen zu schlafen.

Es wurde Abend; die Schwestern gingen zu Bette und der König legte sich zu der Jüngsten. Als er am nächsten Tage erwachte, waren die Mädchen verschwunden, und auch Diejenige, welche bei ihm geschlafen hatte. Er kleidete sich an und ging fort; da sah er ein stehendes Wasser schimmern, das Klippen umgaben, die aber so niedrig waren, daß sie nur bis zu seinen Brustwarzen reichten; er fand hier einen Stab, nahm denselben und ging damit in's Wasser hinaus und wollte so über dasselbe

kommen; es wurde jedoch immer tiefer und er plätscherte lange
darin herum.

In diesem Augenblicke kamen die Mädchen mit einem Lichte
herbei, lachten unmäßig und sagten:

„Nun scheint uns der König wenig von sich zu halten
und er wird sich später wohl schämen, daß er bei uns zum
Speisekammernäscher geworden ist; da ist er mit dem Schnee=
schläger in die große Tonne mit den sauren Molken gestiegen und
steht bis zu den Schultern in denselben; wie hat ihm nur
Solches einfallen können?"

Der König aber war ganz verblüfft über dieses Wunder
und schämte sich sehr, als er nun sah, daß es sich wirklich so
verhielt, wie die Mädchen sagten. Diese aber sagten jetzt zu ihm:

„Wenn Ihr uns nicht versprechen wollet, unsere jüngste
Schwester, bei der Ihr diese Nacht geschlafen habt, zu Eurer
Königin zu nehmen, bringen wir Euch um's Leben und ertränken
Euch hier in den sauren Molken."

Der König konnte nichts Anderes thun, als ihnen dies
versprechen. Es wurde ihm hierauf die Freiheit geschenkt und er
ging wieder heim in seine Halle.

Da erzählten die drei Männer einander, wie es einem jeden
von ihnen ergangen war. Sie waren nun der Ansicht, daß die Fisch=
gräten das Fleisch des Ochsen gewesen wären, und die Mädchen ihnen
durch Gaukelei und Zauberkünste die Sinne verwirrt hätten. Sie
beschlossen sodann, um ihr Versprechen zu erfüllen, die Mädchen
in der Hütte aufzusuchen und sie nach der Halle des Königs zu
bringen. Es wurde hierauf Hochzeit gehalten und Jeder von
ihnen heirathete diejenige von den Schwestern, bei welcher er
geschlafen hatte.

Sie lebten alle glücklich zusammen. Der Königssohn über=
nahm nach dem Tode seines Vaters die Regierung des Reiches
und starb endlich in hohem Alter.

XXVIII. Bangsimon.

Es waren einmal ein König und eine Königin in ihrem Reiche. Sie hatten einen Sohn, der Sigurd hieß.

Nicht weit von dem Königsschlosse lebte ein alter Mann mit seinem alten Weibe in einer schlechten Hütte; der Mann hieß Bangsimon. Dieselben hatten eine Tochter Namens Helga, welche mit dem Königssohne Sigurd in gleichem Alter stand, und die beiden Kinder spielten oft zusammen.

Da trat das traurige Ereigniß ein, daß der König seine Königin durch den Tod verlor; er trauerte lange um sie, saß oft auf ihrem Grabhügel und vernachlässigte die Regierung des Reiches. Den Ministern und Hofleuten des Königs schien dies endlich so bedenklich zu werden, daß sie vor den König hintraten und ihn baten von seinen Klagen abzulassen; sie erboten sich zugleich fortzuziehen und um eine andere Frau für ihn zu werben.

Der König war mit diesem Vorschlage einverstanden, bat aber die Männer, weder ein dummes Inselweib, noch eines der schönen Frauenzimmer, wie solche sich häufig auf gegenüberliegenden Landspitzen aufhielten, noch auch ein in den Wäldern wohnendes Weib als Frau für ihn zu wählen.

Sie versprachen ihm das und rüsteten sich sogleich zur Fahrt. Sie verirrten sich aber auf dem Meere und fuhren lange ziellos umher, bis sie endlich vor dem Steven etwas großes Schwarzes sahen und entdeckten, daß es eine Insel war.

Sie stiegen an's Land und gingen hier so lange, bis sie zu einem Zelte kamen. Hier sahen sie ein sehr schönes Weib welches auf einem Stuhle saß und sich mit einem goldenen Kamme kämmte.

Das Weib fragte sie, wohin sie gehen wollten und was für ein Geschäft sie zu besorgen hätten.

Sie erzählten nun, was der Zweck ihrer Reise sei.

Da sagte das Weib:

„Da ist es Eurem König gerade so ergangen wie mir; denn auch ich habe vor Kurzem meinen Mann verloren. Er war Oberkönig über zwanzig Kleinkönige; Vikinger überzogen das Land mit Krieg, der König fiel, ich aber flüchtete hieher.“

Hierauf warben sie um das Weib im Namen des Königs und erhielten eine zustimmende Antwort. Sie bestiegen sodann Alle die Schiffe und kamen ohne Unfall heim in das Reich des Königs.

Als der König die Schiffe von der Ferne heransegeln sah, ließ er sich in einem Wagen zum Strande fahren und lud die Königin ein, an seiner Seite im Wagen Platz zu nehmen. Hierauf fuhren sie beide in das Königsschloß.

Da der König an dieser Königin Gefallen fand, brachte auch er seine Werbung vor und dieselbe wurde freundlich aufgenommen. Der König ließ nun ein prächtiges Festgelage veranstalten und feierte seine Hochzeit mit ihr.

Sigurd, der Königssohn, aber verkehrte nur wenig mit seiner Stiefmutter und wollte so wenig als möglich mit ihr zu thun haben.

Es verstrich einige Zeit, bis die Königin krank wurde.

Der König war darüber sehr betrübt und fragte die Königin, ob dies nur eine vorübergehende oder aber tödtliche Krankheit sein werde.

Die Königin sagte, daß es eine tödtliche Krankheit sein werde und bat den König, er möge seinen Sohn Sigurd in den drei ersten Nächten nach ihrem Tode bei ihr in dem Gemache wachen lassen, welches sie bestimmen werde.

Es geschah nun, wie die Königin vorausgesagt hatte; die Krankheit war eine tödtliche und die Königin starb daran. Der König ließ ihre Leiche in das Gemach übertragen, welches sie bestimmt hatte, und trug Sorge, daß Alles so gemacht wurde, wie sie es verlangt hatte.

Hierauf bat er seinen Sohn, daß er bei der Leiche wachen möchte. Dieser aber wollte sich Anfangs durchaus nicht dazu herbeilassen.

Da erzürnte sich der König sehr und befahl Sigurd auf das Strengste, zu thun, was er ihm gesagt habe, so daß derselbe ihm versprechen mußte, seinem Gebote nachzukommen.

Da aber Sigurd sich im Dunkeln fürchtete und überdies eine noch größere Furcht vor Leichen hatte, begab er sich zu Helga, der Häuslerstochter, und bat sie, ihren Vater Bangsimon zu bestimmen, daß er für Sigurd bei der Leiche der Königin wache.

Aber auch Bangsimon wollte sich Anfangs nicht dazu herbeilassen, und erst auf die wiederholten eindringlichen Bitten seiner Tochter versprach er, in der ersten Nacht bei der Leiche der Königin zu wachen.

Er begab sich denn Abends in das Gemach, in welchem die Leiche aufgebahrt lag. Als er in dasselbe eingetreten war, fragte die Königin:

„Wer ist da?"

„Bangsimon, der alte Mann von der Hütte", sagte er.

„Packe Dich, Du niederträchtiger Kerl! Du hast nicht bei mir zu wachen; der Königssohn Sigurd hat bei mir zu wachen. Sind meine Füße fahl?" sagte die Königin.

„Fahl wie ein Grashalm", entgegnete Bangsimon.

„Dann ist es am Besten zu ringen", sagte die Königin, und bei diesen Worten erhob sie sich von der Bahre und stürzte auf Bangsimon los; sie rangen sodann mit einander, bis es Tag wurde. Als dieser anbrach, legte sich die Königin wieder auf die Bahre, wie sie früher gelegen hatte, der alte Mann aber begab sich heim in seine Hütte.

Ganz dasselbe ereignete sich auch in der zweiten Nacht, und nun weigerte sich der Alte aus allen Kräften, auch noch die dritte Nacht bei der Leiche der Königin zu wachen; aber schließlich konnte er doch den Bitten seiner Tochter nicht widerstehen und erklärte sich bereit, auch in der letzten Nacht, die noch übrig war, die Wache zu übernehmen. Bevor er sich aber in das Königsschloß begab, sagte er zu Sigurd und Helga, sie müßten, wenn er nach Verlauf von drei Jahren noch nicht zurückgekommen sein sollte, einander heirathen.

Hierauf ging er wieder in das Königsschloß und in das Gemach, in welchem die Leiche lag; er und die Königin wechselten wieder dieselben Worte wie früher, und sie rangen hierauf bis es Tag wurde. Als dieser anbrach, wurde die Königin zu einem Geier, Bangsimon aber zu einem fliegenden Drachen; sie erhoben sich beide in die Luft und flogen über Länder und Meer dahin, bis sie in ein unbekanntes Land kamen; hier unterlag die Königin im Kampfe und Bangsimon wollte ihr die Kehle durchbeißen. Da bat sie ihn, ihr das Leben zu schenken, und versprach, daß sie ihm dies lohnen würde, sobald sie in diesem Reiche Königstochter geworden wäre.

„Wie willst Du dazu kommen, Königstochter zu werden?" fragte Bangsimon.

„Ich will mich zu einem kleinen Kinde verwandeln und von dem König finden lassen, wenn er auf die Jagd geht," sagte sie.

Der alte Häusler ließ sie nun los und sie enteilte in einen großen Wald, der sich in der Nähe befand.

Am nächsten Tage ging der König in seinem Reiche auf die Jagd und fand im Walde ein schönes kleines Mädchen. Er nahm dasselbe mit sich nach Hause und zog es auf wie eine eigene Tochter, denn der König und die Königin waren kinderlos. Das Mädchen aber wuchs so schnell heran, daß es an's Wunderbare grenzte.

Der alte Bangsimon war ebenfalls in das Königsschloß gekommen und hielt sich dort auf; es wurde ihm erlaubt, Fische mürbe zu klopfen und ähnliche Arbeiten zu verrichten.

Nach einiger Zeit biß sich die Ziehtochter des Königs in die Finger, so daß dieselben bluteten; sie erzählte, daß der alte Mann, der sich im Königsschlosse aufhalte, sie so behandelt habe.

Der König und die Königin waren über den Alten sehr aufgebracht; doch wurde derselbe deshalb nicht fortgejagt.

Als einmal die Königstochter allein spazieren ging, fragte Bangsimon sie, wann sie es ihm lohnen wolle, daß er ihr das Leben geschenkt habe.

Sie sagte, sie werde es thun, sobald sie des Königs Königin geworden sei in diesem Reiche.

„Wie gedenkst Du denn dahin zu kommen, Königin in diesem Reiche zu werden?" fragte Bangsimon.

„Ich will", so sagte sie, „die Königin bitten, daß sie mir ihre Sammlung von Kleinodien zeige, denn sie schlägt mir keine Bitte ab. Ich will sie vor mir die Stiege hinaufgehen lassen, welche dahin führt; ich selbst folge ihr nach, und sowie sie auf die höchste Stufe der Stiege gelangt ist, breche ich die Stiege unter ihr ab, so daß sie sich den Hals bricht, begrabe sie unter der Stiege und ziehe ihre Kleider an und der König glaubt dann, daß ich die Königin sei."

Hierauf schieden sie von einander.

Wenige Tage später vermißte der König seine Tochter und die Königin sagte, daß es wohl am wahrscheinlichsten sei, daß der alte Fischmann, der sie schon einmal schwer mißhandelt hätte, ihr ein Leides zugefügt habe.

Bangsimon wurde nun ergriffen und sollte auf einem Scheiterhaufen verbrannt werden, so sehr er auch betheuerte, daß er die Königstochter nicht getödtet habe.

Er wurde zu dem Scheiterhaufen geführt und der König und die Königin waren zugegen, um seine Verbrennung anzusehen. Er bat, daß der König ihm, bevor er auf den Scheiterhaufen geworfen würde, eine Bitte gewähren möchte; er verlange keine Begnadigung.

Der König versprach es ihm.

Da bat Bangsimon die Königin, daß sie ihre Lebensge-schichte erzählen möchte.

Sie sagte, dies sei bald geschehen; denn sie sei eine Königs-tochter gewesen und habe dann den König geheirathet, welchen sie jetzt besitze; was sich seitdem ereignet habe, sei ohnehin Jeder-mann bekannt.

Bangsimon erzählte nun laut ihre ganze Lebensgeschichte, von dem Augenblicke an, wo sie in dieses Land gekommen. Da verwandelte sie sich in einen fliegenden Drachen und flog auf den alten Häusler zu. Der aber holte unter seinem Mantel einen Sack hervor und warf ihn ihr über den Kopf, so daß sie auf den Scheiterhaufen fiel und verbrannte.

Bangsimon gab alsdann dem Könige den Rath, unter der Stiege, welche zu der Kleinodienkammer führe, nachgraben zu lassen. Dies geschah auch und man fand Alles so, wie der Alte es gesagt hatte.

Da dankte der König dem alten Bangsimon mit vielen schönen Worten, daß er ihn von diesem Ungeheuer befreit habe, und gab ihm ein Schiff und Leute zu demselben, damit er, wie er es wünschte, in seine Heimath segeln konnte.

Von Sigurd aber ist zu berichten, daß er während Bang-simon's Abwesenheit seinen Vater verloren und hierauf die Regierung des Reiches übernommen hat. Als der alte Häusler heim kam, feierte Sigurd eben seine Hochzeit mit Helga; denn es waren bereits drei Jahre verflossen, seit der Alte nicht mehr nach Hause zurückgekehrt war. Die Freude des Wiedersehens war daher unbeschreiblich.

Das Ehepaar lebte hierauf lange geehrt und geachtet, und jetzt ist das Märchen von Bangsimon zu Ende.

XXIX. Ingibjörg, die Königstochter.

Es waren einmal ein König und eine Königin in ihrem Reiche, und dieselben hatten keine Kinder. Sie sehnten sich jedoch sehr, solche zu haben.

Eines Tages ging die Königin spazieren, und es lag viel frischgefallener, lockerer Schnee auf der Erde. Da blutete sie stark aus der Nase und sie wünschte sich, daß sie eine Tochter bekommen möchte, die so schön sei, wie das Blut und der Schnee zusammen zu schauen seien.

Bei dem Könige war auch ein Knecht, der Surtur hieß. Dieser hörte die Worte der Königin und fügte zu ihrem Wunsche die Worte hinzu:

„Und Du mögest tödtlichen Haß auf sie werfen."

Nun verging die Zeit, und es ereignete sich nichts, was der Erzählung werth wäre.

Eines Tages aber fand die Königin, daß sie guter Hoffnung sei. Als die Stunde ihrer Niederkunft herannahte, bat sie ihren Mann auf das Inständigste, das Kind, so wie es geboren wäre, tödten zu lassen.

„Das soll Dir niemals gewährt werden", entgegnete der König.

Die Königin gebar nun das Kind und es war ein reizend schönes Mädchen, welchem der Namen Ingibjörg gegeben wurde.

Der König ließ für das Kind ein eigenes Haus erbauen, gab demselben eine Pflegefrau und übertrug dieser die Aufziehung des Mädchens. Dies mißfiel der Königin sehr.

Ingibjörg wuchs auf und wurde so schön, daß die Leute nie Ihresgleichen gesehen hatten. Eines Tages wurde die Königin krank und sie fühlte, daß es mit ihr zu Ende gehen

werde. Da ließ sie ihre Tochter zu sich rufen und flüsterte derselben etwas in's Ohr, was niemand hörte.

Hierauf starb die Königin; sie wurde in einen Grabhügel
gelegt und der König saß lange auf demselben und trauerte um
sie. Ingibjörg ging in ihr Haus und hörte nie auf zu weinen.

Nicht weit von dem Königreiche war eine Insel; auf dieser
wohnte ein Jarl, welcher eine Tochter hatte, die Hildur hieß.
Nachdem der König lange um seine verstorbene Königin getrauert
hatte, freite er um die Tochter dieses Jarls, erhielt sie auch und
feierte in seiner Halle Hochzeit mit ihr, wobei es viel Pracht
und Lustbarkeit gab. Ingibjörg jedoch nahm nicht daran theil;
sie saß in ihrem Hause und weinte.

Eines Tages begab sich die junge Königin nach dem Hause,
der Ingibjörg, klopfte an die Thüre und bat die Königstochter
ihr aufzuschließen. Dies that dieselbe auch.

Die Königin bat nun Ingibjörg, sie möchte mit ihr in den
Wald hinaus gehen, um sich zu erlustigen. Die Königstochter
wollte Anfangs nichts davon hören; als aber ihre Stiefmutter
nicht abließ, sie zu nöthigen und in sie zu dringen, gab sie endlich
nach und sie gingen zusammen in den Wald.

„Nun bitte ich Dich", sagte die Königin, „mir zu sagen,
was Dir so nahe geht und Dir so großen Kummer verursacht."

Ingibjörg wollte ihr dies durchaus nicht mittheilen, so
oft die Königin auch ihre Bitten wiederholte.

Endlich kamen sie zu einem großen Fluß. Da sagte die
Königin:

„Wenn Du mir nicht sagst, warum Du immer weinst,
stürze ich Dich in diesen Fluß."

Ingibjörg wählte lieber das Leben und erzählte der Königin,
ihre Mutter habe den Fluch auf sie gelegt, daß sie im väterlichen Hause ein Kind bekommen, einen Mann tödten und das
Schloß ihres Vaters niederbrennen solle.

„Laſſe dies nicht Deinen Sinn bedrücken", ſagte die Königin, „ich werde Dir ſchon aus dieſen Nöthen helfen. Sag dem Knechte Surtur, Du habeſt heute eine ſchöne Pflanze auf den Meeresklippen geſehen, und bitte ihn, Dir dieſelbe zu holen. Sowie er dann ſo hoch auf die Klippen gekommen iſt, daß er nimmer höher kommen kann, laß das Seil aus, mit dem Du ihn hinaufgezogen haſt, ſo daß er in's Meer fällt."

Ingibjörg befolgte dieſen Rath und tödtete Surtur auf dieſe Weiſe. Hierauf ging ſie wieder heim in ihr Haus.

Als die Königin einmal mit dem Könige zu ſprechen kam, ſagte ſie:

„Du ſitzeſt immer ganz ruhig in Deiner Burg, König, und gehſt nie in den Wald hinaus, um Dich zu erluſtigen, wie es die anderen Könige thun."

Der König ſagte, er wolle gern in den Wald hinaus gehen, wenn ſie es wünſche, und ritt auch eines Tages mit allen ſeinen Hofleuten dahin.

Die Königin theilte nun Ingibjörg ihr Vorhaben mit, ließ ihr helfen, alle werthvollen Gegenſtände aus dem Schloſſe zu tragen, und legte dann Feuer an dasſelbe. Hierauf gab ſie ihr ein Bündel und ſagte ihr, ſie ſolle dasſelbe in den Wald hinaus rollen laſſen; es werde bei der Thüre einer Hütte liegen bleiben, und wenn ſie dahin komme, müſſe ſie darauf achten, daß ſie den Bewohner dieſer Hütte früher ſehe als er ſie. „Merke Dir aber, fuhr die Königin fort, „wenn Du von mir träumſt, ſollſt Du, ſo ſchnell Du nur kannſt, zu mir kommen."

Ingibjörg ging in den Wald und kam endlich zu der Hütte; ſie betrat dieſelbe und ſtellte ſich hinter die Thür.

Nachdem eine gute Weile vergangen war, kam ein großer Rieſe in die Hütte; er trug einen Bären auf dem Rücken und warf denſelben auf den Boden. Da erblickte er Ingibjörg; dieſe aber hatte ihn ſchon früher geſehen.

Ingibjörg bat den Riesen im Namen ihrer Stiefmutter, daß er ihr erlauben möchte, einige Tage hier zuzubringen.

Der Riese erlaubte es ihr und forderte sie auf, weiter in die Hütte hinein zu kommen.

Sie sah nun ein großes, aufgemachtes Bett und ein anderes kleineres unter demselben; dieses war kreisrund.

Der Riese fragte, ob sie lieber bei ihm oder bei seinem Hunde schlafen wolle.

Sie zog es vor, bei dem Hunde zu schlafen.

Ingibjörg blieb mehrere Tage in dieser Hütte. Einmal erwachte sie des Nachts und hörte ein starkes Gedröhn, welches so schrecklich war, daß man glauben konnte, die Erde berste auseinander.

Hierauf sah sie ein großes Ungeheuer in Menschengestalt in die Hütte kommen; dasselbe trug eine Haube aus den Schenkeltheilen einer Ochsenhaut, Hosen aus Pferdehaut, eine Weste aus der Haut des Eishais und eine Reitjacke. Sein Kopf war abscheulich-häßlich geformt; er hatte eine krumme und schiefe Nase, kohlschwarzes Haar und eine ebensolche Haut. Der Mund war ganz schief und ein großer Zahn ragte aus demselben hervor.

Von diesem abscheulichen Anblicke ward Ingibjörg so erschreckt, daß sie in das Bett des Riesen hinaufsprang. Hierauf schlief sie wieder ein und träumte nun von der Königin; da weckte sie der Riese. Sie verließ sogleich die Hütte, um so schnell als möglich zu dem Königsschlosse zu kommen.

Als sie dahin kam, sah sie die Königin in einem seidenen Hemde auf einem großen Scheiterhaufen sitzen. Da eilte sie auf den Scheiterhaufen zu, stieß einige Knechte auf denselben, nahm hierauf die Königin bei der Hand und führte sie in das Schloß.

Sie machte ihrem Vater harte Vorstellungen und sagte, er habe es der Königin übel gelohnt, daß sie ihr aus den Nöthen

habe helfen wollen, in welche sie der Zauber ihrer Mutter gebracht hätte.

Der König sagte, daß er dies nicht gewußt, sondern
vielmehr geglaubt habe, daß die Königin ihn sammt dem Schlosse
habe verbrennen wollen.

Es verging nun einige Zeit, bis die Leute zu bemerken
glaubten, daß Ingibjörg unter dem Gürtel dicker werde.

Eines Tages kam ein prächtig gekleideter Mann auf einem
rothen Pferde zum Schlosse geritten. Derselbe warb um Ingibjörg's
Hand und erhielt dieselbe auch zugesagt, worauf mit großer
Pracht ihre Hochzeit gefeiert wurde.

Kurze Zeit darauf gebar Ingibjörg ein Kind, und sie wußte
nun, daß ihr Mann der Vater dieses Kindes und der Riese aus
der Hütte sei, welcher dort in der Verzauberung gelebt hatte und
der Bruder der Königin war.

Sie liebten einander bis in ihr hohes Alter und erhielten
nach dem Tode des Königs dessen Reich und alle Reichthümer.

XXX. Hermod und Hadvör.

Es waren einmal ein König und eine Königin in ihrem Reiche; sie hatten eine Tochter, welche Hadvör hieß. Dieselbe war sehr schön, und da sie das einzige Kind war, welches ihre Eltern hatten, war sie die zukünftige Erbin des Reiches.

Der König und die Königin hatten auch einen Ziehsohn, der Hermod hieß; er stand beiläufig im selben Alter wie Hadvör, und war ebenfalls sehr schön und tüchtig und geschickt in allen Dingen.

Hermod und Hadvör spielten oft zusammen in ihrer Kindheit und schworen sich schon in jungem Alter heimlich gegenseitige Liebe und Treue.

Es verstrich nun einige Zeit bis die Königin krank wurde; da sie ahnte, daß sie an dieser Krankheit sterben würde, schickte sie nach dem Könige. Als dieser kam, sagte sie zu ihm, daß sie nicht mehr lange leben werde und daher besonders eine Bitte an ihn richten wolle, die Bitte nämlich, daß er, falls er sich eine zweite Frau nehmen wollte, keine andere wählen solle als die Königin vom guten Hetlande.

Der König versprach ihr dies und hierauf starb die Königin.

Nach einiger Zeit begann der König des einsamen Lebens überdrüssig zu werden, er rüstete ein Schiff aus und stach in die See. Da fiel ein dichter Nebel ein, so daß er sich verirrte.

Nach langer Irrfahrt stieß er endlich auf Land, legte dort vor Anker und verließ allein das Schiff. Als er eine Weile gegangen war, kam er in einen Wald; er ging darin eine Strecke weit dahin und ruhte dann aus.

Da hörte er überaus schön auf einem Instrumente spielen und ging dem Laute nach, bis er zu einer offenen Stelle im Walde kam. Hier sah er drei Weiber. Das eine von ihnen faß in prächtiger Kleidung auf einem goldenen Stuhle, hielt eine Harfe in der Hand und hatte eine kummervolle Miene; das andere war auch sehr schön gekleidet, aber jünger und saß ebenfalls auf einem Stuhle, der aber nicht so kostbar war wie jener. Das dritte Weib stand bei den zwei anderen und war gleichfalls von recht hübschem Aussehen; dasselbe trug einen grünen Mantel über der übrigen Kleidung, und man konnte aus Allem ersehen, daß es die Dienerin der beiden anderen war.

Nachdem der König die Weiber eine Weile für sich betrachtet hatte, trat er auf sie zu und grüßte sie. Dasjenige, welches auf dem goldenen Stuhle saß, fragte ihn, wer er sei und wohin er zu gehen gedenke.

Er erzählte nun, daß er ein König sei und seine Königin verloren habe; er wolle nach dem guten Hetland segeln und dort um die Königin freien.

Die Frau sagte, daß das Schicksal dies wunderbar gefügt habe; Hetland wäre mit Krieg überzogen worden, Vikinger hätten ihren König in der Schlacht getödtet und da sei sie kummererfüllt aus dem Lande geflohen und nach vielen Mühen und Beschwerden hierher gekommen; sie sei dieselbe, welche er suche, und das eine der beiden anderen Weiber sei ihre Tochter, das andere ihre Dienerin.

Der König zögerte nicht lange, sondern trug gleich seine Werbung vor.

Sie nahm dieselbe freundlich auf, zeigte Freude und gab sogleich ihre Einwilligung. Nach kurzem Aufenthalte brachen sie alle auf und begaben sich zu dem Schiffe.

Von ihrer Fahrt wird nichts Besonderes berichtet; sie kamen ohne Unfall in das Reich des Königs, es wurde ein großes Hochzeitsfest veranstaltet und der König heirathete dieses Weib.

Es fiel auch eine Zeit lang nichts Bemerkenswerthes vor. Hermod und Hadvör gaben sich wenig mit der Königin und ihrer Tochter ab; mit der Zeit aber wurden Hadvör und die Dienerin der Königin, welche Olöf hieß, vertraute Freundinnen, und Olöf kam oft in das Haus der Hadvör.

Es dauerte nicht lange, so zog der König in den Krieg. Als er fortgesegelt war, kam die Königin zu Hermod und sagte ihm, es sei ihr Wunsch, daß er ihre Tochter zum Weibe nehme.

Hermod entgegnete ihr aber kurz und bündig, daß daraus nichts werden könne.

Darüber wurde die Königin sehr erzürnt und sagte, daß dann auch sie beide, Hermod und Hadvör, sich vorläufig ihres Liebesglückes nicht länger freuen sollten; denn sie lege jetzt den Zauber auf ihn, daß er auf eine öde Insel kommen und am Tage ein Löwe, in der Nacht aber ein Mensch sein solle, so daß er der Hadvör gedenken könne und um so größere Pein empfinde. Von dieser Verzauberung solle er nicht früher erlöst werden, als bis Hadvör seine Löwenhaut verbrenne, was wohl sobald nicht der Fall sein werde.

Als die Königin ihre Rede beendigt hatte, sagte Hermod, er lege seinerseits den Zauber auf sie, daß, sobald er aus seiner Verzauberung erlöst sei, die Königin und ihre Tochter, die eine in eine Ratte und die andere in eine Maus verwandelt werden und so lange in dem Schlosse einander zerfleischen sollten, bis er sie mit seinem Schwerte tödten würde.

Hierauf verschwand Hermod und Niemand wußte, was aus ihm geworden war. Die Königin ließ ihn zum Scheine suchen, er konnte aber nirgends gefunden werden.

Als Olöf wieder einmal bei Hadvör war, fragte sie die Königstochter, ob sie wisse, wohin Hermod gekommen sei. Bei diesen Worten wurde Hadvör traurig und sagte, sie wisse es nicht.

Olöf entgegnete, sie wolle es ihr sagen, denn es sei ihr gar wohl bekannt. Sie erzählte nun, daß Hermod auf Veranstaltung der Königin verschwunden sei, denn diese sei eine Riesin, wie auch ihre Tochter, und sie hätten ihre gegenwärtige Gestalt nur angenommen. Als Hermod sich nicht dem Wunsche der Königin fügen und ihre Tochter heirathen wollte, habe sie den Zauber auf ihn gelegt, daß er auf eine Insel hinaus kommen, dort am Tage zu einem Löwen, in der Nacht aber wieder zu einem Menschen werden und nicht früher aus dieser Verzauberung erlöst werden solle, bis Hadvör sein Löwengewand verbrenne. Sie sagte auch, es sei bestimmt, daß Hadvör heirathe; denn die Königin besitze einen Bruder in der Unterwelt, einen dreiköpfigen Riesen; diesen gedenke sie zu einem schönen Königssohn zu machen und als solchen um Hadvör freien zu lassen. Diese Handlung, sagte sie, sei nichts Neues für die Königin, und sie habe auch sie aus dem Hause ihrer Eltern entführt und sie gezwungen, ihr zu dienen; aber sie habe ihr nie ein Leides zufügen können, denn der grüne Mantel, welchen sie über ihren Kleidern trage, bewirke, daß ihr nichts schade, was man ihr auch zufügen möge.

Hadvör wurde nun ganz traurig und von Sorgen erfüllt über die Heirath, welche ihr bestimmt sein sollte, und sie bat Olöf auf das Inständigste, ihr einen guten Rath zu geben.

Olöf sagte, sie möchte darauf achten, daß der Freier durch den Boden des Hauses zu ihr komme, und solle dann Sorge tragen, sobald sie ein unterirdisches Gedröhn höre und der Boden anfange zu bersten, siedendes Pech bei der Hand zu haben und dasselbe rasch und ausgiebig in den Spalt zu gießen; das werde ihn tödten.

Zu dieser Zeit kam auch der König aus dem Kriege heim, und er war sehr betrübt, als er nicht erfahren konnte, was aus Hermod geworden sei. Aber die Königin tröstete ihn, so gut sie konnte, und so fand sich der König allmählich leichter in den Verlust seines Sohnes.

Hadvör saß in ihrem Hause und hatte Alles vorbereitet, um den Freier zu empfangen. Es dauerte auch nicht lange, so entstand einmal des Nachts starkes Gedröhn und Getöse unter dem Boden des Hauses; da glaubte Hadvör zu wissen, was dies zu bedeuten habe, und bat ihre Dienstmädchen, sich bereit zu halten, ihr Beistand zu leisten.

Das Gedröhn und Gepolter wurde immer stärker, bis der Boden auseinander barst; da ließ nun Hadvör die Pechkessel herbeiholen und das Pech in den Spalt gießen. Der Lärm wurde hierauf immer schwächer und hörte endlich ganz auf.

Am nächsten Morgen erwachte die Königin sehr früh und sagte, sie müsse aufstehen, was der König sie auch thun ließ. Als sie angekleidet war, begab sie sich vor das Thor der Stadt und fand hier den Riesen, ihren Bruder, todt am Boden liegen. Die Königin trat auf ihn zu und sagte:

„Ich bestimme und wirke den Zauber, daß Du zu dem schönsten Königsjohne werdest und daß Hadvör nichts gegen die Anschuldigungen machen könne, die ich gegen sie vorbringen werde."

Da wurde die Leiche des Riesen zur Leiche des schönsten Königsjohnes. Hierauf kehrte die Königin wieder nach Hause zurück, suchte den König auf und sagte zu ihm, es schiene ihr nicht, daß seine Tochter das gute Wesen sei, als welches sie sich geben wolle. Sie erzählte sodann, es sei ihr Bruder gekommen und habe um Hadvör's Hand angehalten, sie aber habe denselben getödtet; sein Leichnam liege, wie sie gesehen habe, draußen vor dem Stadtthore.

Der König ging nun mit der Königin, um die Leiche zu besichtigen, und es schien Alles mit ihren Angaben übereinzustimmen; er sagte, daß ein so schöner junger Mann für Hadvör ganz passend gewesen wäre und er gerne seine Einwilligung zu dieser Verbindung gegeben hätte.

Die Königin bat den König, er möchte ihr erlauben zu bestimmen, welche Strafe Hadvör zu Theil werden solle, und der König willigte ein, denn er sagte, er könne keine Strafe für seine Tochter festsetzen.

Das Urtheil der Königin aber war, daß der König einen großen Grabhügel über ihren Bruder aufwerfen und Hadvör lebendig zu ihm in den Hügel bringen lassen solle.

Der König hielt dies für ein vortreffliches und gerechtes Urtheil.

Wir müssen nun zurück zu Olöf. Diese wußte von all diesen Anschlägen der Königin, ging zur Königstochter und erzählte ihr, was man mit ihr vorhabe.

Hadvör bat sie hierauf flehentlich, ihr Ratschläge zu geben.

Olöf sagte, sie sollte sich vor Allem einen weiten kurzen Mantel anfertigen lassen, welchen sie über den anderen Kleidern tragen möge, wenn sie in den Hügel gehe. Der Riese, fuhr sie fort, werde als Gespenst umgehen, wenn sie beide im Hügel beisammen sein würden, und zwei Hunde bei sich haben; er werde sie bitten, ein Stück Fleisch aus ihren Waden zu schneiden, und es den Hunden zu geben; sie solle ihm aber nicht früher versprechen, dies zu thun, bevor er ihr nicht sage, wo Hermod hingekommen sei, und ihr anzeige, wie sie ihn finden könne. Sowie sie aber den Hügel verlassen wolle, und der Riese sie zu diesem Zwecke auf seine Schultern steigen lasse, werde dieser versuchen, sie zu betrügen und sie bei dem Mantel ergreifen, um sie wieder in den Hügel zurückzuziehen. Sie möge daher Sorge tragen, daß der Mantel nur lose um ihre Schultern hänge, so daß er dem Riesen allein in der Hand zurückbleibe.

Der Grabhügel war nun fertig geworden, der Riese wurde in denselben gelegt und Hadvör, ohne daß sie sich vertheidigen oder verantworten konnte, mit ihm eingeschlossen. Als sie beide in dem Hügel waren, geschah Alles so, wie Olöf gesagt hatte. Dieser Königssohn ging als Gespenst um und wurde der Riese, der er war. Er hatte zwei Hunde bei sich und bat Hadvör, einen Bissen Fleisch für dieselben aus ihren Waden zu schneiden;

sie aber weigerte sich entschieden, dies zu thun, bevor er ihr nicht gesagt habe, wo Hermod sei, und ihr anzeige, wie sie zu ihm kommen könne.

Der Riese erzählte nun, Hermod befinde sich auf einer öden Insel, welche er bezeichnete; doch könne sie nicht dahin kommen, wenn sie sich nicht die Haut von den Fußsohlen abziehe und sich daraus Schuhe mache; denn mit diesen könne sie über Land und Wasser dahin gehen.

Hadvör that hierauf, was der Riese von ihr verlangte, schnitt Fleischstücke aus ihren Waden und gab dieselben den Hunden. Als sie damit fertig war, begann sie sich die Haut an den Fußsohlen abzuziehen, machte Schuhe aus derselben und sagte zu dem Riesen, daß sie nun fort wolle.

Der Riese entgegnete, sie müsse auf seine Schultern steigen. Dies that sie auch und sie kam auf diese Weise aus dem Hügel. Bevor sie jedoch denselben ganz verlassen hatte, würde sie gar heftig rückwärts am Mantel erfaßt; sie hatte aber Sorge getragen, daß derselbe nur lose um ihre Schultern lag, und so blieb dem Riesen der Mantel allein zurück, Hadvör aber entkam.

Sie ging nun hinab zur See und dahin, wo sie wußte, daß es von dort nicht weit sei hinaus auf die Insel zu Hermod. Sie kam wohlbehalten über das Meer; denn ihre Schuhe trugen sie darüber. Als sie auf der Insel an's Land ging, sah sie nichts als Sand und hohe Klippen, so daß sie nicht wußte, wie sie in das Innere der Insel kommen könne. Da sie nicht nur hierüber traurig und betrübt, sondern auch von dem weiten Marsche ermüdet war, legte sie sich nieder und schlief ein. Da träumte ihr, daß ein riesengroßes Weib zu ihr kam und zu ihr sagte:

„Ich weiß, daß Du Hadvör, die Königstochter, bist und Hermod suchst. Er ist hier auf der Insel; doch wird es schwierig für Dich werden, mit ihm zusammen zu kommen, wenn Du Dir ganz allein überlassen bist; denn Du kannst aus eigenen Kräften nicht auf die Klippen hinauf kommen; ich habe deshalb ein Seil oben an dem Felsen befestigt, und dasselbe wird halten, wenn Du Dich daran aufziehst, um in's Innere der Insel zu gelangen. Da die Insel groß ist, kann es leicht sein, daß Du den Ort, wo Hermod sich aufhält, nicht so bald finden wirst; deshalb lege ich einen Knäuel für Dich hieher; Du brauchst nur das Ende des Bandes anzufassen, welches daran ist, und der Knäuel wird von selbst vor Dir dahinrollen und Dir den Weg weisen. Außerdem lege ich noch einen Gürtel für Dich hierher; mit diesem sollst Du Dich umgürten, wenn Du erwachst, dann wirst Du vom Hunger nicht ermattet werden."

Hierauf verschwand das Weib; Hadvör aber erwachte und sah, daß Alles, was sie geträumt hatte, wahr war: ein Seil hing von dem Felsen nieder und neben ihr lagen ein Knäuel und ein Gürtel. Sie legte den Gürtel an, ging zu dem Seile und zog sich an demselben auf den Felsen empor. Hierauf faßte sie das Band, welches aus dem Knäuel heraushing, und dieser rollte nun dahin und blieb erst vor dem Eingange einer nicht allzu großen Höhle liegen.

Hadvör ging in die Höhle hinein und sah darin ein ärmliches Bett; sie kroch unter dasselbe und legte sich hier nieder.

Als es Abend wurde, hörte sie draußen ein Gedröhn und hierauf Fußtritte; da merkte sie, daß der Löwe zu dem Eingang der Höhle gekommen war und sich dort schüttelte; sodann hörte sie, wie ein Mann hinein kam und zu dem Bette ging. Sie erkannte in diesem Manne alsbald Hermod; denn er begann mit sich selbst über seinen Zustand zu sprechen, und erwähnte dabei oft seiner Liebe zu Hadvör und anderer Dinge aus früherer Zeit.

Hadvör verhielt sich jedoch ruhig und wollte warten, bis Hermod eingeschlafen wäre; als sie glaubte, daß er in festem Schlafe liege, kroch sie unter dem Bette hervor, zündete vor der Höhle ein Feuer an und verbrannte das Löwengewand, welches Hermod draußen abgelegt hatte. Hierauf ging sie wieder in

Höhle zurück und weckte Hermod. Da gab es ein gar freudiges Wiedersehen zwischen ihnen.

Des Morgens dachten sie an ihre Heimkehr und überlegten ganz besonders, auf welche Weise sie von der Insel fortkommen könnten.

Da erzählte Hadvör dem Hermod von ihrem Traume und sagte, daß es wohl Jemand auf der Insel geben müsse, der ihnen helfen könne.

Hermod entgegnete, er wisse nur, daß sich ein Riesenweib auf der Insel aufhalte; dasselbe sei die vollständigste Treuriesin und der beste Schutzgeist, und es gelte nun vor Allem, dasselbe aufzusuchen.

Sie suchten hierauf die Höhle der Riesin und fanden sie auch; sie sahen in derselben ein erschrecklich großes Riesenweib mit fünfzehn jungen Söhnen und baten es, ihnen behilflich zu sein, daß sie von der Insel an's Festland kommen könnten.

Die Riesin sagte, daß etwas Anderes leichter zu veranstalten wäre; denn der Hügelbewohner, bei welchem Hadvör gewesen sei, werde trachten, ihnen Hindernisse in den Weg zu legen; er sei zu einem großen, gefürchteten Walfisch geworden und er wolle sie um's Leben bringen, während sie an's Land führen. Die Riesin sagte jedoch, sie werde ihnen ein Schiff borgen; und wenn sie des Walfisches ansichtig und glauben würden, daß ihr Leben in Gefahr sei, so möchten sie ihren Namen rufen.

Hermod und Hadvör dankten der Riesin mit vielen und schönen Worten für ihre Hilfe und ihren guten Rath und segelten von der Insel ab. Bald aber sahen sie einen Walfisch, der gewaltig im Wasser herumschlug und unter mächtigem Brausen der Wogen auf sie zuschwamm. Da wußten sie, woran sie jetzt waren, und hielten dafür, daß sie es wohl niemals nöthiger hätten, den Namen der Riesin zu rufen, als jetzt; und dies thaten sie denn auch.

Gleich darauf sahen sie hinter sich einen ungeheuer großen Walfisch heranschwimmen, dem fünfzehn kleine Wale folgten. Dieser ganze Haufe schwamm eiligst dem Schiffe, in welchem Hermod und Hadvör waren, vor und auf den anderen großen Walfisch los. Dann gab es einen harten Kampf und die See wurde so unruhig, daß das Boot nur mit Mühe und Noth gegen die Sturzwellen geschützt werden konnte.

Nachdem dieser Kampf eine gute Weile gedauert hatte, sahen Hermod und Hadvör, daß die See ganz blutig wurde, und hierauf verschwand der eine Walfisch mit den fünfzehn kleineren Walen, und sie kamen wohlbehalten an's Land.

Wir müssen jetzt zurück in's Königsschloß. Dort hatten sich seltsame Dinge ereignet: die Königin und ihre Tochter verschwanden, aber eine Ratte und eine Maus lagen dort im beständigen Kampfe mit einander. Viele wollten diese ekelhaften Thiere fortjagen, aber Niemand brachte es zu Stande.

Es verging so einige Zeit und der König war ganz niedergedrückt von Kummer und Trauer wegen des Verschwindens seiner Königin und weil die beiden widerlichen Thiere alle Freude in dem Schlosse verhinderten.

Eines Abends, als Alle wieder kopfhängerisch in der Halle saßen, trat Hermod in dieselbe ein, umgürtete sich mit einem Schwerte und begrüßte den König. Dieser empfing ihn mit unbeschreiblicher Freude und glaubte, ihn von den Todten zurückerhalten zu haben.

Bevor aber Hermod sich setzte, ging er dahin, wo die Ratte und die Maus mit einander kämpften und hieb die Thiere mit dem Schwerte in Stücke. Nun waren alle auf's Höchste erstaunt, als sie sahen, daß zwei Unholdinnen todt auf dem Boden der Halle lagen, und sie verbrannten dieselben sogleich zu kalter Kohle.

Hierauf erzählte Hermod dem König alle seine Schicksale und derselbe war sehr erfreut, daß er von diesen Ungeheuern befreit worden war.

Hermod hielt nun um Hadvör's Hand an und der König gab sie ihm mit Freuden. Sie hielten Hochzeit und da der König bereits alt geworden war, übertrug er die Regierung des Reiches dem Hermod.

Olöf vermählte sich mit einem vornehmen Manne des Reiches und sie alle

> Lebten lange und glücklich,
> Hatten Kinder und Kindeskinder,
> Gruben Wurzeln und Kräuter
> Und nun weiß ich die Geschichte nicht mehr weiter.

XXXI. Sigurd und Ingibjörg, die Königskinder.

Wie es oft geschah, regierte ein König in einem Lande; er hatte eine Königin und mit ihr zwei Kinder, welche Sigurd und Ingibjörg hießen. Bevor noch diese erwachsen und aus den kindlichen Jahren gekommen waren, starb die Königin, ihre Mutter.

Der König war über den Verlust seiner Königin sehr betrübt, so daß er für gar nichts Theilnahme hatte, sondern immer nur seine Frau beweinte und lange bei ihrer Begräbnißstätte saß.

Als so einige Zeit verstrichen war, kamen seine Minister zu ihm und legten ihm nahe, daß er seinem Kummer ein Ende machen müsse und dies am ehesten zu Stande bringe, wenn er sich auf's Neue um eine Frau umsähe, sei es selbst oder durch Abgesandte. Sie machten ihm auch Vorstellungen, wie sehr die ganze Regierung des Reiches wegen seines übermäßigen Kummers in Unordnung gerathe und dieser Zustand nicht mehr länger andauern könne. Der König sah ein, daß dies ganz richtig sei; er gab seine Zustimmung, daß Abgesandte in andere Länder fahren und eine Frau für ihn werben sollten und rüstete Schiffe und Mannschaft aus.

Als die Abgesandten auf die hohe See hinaus gekommen waren, entstand ein großer Sturm; sie verirrten sich, so daß sie nicht mehr wußten, wohin sie steuerten, und sich ganz dem Winde überließen. Endlich stießen sie doch auf ein Land, welches sie aber nicht kannten.

Die Anführer stiegen an's Land, um dasselbe zu erforschen, und ließen die Mannschaft zur Bewachung der Schiffe zurück. Sie sahen hier nichts, was einer Menschenwohnung glich, und glaubten daher, daß dieses Land unbewohnt sei. Endlich aber entdeckten sie doch ein Gehöft, das jedoch aus ärmlichen Hütten bestand.

Sie gingen nun auf dieses Gehöft zu, um zu sehen, ob dort ein menschliches Wesen wohne oder nicht. Sie fanden ein Weib, welches bereits ziemlich bejahrt, aber doch noch ganz hübsch war. Dasselbe fragte sie, wer sie seien, und woher sie kämen.

Sie gaben über Alles gewissenhaft Bescheid und erzählten freiwillig, was der Zweck ihrer Reise sei.

Sie erfuhren nun auch, was für ein Land es sei, in welches sie gekommen waren; doch wird der Name desselben nicht erwähnt.

Das Weib meinte, sie hätten wenig Glück gehabt, da sie in ein Land kämen, wo keine Aussicht vorhanden sei, sich ihres Geschäftes zu entledigen.

Da es bereits Abend geworden war und das Wetter schlecht zu werden begann, baten die Abgesandten des Königs das Weib, es möchte ihnen Nachtherberge gewähren.

Dasselbe schwankte Anfangs, indem es sagte, daß ihre schlechten Hütten durchaus nicht für Leute eingerichtet seien, welche gewohnt wären, in Königshallen zu sitzen. Auf ihr wiederholtes und eindringliches Bitten ließ es sich endlich doch bewegen, ihren Wunsch zu erfüllen.

Das Weib ließ die Leute des Königs eintreten; und da gab es nicht wenig Erstaunen und Bewunderung unter ihnen; denn diese Herberge schien ihnen eher königlichen Sälen als ärmlichen Hütten zu gleichen.

Nach einer Weile deckte das Weib den Tisch für sie und setzte ihnen Leckerbissen vor, wie sich solche nur für Könige geziemen.

Während des Essens fragten sie die Wirthin unter Anderem, ob sie ganz allein auf diesem Hofe wohne.

Sie meinte, daß man dies wohl sagen könne; doch habe sie ihre Tochter bei sich, aber nur damit sie an ihr einen Zeit= vertreib besitze.

Nun baten die Leute des Königs, daß sie das Mädchen sehen dürften.

Nur ungern und mit Mühe und Noth ließ sie sich endlich dazu herbei und führte das Mädchen zu ihnen. Aber sowie die Männer dasselbe erblickten, waren sie fast geblendet von seiner Schönheit, und es schien ihnen so reizend zu sein, daß sie mit Gewißheit darauf rechnen konnten, daß es auch dem König gefallen würde, wenn sie es mit sich nähmen.

Sie warben deshalb unverweilt im Namen des Königs um die Hand des Mädchens.

Das ältere Weib nahm ihre Rede für einen Scherz und antwortete ebenso, es wäre wahrscheinlich oder doch annehmbarer, daß der König an einer Häuslerstochter größeren Gefallen finden könne. Sie sagte weiters, daß es für solche und ähnliche Weiber aus armen Hütten besser sei, nicht zu solchen Würden zu gelangen, da sie darauf gefaßt sein müßten, wegen ihrer Unwissenheit und Ungeschliffenheit die Ehren bald wieder mit Schande zu verlieren.

Aber die Gesandten des Königs bestanden nur um so fester auf ihrem Verlangen, und als das Weib sah, daß es ihr voller Ernst war, versprach es endlich, dem König die Tochter zum Weibe zu geben und sie mit ihnen fahren zu lassen, jedoch unter der Bedingung, daß sie, wenn der König sie nicht haben wollte, dieselbe wieder zurückbringen müßten.

Dies versprachen sie, und sie schliefen sodann die Nacht hindurch.

Am nächsten Morgen verlangten die Leute des Königs, daß das Mädchen mit ihnen zu den Schiffen komme. Die Mutter war damit einverstanden, die Tochter ziehen zu lassen, sowie ihr Bischen Habe, das sie mitnehmen müsse, zum Meere hinab gebracht sei.

Es wurde nun das Gepäck des Mädchens herbei gebracht, und die Abgesandten mußten ihre ganze Schiffsmannschaft herbei-rufen, um dasselbe zum Meere hinabbringen zu lassen; so groß war „das Bischen" Habe, welches das Mädchen mit sich nahm.

Als dies geschehen war, folgten Mutter und Tochter den Leuten des Königs zum Meeresstrande. Dieselben sprachen leise zusammen, und die Leute konnten nicht verstehen, was sie sagten; nur Einer hörte, daß das ältere Weib sagte, man solle ihr den Stein schicken.

Als sie bei den Schiffen angekommen waren, sagte die Mutter des Mädchens, daß sie hier zurückbleiben wolle, küßte ihre Tochter und wünschte Allen Glück und Wohlergehen.

Hierauf lichteten sie die Anker und stachen in das Meer hinaus. Sie hatten eine gute Fahrt und landeten nicht weit vom Königsschlosse.

Der König erfuhr sogleich, daß seine Abgesandten ange-kommen seien. Er ging denselben mit zahlreichem Gefolge ent-gegen und empfing sie freundlich. Ueberaus erfreut aber war er, als er die zukünftige Königin erblickte, die sie ihm verschafft hatten, denn dieselbe war schöner und feiner in den Manieren, als alle anderen Mädchen, welche je seine Augen gesehen hatten.

Der König ging nun mit der ganzen Schaar nach der Halle und es wurde ein großes Festmahl für die Angekommenen veranstaltet. Kurze Zeit darauf heirathete der König das Mädchen und liebte seine Frau sehr.

Bald nachdem der König diese neue Königin geheirathet hatte, war er gezwungen, in ein anderes Königreich zu ziehen; er ließ seine Schiffe zur Fahrt ausrüsten, und da er voraussetzte, daß er lange ausbleiben würde, bat er die Königin mit den eindringlichsten Worten, seine Kinder gut zu behandeln und freundlich gegen sie zu sein.

Die Königin versprach es ihm gerne.

Als guter Wind eintraf, segelte der König fort und er kommt nun längere Zeit in der Geschichte nicht vor.

Wir müssen wieder zurück zur neuen Königin.

Eines Tages, als schönes Wetter war, ging dieselbe zu den Königskindern Sigurd und Ingibjörg, und lud sie ein, mit ihr zum Strande des Meeres zu gehen, um sich zu erlustigen.

Die Kinder wollten jedoch nicht mit ihr gehen; denn sie trauten dieser ihrer Stiefmutter nicht.

Die Königin stellte sich, als ob sie darüber erzürnt wäre, und sagte, sie habe das Recht, dies mit Gewalt zu fordern, wenn sie es nicht freiwillig thun wollten.

Da blieb den Kindern nichts Anderes übrig, als mit ihr zu gehen.

Sie gingen alsdann alle drei zum Meere hinab und wandelten eine kurze Strecke längs des Strandes dahin, bis sie zu einem großen Stein kamen, der am Ufer lag; derselbe schien jedoch nur ein Stein zu sein, denn er war dem übrigen Gestein, welches am Strande herumlag, ganz ungleich. Die Königin blieb also bei diesem Steine stehen und sagte zu demselben:

„Oeffne dich!"

Da öffnete sich der Stein und im selben Augenblick stieß die Königin die beiden Königskinder in denselben hinein, schloß ihn wieder und wälzte ihn in das Meer hinein. Hierauf kehrte die Königin wieder in das Schloß zurück und kommt nun längere Zeit in der Geschichte nicht vor.

Wir bleiben jetzt eine Weile bei den Königskindern. Dieselben bemerkten, daß der Stein mit großer Gewalt dahin getrieben wurde, und es dauerte unglaublich lange, bis er endlich ruhig liegen blieb. Da vermuthete Sigurd, daß der Stein irgendwo an's Land gekommen sein müsse. Es kam ihm der Gedanke, ob er nicht das Gleiche thun könne wie die Königin, und sagte:

„Oeffne dich!"

Da öffnete sich der Stein und Sigurd sah nun, daß derselbe am Ufer eines Landes lag.

Die beiden Kinder stiegen aus dem Steine an's Land, und dasselbe schien ihnen unbewohnt zu sein, denn sie suchten vergebens nach einer Hütte oder einem anderen Zufluchtsorte. Da beschlossen sie denn, selbst eine kleine Hütte für sich zu erbauen, in der sie sich aufhalten könnten.

Sigurd war früher gewohnt gewesen auf die Jagd zu gehen, und als die Geschwister mit der Königin, ihrer Stiefmutter, fortgingen, hatte Sigurd heimlich eine Schußwaffe, ein Messer und eine Flöte zu sich gesteckt. Diese Gegenstände kamen ihnen nun sehr zu Nutzen.

Sigurd versuchte Wild und Vögel zu schießen, welche ihnen zur Speise dienen sollten, und es gelang ihm auch ganz gut; doch fehlte es ihnen jetzt an Feuer, um die erlegten Thiere zu sieden oder zu braten, und so befanden sie sich denn in einer sehr bitteren Lage.

Eines Tages begab sich Sigurd, wie öfter, landeinwärts, um Wild und Vögel zu jagen, und ging diesmal viel weiter, als er es sonst gewöhnt war. Da gewahrte er in der Ferne ein ganz kleines Gehöft und ging auf dasselbe zu. . Er fah hier keinen Menfchen und kein anderes lebendes Wefen und kletterte darum zu dem Rauchloch der Küche empor, um durch dasfelbe hinab zu fchauen und vielleicht etwas Näheres zu erfahren.

Da fah er ein altes Weib, welches damit befchäftigt war, die Afche von dem Herde wegzunehmen und diefelbe zwifchen feine Füße zu fchaufeln. Die Perfon ging dabei fehr unreinlich zu Werke, wie ja auch fie felbft fehr fchmutzig und häßlich war. Aus ihrem ganzen Benehmen glaubte Sigurd zugleich fchließen zu können, daß fie blind fein müffe.

Er befchloß daher zu verfuchen, ob er nicht in die Hütte hineinfchleichen und der Alten heimlich einen ganz kleinen Feuer=funken ftehlen könne. Dies that er denn auch, und es ging Alles ohne Schwierigkeit von Statten; die Alte bemerkte ihn nicht, und er glaubte annehmen zu können, daß fie auf dem Hofe ganz allein fei.

Sigurd eilte nun mit dem Feuer heim zu feiner Schwefter und diefe empfing ihn mit Freuden. Er bat fie auf das Ein= dringlichfte, gut auf das Feuer acht zu geben und es nicht ver= löfchen zu laffen. Aber die Königstochter war nicht gewöhnt, Feuer zu hüten, und dasfelbe ging daher bei ihr in jeder Nacht aus, fo daß Sigurd jeden Tag wieder neues Feuer holen mußte, wobei er immer auf die gleiche Weife vorging.

Die Gefchwifter lebten dort einige Zeit von dem, was Sigurd auf feinen Jagden erbeutete. Es ging ihnen regelmäßig jede Nacht das Feuer aus, und regelmäßig gelang es Sigurd wieder folches der Alten zu entwenden. Bisweilen hörte er jedoch, daß diefelbe, wenn er das Feuer genommen hatte, vor fich hin murmelte:

„Spät kommen fie, die Teufelskinder."

Sigurd vermuthete, daß diefe Rede ihm und feiner Schwefter gelte, welche auf fo wunderbare Weife dahingekommen waren. Er hatte daher immer große Furcht, wenn er bei dem Weibe war, und hielt jedesmal den Athem an, wenn er das Feuer nahm. Das aber schien ihm das Allerschlimmste zu sein, daß seine Schwester ihn unablässig mit der Bitte bestürmte, er möchte ihr versprechen, daß er sie einmal mit dahin gehen lasse, von wo er das Feuer hole; denn er wußte, daß sie sich nicht zurückhalten könne, über Alles laut aufzulachen; andererseits wieder konnte er es schwer über sich bringen, ihr etwas abzuschlagen, das er im Stande war, ihr zu gewähren. Sie drängte so lange in ihn, daß er endlich nachgeben und ihr versprechen mußte, sie dahin mitzunehmen. Sie mußte ihm jedoch geloben, sich durch nichts zum Lachen oder zu irgend einem Laute bringen zu lassen, was immer sie auch sehen oder hören möge; denn es stehe ihrer beiden Leben dabei auf dem Spiele, sagte er.

So machten sich denn eines Tages die beiden Geschwister auf den Weg zu dem Hofe. Als sie dahin kamen, stiegen sie beide leise zum Rauchloch empor, wie Sigurd es immer zu thun pflegte. Dies ging auch ganz gut. Als sie nun aber durch das Loch in die Küche hinab schauten, da kam es, wie zu erwarten war. Die abscheuliche Alte stand vor dem Herde und spreizte die Füße über die Aschengrube, welche ziemlich groß war. Sie war ganz mit Asche bestäubt, da sie damit beschäftigt war, die Asche vom Herde wegzufegen und zwischen ihre Füße zu werfen, wobei ganze Wolken empor wirbelten. Da konnte sich die Königstochter nicht länger zurückhalten, sondern lachte laut auf, oben beim Rauchloch.

Da sagte das alte Weib:

„Hä, hä, dahin sind sie also gekommen, die Teufelskinder!"

Bei diesen Worten erhob sich die Alte und polterte hinaus. Sie war jetzt so flink auf den Füßen, daß die Kinder ihr nicht entkommen konnten, obschon sie eilig davon laufen wollten; denn die Königstochter mußte noch immer lachen; die Alte kam ihr ja gar zu lächerlich vor, besonders auch, als sie zu laufen anfing.

Das Weib holte die beiden Geschwister bald ein und
führte sie an einem Zügel in ihre Hütte hinein. Hier stellte sie
dieselben in eine Art von Verschlag, welches ihr Schweinestall war,
und band sie jedes an einen Pfosten. Sie gab ihnen gutes
und reichliches Essen; aber dennoch erschien den beiden Geschwistern
das Leben langweilig; denn es war in der Hütte halbfinster
und roch schlecht. Außerdem wurden sie auch dadurch beunruhigt,
daß das alte Weib öfter leicht in ihre Finger biß und sagte:

„Sie sind noch nicht fett genug."

Sie trachteten nun auf jede Weise sich zu befreien; doch
dies war keine leichte Sache. Nach langen Mühen gelang es
Sigurd endlich, das Band an der einen Hand zu zerbeißen; er
konnte zu seinem Messer gelangen, und mit diesem zerschnitt
er die übrigen Bande an sich sowohl, wie an seiner Schwester.
Hierauf schlachteten die beiden Geschwister zwei Schweine der
Alten, zogen ihnen die Haut ab, und krochen selbst in die Bälge.

Des Morgens ließ die Alte wie gewöhnlich die Schweine in's
Freie und zählte sie vorher. Unter ihnen waren aber die Königs=
kinder. Sowie dieselben den Klauen des Weibes entronnen waren,
warfen sie die Schweinsbälge von sich und sahen, wie die
Alte in dem Stalle herumzutasten begann, als sie die beiden
Kinder nicht fand. Darüber lachte Ingibjörg laut auf, so daß
die Alte nun wußte, daß die Kinder ihr entkommen waren.
Diese eilten aus allen Kräften davon, als sie hörten und
sahen, daß das Weib hinter ihnen nachgelaufen kam. Sie kamen
zu einer Kluft, über welche sie hinweg springen konnten. Die
Alte raste ihnen nach, da sie aber blind war, sah sie die Kluft
nicht und dachte auch in Folge ihrer Raserei nicht daran, daß
dieselbe sich hier befand, sie stürzte daher kopfüber hinein und
brach den Hals. Wenige betrauerten ihren Tod, am Wenigsten
aber die beiden Geschwister. Diese waren im Gegentheil sehr
erfreut; denn sie hatten jetzt Ruhe vor dieser Hexe.

Nur Eines betrübte die Königskinder, und dies war, daß sie beide ganz allein in diesem öden Lande leben mußten. Sie dachten sich daher auf jede Weise die Zeit zu vertreiben, und Sigurd setzte sich, wenn er auf der Jagd war, oft nieder und blies lange und lange auf der Flöte.

Eines Tages ereignete es sich, daß die Königskinder auf dem Meere ein Schiff sahen, welches nicht weit vom Lande dahin segelte. Da strengte sich Sigurd so sehr er nur konnte an, um recht laut auf seiner Flöte zu blasen. Die Schiffe nahmen die Richtung gegen das Land und nun waren die Geschwister nicht wenig glücklich; Sigurd strengte sich noch mehr an, so laut als möglich zu blasen.

Eines von den Schiffen legte am Strande an, die anderen aber blieben in einiger Entfernung vom Lande.

Da gab es keine geringe Freude; denn auf diesem Schiffe war der Vater der beiden Geschwister. Er stieg mit wenigen Männern an's Land und Vater und Kinder erkannten einander sogleich. Diese stürzten demselben freudetrunken in die Arme, er aber war auf's Höchste erstaunt, seine Kinder hier in diesem öden, unbewohnten Lande zu finden; denn er wußte nicht, was sich inzwischen zu Hause ereignet hatte.

Keiner von den Leuten des Königs hatte aber mit ihm an dieses Land fahren wollen, da sie glaubten, daß hier böse Geister hausten und das Flötenspiel für eine Art Gesang von Meerweibern hielten, welche die Flotte des Königs in's Verderben ziehen wollten, wenn sie sich durch den Gesang hätte anlocken lassen. Darum blieben auch die übrigen Schiffe in einiger Entfernung vom Lande liegen, während das Schiff des Königs allein an's Land fuhr.

Der König fragte die Kinder, wie so es komme, daß sie sich hier befänden. Da erzählten sie ihm Alles, was sie darüber wußten, sowie ihre Schicksale, seit sie in dieses Land gekommen waren.

Der König nahm die Kinder mit sich auf das Schiff und verbot seinen Leuten, das Geringste von diesem Ereignisse bekannt werden zu lassen. Hierauf ließ er die Flotte wieder weiter segeln und zwar direct seinem Reiche zu, wo er an einem besonders gewählten Orte landete und die Kinder vorläufig verborgen hielt.

Nun kam die Königin ihrem Manne entgegen und empfing ihn mit größter Freundlichkeit.

Der König zeigte sich nicht sehr erfreut und fragte, warum denn seine Kinder nicht gekommen seien, um ihn zu empfangen, wie es immer ihre Gewohnheit war.

Die Königin bat ihn, nicht davon zu sprechen, und begann zu jammern und zu weinen. Sein Land sei von einer bösartigen Krankheit heimgesucht worden und dieselbe habe auch seine „lieben Kinder" trotz ihrer und Anderer Pflege und Fürsorge dahingerafft.

Niemand aber wagte es, den Worten der Königin zu widersprechen, so gut hatte sie früher Alles vorbereitet.

Der König stellte sich, als ob er über diese Nachricht sehr betrübt wäre; diejenigen aber, welche ihn genauer kannten, bemerkten, daß es ihm mit seinem Kummer nicht ernst war.

Er fragte die Königin, ob die Kinder begraben worden seien.

Halb weinend antwortete sie, daß dies geschehen sei.

Da wollte der König gleich zu ihren Grabstätten gehen, um sie zu sehen. Die Königin versuchte dies jedoch auf jede Weise zu verhindern, und sagte, daß dieser Anblick nur seinen Kummer vermehren würde. Sie sprach dabei in so süßen Worten und war so zärtlich gegen ihn, als sie nur konnte, so daß es Allen leid that, wie hartherzig der König war, der unerbittlich darauf bestand, die Grabstätten seiner Kinder zu sehen. Dieselben mußten ihm endlich gezeigt werden. Als er dahin kam, be-

wunderte er zwar die Schönheit derselben, konnte jedoch unmöglich weinen. Dies scheine ihm sehr seltsam zu sein, meinte er.

Der König begab sich hierauf mit seinem Gefolge heim
in das Schloß, und die Königin ließ ein großes Freudenmahl
für ihn veranstalten.

Es verstrich nun einige Zeit, in der der König jeden Tag
zu den angeblichen Grabstätten seiner Kinder ging, ohne aber
über denselben weinen zu können, und er sagte immer, daß er
sich darüber wundere.

Endlich begehrte er, daß die Kinder wieder ausgegraben
werden sollten, damit er — wie er sagte — die Leichen und
deren Zurüstung sehen könne.

Die Königin beschwor ihn mit den zärtlichsten Worten, von
diesem Vorhaben abzustehen; allein der König blieb auch diesmal
unerbittlich und ließ die Gräber eröffnen. Es wurden die
Särge herausgenommen, welche sehr prächtig waren. Aber der
König wollte, daß auch diese geöffnet würden. Die Königin und
viele Andere machten ihm abermals Vorstellungen, und sagten,
daß dies ja den Kummer des Königs mehren müsse, wenn er
seine Kinder oder vielmehr deren Leichen so lange Zeit nach
ihrem Tode sehen würde.

Der König bestand nur um so fester auf seinem Verlangen,
und die Särge wurden geöffnet. Da befand sich in jedem derselben die Leiche eines jungen Hundes, doch keine der Kinder.

Der König sagte, er sehe nun daß hier verbrecherischer
Betrug im Spiele sei und er habe dies schon früher gewußt.
Er wollte hierauf der Königin sogleich das Leben nehmen lassen.
Diese gestand ihre ganze Unthat ein und bat den König
um Gnade. Sie habe ohnehin nur mehr kurze Zeit zu leben,
sagte sie.

Es wurden nun die Kinder des Königs herbeigeführt und
dieselben erzählten alle ihre Schicksale. Auch der König und seine
Gefährten theilten jetzt mit, was sie erlebt hatten.

Die Königin erhielt von dem Könige, trotz der Ein=
wendungen seiner Rathgeber, die kurze Lebensfrist bis zu ihrem
Tode, welcher auch bald darauf erfolgte. Und jetzt weiß ich die
Geschichte nicht mehr weiter.

XXXII. Hans der Häuslerssohn.

Es lebte einmal ein alter Mann mit seinem alten Weibe
in einer schlechten Hütte. Sie hatten drei Söhne. Wie die beiden
älteren derselben hießen, wird nicht berichtet; der Name des
jüngsten aber war Hans.

Der Vater liebte die beiden älteren Söhne sehr und ließ
ihnen Alles angehen, was er konnte; Hans aber wurde in Allem
zurückgesetzt. Er durfte niemals spielen und auch nicht in Ge=
sellschaft des Vaters und der Brüder sein. Er mußte auch lange
Zeit in der Küche schlafen und hielt sich zumeist bei seiner
Mutter auf, welche auch die einzige war, die dem Knaben
einige Liebe entgegenbrachte.

Hans war deshalb oft allein und langweilte sich; um sich
die Zeit zu vertreiben, hielt er sich eine Katze und machte sich die=
selbe so anhänglich, daß sie ihm überall hin folgte, wohin er ging.

Es verstrich nun die Zeit bis' die Brüder alle erwachsen
waren. Die beiden älteren Brüder gaben sich wie vornehme
Männer und waren eitle Stutzer; auch lobte sie der Vater bei
jeder Gelegenheit; Hans aber schien zu gar nichts zu taugen.
Seine Brüder setzten ihn bei Seite, so daß er von Allen ver=
folgt war mit Ausnahme seiner Mutter; diese zeigte ihm ein
treuherziges Gesicht und verhehlte nicht, daß sie seine Mutter

war; aber Hans war auch bestrebt, sich durch sein Benehmen in der Gunst der Mutter zu erhalten.

In weiter Ferne von der Hütte des alten Mannes war ein Königreich und dazwischen lag ein großer Sund.

Eines Tages baten die älteren Brüder den Vater, daß er ihnen erlauben möchte, in das Königreich zu reisen, um dort Ruhm und Vermögen zu erwerben. Der Alte war damit ganz einverstanden und sagte, er habe die Ahnung, daß noch etwas Großes aus ihnen werden werde.

Als einige Zeit darauf der Alte erfuhr, daß ein Schiff gelandet sei, sagte er zu seinem Weibe, daß es nun Reisekost und neue Schuhe für die beiden älteren Söhne beschaffen müsse; denn er gedenke sie in das Königreich reisen zu lassen, damit sie sich dort Vermögen und Ruhm erwerben.

Die Alte mußte ihrem Manne gehorchen und verfertigte die Ausrüstung für die beiden Söhne. Als Hans dies bemerkte, hatte er keine Ruhe mehr in seinen Gliedern, so sehr war er von Sehnsucht erfüllt, mit seinen Brüdern fahren zu dürfen. Er ging zu dem Vater und bat ihn, daß er ihm die Erlaubniß dazu geben möchte. Dieser schlug ihm zuerst die Bitte ab; da er ihn aber nicht allein bei sich im Hause sehen wollte, wenn die älteren Brüder einmal fort waren, so versprach er, ihn unter der Bedingung fortreisen zu lassen, daß er nicht mit seinen Brüdern führe, damit dieselben sich seiner nicht zu schämen hätten.

Hans war über diese Antwort sehr erfreut, begab sich zu seiner Mutter und bat sie, daß sie ihn für die Reise ausrüste.

Die älteren Brüder reisten nun alsbald ab, denn es lag ihnen daran, daß Hans nicht mit ihnen komme. Aber auch Hans hatte es gar eilig und betrieb daher die Ausrüstung für die Reise bei seiner Mutter. Als er von ihr Abschied nahm, gab sie ihm ihre Ofenkrücke und sagte, daß er sich derselben als Spazierstockes bedienen solle; er werde sich nicht verirren, wenn er mit demselben gehe; zugleich sagte sie auch, er könne sie als Waffe gebrauchen, wenn er keine andere besitze.

Hierauf schied er mit der größten Zärtlichkeit von Mutter und Vater. Er eilte so schnell er konnte dahin, wo er glaubte, daß ein Schiff vor Anker liege, und hoffte, daß er seine Brüder noch einholen werde; allein dieselben hatten sich so sehr beeilt, fortzukommen, daß er sie nirgends finden konnte.

Als es bereits dunkel zu werden begann, gelangte Hans auf eine Anhöhe; er sah hier, wie ein ungeheuer großer Vogel dahergeflogen kam, und dachte sich, daß dies wohl ein Drache sein werde. Er schleuderte seine Ofenkrücke nach ihm und traf ihn so gut, daß er niederfiel; hierauf nahm er die Krücke abermals und erlegte damit den Drachen.

Nun sah Hans erst nach, was der Drache in den Klauen gehabt hatte; es war ein kleines Kind, welches laut weinte. Er gab sich alle Mühe, dasselbe zu beruhigen, brachte es jedoch nicht zu Stande, und war ganz rathlos, was er mit dem Kinde beginnen sollte.

In dieser Noth sah er; wie ein winzig kleines Männchen ganz erschöpft dahergelaufen kam. Dasselbe grüßte Hans auf das freundlichste und sagte, es sehe, daß er ein gutes Werk an ihm gethan, indem er sein Kind in Schutz genommen habe.

Das Männchen, welches nichts Anderes als ein Zwerg war, nahm hierauf das Kind in seine Arme und beruhigte es; sodann fragte es Hans, ob er nicht mit ihm kommen und bei ihm zu Hause über Nacht bleiben wolle.

Da Hans schon befürchtete, daß er die Nacht im Freien werde zubringen müssen, nahm er diese Einladung freundlich an und ging mit dem Zwerge.

Sie gingen nun lange, lange, bis Hans einen großen Stein erblickte, an dem er, wie er sich jetzt erinnerte, am Tage vorbeigegangen war. Zu diesem Steine gingen sie. Der Zwerg schloß ihn auf und sie traten in denselben ein.

Hans fand hier die beste Aufnahme, doch wird nicht erzählt, ob er mehrere Leute gesehen habe. Hans legte sich bald zu Bette und schlief sehr gut; doch bemerkte er, daß der Zwerg während der Nacht eifrig an etwas arbeitete.

Des Morgens stand Hans auf und als er reisefertig war, sagte der Zwerg zu ihm, er habe im Sinn, ihm drei kostbare Dinge zu schenken, obgleich dieselben noch ein viel zu geringer Lohn für die Rettung seines Kindes seien.

Er gab Hans zuerst einen kleinen Stein und sagte, derselbe besitze die Eigenschaft, daß er denjenigen, der ihn in der Hand trägt, unsichtbar mache. Hierauf schenkte er ihm ein Schwert und sagte, daß dasselbe von großer Schärfe sei und, wenn man es wünsche so klein werde, daß man es in die Taschen stecken könne, dann aber wieder seine volle Größe erhalte. Zuletzt gab der Zwerg ihm ein Schiff, von dem er ebenfalls sagte, er könne dasselbe in seiner Tasche tragen; wenn er aber wolle, könne er dasselbe so groß werden lassen, als er es brauche, ja ebenso groß wie ein Meerschiff; auch besitze dieses Schiff noch die Eigenschaft, daß es ebenso ruhig gegen wie mit dem Winde dahinsegle.

Hans nahm diese Gegenstände zu sich und dankte dem Zwerge herzlichst für das Geschenk; hierauf verabschiedete er sich von ihm, nahm seine Ofenkrücke in die Hand und ging fort.

Hans wanderte nun dem Meere zu und als er dahin kam, holte er sein Schiff aus der Tasche hervor und sagte:

„Werde größer, Schiff!“

Er setzte dasselbe sodann in's Meer und bestieg es selbst.

Das Schiff segelte lustig dahin und er gab ihm die Richtung nach dem Königreiche. Als er auf die hohe See kam, brach ein Unwetter los. Er sah hier, wie andere Schiffe von den Wogen und Sturzwellen hin und her geworfen wurden; sein Schiff aber fuhr geraden Weges dahin und blieb nicht früher stehen, als bis es im Königreiche landete.

Hans stieg nun hier an's Land und sagte:

„Werde kleiner Schiff!"

Da wurde dasselbe wieder so klein, daß er es in seine Tasche stecken konnte. Er ging hierauf landeinwärts und wanderte eine Zeitlang verstohlen umher, um die Gewohnheiten der Menschen kennen zu lernen und die Sitten der Eingebornen anzunehmen.

Von den Brüdern des Hans haben wir zu berichten, daß sie ebenfalls schon in das Königreich gekommen waren, sich gleich zu dem König begeben hatten und ihn baten, sich während des Winters bei ihm aufhalten zu dürfen, was der König ihnen auch erlaubte. Sie waren die lustigsten unter dem Gefolge des Königs und thaten gar groß und prahlerisch.

Nun kam auch Hans in die Halle des Königs; er hielt sich zuerst eine Weile unter dem Gefolge und anderwärts auf, wo er nicht bemerkt wurde, und beobachtete Alles genau, was vorging.

Nachdem er es eine Zeit lang so getrieben hatte, trat er eines Tages vor den König hin und grüßte ihn fein und höflich und bat um Aufenthalt während des Winters, was der König ihm auch gewährte; seine Brüder aber stellten sich nun, als ob sie ihn niemals gesehen hätten.

Der König hatte eine Tochter, welche zu dieser Zeit bereits in heirathsfähigem Alter war, und er selbst hatte bereits ange-fangen alt zu werden.

Eines Tages, als kurz vorher der Winter seinen Anfang genommen hatte und alle Hofleute in der Halle versammelt waren, erbat sich der König das Wort und machte kund und zu wissen, daß er seine Tochter sammt der Hälfte des Reiches, so lange er lebe, und dem ganzen Reiche nach seinem Tode demjenigen zum Weibe gebe, der ihm bis zum Abend des ersten Weihnachtstages die drei kostbarsten Kleinodien des Reiches zurückbringe, nämlich ein Brettspiel aus reinem Golde, ein sehr schönes, mit Gold geschmücktes Schwert und einen vergoldeten Vogel mit goldenen Flügeln in einem gläsernen Käfig, der, wenn er einmal anfange, so laut singe, daß man ihn die größten Strecken weit höre. Diese Kleinodien, sagte der König, befänden sich bei einer Riesin, welche nicht weit von hier auf einer Insel hause und dieselben oberhalb ihres Bettes verwahre.

Die Hofleute des Königs schenkten dieser Sache wenig Aufmerksamkeit; nur die beiden älteren Häuslerssöhne sagten, sie fänden, daß man dies versuchen könne, und es sei nicht so unmöglich, diese Gegenstände zurückzubekommen.

Zuerst bat der ältere der Brüder den König, er möchte ihm ein Schiff und Mannschaft geben, damit er auf die Insel kommen könne. Der König gab ihm, was er verlangte; er segelte nun nach der Insel und landete dort bei hellem Tage. Er wagte es jedoch nicht, auf die Insel zu gehen, sondern hielt sich verborgen, bis es dunkel wurde und er sich denken konnte, daß die Riesin schlafen gegangen sei. Dann machte er sich auf und ging zur Höhle, in der er auch richtig die Riesin im Bette schlafend fand. Er dachte sich nun, daß er recht zart und vorsichtig zu Werke gehen müsse und hielt es für das Rathsamste, mit dem Schwierigsten zuerst zu beginnen und den Vogel zu nehmen. Aber da stieß er unversehens ein wenig an den Vogel an und derselbe begann alsbald — zu seinem großen Entsetzen — ein so lautes Gekreisch auszustoßen, daß Alles erbebte. Darüber erwachte die Riesin erschreckt, sprang auf, packte den Häuslerssohn und sagte, es treffe sich gut, daß er gekommen sei, denn nun habe sie doch einen guten Bißen für das Weihnachtsmahl. Hierauf steckte sie ihn in eine kleine Seitenhöhle, band ihm die Hände und Füße am Rücken zusammen, befühlte ihn von allen Seiten und sagte, daß sie ihn noch tüchtig füttern müsse, denn es sei nicht viel Gutes an ihm, wie er jetzt sei.

Hierauf stürzte die Riesin aus der Höhle und hinab zum Meer; denn sie wußte nun, daß Leute des Königs auf die Insel gekommen seien, und gedachte sich noch mehr Menschenbeute zu machen.

Als aber die Mannschaft das Ungethüm zu dem Schiffe herab eilen sah, löste sie rasch die Landtaue los, und es fehlte nicht viel, so hätte die Riesin sie noch erreicht, bevor sie vom Lande abstießen.

Die Leute des Königs kamen heim, erzählten das Schlimmste von ihrer Reise und sagten, daß der Häuslerssohn wohl kaum mit den Kleinodien zurückkommen werde.

Nun wurde der andere Bruder aufgeregt und wagelustig und bat den König, daß er ihm Schiff und Mannschaft geben möchte. Der König gab ihm Beides und der Häuslerssohn segelte ab. Von seiner Reise wird nichts Anderes erzählt, als daß es ihm genau so erging wie seinem älteren Bruder.

Bald nachdem auch diese Schiffsmannschaft allein zurück-gekommen war, verschwand Hans, ohne daß Jemand wußte, was aus ihm geworden war. Er war aber heimlich zum Meer hinabgegangen, in der Absicht, gleich seinen Brüdern die Riesin aufzusuchen und die Kleinodien zurückzubringen. Er fuhr mit seinem Schiff über den Sund, steckte dasselbe sodann in seine Tasche und ging hinauf auf die Insel; er nahm seinen Stein in die Hand, so daß er unsichtbar ward, und ging nun dahin, bis er zur Höhle kam.

Die Riesin war nicht daheim und er verbarg sich deshalb in einem Winkel. Es dauerte jedoch nicht lange, so kam sie in die Höhle, roch nach allen Seiten und sagte:

„Pfui Teufel! Es riecht nach Menschen in meiner Höhle."

Bald darauf legte sie sich in ihr Bett, konnte aber doch nicht einschlafen, sondern sagte immer und immer wieder:

„Pfui Teufel! Es riecht hier nach Menschen in meiner Höhle."

Sie sprang endlich auf und begann in der Höhle überall herum zu tasten.

Hans sah nun ein, daß sie ihn finden müsse; er zog daher das Schwert, welches er von dem Zwerge erhalten hatte, aus der Tasche hervor und ließ es so groß werden, daß es eine brauchbare Waffe war; als hierauf die Riesin bis auf die richtige Hiebweite in seine Nähe kam, durchhieb er ihr den Hals, so daß der Kopf davonflog. Das Ungethüm fiel zu Boden, Hans aber zündete Feuer an und verbrannte dasselbe.

Hierauf untersuchte er die Höhle und fand darin zahlreiche Schätze, sowie die Kleinodien, von denen der König gesprochen hatte. An einer Stelle in der Höhle bemerkte er eine tiefere Seitenschlucht; er ging in dieselbe hinein und fand hier seine beiden Brüder. Als diese ihn erblickten, wurden sie ganz verdutzt und demüthig und baten ihren „guten Bruder", zu vergessen, in welcher Weise sie ihn früher behandelt hatten, und sie von ihren Banden zu befreien.

Hans sagte, daß er sie befreien wolle, wenn sie ihn von jetzt an brüderlich behandeltn würden, und dies versprachen sie ihm.

Hierauf löste Hans ihre Bande. Sie suchten nun alle drei die Schätze und Kostbarkeiten zusammen, welche sich in der Höhle befanden, und trugen dieselben zum Meere hinab. Als sie alles Werthvolle dahin geschafft hatten, beluden sie das Schiff und fuhren heim in das Königreich; sie kamen jedoch nicht früher in die Königsstadt, als am Abend des ersten Weihnachtstages. Da erschien Hans mit seinen Brüdern vor dem König, und sie grüßten denselben ehrfurchtsvoll.

Der König und alle seine Hofleute waren sprachlos vor Erstaunen und sie wunderten sich noch mehr, als Hans gleichzeitig dem Könige die Kleinodien übergab, welche er mitgebracht hatte.

Der König sagte, es sei selbstverständlich, daß Hans nun seine Tochter bekomme, wie er es versprochen habe.

Hierauf erhielt Hans seine Kleider, es wurde nach der Königstochter geschickt und sodann starker kostbarer Wein herbeigebracht und bei einem glänzenden Mahle die Hochzeit des Hans mit der Königstochter gefeiert.

Hans nahm hierauf seine Eltern zu sich, und dieselben lebten bei ihm im Königreiche in glücklichem Alter; er selbst theilte sich bald mit seinem Schwiegervater in die Regierung und nach dessen Tode wurde Hans König und machte seine Brüder zu Ministern; er regierte lange und glücklich, und jetzt weiß ich die Geschichte nicht mehr weiter.

XXXIII. Thorstein, der Königssohn.

Es waren einmal ein König und eine Königin in ihrem Reiche. Sie hatten einen Sohn, der Thorstein hieß. Derselbe wuchs frühzeitig zu einem großen, starken Manne heran. Alle Leute hatten ihn herzlich lieb wegen seiner Güte und seiner Wohlthätigkeit. Allein seine Freigebigkeit schien doch alles Maß zu überschreiten und seine Mutter tadelte ihn deshalb oft auf das Schärfste wegen dieser Verschwendung und suchte derselben mit aller Macht zu steuern; aber er blieb doch bei seiner an= genommenen Art, und gab, soviel er nur konnte.

Als seine Mutter starb, dachte er, daß er nun seine Freigebigkeit unbehindert werde ausüben können, und war sehr glücklich darüber, daß er nicht länger mehr ihre Vorwürfe anzuhören brauchte. Er war auch vollkommen davon überzeugt, daß sein Vater in dieser Beziehung derselben Ansicht sei, da der= selbe ihm niemals Vorwürfe hierüber gemacht hatte. Es kam jedoch anders. Der König begann jetzt gleichfalls, ihn wegen seiner übermäßigen Freigebigkeit zu tadeln und versuchte ihm vorzustellen, wie unklug eine solche Verschwendung sei und wie er durch dieselbe endlich ganz verarmen werde. Aber da halfen weder Tadel noch Vorstellungen; Thorstein blieb derselbe, der er früher war, und schenkte Alles weg, wenn er etwas hatte.

Nun starb auch sein Vater. Da hatte seine Freude keine Grenzen, als er allein über alles Gut schalten und walten konnte. Er beschenkte jeden mit Geld, der solches haben wollte, und es wurden deren ziemlich viel, so daß der Reichthum, den er von seinem Vater geerbt hatte, bald zu schwinden begann, obschon derselbe sehr groß war.

Wir brauchen nicht viele Worte zu verlieren: es ging bald Thorstein's ganze Habe darauf, so daß ihm schließlich nichts mehr übrig blieb als das bloße Königreich. Da wollte er zuletzt das Reich verkaufen, um dafür Geld auf die Hand zu bekommen, welches er verschenken könnte. Er fand auch wirklich einen Käufer und bekam ein mit Gold und Silber beladenes Pferd für das Reich.

Als Thorstein das Reich verkauft hatte, begannen seine Freunde allmählich zu verschwinden; denn sie sahen, daß es hier nichts mehr für sie zu holen gebe. Nun kam Thorstein freilich zur Einsicht, in welch' traurige Lage er gerathen sei, und er beschloß, diese ungetreuen Freunde zu verlassen.

Er machte sich mit Allem, was er hatte, auf und lud seine geringe Habe einem Pferde auf den Rücken; er selber ritt seinen Rothen. Er hatte dieses Pferd nie verkaufen wollen wegen der guten Eigenschaften, die es besaß.

Thorstein wanderte nun lange, lange dahin über öde Strecken und Haiden, ohne zu wissen, wo er war, oder sich zu kümmern, wohin er kam. Er ließ die Pferde grasen, wo er in diesen öden Gegenden Rasen fand, sonst aber hielt er sich nirgends auf.

Als er einmal wieder die Pferde rasten ließ, war er sehr traurig; er hielt es für beinahe gewiß, daß er auf dieser Reise sein Leben verlieren werde. Zugleich sah er aber auch ein, daß ihm nichts Anderes übrig bleibe, als weiter zu wandern.

Als er wieder eine Strecke weitergeritten war, stieß er
auf ein Gehöft und war darüber sehr erfreut, da er so unendlich lange keinen Menschen gesehen hatte. Er bat um die
Erlaubniß, hier über Nacht bleiben zu dürfen, und sie wurde
ihm auch ohne Weiteres gegeben.

Thorstein schlief nun hier die Nacht über; als er aber des
Morgens erwachte, waren alle Leute vom Gehöft verschwunden.
Er war darüber nicht wenig verwundert und dachte sich natürlich,
daß hier irgend ein Betrug dahinter stecken müsse. Er machte
sich deshalb auf die Beine und lief aus dem Hause.

Da sah er, wie der Bauer mit allen seinen Hausleuten
auf das Eifrigste im Begriffe war, einen Grabhügel nicht weit
vom Gehöft aufzugraben.

Thorstein fragte den Bauern, warum er sich denn so sonderbar geberde, und war halb erstaunt, diese Verwüstung zu
sehen.

Der Bauer antwortete, er habe seinen guten Grund dazu,
denn in dem Hügel liege ein Mann begraben, welcher ihm
zweihundert Reichsthaler schuldig gewesen sei und dieselben nicht
zurückbezahlt habe.

Der Königssohn versuchte dem Bauern vorzustellen, daß er
auf diese Weise doch niemals zu seinem Gelde kommen werde,
sondern eher noch mehr Schaden erleide, indem er durch dieses
thörichte Vorgehen nur Zeit verliere.

Der Bauer aber entgegnete, das sei ihm gleichgiltig; er sei
zufrieden, wenn der Todte im Grabe keine Ruhe habe, und
werde daher sein Leben lang nicht aufhören, dasselbe zu thun
wie heute.

Da fragte ihn der Königssohn, ob er sich damit zufrieden
geben wolle, wenn ein anderer ihm die Schuld des todten Mannes
zurückbezahlen würde.

Der Bauer sagte „Ja."

Da schenkte ihm der Königssohn sein ganzes Geld.

Der Bauer hörte jetzt auf, das Grab zu zerstören und versprach, dies auch in Zukunft nicht mehr zu thun.

Der Königssohn bat hierauf den Bauern, er möchte ihm einen Weg zeigen, auf dem er in bewohnte Gegenden käme, wo sich viele Menschen aufhielten.

Der Bauer that dies und sagte, wenn er eine Weile auf dem Wege, der von seinem Hofe wegführe, dahin gegangen sei, werde er zu einer Wegkreuzung kommen; er solle dann nicht den Weg, der gegen Osten liege, einschlagen, sondern den andern.

Der Königssohn dankte ihm für diese Auskunft und ritt weiter. Als er zu der Wegkreuzung kam, nahm er den Weg, der gegen Westen lag. Er war aber noch nicht weit auf demselben dahingeritten, als er sich dachte, es müsse ganz lustig sein, zu erfahren, ob es denn mit irgend einer Gefahr verbunden sei, auf dem anderen Weg zu reisen.

Er kehrte nun zur Kreuzung zurück; und ritt auf dem östlichen Wege weiter, bis er zu einem prächtigen Hofe kam, der von allen Seiten theils von der Natur, theils von Menschenhand abgeschlossen und befestigt war. Er fand jedoch einen schmalen Fußsteig, welcher zu dem Hofe führte, ließ die Pferde zurück und ging dem Hofe zu.

Er kam zunächst zu einem Hause und trat ein; denn dasselbe war nicht verschlossen; kein Mensch aber war draußen zu sehen. In dem Hause befanden sich sieben Betten, die alle sehr schön waren; doch war eines von besonderer Pracht. In der Mitte stand dem ganzen Hause entlang ein Tisch und auf diesem befanden sich Teller. Aber auch hier erblickte Thorstein keinen Menschen. Er verließ das Haus wieder, um nach seinen Pferden zu sehen; denn er gedachte hier zu übernachten, obschon ihm dies ziemlich gefährlich erschien. Er nahm den Pferden die Sättel ab und ließ sie grasen. Hierauf holte er sich das Nöthige aus seinem Reisegepäck hervor und nahm auch sein Schwert mit sich, welches nächst dem Rothen sein kostbarstes Kleinod war.

Hierauf kehrte er wieder zu dem Hofe zurück und ging nun in jedes Haus, in welches er eintreten konnte. In einem derselben fand er einen Vorrath an Speisen. Er nahm Einiges davon und gab auf jeden Teller auf dem Tische eine ausgiebige Portion; sodann bereitete er alle Betten mit großer Sorgfalt. Obgleich er glaubte, daß er nun auch sich selbst Ruhe gönnen dürfe, wagte er es doch nicht, von einem Bette Gebrauch zu machen, sondern suchte sich einen finstern Winkel aus, um dort zu ruhen.

Nach einer Weile hörte Thorstein ein starkes unterirdisches Gedröhn; bald wurde auch die Thüre aufgestoßen, und es trat Jemand mit starken Schritten ein. Da hörte Thorstein, wie Jemand sagte:

„Es ist Jemand hieher gekommen. Dem wollen wir die Zeit vertreiben."

Ein Anderer sagte darauf:

„Das soll nicht geschehen; ich nehme ihn in meinen Schutz. Ich habe hier so viel zu sagen, daß ich über das Leben eines Mannes verfügen kann. Er hat sich uns aus freiem Antriebe dienstfertig bezeigt, hat unsere Betten bereitet, Speisen aufgetragen und Alles wohl gethan. Wenn er sich zeigt, soll ihm kein Leid zugefügt werden."

Bei diesen Worten lebte der Königsohn, der schon das Schlimmste befürchtete, wieder neu auf und beruhigte sich. Die Bursche schienen ihm ziemlich groß zu sein und eher Riesen als Menschen ähnlich zu sehen; besonders der Anführer war ein ungemein großer und starker Riese.

Thorstein blieb bei ihnen über Nacht. Des Morgens luden ihn die beiden ein, er möge eine Woche lang bei ihnen bleiben. Sie sagten zugleich, daß er nichts Anderes zu thun haben sollte, als die Speisen für sie zu bereiten und die Betten zu machen. Thorstein ging darauf ein und blieb eine Woche lang dort.

Da die Eigenthümer des Hofes mit Thorstein sehr zufrieden waren, drangen sie in ihn, daß er noch ein Jahr lang bei ihnen bleibe, und obwohl ihm der Aufenthalt dort ziemlich langweilig erschien, ließ er sich doch dazu bewegen.

Der große Riese versprach Thorstein reichlichen Lohn und übergab ihm alle Schlüssel des Hofes bis auf einen. Diesen trug der Riese selbst immer an einer Schnur um den Hals.

Der Königssohn ging nun in alle Zimmer des Hofes mit Ausnahme des einen, zu welchem ihm der Riese den Schlüssel vorenthalten hatte; denn von all' den Schlüsseln, welche Thorstein besaß, paßte keiner zu der Thüre dieses Zimmers. Er versuchte auch, die Thüre aufzusprengen; allein es gelang ihm nicht.

Später bemerkte Thorstein, daß der große Riese jeden Abend und jeden Morgen in dieses Zimmer gehe. Als er schon länger auf dem Hofe war, fragte er denselben, warum er ihm zu allen Zimmern die Schlüssel gegeben habe, nur nicht zu diesem einen. Sei er in dem, was ihm bis jetzt anvertraut worden, treu gewesen, sagte er, so werde er es auch in dem sein, was sich in diesem Zimmer befinde.

Der Riese antwortete, es sei gar nichts dahinter. Er möge dies wissen; denn er sehe, daß er ihm treu gewesen sei, wo es sich um Großes handelte. Und damit fertigte er Thorstein ab.

Der Königssohn blieb volle vier Jahre in Ruhe auf dem Hofe und bekam dafür sehr reichlichen Lohn; denn die beiden Riesen waren von Tag zu Tag zufriedener mit ihm. Was ihn aber am Meisten bewog, so lange hier zu bleiben, war, daß er beständig auf eine Gelegenheit wartete, um dahinter zu kommen, ob sich wirklich gar nichts in dem geheimnißvollen Zimmer befinde.

Eines Morgens, als er mit der Bereitung von Kuchen beschäftigt war, dachte er wieder über diesen Gegenstand nach. Da kam ihm ein Gedanke. Er schlich zu der Hausthüre des Hofes, schlug heftig an dieselbe und lief hierauf aus allen Leibeskräften zu den Riesen, welche noch im Bette lagen; ganz erschreckt und mit dem Kuchenteige in der Hand, den er geknetet hatte, fragte er, ob sie nichts gehört hätten.

Sie sagten, daß sie wohl etwas gehört hätten, jedoch glaubten, daß er bei seiner Arbeit irgend einen Lärm gemacht habe.

Thorstein entgegnete, daß dies durchaus nicht der Fall sei, und fügte hinzu, er habe es nicht gewagt die Thüre zu öffnen; aber es habe ganz bestimmt Jemand geklopft.

Die Riesen sagten, er hätte gut daran gethan, die Thüre nicht aufzuschließen, und erhoben sich nun selbst aus ihren Betten und liefen nur halb angekleidet zur Thüre.

Der größere Riese hatte aber den Schlüssel zu dem geheimnißvollen Zimmer unter seinem Kopfkissen, wo er ihn die Nacht über zu verwahren pflegte, liegen gelassen, und Thorstein drückte denselben rasch in seinem Kuchenteige ab.

Die Riesen kamen nun wieder zurück und waren nicht wenig aufgebracht; denn sie hatten ja, wie sie vorausgesehen, Niemand vor der Thür gefunden. Sie warfen Thorstein vor, daß er dies nur gesagt habe, um sie zum Besten zu halten; er aber gab dies durchaus nicht zu, sondern sagte, es müsse dann irgend ein Geist gewesen sein.

Der Königssohn begann alsbald zu versuchen, ob er nicht nach dem Muster im Kuchenteige einen Schlüssel verfertigen könne. Anfangs wollte es ihm nicht gelingen; aber nach langer Mühe brachte er ihn doch zu Stande.

Er schloß nun die verbotene Thüre auf und trat in das Zimmer; dasselbe war jedoch stockfinster. Er zündete ein Licht an und blickte nach allen Seiten umher. Da sah er ein Mädchen, welches mit den Haaren angebunden war. Er beeilte sich zunächst, dasselbe loszubinden und fragte es sodann um Herkunft und Geschlecht.

Das Mädchen erzählte, daß es eine Königstochter sei, welche der große Riese entführt habe und zwingen wolle, daß sie sein Weib werde. Da es sich mit aller Macht dagegen sträube, peinige es der Riese auf so gräßliche Weise.

Die Aermste war bereits so mager geworden, daß sie fast nur aus Haut und Knochen bestand; denn der Riese ließ sie auch Hunger leiden.

Der Königssohn gab ihr Speise und tröstete sie. Als es Abend wurde, band er sie wieder mit den Haaren fest. Er besuchte sie nun jeden Tag und gab ihr hinreichend zu essen; des Abends aber befestigte er sie immer an den Haaren, so daß der Riese nichts merkte und nicht die geringste Ahnung davon hatte, was während des Tages vorgegangen.

Als nun auch das fünfte Jahr verstrichen war, sagte Thorstein zu den Riesen, daß er endlich fort wolle. Allein dieselben wollten ihn um jeden Preis noch auf dem Hofe zurückhalten.

Da verlangte Thorstein von dem großen Riesen, daß er ihm, wenn er noch ein Jahr bliebe, dasjenige als Lohn gebe, was sich in dem Zimmer befinde, in welches er noch nicht ge= kommen sei, ob dasselbe nun einen großen oder geringen Werth habe.

Der Riese sagte, er sollte doch nicht Etwas verlangen, was ganz werthlos sei; es sei viel besser, wenn er seinen gewöhnlichen Jahreslohn erhalte.

Aber der Königssohn ließ sich von seinem Verlangen nicht abbringen; er sagte, es möge ihm seinetwegen zum Schaden oder zum Vortheil sein, er wolle einmal nichts Anderes zum Lohne haben, als dies. Sie zankten sich darüber so lange herum, bis endlich der Riese nachgab und Thorstein versprach, sein Ver= langen zu erfüllen.

Es braucht wohl nicht erst erzählt zu werden, wie sich Thorstein während dieses Jahres gegen die Königstocher benahm. Als das Jahr um war, schloß der Riese das Zimmer auf; denn der Königsfohn ließ sich jetzt nicht mehr bewegen, länger hier zu bleiben. Der Riese kam mit dem Mädchen heraus und zeigte sich nicht wenig erstaunt, daß dasselbe so wohl genährt war; doch legte er der Sache weiter kein Gewicht bei, sondern übergab Thorstein das Mädchen.

Thorstein rüstete sich nun zur Abreise, holte seine Pferde herbei, für die er die ganze Zeit Sorge getragen hatte, und brachte sein Gepäck in Ordnung. Mit dem fünfjährigen Lohne war aber das letztere so groß geworden, daß er glaubte, er werde nicht das Ganze mitnehmen können.

Die Königstochter sagte Thorstein, er möchte auf seiner Hut sein, denn die Riesen hätten vor, ihn auf dem Wege zu erschlagen. Er nahm deshalb sein gutes Schwert in die Hand und legte seine Kriegsrüstung an.

Es geschah so, wie die Königstochter gesagt hatte. Sie hatten nur eine kurze Strecke des Weges zurückgelegt, als drei Riesen auf sie zukamen und Thorstein angriffen; dieser wehrte sich jedoch tapfer und tödtete alle drei. Während er noch ganz erschöpft war, kamen zwei andere Riesen herbei, und es gelang Thorstein auch diese todt niederzustrecken. Aber nun kamen noch zwei andere nach und zwar der große Riese selbst mit seinem Bruder. Dieselben gingen wüthend auf Thorstein los; doch dieser brachte alsbald den Bruder des Riesen zu Fall. Darüber wurde der Riese selbst ganz rasend, er warf die Waffen weg, stürzte sich auf den Königsfohn und begann mit ihm zu ringen. Diesmal konnte Thorstein nicht Stand halten; er fiel zu Boden und der Riese auf ihn.

Als die Königstochter sah, in welcher Bedrängniß Thorstein sich befand, ergriff sie ein kurzes Schwert, welches einer der Riesen gehabt hatte, und durchborte damit den großen Riesen. Hierauf half sie Thorstein das Ungethüm abwälzen.

Nach all' diesen Erlebnissen hatte Thorstein nicht den Muth, seine Reise diesmal weiter fortzusetzen. Er kehrte daher mit der

Königstochter wieder nach dem Hofe der Riesen zurück, und obwohl sie sich hier nicht gerne aufhielten, glaubten sie doch, daß
sie eine Zeit lang dort bleiben sollten, um abzuwarten, ob nicht
in der Nähe ein Schiff landen würde; denn der Hof lag ganz
vorne am Meer. Auch wollten sie so viel als möglich von den
Schätzen der Riesen mit sich nehmen.

Nach Verlauf einiger Zeit sahen sie endlich ein Schiff an's
Land kommen. Sie begaben sich zu der Mannschaft desselben,
um zu unterhandeln. Der Capitän des Schiffes hieß Raudur
und war ein Minister des Königs, des Vaters des Mädchens.

Der König hatte demselben seine Tochter versprochen, wenn
er sie finden und ihm zurückbringen würde.

Die Schiffsmannschaft war sehr freundlich gegen Thorstein
und die Königstochter und lud all' ihre Habe auf das Schiff;
es war dies aber ein großer Reichthum. Hierauf bestiegen die
Beiden selbst das Schiff und segelten mit demselben ab. Als sie
auf die hohe See gekommen waren, ließ Raudur den Königssohn allein in einem Boote aussetzen, und die Mannschaft mußte
ihm schwören, niemals von Thorstein zu sprechen, sondern
zu sagen, daß er selbst die Riesen erschlagen und die Königstochter befreit habe; diese aber brachte er nicht dazu, einen Eid
zu schwören, er mochte es mit guten Worten oder Drohungen
versuchen. Gleichwohl glaubte Raudur Alles wohlgethan zu
haben und segelte frohen Muthes heim.

Von Thorstein aber haben wir zu erzählen, daß das Boot
mit ihm auf den Wogen dahintrieb und er von großer Furcht
erfüllt war. Da hörte er Jemand sagen:

„Fürchte Dich nicht, wenn Du auch auf dem Meere herum-
getrieben wirst; ich werde Dir helfen."

Das Boot flog nun so rasch dahin, als ob es an Zügeln
geführt würde und es kam ebenso schnell an's Land wie das
Schiff, doch an einer anderen Stelle als dieses. Derjenige
aber, welcher das Boot an's Land brachte, war der Todte, für

den Thorstein früher die Schuld gezahlt hatte. Derselbe sagte
zu Thorstein, daß er nun in das Land gekommen sei, welches
der Vater des Mädchens beherrsche; er solle des Königs Pferde=
bursch werden und die rothen Pferde des Königs' hüten; was
sich aber unter ihrer Krippe befinde, gehöre ihm.

Hierauf verließ der Todte Thorstein; dieser ging in's
Königsschloß und wurde hier der Pferdewärter des Königs.
Sein Rother war mit dem Schiffe ebenfalls dahin gelangt und
wurde jetzt den rothen Pferden des Königs beigegeben. Er ließ
jedoch Niemand in seine Nähe kommen als die Königstochter
und den Pferdewärter.

Als der König seine Tochter wieder gefunden hatte, wurde
er von unbeschreiblicher Freude erfüllt und ließ sogleich ein
großes Freudenmahl für sie veranstalten. Bald darauf sollte
auch Raudur seine Hochzeit mit der Königstochter halten. Sie
wollte dies jedoch nicht, sondern bat den König, daß er den
Pferdewächter seine Lebensgeschichte erzählen lassen möchte. Der
König willigte ein, und es kam nun die ganze Wahrheit an
den Tag.

Hierauf wurde Raudur getödtet und die Schiffsmannschaft
gefoltert. Thorstein aber erhielt die Königstochter sammt der
Hälfte des Reiches. Unter den Pferdekrippen fand er eine un=
geheure Menge von Schätzen aller Art.

Nach dem Tode des Königs erhielt Thorstein das ganze
Reich; er lebte lange und glücklich und galt für den ausgezeich=
netsten König und wurde von Allen auf's Innigste geliebt bis
in sein hohes Alter.

XXXIV. Wachtgut und seine Brüder.

Es lebte einmal ein alter Mann mit seinem altem Weibe in einer schlechten Hütte. Sie hatten fünf Söhne, die jeder nur um ein Jahr im Alter von dem andern verschieden waren. Außer den beiden alten Leuten und ihren Söhnen befand sich kein anderer Mensch in der Hütte.

Eines Tages gingen Mann und Weib, wie öfter, hinaus auf die Wiese um das Gras zu mähen; die Kinder aber ließen sie allein zu Hause zurück, denn sie waren nun schon so groß, daß man sich nicht mehr um sie zu kümmern brauchte. Das Wetter war an diesem Tage sehr gut und die Kinder spielten im Freien in der Umgebung der Hütte.

Da kam ein altes, gebrechliches Mütterchen zu den Kindern und bat sie um einen Trunk Wassers, den sie ihm auch gaben. Als die Alte ihren Durst gestillt hatte, dankte sie ihnen freund lich und fragte sie, wie sie alle hießen.

Die Brüder antworteten, sie hätten keine Namen.

Da sagte das alte Mütterchen:

„Ich war sehr erfreut über den Trunk, den Ihr mir ge geben habt; denn ich verschmachtete beinahe vor Durst. Aber ich bin leider so arm, daß ich es Euch nicht lohnen kann, wie ich sollte. Ich will jedoch jedem von Euch einen Namen geben der älteste heiße: „Wachtgut", der zweite „Hältgut", der dritte „Hautgut", der vierte „Spürtgut" und der fünfte „Klettertgut". Diese Namen gebe ich Euch für den er frischenden Trunk und ich hoffe, daß sie Euch gute Zinsen tragen werden".

Hierauf sagte das alte Mütterchen den Kindern Lebewohl bat sie auch, daß sie sich ja ihre Namen gut merken möchten und verließ sie.

Als des Abends die Eltern zur Hütte zurück kamen, fragten sie, ob sich während des Tages etwas Besonderes ereignet habe

Die Brüder erzählten nun Alles, wie es war, und welche Namen ihnen das Mütterchen gegeben habe.

Das kam ihnen gar merkwürdig vor, den beiden alten Leuten, aber sie waren dabei doch ganz zufrieden.

Die Brüder wuchsen bei ihren Eltern auf, bis sie zu jungen Männern geworden waren. Da sagten sie einmal, daß sie jetzt die Hütte verlassen und anderwärts ihr Fortkommen suchen wollten.

Die Eltern hatten nichts dagegen einzuwenden und ließen sie fortziehen. Sie gingen nun lange, lange, doch wird von ihrer Wanderung früher nichts erzählt, als bis sie zum König kamen.

Die Brüder baten den König, daß sie sich den Winter über bei ihm aufhalten dürften, sagten aber, daß er sie entweder alle fünf oder gar keinen aufnehmen müßte.

Der König antwortete, daß er ihnen gerne erlaube den Winter bei ihm zuzubringen, wenn sie in der Weihnachtsnacht bei seinen Töchtern wachen und dieselben behüten wollten.

Die Brüder gingen darauf ein und blieben nun alle bei dem König.

Die Sache verhielt sich nämlich so: Der König hatte fünf Töchter gehabt. In den zwei letzten Weihnachtsnächten war jedoch je eine derselben aus dem Frauenhause verschwunden, obgleich die Schwestern überwacht worden waren. Niemand wußte, auf welche Weise sie verschwunden waren, und sie konnten trotz aller Nachforschungen, welche der König hatte anstellen lassen, nirgends gefunden werden.

Als die Brüder dies erfuhren, veranlaßten sie den König, ein neues Frauenhaus zu erbauen, welches von den übrigen Gebäuden getrennt stand und sehr stark gebaut war.

Weihnachten kam; die drei Königstöchter, welche noch übrig waren, gingen in das neue Frauenhaus und es folgten ihnen alle fünf Brüder, welche die ganze Weihnachtsnacht bei ihnen zubringen und sie bewachen wollten.

Bald jedoch schliefen alle ein mit Ausnahme des Wacht. gut. Es brannte aber ein Licht im Zimmer und die Thür war fest versperrt.

Zu Beginn der Nacht bemerkte Wachtgut, daß sich ein Schatten auf das Fenster legte, worauf sich eine entsetzlich große und grobe Hand über eines der Betten der Königstöchter ausstreckte.

Wachtgut weckte nun sogleich seine Brüder und Hältgut erfaßte die ausgestreckte Hand und hielt sie so fest, daß der Eigenthümer derselben sie nicht zurückziehen konnte, so sehr er sich auch anstrengte. Da kam Hautgut herbei und hieb die Hand auf der Fensterbank ab.

Nun lief die Person, die draußen stand, aus allen Leibes= kräften vom Fenster fort; die Brüder aber eilten ihr nach, wobei Spürtgut stets ihre Spur verfolgen konnte.

Sie kamen endlich zu mehreren ungeheuer hohen Felsen, auf die Niemand hinauf kommen konnte als Klettertgut. Als dieser hinauf geklettert war, ließ er ein Seil zu den Brüdern hinab und zog sie auf diese Weise alle auf den Felsen hinauf.

Da befanden sie sich vor der Oeffnung einer großen Höhle, in welche sie eintraten. Sie sahen darin eine Riesin, welche weinte, und fragten dieselbe, was ihr fehle.

Sie wollte es Anfangs nicht sagen, that es aber später doch und erzählte, ihr Mann habe heute Nacht eine Hand ver= loren, und darüber sei sie so betrübt.

Die Brüder baten die Alte, sich zu beruhigen und ihren Kummer zu unterdrücken, denn sie könnten ihren Mann wieder heilen.

„Aber es darf uns Niemand dabei zusehen", sagten sie, „solange wir mit der Heilung beschäftigt sind, und wir gehen so vorsichtig mit unserem Geheimniß um, daß wir alle binden, welche sich in der Nähe befinden, damit kein Mensch uns über= raschen könne, so lange die Kur dauert; denn es ist dies von größter Wichtigkeit".

Sie machten nun der Riesin das Anerbieten, ihren Mann auf der Stelle zu heilen, wenn sie sich binden lasse.

Dieselbe zeigte sich Anfangs wenig willig dazu, ließ sich aber endlich doch überreden, und so banden sie denn die Riesin mit starken Stricken und gingen sodann in die Höhle zu ihrem Manne. Dieser war der schlimmste Riese, den es geben konnte, und die Brüder bedachten sich daher nicht lange, ihn auf der Stelle todt zu schlagen. Nachdem sie dies gethan, gingen sie hinaus zu dem Riesenweibe und erschlugen auch dieses.

Hierauf untersuchten sie die Höhle, fanden jedoch nichts Werthvolles, was sie hätten mitnehmen können; auch entdeckten sie keine anderen Riesen mehr darin.

Als sie aber die Höhle genauer untersuchten, kamen sie zu einer kleinen Seitenschlucht, und sie waren kaum in dieselbe eingetreten, als sie 'die beiden verloren gegangenen Königstöchter entdeckten, welche darinnen saßen.

Die Eine derselben war noch ziemlich wohlgenährt, die andere jedoch schrecklich mager. Sie klagten einander ihr hartes Loos, und die Wohlgenährte sagte, daß sie heute sterben müsse, da sie als Braten für das Weihnachtsmahl bestimmt sei. Als sie diese Worte sprach, kamen gerade die Brüder hinzu, befreiten beide und erzählten, wie sich Alles verhalte.

Man kann sich denken, welche Freude die beiden Schwestern hatten, als sie dies Alles erfuhren!

Die Brüder nahmen sie nun mit sich nach dem Königs= schlosse und ließen sie zu ihren anderen Schwestern in das Frauen= haus gehen. Es war noch nicht Tag. Sowie es aber zu grauen begann, kam der König dahin, um zu sehen, wie die Brüder seine Töchter bewacht und behütet hätten.

Als er Alles erfuhr, was sich in der Nacht zugetragen hatte, und alle seine Töchter wieder versammelt sah, wurde er so erfreut, daß er nicht wußte, was er in seinem Glücke thun sollte.

Er ließ ein großes Freudenmahl veranstalten, welches damit endigte, daß jeder der Brüder mit einer Königstochter Hochzeit hielt.

Die Brüder wurden später alle angesehene Männer und lebten lange in Reichthum und Glück. Und jetzt ist das Märchen zu Ende.

XXXV. Die Riesin in dem Steinboote.

Es waren einmal ein König und eine Königin in ihrem Reiche. Sie hatten einen Sohn, der Sigurd hieß. Derselbe zeichnete sich frühzeitig aus durch seine Körperstärke, seine Geschicklichkeit in allen Leibesübungen und Spielen sowie durch seine Schönheit.

Als der Vater wegen des Alters anfing schwerfällig zu werden, sagte er zu dem Sohne, daß es nun wohl an der Zeit ein dürfte, sich um eine passende Partie umzusehen; denn es sei nicht gewiß, ob er ihm noch lange seinen Beistand gewähren könne; es scheine ihm, daß sein Ansehen erst dann in voller Blüthe stünde, wenn er eine seiner würdige Heirath eingehe.

Sigurd war einem solchen Plane nicht abgeneigt und fragte seinen Vater, wo er am Besten seine Braut suchen sollte.

Der König sagte ihm, daß im Auslande — er bezeichnete das Land näher — ein König herrsche, der eine schöne und anmuthige Tochter besitze; wenn Sigurd diese zum Weibe bekommen könne, würde ihm dies als die erwünschteste Partie erscheinen.

Sigurd rüstete sich zur Reise und begab sich nach dem Lande, welches sein Vater ihm genannt hatte. Er trat hier vor den König und freite um dessen Tochter.

Der König versprach ihm dieselbe auch, jedoch unter der Bedingung, daß Sigurd so lange, als er könne, in seinem Reiche verbleibe; denn der König war sehr kränklich und kaum im Stande sein Reich zu regieren.

Sigurd ging darauf ein, stellte jedoch auch seinerseits die Bedingung, daß es ihm erlaubt sein sollte, in sein Reich zu reisen, wenn er die Kunde von dem Tode seines Vaters erhalte, der, wie er sagte, am Rande des Grabes stehe.

Hierauf feierte Sigurd seine Hochzeit mit der Königstochter und theilte sich mit seinem Schwiegervater in die Regierung des Reiches.

Sigurd und seine Gemahlin liebten einander auf das herz=lichste und ihr Zusammenleben wurde noch inniger, als ihnen nach Verlauf eines Jahres ein schönes, anmuthiges Knäblein geboren wurde.

Hierauf verging die Zeit, bis der Knabe zwei Jahre alt geworden war; da erhielt Sigurd die Kunde, daß sein Vater gestorben sei. Er rüstete sich zur Abreise sammt seinem Weibe und Kinde und segelte auf einem Schiffe davon.

Als sie nur mehr eine Tagfahrt weit von der Heimat entfernt waren, trat plötzlich Windstille ein und das Schiff lag nun ruhig im Meer.

Sigurd und seine Gemahlin befanden sich allein auf dem Verdeck, denn die meisten Anderen hatten sich im Untertheile des Schiffes schlafen gelegt. Sie saßen und sprachen zusammen eine gute Weile lang und hatten ihr Söhnlein bei sich. Nach einiger Zeit aber wurde Sigurd von so starkem Schlafe befallen, daß er sich nicht wach erhalten konnte. Er stieg deshalb ebenfalls in den unteren Theil des Schiffes hinab und legte sich schlafen.

Die Königin war nun mit ihrem Sohne allein auf dem Verdecke und spielte mit ihm. Als Sigurd schon eine Weile schlief, bemerkte die Königin einen schwarzen Gegenstand im Meere und sah, daß derselbe sich heran bewegte. Als er dem Schiffe näher kam, konnte sie wahrnehmen, daß es ein Boot sei und von Jemand gerudert werde; denn sie bemerkte auch eine menschliche Gestalt in dem Boote.

Dasselbe legte endlich bei dem Schiffe an und die Königin sah nun, daß es ein Steinboot war; alsbald kam aber auch ein abscheuliches, schlimmes Riesenweib auf das Schiff. Die Königin war darüber so erschreckt, daß sie kein Wort hervorbringen und sich nicht von der Stelle bewegen konnte, um den König oder die Schiffsmannschaft zu wecken.

Die Riesin ging auf die Königin zu, nahm ihr den Knaben weg und legte denselben auf den Boden des Verdecks nieder. Hierauf zog sie der Königin alle ihre kostbaren Kleider bis auf ein leinenes Unterkleid aus und legte dieselben selbst an, wobei sie auch menschliches Aussehen annahm. Endlich nahm sie die Königin, setzte sie in das steinerne Boot und sagte:

„Ich bestimme und wirke den Zauber: mäßige weder Fahrt noch Flug, bevor Du zu meinem Bruder in der Unterwelt kommst!"

Die Königin saß wie theilnahmslos und ohnmächtig in dem Boote; dieses aber ward sogleich vom Schiffe abgestoßen und verschwand bald aus dem Gesichtskreise des Schiffes.

Als das Boot nicht mehr zu sehen war, fing der Knabe, der Sohn des Königs, laut zu weinen an. Die Riesin gab sich wohl Mühe ihn zu beruhigen, aber es half nichts. Da stieg sie mit dem Kinde am Arme zu dem König hinab und weckte ihn mit groben Worten, indem sie ihm vorwarf, daß er sich gar nicht darum kümmere, was sie mache, und sie mit dem Kinde allein auf dem Verdecke lasse, während er schlafe und schnarche und die ganze Schiffsmannschaft mit ihm. Sie nannte es eine große Unvorsichtigkeit und Rücksichtslosigkeit von ihm, wenn er schon selbst schlafe, niemand Anderen bei ihr auf dem Schiffe wachen zu lassen; denn was Einem derweil geschehe, wisse dann Niemand*). So sei es auch gekommen, daß sie den Knaben auf keine Weise beruhigen konnte, und es vorgezogen habe mit demselben dahin zu kommen, wohin er gehöre; auch wäre es jetzt gut, wenn etwas Rührigkeit und Thätigkeit entfaltet würde, da günstiger Fahrwind eingetreten sei.

König Sigurd war auf's Höchste verwundert, daß die Königin ihn plötzlich mit so harten Worten anschrie, nachdem sie doch früher nie in solcher Weise zu ihm gesprochen hatte. Er nahm jedoch ihre harte Rede mit Sanftmuth hin und versuchte mit ihr, den Knaben zu beruhigen; allein auch er brachte es nicht zu Stande.

Er weckte nun die Schiffsmannschaft und hieß sie die Segel aufspannen, da sich hinreichender Fahrwind eingestellt habe, um an's Land zu kommen.

Hierauf segelten sie dahin, so schnell es möglich war, und es wird von ihrer Fahrt früher nichts erzählt, als bis sie in dem Lande ankamen, wo Sigurd zu herrschen hatte. Derselbe begab sich nun zu den Hofleuten. Diese waren noch alle voll Trauer über den Tod seines Vaters und freuten sich jetzt, daß Sigurd wohlbehalten zurückkam; es wurde ihm der Königsname gegeben und er trat auch sogleich die Regierung des Landes an.

Das Knäblein des Königs aber hörte seit jenem Vorfall auf dem Schiffe fast nie auf zu schreien, wenn es sich bei der vermeintlichen Mutter befand, obgleich es früher das ruhigste Kind war; der König nahm daher für dasselbe eine Pflegerin

---

*) Ein isländisches Sprichwort, wörtlich: „Wenig berichtet von Einem".

aus dem Hofgesinde und sowie der Knabe ihr übergeben war, hörte er auf zu schreien und nahm wieder seine frühere ruhige Art an.

Der König fand, daß die Königin seit der Seefahrt sich in vielen Beziehungen verändert habe und zwar nicht zum Besseren. Besonders kam sie ihm so trotzig, aufgebracht und zänkisch vor, wie er sie früher nie gefunden hatte. Es währte nicht lange, so bemerkten bald auch Andere den schlimmen Charakter der Königin.

Im Hofgesinde befanden sich auch zwei junge Männer, von achtzehn und neunzehn Jahren, welche mit Leidenschaft dem Brettspiel ergeben waren und deshalb oft lange Zeit bei demselben saßen. Ihr Zimmer grenzte an das der Königin und sie horchten zu verschiedenen Zeiten des Tages hinüber, um zu erfahren, was die Königin treibe. Eines Tages lauschten sie noch aufmerksamer als gewöhnlich; sie legten das Ohr an eine Ritze, welche sich in der Wand befand und hörten deutlich, wie die Königin sagte:

„Wenn ich nur ganz wenig gähne, bin ich klein und wie eine zierliche Jungfrau; wenn ich halb gähne, bin ich wie eine Halbriesin; wenn ich aber stark gähne, bin ich wie eine ganze Riesin".

Indem sie dieses sagte, gähnte sie fürchterlich und wurde plötzlich zur gräßlichen Riesin. Hierauf kam in dem Zimmer der Königin ein dreiköpfiger Riese aus dem Boden hervor, der einen Trog voll Fleisch in den Händen hielt; derselbe begrüßte die Königin, welche seine Schwester war und setzte ihr den Trog vor. Sie begann nun das Fleisch, welches sich in demselben befand, zu verschlingen und hörte nicht früher auf, als bis sie den ganzen Trog geleert hatte.

Die beiden jungen Leute beobachteten durch die Ritze diesen ganzen Vorgang; sie hörten jedoch nicht, daß die beiden Geschwister etwas zu einander sagten. Sie waren ganz verblüfft darüber, wie gierig die Königin das Fleisch verschlang und wie viel sie davon in sich aufnehmen konnte, während sie doch so wenig aß, wenn sie mit dem Könige bei Tische saß.

Als die Königin den Trog geleert hatte, verschwand der dreiköpfige Riese wieder auf demselben Wege, auf dem er gekommen war; die Königin aber nahm wieder ihre menschliche Gestalt an.

Wir müssen jetzt wieder zurück zu dem Söhnlein des Königs, welches eine Wärterin erhalten hatte. Als diese eines Abends Licht angezündet hatte und das Knäblein in den Armen hielt, sprangen einige Bretter im Boden des Zimmer auf und es entstieg demselben eine wunderschöne Frau in einem Linnenkleide, wie die Weiber ein solches am bloßen Leibe tragen, und mit einem eisernen Ring um die Mitte, von dem eine Kette niederhing, deren Ende man nicht sehen konnte. Diese Frau trat auf die Wärterin zu, nahm ihr das Kind von dem Arme, drückte dasselbe zärtlich an die Brust und gab es dann wieder zurück. Hierauf verschwand sie auf demselben Wege, auf dem sie gekommen war, und der Boden schloß sich wieder über ihr. Dabei kam nicht ein einziges Wort über die Lippen dieser Frau.

Die Wärterin war über Alles, was sie da sah, sehr erschreckt, erzählte jedoch nichts davon.

Am nächsten Tage ereignete sich genau dasselbe, wie am Tage vorher: Die weißgekleidete Frau kam aus dem Boden hervor, nahm das Kind, liebkoste es auf das Zärtlichste und gab es dann wieder der Wärterin zurück. Als sie sich anschickte, das Zimmer wieder zu verlassen, sagte sie mit kummervollen Mienen:

„Zweimal ist's vorüber, nur noch ein Mal!"

Hierauf verschwand sie in dem Fußboden.

Die Wärterin wurde nun von noch größerem Schrecken erfüllt als früher, da sie die Frau diese Worte hatte sprechen hören. Sie dachte, daß dem Kinde irgend eine Gefahr drohe, obschon ihr die unbekannte Frau in jeder Hinsicht gefiel und dieselbe sich dem Kinde gegenüber benahm, als ob es ihr eigenes wäre. Am bedenklichsten schien es ihr, daß die Frau sagte: „Nur noch ein Mal!", sie glaubte nämlich, daß dieselbe damit sagen wollte, es sei jetzt nur mehr einer von drei Tagen übrig, da sie an zwei Tagen gekommen sei. Sie hielt es daher für das Beste zum König zu gehen, ihm Alles zu erzählen und ihn zu bitten, er möchte am nächsten Tage zur Zeit, wo die weiße Frau zu erscheinen pflege, selbst in ihrem Zimmer anwesend sein. Dies that sie denn auch und der König versprach ihr zu kommen.

Am nächsten Abend fand sich der König etwas vor der verabredeten Zeit im Zimmer der Wärterin ein und setzte sich mit gezogenem Schwerte auf einen Stuhl. Es währte nicht lange, so öffneten sich die Bretter des Bodens und die weißgekleidete Frau erschien mit Ring und Kette wie früher.

Der König erkannte in dem Weibe sogleich seine Frau und hatte zunächst nichts Eiligeres zu thun als die Kette, welche vom Ringe niederhing, zu durchhauen. In diesem Augenblicke erdröhnte es unter der Erde so gewaltig, daß die ganze Königs=burg erschüttert wurde, und Jedermann glaubte, daß alle Häuser einstürzen und in einen Schutthaufen verwandelt werden müßten. Endlich hörte der unterirdische Donner auf, so daß die Menschen wieder zu sich kamen.

Nun fielen sich der König und die Königin in die Arme, und die letztere erzählte alle ihre Erlebnisse, wie die Riesin in einem steinernen Boote zum Schiff gekommen sei, als alle schliefen; wie sie ihr die Kleider ausgezogen und dieselben selbst angelegt habe und welchen Zauberspruch sie ausgesprochen. „Nachdem ich in dem Boot, das von selbst dahin fuhr, so weit gekommen war, daß ich das Schiff nicht mehr sehen konnte, bemerkte ich", so erzählte sie, „daß das steinerne Fahrzeug die Richtung gegen etwas Finsteres nahm, bis es bei einem dreiköpfigen Riesen landete. Dieser wollte sogleich bei mir schlafen; ich aber

wehrte mich dagegen aus allen Kräften. Da sperrte mich der
Riese auf einige Zeit in ein allein stehendes Haus und drohte
mir, daß ich niemals wieder aus demselben befreit werden sollte,
wenn ich ihm nicht meine Gunst schenkte. Er kam jeden zweiten
Tag zu mir und wiederholte jedes Mal sein Verlangen und seine
Drohung. Im Verlaufe der Zeit dachte ich ununterbrochen da=
rüber nach, was ich beginnen sollte, um den Händen des Riesen
zu entrinnen. Ich versprach ihm, daß ich bei ihm schlafen wollte,
wenn er mir erlaube, an drei aufeinanderfolgenden Tagen
meinen oberirdischen Sohn zu sehen; er willigte ein, ließ aber doch
diesen eisernen Ring um meinen Leib und band das andere Ende
der Kette, die sich daran befand, um seine Mitte; das gewaltige
Gedröhn aber, welches entstand, als Du die Kette entzwei hiebst,
kam sicherlich daher, daß der Riese der Länge nach hinfiel, als
die Kette plötzlich nachgab; denn er wohnt gerade unterhalb der
Burg; er wird sich wahrscheinlich den Kopf zerschlagen haben,
als er niederfiel, und als die ganze Burg erbebte, wird er im
Todeskampfe gelegen haben. Ich wollte aber meinen Sohn aus
dem Grunde drei Tage nacheinander sehen, um dadurch Ge=
legenheit zu meiner Befreiung zu geben, die ja nun auch wirklich
erfolgt ist.

Jetzt erschien es dem König ganz erklärlich, warum das
Weib, mit welchem er eine Zeit lang gelebt hatte, so unfreund=
lich und störrig war. Er ließ demselben einen Sack über den
Kopf ziehen und es steinigen, der Leichnam wurde sodann
zwischen zwei ungezähmte Pferde gebunden und von diesen in
Stücke zerrissen.

Jetzt erzählten auch die beiden jungen Leute, von denen früher
gesagt wurde, daß sie die Königin belauscht und ihr Treiben
beobachtet hatten, Alles, was sich vor ihren Augen ereignete; denn
früher wagten sie dies nicht, wegen der Macht der Königin.

Nunmehr wurde die wirkliche Königin in ihre Würden ein=
gesetzt und es fanden Alle großen Gefallen an ihr.

Von der Wärterin des Kindes aber haben wir zu erzählen, daß der König und die Königin sie an einen Großhäuptling verheiratheten und ihr eine reichliche und prächtige Ausstattung gaben.

XXXVI. Thorstein, der Häuslerssohn

Es waren einmal ein König und eine Königin in ihrem Reiche. Sie hatten zwölf Söhne, deren Namen aber nicht bekannt sind.

Nicht weit vom Königsschlosse lebte ein alter Mann mit seinem alten Weibe in einer schlechten Hütte; derselbe hatte einen Sohn, der Thorstein hieß.

Alle diese jungen Leute waren bereits erwachsen, als diese Geschichte sich ereignete.

Eines Tages, als schönes Wetter war, ritten alle Söhne des Königs in den Wald hinaus, um Wild und Vögel zu schießen. Gegen Mittag entstand aber eines der allerschlimmsten Unwetter, die es geben kann. Die Brüder waren von ihren Pferden abgestiegen und tief in den Wald hinein gekommen; als sie jetzt zu denselben zurückkehren wollten, hatten sie den Weg verloren und verirrten sich immer mehr, je länger sie gingen. Sie kamen endlich zu einer Höhle in hohen Felsen und sahen darin eine große Riesin, die schwarz und von boshaftem Aussehen war, sowie elf jüngere Riesinnen und ein zwölftes junges Weib, das ihnen von menschlicher Art zu sein schien.

Die alte Riesin nahm die Königssöhne freundlich auf und lud sie ein, hier zu bleiben; dieselben waren darüber sehr froh; denn das Wetter war schlecht, sie selbst aber ermüdet, hungrig und schläfrig. Die Riesin setzte ihnen Speise vor und sie aßen nach Herzenslust. Als sie gegessen hatten und alle Riesinnen draußen waren, sagte das menschliche Mädchen zu ihnen, daß sie, wie sie sähen, in die Hände von Riesen gekommen wären; sie seien nicht die ersten, welche die Riesin hieher gezaubert und erschlagen habe. Sie sagte ihnen auch, daß die alte Riesin elf von ihnen bei je einer ihrer Töchter einen aber bei ihr werde schlafen lassen, sie selbst aber zu innerst der Höhle schlafe. Sowie sie aber glaube, daß sie alle eingeschlafen seien, stehe die Riesin auf, suche ein Licht, nehme ein großes Messer zu sich und schneide ihnen allen vorne an dem Bettrande den Kopf ab. Sie sollten daher die Vorsicht gebrauchen und den Riesenmädchen, sowie sie eingeschlafen seien, die Haare abschneiden, sich im Bette an deren Platz legen und die Hauben derselben aufsetzen; die Riesin werde diese Verwechslung in den Betten nicht be= merken [und statt ihrer die eigenen Töchter tödten. Bevor sie aber zu dem letzten Bette gehe, müßten sie alle rasch aufspringen und sie erschlagen. Von sich selbst erzählte das Mädchen, daß die Riesin es aus einem anderen Königreiche entführt habe, um sie und ihre Töchter zu bedienen, und daß sie eine Königstochter sei.

Die Riesinnen kamen nun wieder in die Höhle hinein und die Alte forderte die Königssöhne auf, zu Bette zu gehen; allein es verhalte sich mit den Betten bei ihr so, daß elf von ihnen bei je einer ihrer Töchter, der zwölfte aber bei ihr selbst schlafen müsse..

Die Königssöhne zeigten sich damit zufrieden und legten sich nieder. Hierauf gingen auch die Riesinnen sowie das mensch= liche Mädchen, deren Gedanken bei den Königssöhnen weilte, zu Bette. Die Riesinnen schliefen bald ein und nun gingen die Königssöhne an ihre Arbeit; sie schnitten den Mädchen die Haare ab, setzten deren Hauben auf und legten sich auf die andere Seite; sodann warteten sie, was da kommen werde, und schliefen nicht ein.

Es dauerte nicht lange, so erhob sich die alte Riesin und holte ein Licht; mit diesem in der einen und einem großen Messer in der anderen Hand ging sie nun auf die Betten zu. Sie stellte das Licht auf den Boden der Höhle, trat mit geschwungenem Schwerte an das erste Bett, zog das Riesenmädchen über den Bettrand hervor und schnitt ihm den Kopf ab, so daß derselbe auf den Boden der Höhle fiel.

Auf dieselbe Weise tödtete die Riesin alle ihre anderen Töchter; denn sie lagen sämmtlich beim Rande des Bettes.

Nun war die Riesin im Begriffe zum letzten Bette zu gehen. Da sprangen die Königssöhne gleichzeitig auf die Füße, fielen über die Riesin her und warfen sie zu Boden. Diese sah nun, daß sie von den Königssöhnen schändlich betrogen worden war und statt derselben alle ihre Töchter getödtet hatte; sie vermuthete auch sogleich, daß dieser Plan von dem menschlichen Mädchen und den Königssöhnen gemeinschaftlich ausgeheckt wurde.

Als sie sah, daß sie sich dieser Uebermacht nicht erwehren konnte, legte sie den Zauber auf die Brüder, daß sie zu Rindern werden, als solche täglich in die Halle ihres Vaters kommen und nur einmal innerhalb vierundzwanzig Stunden, während sie speisten, ihre natürliche Gestalt wieder erhalten sollten; dies sollte aber auf einer Insel in einem großen See geschehen, der weit von allen Menschenwegen abliege; und aus dieser Verzauberung sollten sie nicht früher befreit werden, bevor sich nicht ein Mann fände, der ihnen dieselbe Speise in der Halle des Königs vorsetze, welche sie selbst draußen auf der Insel zu speisen pflegten.

Ueber das Mädchen aber verhängte die Riesin den Zauber, daß sie von nun an nicht weit von dem See aus einem Brunnen in einen anderen Wasser schöpfen und auf nichts Anderes Aufmerksamkeit haben sollte. Von dieser Verzauberung sollte sie nicht früher erlöst werden, bevor sich nicht Jemand heimlich so hinter

ihren Rücken schleichen könne, daß sie früher nichts merke, als
bis derselbe sie zu Boden werfe.

Aus beiden Verzauberungen, meinte die Riesin, werde es
schwer sein, erlöst zu werden.

Hierauf tödteten die Königsöhne die Riesin und ver=
brannten sie zu kalter Kohle; sie selbst aber verschwanden in
Folge ihrer Verzauberung und das Mädchen mit ihnen.

Wir müssen jetzt wieder zurück in das Königsschloß.

Als die Königsöhne weder des Abends noch in der Nacht
von der Jagd zurückkamen, wurde der König über ihr Aus=
bleiben unruhig. Er sammelte daher am nächsten Tage eine
große Menge von Leuten und schickte dieselben aus, um seine
Söhne aufzusuchen; aber alles Suchen blieb erfolglos und man
gab daher dasselbe auf, obwohl der König nicht damit zu=
frieden war.

Bald fiel es aber den Leuten auf, daß täglich zwölf Rinder
in die königliche Halle kamen und dort herumgingen. Sie fielen
keinen Menschen an und Niemand kümmerte sich um sie. Der
König wurde über diesen regelmäßigen Besuch der Rinder etwas
beunruhigt, und ließ denselben verschiedene Arten von Futter
geben; allein sie wollten nichts davon fressen und gingen immer
nach einem kurzen Aufenthalte wieder davon.

Thorstein, der Häuslerssohn hörte ebenfalls, wie die übrigen
Leute, von dem Verschwinden der Königsöhne, sowie von dem
Besuche der zwölf Rinder in der königlichen Halle, und wollte gerne
diesen merkwürdigen Begebenheiten näher auf den Grund kommen.
Er bat daher seine Eltern, daß sie ihm erlauben möchten bei
dem Könige Winteraufenthalt zu nehmen; denn das Leben in
der Hütte sei ihm zu langweilig, meinte er. Die Eltern gaben
ihre Einwilligung und so ging denn Thorstein in die königliche
Halle, trat vor den König hin und bat ihn, daß er sich den
Winter über bei ihm aufhalten dürfe.

Der König fragte ihn, warum er dies wolle.

Thorstein entgegnete, daß er großes Verlangen habe, Mannes=
sitten zu sehen und sich solche selbst anzueignen; denn das Leben
in der schlechten Hütte sei ihm zu langweilig.

Der König gewährte ihm den Winteraufenthalt und er
blieb nun im Königsschloß.

Thorstein sprach oft mit dem Könige über das Verschwinden
seiner Söhne und was wohl aus ihnen geworden sei; er kam
dann auch oft auf die zwölf Rinder zu sprechen, die täglich in
das Schloß kamen, und fragte den König, was für eine Be=
wandtniß es mit diesen Thieren habe.

Der König sagte, er wisse es nicht; es komme ihm jedoch
sonderbar vor, daß dieselben Tag für Tag dort erscheinen, und
er würde demjenigen seine besondere Gunst schenken, der er=
forschen könne, woher sie kämen.

Thorstein nahm sich vor, der Sache mit den Rindern ge=
nauer auf die Spur zu kommen und folgte ihnen daher eines
Tages, als sie sich wieder aus der Halle entfernten. Allein sie
liefen so schnell, daß er ihnen nur mit der äußersten Anstrengung
seiner Kräfte so weit folgen konnte, um sie nicht aus den Augen
zu verlieren. Endlich kamen die Rinder zu einem See und sie
stürzten sich sogleich alle hinein bis auf das hinterste, welches
ein wenig auf dem Lande verweilte, gerade so, als ob es auf
Thorstein warten wollte, während die übrigen nach der Insel
im See schwammen.

Als Thorstein zum See kam, gab das Rind ihm zu ver=
stehen, daß er sich auf seinen Rücken setzen solle, und dies that
er auch. Das Rind schwamm nun mit ihm nach der Insel
und sprengte dann voraus zu einer Hütte, welche sich dort befand.

Als Thorstein zur Hütte kam, sah er vor derselben zwölf
Rindsgewänder liegen, drinnen aber zwölf Männer beim Mahle
sitzen. Er dachte sich sogleich, daß dies die Königssöhne seien und
daß dieselben verzaubert wären. Er ging hierauf in die Hütte,

doch sprach weder er die Männer an, noch redeten diese zu ihm
oder auch nur untereinander. Dieselben gaben ihm von ihrem
Essen Brot und Wein; er nahm Beides an, genoß es aber nicht,
sondern verbarg es.

Als die Königssöhne gegessen hatten, verließen sie wieder
die Hütte und fuhren in die Rindsgewänder. Hierauf sprangen
sie in den See und schwammen davon; ein Rind jedoch blieb
wieder zurück, Thorstein bestieg den Rücken desselben und kam
auf diese Weise über den See. Als er sich wieder auf dem
Lande befand, sprengten die Rinder so schnell davon, daß er sie
alsbald ganz aus den Augen verlor.

Er ging nun eine Weile dahin, bis er ein Weib antraf,
welches eifrig damit beschäftigt war, Wasser aus einem Brunnen
in einen anderen zu schöpfen, ein Beginnen, welches ihm ganz
lächerlich und thöricht erschien. Dasselbe bemerkte Thorstein nicht
früher, als bis er es rücklings zu Boden warf. Da war es,
als ob das Weib von einer Ohnmacht befallen worden wäre;
denn es regte kein Glied. Thorstein nahm daher Wasser aus
dem anderen Brunnen und besprißte damit das Gesicht der Be=
wußtlosen. Dieselbe erholte sich hierauf sogleich und dankte nun
Thorstein mit den schönsten Worten für ihre Befreiung aus dem
Zauber, der auf sie gelegt war, und erzählte ihm, wie sich Alles
zugetragen und was für eine Bewandtniß es mit den Rindern
habe, daß dieselben nicht früher aus ihrer Verzauberung erlöst
werden könnten, bevor sie nicht bei den Menschen dieselbe Speise
vorgesetzt erhielten, die sie selbst auf der Insel zu genießen pfleg=
ten, wenn sie das Rindsgewand verlassen hätten.

Thorstein begab sich hierauf nach Hause und nahm auch das
Mädchen dahin mit; er übergab dasselbe seinen Eltern und bat
sie, es eine Zeit lang in der Hütte zu beherbergen und auf das
Beste zu behandeln.

Hierauf begab sich Thorstein in die Königshalle und er=
zählte nicht viel von seinen Erlebnissen. Als aber am nächsten

Tage die Rinder wieder erschienen, setzte er denselben das Brot und den Wein vor, welche er am Tage vorher in der Hütte erhalten hatte, und sie aßen alle von Beidem. Sowie sie aber davon gegessen hatten, legten sie sich nieder und es fiel das Rindsgewand von ihnen ab.

Thorstein ließ rasch den König herbeirufen und bat ihn nachzusehen, ob er diese Männer nicht kenne, die da am Boden liegen.

Der König erkannte sogleich seine Söhne. Sie wurden mit Wasser bespritzt und kamen alsbald zu vollem Bewußtsein. Da gab es nun ein überaus freudiges Wiedersehen zwischen dem König und seinen Söhnen.

Thorstein holte sodann die Königstochter herbei, welche er in der Hütte seiner Eltern gelassen hatte, und sie und die Königs= söhne erzählten nun von allen ihren Erlebnissen und wie Thor= stein sie alle aus ihrer Verzauberung erlöst hatte.

Der König veranstaltete hierauf ein großes Festgelage, um die Ankunft seiner Söhne und der Königstochter zu feiern. Bei diesem Mahle hielt Thorstein um die Hand der Königstochter an und diese gab sie ihm mit Freuden. Da machte der König aus dem Freudenmahle das Hochzeitsfest für Thorstein und die Königstochter und lud dieselben ein, so lange bei ihm zu bleiben, als sie wollten, da er ja ihm das Leben und die Befreiung seiner Söhne zu verdanken und zu belohnen habe.

Die Königssöhne aber ließen bekannt machen, daß sie alle ihre Rechte, welche sie nach dem Tode ihres Vaters auf das Reich hätten, an Thorstein abtreten wollen, um ihm und der Königstochter auf diese Weise den Dank für ihre Lebensrettung und Befreiung abzustatten. Damit war auch der König einver= standen, und so übernahm denn Thorstein das Reich nach dem Tode des Königs und herrschte über dasselbe mit seiner Königin. Später aber ist nur mehr wenig von ihnen erzählt worden.